# 不在线告白

舍曼 著

上册

青岛出版集团 | 青岛出版社

## 图书在版编目（CIP）数据

不在线告白 / 舍曼著. —青岛：青岛出版社, 2024.7
ISBN 978-7-5736-1443-8

Ⅰ.①不… Ⅱ.①舍… Ⅲ.①长篇小说－中国－当代 Ⅳ.①I247.7

中国国家版本馆CIP数据核字（2023）第164506号

BU ZAIXIAN GAOBAI

| | | |
|---|---|---|
| 书　　名 | 不在线告白 | |
| 作　　者 | 舍　曼 | |
| 出版发行 | 青岛出版社（青岛市崂山区海尔路182号） | |
| 本社网址 | http://www.qdpub.com | |
| 邮购电话 | 18613853563　0532-68068091 | |
| 责任编辑 | 郭红霞 | |
| 特约编辑 | 崔　悦 | |
| 校　　对 | 李玮然 | |
| 装帧设计 | 千　千 | |
| 照　　排 | 王晶璎 | |
| 印　　刷 | 三河市良远印务有限公司 | |
| 出版日期 | 2024年7月第1版　2024年7月第1次印刷 | |
| 开　　本 | 32开（880mm×1230mm） | |
| 印　　张 | 18 | |
| 字　　数 | 529千 | |
| 书　　号 | ISBN 978-7-5736-1443-8 | |
| 定　　价 | 65.00元（全2册） | |

编校印装质量、盗版监督服务电话 4006532017　0532-68068050

# 目录 上册

| 第 一 章 | 请勿打扰 | 001 |
| 第 二 章 | 禁止访问 | 073 |
| 第 三 章 | 请求添加为好友 | 114 |
| 第 四 章 | 特别关心 | 151 |
| 第 五 章 | 密码错误 | 186 |
| 第 六 章 | 对方正在输入 | 230 |
| 第 七 章 | 隐　身 | 261 |
| 第 八 章 | 在　线 | 293 |

# 目录 (下册)

| | | |
|---|---|---|
| 第 九 章 | 离线请留言 | 317 |
| 第 十 章 | 重新加载 | 353 |
| 第十一章 | 飞行模式 | 389 |
| 第十二章 | 在线告白 | 442 |
| 番 外 一 | 少年时 | 478 |
| 番 外 二 | 世界上的另一个我 | 528 |
| 番 外 三 | 成熟时 | 536 |
| 出 版 番 外 | | 559 |

第一章

## 请勿打扰

一阵薄薄的雾气散去,一缕缕的轻烟又升了起来,下方渐渐地露出"大世界商城"。每座城市里都有一个这样的地方——在这儿,你能买到任何你能想到的东西。这里的商家曾经流行卖假货,后来卖义乌批发的商品,价格亲民。上到衣服、鞋子和包包等山寨的奢侈品,下到雨伞、帽子和假发等生活用品,这里应有尽有,同时还提供美甲、手机贴膜装壳、刷机维修等服务。

风云变幻,那些年国家出台了新的法律法规后,卖组装机的人和在中国香港走私水货机的人受到了严厉的处罚。此地的二手手机市场虽渐渐地步入了正轨,但难免还保持着这个行当特有的"水深"的特点,不乏商家用四手手机冒充二手手机的现象,商品的质量也参差不齐。

在如今的这个年代,华强北都开始卖奶茶了,化妆品批发产业纷纷地转型，这座八层楼高的"大世界商城"也与时俱进。最靠近门口的门店卖的是电子烟，一个打扮时髦又有些流里流气的年轻男孩站在门口，手腕上文着花里胡哨的图案。他拿着金属的烟杆，吞云吐雾，倚靠着"悦刻"的招牌，随着动感的节奏轻晃着腰，朝过往的路人推销："姐姐，这是新进的'幻影'，要不要来一个试试？"

程一鑫从车上跳下来，双肩包晃悠悠地挂在他的右肩上。他拎着一个白色圆孔展示架，上面满满的都是最流行的手机壳。于是，站在门口的男孩不摇晃身体了，嬉笑着走上前："哟，鑫哥，今天来得这么早？"

程一鑫打了一个哈欠，看了一眼"大世界商城"里面悬挂的时钟："都十一点了，早什么？"

老式的时钟在这里悬挂了多年，仍不走慢一分钟，这充分地说明了"大世界商城"作为老牌购物天堂的顽强生命力。

"你平时不是都睡一上午的觉，到了该吃午饭的时候才过来吗？"

"马丁，"程一鑫压低声音说，"哥跟你说。"

"Martin，不是马丁。"年轻男孩嘟囔着反驳，"啥事呀？你搞得这么神秘。"

程一鑫的父母早年在南方务工，他野蛮地生长，从小身边就没有什么人读书。人们都说长得帅的人在学业方面是两个极端，他们要么是"高岭之花"年级第一，要么身边有一群狐朋狗友，不学无术——程一鑫显然是后者。在上学期间，他一向受女生欢迎，自由散漫、放纵不羁，但没干什么出格的事情，无非有时逃课打打球或组队打打游戏。学习差的学生可以直接走上社会，好在他长得瘦高，腿又长，爆发力还不错，高中时就读了体校，练短跑。练短跑的人有几个能出头？他没指望走这条路，成天翻墙出去，起初跟别人学修手机是想挣零花钱。后来考不上大学，他正好直接出来为二手手机的事业添砖加瓦。

程一鑫没读过大学，英语水平实在不高，但自身也不甚在意，说："我读的不是 Martin 吗？"

马丁反应过来后，才发现自己不知不觉地又当了苦力，替程一鑫举着闪亮的手机壳展示架。程一鑫还凭借身高的优势，跟他勾肩搭背。作为电子烟的门面,马丁深知自己有一张俊脸,唯一的短板就是身高。虽然程一鑫瘦成了竹竿,肋骨根根分明,肩胛骨像翅膀,瘦削的模样看起来营养不良,但也比马丁高出好一截。偏偏在这种年头里,"五花肉男"数量不少,程一鑫瘦得清清爽爽,太讨女顾客的喜欢了。

程一鑫愁眉不展地把手搭在马丁的肩上:"我跟你说,月亮不睡我不睡,医院等我来缴费。"

"啥?"

"你不能再熬夜了。你这样天天晚上出去玩,迟早要完蛋。"

马丁松了一口气:"我昨晚没去……不对,我怎么玩了?我的女朋友……"

话音未落,程一鑫看过来。他有着很重的黑眼圈,瞪着一双布满血丝的眼睛:"我熬夜以后,眼睛出问题了。"

马丁这么一看他,觉得熬夜的后果是有点儿吓人,笑容凝固了:"咋了,哥?"

程一鑫再次长吁短叹:"唉。"

"哥,你别吓我呀!"

程一鑫憋着笑说:"我咋就看不见我的支付宝余额了呢?"

"你是不是点了那个隐藏的星号?"

"没有,全是零。"

"啥?"马丁愣了一秒钟,瞥见程一鑫欠揍的笑容,"哼,你又耍我,活该支付宝里没有一毛钱。"

他旁边传来几声大笑:"哈哈哈哈。"

"你笑啥?"

"哎,鑫哥,你来看看哥的。"

不像马丁刚来一年多,程一鑫在这里待了七八年了。"大世界商城"里没有他不认识的人。这里的小商贩多如牛毛,一楼全是卖手机零配件的人。1:1的华强北 Air Pods(蓝牙耳机)的零配件包括磁吸保护套、磁吸充电宝、快充头、磁吸无线充,人们在官方那里买这样的四件套要花一千七百块钱,在这里花一百多块钱就可以买到它们。一楼的这些小商贩们闲得无聊,闻言过来凑热闹,跟他俩瞎起哄。

"不仅支付宝的余额是零,我还欠'花呗'八百块钱。"

"谁还不是呀?去开信用卡时,人家问我经济来源是什么,我都得写一个'其他的银行信用卡'。"

"我哪里比得上马丁?"

要不是程一鑫在旁边,马丁都憋不住笑意了。他一般不爱在商城里溜达。他年轻又魅力十足,实在能招惹女顾客,这大半年前前后后换了不下五个女朋友。虽然他和她们都没交往太久,但谁不忌妒他呢?那些小商贩见到马丁总要阴阳怪气。

唯独程一鑫不忌妒他——整个"大世界商城"里,只有程一鑫有一张比他更无死角的帅脸。程一鑫的肤色还是那种天生的冷白皮,他无论被晒红还是被晒得脱皮,都不会被晒黑。可惜他不修边幅,每件衣服上都印着"鑫哥二手手机收售修",折损了帅哥的尊严。

程一鑫开店,靠颜值打动女顾客,靠技术征服男顾客,再加上一张见人说人话、见鬼说鬼话的嘴——男女老少全都被他拿下。马丁原本视程一鑫为抢饭吃的对手,发现程一鑫"卖艺不卖身"还总帮他讲话后,就开始"鑫哥"前、"鑫哥"后地套近乎。

闻言,程一鑫打了一个响指:"你看不起谁呢?今天有一个美女跟我预约说早上来修手机,说不定我也能蹭饭票。"

"鑫哥,你有男顾客吗?哪个不是美女?"

"你不是男顾客呀?"程一鑫拿回手机壳的展示架,隔着摊子开玩笑地敲人,用得意的语气说,"你有本事下次就别找我给你修手机,别用你那个破手机了,换一个。我店里的手机随你挑,我都给你打折。你手机的内存只有那么一丁点儿,就是一周刷一次机,运行的速度都慢。"

所有行业都有"二八法则"。在手机维修这一行,老板八成不会修手机,最爱跟客户说"回头拿",转头就找同行修手机,挣差价。难得的是,程一鑫就是那剩下的两成会修手机的老板之一,技术过硬,这里的不少商贩都是他的男顾客。刚才挤对马丁的店主讪讪地道:"还能用,还能用,明明我两周刷一次机。"

快陪程一鑫逛完商城的一层了,马丁回头瞥了一眼门口的悦刻店,那里没顾客徘徊。他干脆绕了一大圈,送程一鑫上电梯,忍不住跟他八卦:"你知道吗?对面'千银手机'的老板的女儿最近回国了,长得漂亮,身材好。她还会法语、英语和小提琴,从小跳舞……"

程一鑫敷衍地替他总结到位:"我知道,我知道,她是'人间富贵花'嘛。"

"对对对。"

程一鑫撇嘴,不屑地说:"别想了,千金肯定是要找人入赘的。"

"神了,你咋知道?"马丁眼睛一亮,说,"人家说'千银电子',别看董事长姓张,其实他的老婆姓金呢。千银千银,千银为金。她爸当年就是入赘的,现在还要找倒插门的女婿,真是闻所未闻。"

他咋知道?程一鑫舔了舔后槽牙,这当然是因为"人间富贵花"本人金潇五年前亲口这么跟他说过。她把那当作体验人间疾苦,他把那当作历经人间失火——那件事毁了他没心没肺地听《水星记》的能力。

程一鑫不搭茬儿,马丁讨了一个没趣,一低头,被闪亮的手机壳吸引了注意力:"哎,哥,哥,你是啥时候进的这个手机壳?它挺好看哪。"

"那你拿,一百块,我便宜点儿把它卖给你。"

"你当我没看见?你这上面写的是十五块钱一个,二十块钱两个,你一百块钱卖给我?"

程一鑫这种铁公鸡怎么会饶了他?说:"十块钱,你赶紧给老子发红包。"

"喊,小气鬼。"马丁边走边美滋滋地换上手机壳,"哥,要不你来我的店里买电子烟?我给你打八折。"

马丁拎起脖子上挂着的金属烟杆,恶作剧似的把烟喷在程一鑫的脸上,又冲他眨眼。

烟雾弥散,程一鑫皱着眉,蜷起修长的手指,拨了拨自己蓬松的刘海儿。他原本把头发染成了和苹果的新机相同的远峰蓝色,前一段时间进了一批货打算带带货。结果他还没洗两三次头发,头发就硬生生地褪成了奶奶灰色,配上自身白皙的肤色倒是挺酷炫的。他烫过纹理,头发是三七分,一侧的卷发柔软蓬松,就是有点儿挡耳朵。他拨了拨头发,耳朵上夹着的烟可算露了出来,几乎与奶奶灰色的头发融为一体。

程一鑫得意扬扬，甩甩头给马丁看："瞅见没？哥抽这种烟，是纯爷们儿。"

他一边跟熟人打招呼一边上了六楼，"大世界商城"的六楼被称作"滨市二手手机天堂"。程一鑫人见人爱，一路上听见了无数声"鑫哥"。二十分钟过去了，他才晃着膀子走到了自己的店门口。

还真有一个美女在玻璃柜前等他。

程一鑫吹了一声口哨："哟，来了？"

女生很快根据他的卫衣上醒目的"鑫哥二手手机收售修"的字样锁定了目标，举起手挥了挥。她轻咳一声，拿出手机，指了指微信，有些难为情地问："你是鑫哥吗？我是'安妮小宝贝'。"

大多数人是经过熟人的介绍来到他这儿的。昨晚加了她的微信，程一鑫拿起她的手机看了一眼，那是粉色的iPhone（苹果手机）13。

"面容识别的功能还能用吗？"

"可以。"

"你解锁屏幕，给我看看手机。"

程一鑫乐了，说："哟，外屏碎了，好在内屏没事。"

安妮不觉得欣慰，反倒很伤心，说："上周我不小心把手机从上铺摔下去了，我的室友说你这里修得又好又便宜。"

程一鑫摸出一大串钥匙，挨个儿把玻璃柜上的锁打开，"嘎吱嘎吱"地推开玻璃门。他把背包放下，从柜子里掏出一捆用防摔泡沫一层层地缠好的手机——它们被他用橡皮筋捆在一起。程一鑫利索地收拾着它们，同时问她："你想怎么修手机？"

"换……换屏幕吧。"

换屏幕是一种既轻松又挣钱的活，本来一个玻璃盖板只值一百多块钱，但分离内外屏实在麻烦，手机维修店的老板基本就把内外屏一起换了。这样他们不仅能多挣钱，还能把人家的手机换下来的内屏拿走。再黑心一点儿的老板会顺便帮客户拆换一两个手机里原装的零件，拼拼凑凑，能组成一个组装机。这种外行的妹妹如果换一家店修手机，肯定会吃亏。

程一鑫摇了摇头："我只帮你换盖板吧，三百五十块钱。"

"能便宜点儿吗?"

经过她这一番讲价,程一鑫只要三百块钱。安妮又开始怀疑了,问:"为什么苹果的官方店都要两千块钱才能修手机?"

程一鑫嗤笑:"售后服务都给你换总成,把内外屏一起换了。"

"如果我想像售后服务那样修手机呢?"

程一鑫遥想当年,"人间富贵花"跟他说不能挣黑心的钱。如果别人的手机只碎了外屏,她让他别把人家的手机原装的内屏一起换了。程一鑫努力地挣扎,问她要是真有那么傻的人非要把内屏和外屏一起换掉呢?"人间富贵花"金潇同学思考半天,再次生气,说他就是想钻空子。

程一鑫觉得自己冤死了。自从答应了金潇的各种要求,他感觉自己卖的哪里是二手的手机?他卖的简直就是天地的良心。他都闯社会几年了,还总被一个仍在上学的小姑娘教做人。那时候程一鑫嘴硬,还爱逗她,像大爷一样抖着腿,夹脚拖鞋摇摇欲坠。

他说:"只要我没有道德,就不会被绑架。"

金潇气势汹汹地说:"我道德绑架?我对你根本没抱幻想。我知道你愚蠢、轻佻、头脑空虚。我知道你的企图,你势利、庸俗。"

程一鑫叹气:"头像越粉,骂人越狠。"

金潇的泪水在眼眶里打转,他只要能听懂她说的话,就知道这句话的后面是什么。她在说毛姆的《面纱》——"我知道你是个二流货色,然而我爱你。"她刚换上了粉色的自拍头像,还想问他头像好不好看呢。被他这么阴阳怪气地说了几句,她再无沟通的欲望,扭头直接跑出了"大世界商城",气得当晚就换了一个全黑的头像。直到程一鑫换了一周的粉色头像,她才原谅他。

都怪马丁无意间提起了金潇,程一鑫仿佛被回忆灼伤,手里的钥匙"当啷"一响。凳子发出"吱呀"一声刺耳的响声,被他往后拉开。他低下头,用修长而苍白的手从底下的柜子里摸出三种屏幕,三种屏幕薄如魔术师甩出的扑克牌,在玻璃柜上呈"一"字排开。程一鑫向她逐一介绍:"国产LCD(液晶显示屏)三百五十块钱,OLED(有机发光二极管显示屏)四百五十块钱,如果想要原装的拆机屏,不同成色的拆机屏也有不一样的价格，你可以自己挑，从八百到一千块钱的都有。"

花四五百块钱换的屏幕还是不如原装的显示屏，安妮听懂了，把头摇得像拨浪鼓："那我不换，就换外屏。"但她又纠结起来，说，"但是……"

安妮纠结起来，程一鑫也不催她。她既然来"大世界商城"修手机，在第六层他就没有竞争对手，她最后肯定会心甘情愿地掏换屏的钱。

程一鑫专心地将柜子上堆积如山的手机清点了一遍，挨个儿摘下缠在它们上面的保护套，一部部手机被重新摆在玻璃柜门内的红布上，排列整齐，间距平均。他又开始检查上面贴着的鑫家标签是否完整，其间有一搭没一搭地跟女生讲话。

"内外屏真的可以分开吗？"

程一鑫用稀松平常的语气说："这又不是分手，哪儿有那么难？"

比如金潇当初在微博上三天两头地骂他，后来还是把属于他的记忆埋葬在昨天了。

"喀喀，"安妮笑得被口水呛到了，问，"为什么别人都让我把整个手机屏一起换掉？"

"因为别人没这种技术。"

"鑫哥，你……技术靠谱儿吗？"

"你猜？"

"……"

鑫哥是她打听到的收费最便宜又最靠谱儿的手机维修商了。可她还在读大学，掏零花钱着实难受。安妮犹豫半天，问："你会不会骗我？"

程一鑫慢条斯理地看她一眼："会。"

安妮瞪大眼睛，脸上写满问号。

程一鑫挑眉："不骗你的话，我怎么挣钱？"他勾起薄薄的唇，调侃的笑意在白皙的俊脸上肆意地流淌，"要不，你养我？"

安妮"扑哧"笑出声来，遭受了程一鑫的调侃，最后这一下暴击让她直接承受不住地扶着玻璃柜台。她说："你竟然……是这样的……鑫哥。"

程一鑫"啧"了一声，说："不好意思，我帅到你了，要赔钱吗？你确定修手机的话，我就拆它了？"

"嗯。"安妮平复了一点儿情绪，刚才被程一鑫逗得满脸通红，现在还是挺兴奋的。

程一鑫很不满，说："你室友咋回事？哥这么帅，她也不提前向你描述一下。"

"其实，"安妮捂了捂笑得躁热的脸，手动降温，很不好意思地说，"她描述过了。"

不过安妮那时候想，在藏污纳垢、鱼龙混杂的"大世界商城"里，一个修手机的小哥能有多帅？她只能联想到指甲里的黑泥、洗不干净的头油和被烟熏过的汗味。她没想到眼前的程一鑫会是这样的，细长的手指翻飞，他飞快地拆了音响旁边的螺丝。

干活倒是不耽误撩妹，程一鑫继续调侃道："啧啧，那就是你不觉得哥帅。"

安妮原本坐在店前的旋转圆凳上，晃着腿，闻言停下了晃腿的动作。她好歹是大学生了，就算没谈过恋爱也被男生撩过，故作镇定地道："我觉得你帅。"

她都觉得神奇——要说程一鑫是她印象里的那种修手机的小哥，似乎也没错。她仔细地看去，鑫哥的指甲缝里明明也是黑的，但他的十指苍白纤细，手背上浮出青色的血管，有一种易碎的美感。他拧螺丝的动作让人眼花缭乱，连普普通通的螺丝批都泛起幽幽的冷光，既魔幻又炫目。他像赛博朋克里的技术宅，又像网吧里的电竞大神。他的头发是清爽的奶奶灰色，有光泽，不起油，不比学校cosplay（角色扮演）社团里的帅哥的头发逊色。虽然他的身上没有被烟熏过的汗味，但他的耳朵上夹着一支烟，烟像被焊在了他的耳朵上，任他怎么低头干活都掉不下来。

程一鑫察觉到了她的眸光，直到把她的小动作逮了一个正着，才眯眼警告："你再这么看哥，我怕我忍不住再少收你五十块钱。"

安妮偷看他被他发现，脸正持续地升温，下一秒却被他的后一句话逗得"扑哧"笑了，问："真的吗？"

"假的，"程一鑫挑起眉，瞥她一眼，"我又不是二百五。"

安妮："……"

三百块钱减五十块钱,好像确实是这么回事。她不敢再盯着程一鑫看了,但又没手机玩,目光实在很容易飘忽。她强迫自己正襟危坐,专注地看着他拆屏幕。

她又用余光瞥见他凸起的喉结。安妮现在真是在心里疯狂地呐喊,这个修手机的小哥是不是有魔力,怎么连喉结都能吸引她?连略显非主流的粗链银色吊坠都在喉结的衬托下有了层次感,颈下黑色T恤的领口十分宽松,锁骨清晰可见。她倘若不看那一行"鑫哥二手手机收售修"的字样,简直就会以为他是从街拍里走出来的潮流帅哥。

程一鑫从来不会晾着女顾客,听她不说话,又抬头逗她:"跟你开玩笑呢,哥哪里有这么小气?你想看哥就随便看。待会儿我修完手机,你就没法看了,可别后悔。"

安妮实在被他逗得不行,在学校里哪里见过脸皮这么厚的男生?脸快红到脖子根了,她甚至后悔今天没洗头化妆就来修手机:"喀,你什么时候能修完手机?"

"两个小时吧。"

安妮惊讶地问:"这么久?"

程一鑫谴责她:"你这就看腻了?"

"不不不,"安妮连连摇头,声音弱下去,"我……待会儿还有一节大物课。"

"大物课,你上大一?小学妹,啧啧,最受欢迎的物种?"

"哪儿有?"

"你学到电磁学了吗?"

安妮可算是不用被他调戏了,"叽叽喳喳"地说了一通关于学业的话。她后知后觉,好奇地问:"鑫哥,你还记得大学时学的内容?"

"哥没读过大学,"程一鑫笑了笑,"这不是在套路你吗?"

"啊?"安妮半天说不出来话。

只用说两句话的工夫,程一鑫就把听筒组件和框架都拆完了,把拆了一大半的手机放在她的面前:"你不怕我偷偷地换你的零件?"

"这……"因为其他手机店的维修商不让她在旁边看着他们修手机,

安妮还没考虑过这个问题，犹豫一下，说，"那我翘课等你修？"

很快，安妮抬起头，眼神坚定地说："算了，哥，我相信你。"

程一鑫找了一支圆珠笔，笔杆都裂开了。他说："来，你在这儿签一下名字。"

"签名？"

"对，下次你要是去别的地方修手机得长一个心眼儿，可以的话就在排线处签一下名字，免得别人换你的零件。"

"哦。"她签了一个"安妮"，真诚地道，"谢谢鑫哥，我下次还在你这里修手机。"

程一鑫勾唇，要的就是这句话。他觉得还是向大学生做口碑营销比较轻松，一个人把他的店介绍给另一个人，回头客至少有三五个人。

"不用谢，"他慢悠悠地道，"下次麻烦你把手机再摔得狠点儿。"

安妮："……"

程一鑫喊住她："你回去上课，要不要租一部手机？"

安妮神色复杂地说："鑫哥，你真会挣钱。"

程一鑫憨笑，拿出一部手机递给她："来，十五块钱，就当你请哥喝奶茶了。"

等女生走了，在程一鑫的旁边憋了半天的黄顾凑上来："哥，你咋现在还接单？"

"你说咋办？"程一鑫冷冷地看他一眼，"我又没那种特异功能，不能控制她的手机在指定的时间里跟地面接吻。"

顾客来的时间从来都由不得他决定。活来了，他就干。程一鑫从业这么多年，早就习惯这样了。这是什么地方？大世界商城——"滨市华强北"，竞争激烈，你不干活，有大把人等着干活。二手手机市场里的店铺密密麻麻，一眼望不到头，排列得像一个迷宫。除了龙头老大开哥，其他店的玻璃柜台一个紧挨着一个，有的柜台之间连隔断也没有，顾客分辨铺位全靠看上面悬挂的牌子。

"不是，"黄顾哂笑，"我的意思是，你就给她换总成呗，还有空拆外屏。昨天的那一单呢？你啥时候开始干活？"

黄顾开的店就在程一鑫的旁边，叫"黄瓜二手手机专卖"。因为名字实在很像"黄瓜"，他干脆连店名也这样起。他家的老头子在大世界商场的下面开了一间"黄瓜仓买"，父子俩一起上阵。黄顾刚来两年，本想躺平，奈何运气好，迅速地抱上了二手手机市场里最有技术的"大腿"程一鑫，跟着别人称他为"鑫哥"。黄顾在修硬件、修软件和撩顾客等方面的水平都远不如鑫哥，又没什么心眼儿，很自然地成了鑫哥的半个徒弟，跟着他蹭活干。

程一鑫还没说话，困得先打了一个哈欠："我昨晚都拆完了。"

黄顾十分震惊地问："全部？！"

程一鑫瞥了黄顾一眼："手机和拆机报告都在这儿。"

他刚才就把它们从包里拿出来了，泡沫袋里装着两摞手机，它们整整齐齐地躺在塑料蓝框里。他又从裤兜里摸出两张皱巴巴的纸，上面的鬼画符密密麻麻的。

黄顾又重复了一遍："二十部机，全部？！"

黑眼圈清晰可见，程一鑫瞪他："这还不是因为你乱接活吗？那个姐姐还要求开箱拆机的全程都要录像。我拆了一宿手机，四点才睡。"

黄顾尴尬得快要窒息，咳嗽几声。那是前天的事了，有一个姐姐由朋友介绍而来，在微信上找程一鑫，说拿了一批二手货，足足有二十部手机，让他帮忙拆机、验机。这种大单说来尴尬，手机的数量是不少，但他们更喜欢接顾客直接给钱的单，比如顾客把全权交给他们，让他们去收二手的手机后再拆机和验机。他们由于眼睛毒，收来的都是有把握拆验的机子。但他们不知道别人的货靓不靓，万一验出来走私货或者炸弹机，棘手哇。

程一鑫倒也见多了这种情况，迅速跟对方谈好价格。接下来，对方发来一个地址，黄顾凑过去一看，嗬，好家伙，那是半山腰的别墅。

大世界商城的前身叫"大世界批发城"，里面的人们还保留着些许购销时代的作息。店铺傍晚六点整关门，里面的小商贩晚上通常闲不住，还得找活干。程一鑫他们三人轮流去夜市上摆摊，那天刚好轮到黄顾出摊。一看见地址，他就自告奋勇地要求晚上去别墅跑腿拿货。

在"瑟瑟"的夜风里，熟女姐姐穿着蕾丝睡裙站在别墅的外面，娇滴滴地叫他"帅哥",说要得急,问他最快什么时候能交机。黄顾稀里糊涂地当场答应下来,说两天内交机。他计划得挺好的,觉得自己能帮忙一起拆手机。结果脑子不好使,他估计错误,直接害惨了程一鑫,光靠鑫哥一人熬夜埋头苦干。

"单身的人就是手速快。"黄顾确实有一丝愧疚,但还是忍不住嘴欠,问,"你真的全都拆完了?"

"你别当复读机了。"程一鑫白他一眼,展开方才掏出来的腌菜一样的白纸,纸上都是他的笔迹,"我昨天不拆完手机,今天就来不及整理验机报告。你自己看,这些都是美版有锁的黑解机,他们怕有问题,要最全的验机报告。"

黑解机,本质上是海外的合约机。所谓"充话费送手机",虽然成本低廉,但代价是 SIM(用户身份识别模块)卡必须绑定该运营商的网络。通过黑解技术绕过运营商的网络限制,相当于国外运营商白白地补贴一部手机,把它转手卖出去,用任何运营商的信号都不受影响。黑解技术因人而异,有的黑解技术不太稳定,他们还容易拿到残次零件翻新机。

住在半山腰的别墅里的富婆还挺懂行,最全的验机报告能显示的东西有很多,包括是否翻新机、改装机、官换机、扩容机、妖机等。以上的任何一种表面上成色良好的二手手机都叫"炸弹机",就像手机里装着炸弹一样,随时会"炸了"。此外他们还得查激活时间、官方维修记录、屏幕零件时间等等。如果程一鑫足够有良心,一部手机的硬件和软件里所有的信息都会被彻底拆验出来并形成报告。

黑解机子是华强北常年畅销的业务。程一鑫倒是会黑解技术,但不敢替人黑解机子,仅仅拆机、验机,不算违背当初向"人间富贵花"做出的承诺。

拆机容易,只要有一个螺丝批,谁都会拆机。黄顾只会拆机,帮不上忙,剩下的活依然全靠程一鑫干。黄顾讨好地给程一鑫敲肩,觉得瘦削而硬邦邦的骨头硌手,程一鑫嫌肩膀酸痛,两人齐刷刷地龇牙咧嘴。

黄顾"嘿嘿"地笑了两声,说:"辛苦辛苦,今晚我把这些手机送到那个姐姐那里,你早点儿回去休息。"

程一鑫开始加热,把安妮的手机内外屏分离:"你先贴签吧,我一会儿就给她验机。"

程一鑫经过昨晚八个小时的暴力沉浸式拆机，写的字比往日更丑、更潦草。黄顾的文化程度又不高，他费劲儿地辨认着程一鑫写的是什么字："这个是'小花'？我看它是'靓机'也成啊。"

关于二手手机的成色，行内有黑话，"小花"是九成新的意思，而"靓机"是指九五成新。差距只有零点五成，水分可增可减。

程一鑫瞥了一眼，确认自己昨晚昏天黑地地拆机时做出的判断无误："算了，人家给的都是一样的验机费。"

"行。"黄顾很快打好了第一部手机的标签，通过迷你标签机"吱吱"地把它打印出来。他在手机正面的左上角贴了一个圆形绿底的"小花"字样。底部的尾插位置被他贴上了保修的标签，标签有着金色的底色，勉强能让人看出来是一个镏金翅膀。打印成这样，已经是破打印机的极限水平了。标签上还写着"鑫哥二手手机专卖"和电话号码，手机的背面上贴着白底黑字的二维码，顾客一扫二维码就能看见详细的验机报告。背面上外加一行字："iPhone 8，灰色，256 G，美版有锁，卡贴黑解，2022年 xxxx 验。"

黄顾八卦："这姐姐是干啥的呀？她弄了这么多手机。"

程一鑫睨他一眼："要不你晚上问问她？"

黄顾快给十部手机贴上标签了，程一鑫修安妮的手机的程序才终于进行到最后一步——液晶屏定位完整，程一鑫对准位置，贴好盖板，把手机丢在机器里了。不是程一鑫的动作慢，是换外屏真的挺考验技术，还耗时间。他但凡要拆外屏，就不可能上门维修，也不可能在半个小时内修完手机。因为他要重新压真空和除泡，是不可能把智能贴合除泡一体机这么大的机器带上门的。附近的很多店里都没有置办这种机器，店员都忽悠顾客换总成。

顾客要是真碰上懂行的人，好办，只需把手机往程一鑫这儿一丢。程一鑫把贴好盖板的手机丢在贴合仓里，盖上仓门，又弯腰检查了贴合压力表和真空除泡压力表的指针和数值。随后他设定了时间和温度，先开始抽真空。

盯着真空除泡压力表上的数值降低至负值，程一鑫伸了一个懒腰，又放下了撑着机器的双手,丝毫不怜惜他漂亮的指节,把十个指节挨个儿掰出了清脆的响声,这简直太能缓解疲劳了。黄顾至今没学会怎么换外屏,程一鑫倒是奇怪他怎么半天不吭声也不凑过来。一转身,他听见黄顾在那儿拼命地咳嗽。

果然,程一鑫瞥见玻璃柜前站着一个人高马大的男人。在这种秋风"瑟瑟"的天气里,他露着两条威风凛凛的大花臂,左臂的图案是青龙,右臂的图案是白虎,只是那挺着的肚子很是有损他的威风。

他正是开哥。早年的时候,开哥基本垄断了六楼的二手手机市场,有稳定的货源,店里还有两个师傅。其他店的老板都是小打小闹,没资金进那么多的手机,都从他那儿拿机,挣差价。不少人刚入行的时候连修都不会修手机,接了活就把手机送到开哥的店里。

后来程一鑫要技术有技术,要顾客有顾客,其他人也只能在"大世界商城"里打压他,发现人家照样有顾客——大不了程一鑫背着包上门去维修手机。某一次替开哥解决了收炸弹机看走眼的麻烦之后,程一鑫渐渐地打破了这种垄断的局面。

程一鑫"哟"了一声,打了招呼:"开哥,早哇。"

开哥开门见山地问:"鑫哥,听说你接了一个大单哪!"

程一鑫抬了抬下巴:"是呀,苦力活,我一晚上拆了二十部机。问题是人家自己提供手机,我只挣拆机的钱。"

开哥琢磨了几秒钟:"长线?"

程一鑫一脸郁闷地说:"就这一次。听说那些手机是她给她家的保姆、司机弄来的工作机,怕收回去时手机被调换了零件,让我拆验手机留作证据。"

"这么多手机,她从哪儿进的货?"

"她的表弟在深圳做生意,在华强北找一个背包客买的手机,她开箱的时候我还录了视频呢,哥,来看看。"

开哥说:"我不看了,背包客,那不是你的老本行?"

信与不信,就只能由开哥自己决定了。程一鑫十八岁的时候单枪匹马去深圳,去的时候连回家的路费都没有,当了大半年华强北的背包客,硬是挣得了一席之地,回滨市后就在"大世界商城"里盘下了店铺。眼睛毒,他不用拆机，几乎看一眼就能找出炸弹机，这是他刚在"大世界商城"里立足时嚣张的资本。

程一鑫笑："不一样，后浪凶猛啊，现在人家都敢直播拿机了。"

开哥从黄顾面前的塑料筐里随手拿起一部红色的手机看。见手机的前后底都被贴好了标签，开哥调侃："这小翅膀还是你之前的小女朋友弄的吧？好看。"

开哥是见过金潇的，但那都是几年前的事了。鬼知道他今天怎么突然想起了那件事。空气都凝固了，他怎么还不闭嘴？程一鑫只能尴尬地笑。

"有锁，卡贴黑解？"开哥看着标签上的字，若有所思地问，"对了，我听说你会黑解技术？"

"大世界商城"里还没有几个黑解的单，实际上在深圳的华强北里，这实在不算新鲜了。每天都有无数人在罗湖口岸等着拿货，国外进口的手机不少都要经过黑解才能使用。

程一鑫总算听明白了他的来意。开哥原来是闻到腥味了，又想不劳而获。这些人混一天算一天，没有金刚钻还非要揽瓷器活，不肯在论坛上潜心地学黑解的方法。程一鑫当然不会得罪开哥，状似随意地道："我也刚学，随便玩玩，还不知道能不能……"

开哥打断他的话："你啥时候教我黑解店里的那两部手机？"

明人不说暗话，反正只是教一下技术，程一鑫不磨叽，说："行啊，明天我干完活就去。"

"我就喜欢你这种爽快劲儿。"开哥给程一鑫塞了两包烟，看他收下了，放心地走了。片刻后，程一鑫的手机屏幕开始闪烁。

黄瓜二手手机专卖："哥，到底是旁边的哪个店主在那儿偷听完了，当大喇叭呢？"

鑫哥二手手机专卖："他得不到我的人，就惦记我的技术。"

黄瓜二手手机专卖："……"

黄瓜二手手机专卖："咱不是过一段时间想从'大世界商城'撤了吗？你还教他黑解？"

程一鑫放下手机，直接歪头跟黄顾说话："你知道什么样的师傅不怕教会徒弟饿死自己吗?"

程一鑫虽然爱耍帅、技术好,但极少自诩是师傅。黄顾一脸迷茫,任由标签打印机又打印出来一大截标签,认真地问他:"你这样的师傅?"

"错,"程一鑫摇头,"康师傅。"

黄顾一脸疑惑。

程一鑫叹气:"来一碗泡椒牛肉面。"

程一鑫的脾胃不行,他饿得比谁都快,吃了饭又比谁都瘦。黄顾知道他肯定是打算趁中午人少的时候安安静静地刷机。反正黄顾没法帮忙刷机,一会儿再开始打印标签也来得及。程一鑫这是让他自己去吃饭的意思了。程一鑫这么仁慈,黄顾自然不能让他饿死,麻利地去楼梯口的茶水间里接了开水,给他泡上面,又往面里放了火腿和卤蛋。

黄顾说:"那我去吃饭了?"

过了这么一会儿,周围的人都走得差不多了。程一鑫昨天熬到很晚,熬夜的后劲儿渐渐地上来了。他忙个不停,却连眼皮都不想抬:"去去,别耽误我刷机。"

离"大世界商城"不到一百米是一条繁华的主干道,任何人顺着熙熙攘攘的地下商业街走过去,都能看见对面高耸入云的千银电子大楼。大楼中位于二十层的茶水间与"大世界商城"里黄顾刚刚泡康师傅牛肉面的茶水间相比,完全是另外一种光景——这里窗明几净,有落地式的饮水机、"咕嘟咕嘟"地冒着泡的咖啡机、地毯高和高脚凳。茶水间的隔音效果是顶级的,一群人在里面"叽叽喳喳"地说话,声音也传不出去。他们都戴着银色边框的工牌,工牌上有"研发中心"的字样。

"她是不是生气了?"

"她不会去告状吧?"

工位在金潇旁边的林冉荼是公认的软萌老好人,不像搞技术或搞设计的人。她是跟团队的项目管理人员,考了PMP(项目管理专业人士资格认证)证书,跟每个同事都挺熟悉。她放下杯子,替金潇说话:"不能吧,我感觉金潇不是这种人哪。"

有人撇嘴,嫌金潇多管闲事:"她不是ID设计师吗,还管系统?"

ID设计是工业设计（Industrial Design）的简称，主要指的是外形、材质、手感、颜色搭配、未来感等方面的设计。千银电子仿照苹果公司的概念——一个概念由多个团队交互地商讨辩论实现，而非由单一的职能团队实现，所以整个研发中心都集中在这两层楼上。

旁人压低声音说："你不会不知道她是老板的女儿吧？"

"咝"的一声，有人在倒吸凉气："真的是她呀？我听说了，还以为那是谣言。"

在过去的一个多月中，今天他们谈论金潇谈论得最公开。千银手机这几年越做越大，摇身一变成了"千银电子"——综合性的大厂，勉强跻身国内的三线大厂之流。最近有一个百万漏洞的悬赏计划，顾客反馈最多的问题是千银手机被偷以后刷机抹ID（用户）过于轻松了。十分钟前，他们在工位那里讨论。其实这里轮得着他们操心？他们干活肯定得等部门的老大拍板。只是学技术的人心痒，瞎聊刷机的一百种黑科技而已。

"我上大学的时候还流行'越狱'呢。我就靠'越狱'找到的前女友。"

"牛哇，我看见论坛上的一个钻石级的大神，咦？这人好像就在对面的'大世界商城'呀。"

"我看看——'出各种刷机教程，有意者私'，咱们要不要问一下他多少钱？"

"你傻呀？你找他刷机得自己掏钱，难道指望他给你开一张增值税的发票，再去报销？"

随即，他们身后响起金潇的声音："把信息发给我。"

说话的人还没反应过来，问："什么？"

见他们回头，金潇轻笑，用毋庸置疑的语气说："发给我吧，我不需要报销。"

等他们反应过来，金潇已经摘了工牌，带着强大的气场走远了。她与其被他们揣测，不如自己坦白。

自觉失言的这些人在茶水间里讨论，神色各异，有人淡定有人愁。

"她真去对面了？"

"啊？这……就去了？"

"说走就走？"

"哇，这一下惨了。"

"如果她去了对面，不是说明我们提出的方法有效吗？"

"但她看起来很不好惹。"满脸青春痘的男生梁唯一与金潇一组，缩了缩脖子，"我跟她对视一眼都头皮发麻。"

这句话略显浮夸，大部分刚毕业的理工男聊起技术来滔滔不绝，但一跟女生对视，心就跳得飞快。他就算不是跟金潇对视，跟其他女生对视，也照样会脸红和结巴的。

"她下班就走，几乎不跟我们讲话，说的话也都是关于工作的。"

"呵，老板的千金能跟我们一起玩吗？"

林冉茶咳了一声，说了一句公道话："我的意思是，她要是去告状，知道我们叫什么名字吗？"

众人沉默了片刻。

"今天天气真好。"

"咖啡泡好了，我先回去。"

"我吃饭去了。"

刚来不到一个月的金潇据说是从法国的分公司回来的设计大神，刚毕业两年，参与过潜水手机海王星的外形设计以及千银开机动画的改进，回国后直接进组当了组长，负责前瞻的创新方向。

千银目前出了四款手机的系列，系列包括盖亚（地球）、爱神（金星）、水星和海王星，均以太阳系行星和矮行星的古罗马神话名命名。下一系列还处于概念的脱胎之中。如果立项定了，目前金潇所在的前瞻创新组的成员就等于预备队员，大概率会直接进入新项目的团队。辛苦两年能得到丰厚的奖金，人人都挤破了头地想进新项目的团队，但要有才情才行。

有人盯了组长的位置许久，没想到金潇突然来了。通常来说，漂亮而有本事的女人是有资本傲慢的——金潇显然具备了上述的特征。他们刚开始以为她只是由于留学和工作在国外待得久了，她才不通人情世故。后来他们却发现，金潇岂止是傲慢？她在工作以外的时间里一句话都不说，一个眼神都欠奉。她讲设计理念的时候，只要站在那里，就让人有一种对她俯首称臣的欲望。

这几年千银把准入的门槛定得挺高的,招来的人多少都有一些恃才傲物,但像金潇这么跩的人还是第一个。她在上班的第一天就穿得又飒又性感,像要去南法的海岸边度假。林冉茶提醒她公司规定员工不能穿无袖的衣服,于是第二天金潇改穿了长袖的西装,搭配垂到大腿根部的短裤。见状,林冉茶又硬着头皮提醒她不能穿短至膝盖以上十厘米的下装。第三天,林冉茶不需要提醒她了,因为公司的系统提醒说改了着装的要求。公司因金潇而改变制度,官方微博提到她说"欢迎回家",领导对她客客气气。不知道是谁提醒了一句,他们后知后觉地想起来,在千银手机里类似苹果手机 Siri(苹果智能语音助手)的智能语音控制 Silver(小银)中,其中有一种音色应该属于她。

"人间富贵花"被实锤以后,金潇就是他们窃窃私语的话题中心。这一番讨论被林冉茶无声无息地阻止了。只不过他们不知道的是,众人散去后林冉茶回到座位上,退出电脑端的微信,用手机给别人发微信。

茶茶想养猫:"张总,金潇听见大家聊 WOOD(梧桐)系统的漏洞,好像挺有兴趣,直接去找论坛上的刷机大神了。"

张季风:"我知道了。她在 WOOD 那边有熟人,免不了要找别人。让她去吧。"

茶茶想养猫:周末一起吃饭吗?

张季风:"不了,老太太刚从疗养院里出来,周末有家宴,我去见见我的好侄女。"

茶茶想养猫:"嗯,那我就把论坛的信息发给她了。我还是多帮她说话,力求好印象,争取能跟她当闺密。"

张季风:"辛苦了,乖。"

被他们议论的金潇刚穿过地下商场,一路走到大世界商城的门口。

她每天都被人们在背后议论。他们见到她后,议论便戛然而止。她既然选择了公开,慢慢地进入公司的核心圈,就做好了这种心理准备,那种无拘无束的日子将会一去不复返。

千银是金家起手创立的,她的父亲入赘,夫妻伉俪情深,她的父母一起将千银做大做强。其间她的叔叔们为此付出颇多，渐渐地滋生了欲望，不择手段地捍卫他们的心血。金家的女儿一个比一个理想主义，视金钱为粪土。她的母亲是滨大的教授，在象牙塔里待了几十年。她的小姨是不婚主义者，从未想过分一杯羹，在国外待到三十岁才回来，给千银手机设计背景音乐，却在公司里频繁地被她的叔叔排挤，不久前一气之下走了。

金潇苦笑——她怕是要被迫打破这个清高的惯例了。显而易见，公司的问题比她出国之前更多了。系统是一部手机的灵魂，他们算是另辟蹊径，跟法国的一家叫 WOOD 的公司合作，系统独立于安卓和 iOS（苹果公司开发的移动操作系统）系统之外，类似于以前的黑莓系统，自成一家。她既然听说有修复漏洞的可能性，便毫不迟疑地行动了。

她在背后被人说说，算不了什么。金潇早就过了会因闲言碎语感到不安和迷茫的年龄，对他们在背后说了什么话不感兴趣，不想知道，更不在意。

她五年前最后一次从"大世界商城"里出来，那时候还是在意这些事的。他们分手时，程一鑫无可奈何地说他们不是一个世界里的人。多可笑哇，这里叫"大世界商城"，众生百态，包罗万象，偏偏容不下一颗爱到支离破碎、卑微无比的心。眼眶再红，金潇也死活没在程一鑫的面前掉一滴眼泪。她想说一句什么漂亮话，又怕欲语泪先流，竭尽全力地维持了最后的体面，强撑着平静的表情转身离去。她匆匆地跑出"大世界商城"的大门，回头瞥了一眼，没找到程一鑫追出来的身影，知道自己彻底输了。

金潇用手背不动声色地拭去泪水，泪眼模糊地环视一周，再也难以掩饰伤心。熙熙攘攘的路人和在门口摆摊的小贩好似都在嘲讽着她错付真心，嘲讽她不知天高地厚。她想起一句话——怕人询问，咽泪装欢。她那时候可真年轻，以为自己心高气傲，但在程一鑫的眼里，她的形象无论如何都很不堪一击吧？

她没想到，五年过去了，除了门口新开了一家电子烟店，"大世界商城"里的一切几乎没什么变化。大世界商城的大门一如从前，她猛地一看，像误入了一个金碧辉煌的洗浴中心。四根大理石的立柱撑起天花板，几个金灿灿的大字悬在立柱上。这说好听点儿是敞亮、洋气，说难听点儿是有些洋不洋、土不土的感觉，但很符合这里的消费定位，大家都是又想买高级的商品又想图便宜,谁也别嫌弃谁。

她在十八岁以前从未踏足过这样的地方,那次来过这里以后可真是彻底打开了新世界的大门。金潇任由记忆像老旧的报纸一样"哗啦啦"地纷飞,记忆飘荡时有破碎的声音。她乘扶手电梯上楼。

一楼有数码配件的店,二楼有美食长廊。现在到了饭点,人声鼎沸,连那家卖砂锅面的店都还在原位。那时候她如果早上第二节没课,就带着书过来。到了中午十二点她匆匆地下去占座位,左等右等,他还不来。她跑上去一看,程一鑫还在一边给顾客修手机一边开玩笑。三楼有卖鞋、包的店,四楼有服装店,五楼有电脑配件和维修的店。她看了看指示牌,七八楼的廉价健身房还没拆呢,"大世界商城"里现在引进新元素了,多了虚拟现实体验馆、剧本杀店和密室逃脱馆。

号称"滨市二手手机天堂"的第六层,比起以前似乎也没什么变化。虽然消费者不多,但商贩挺多的。她一眼望去,那些玻璃柜台里依旧摆着满满当当的手机,无非是手机从iPhone 6变成了iPhone 13、从华为Mate 9变成了华为Mate 40。

倒真是铁打的"大世界商城",流水的二手手机。金潇若有所思,刚读过市场部出的一份调研报告——"随着线上回收与交易平台的出现、支付体系与信用体系的完善,二手手机呈现出价量齐升的特点。出现在线估值兼上门回收的整合变革创业新形态,和官方售后的以旧换新打擂台。"

"大世界商城"里丝毫没有涌现新形态,在手机市场迭代迅速的时代,不进则退。金潇想着调研报告里的观点,觉得曾经社会的气息浓郁得令她害怕的地方,如今即便是"市列珠玑,户盈罗绮",依然摆脱不了日落西山的暮气沉沉。对比,她不免有些物是人非的感慨。

不能怪金潇思绪翻涌,如今企业越大问题越多,每个人都想着公司不是自己的。千银最近开展以旧换新的活动,有一堆问题,这偏偏是她的亲叔叔操刀的项目。金潇倒是相信"大世界商城"里藏龙卧虎,所谓高手在民间。以前程一鑫修手机硬件的本事算得上是首屈一指,还时常替别的铺子干活,挣一份差价。

她希望那几位搞技术的同事找的论坛大神——所谓刷机没有增值税发

票的这位大神能有些实力，为他们提供一个解决刷机猖狂问题的思路。若大神真有实力，金潇还担心说服不了人家，毕竟行有行规，他们不能砸别人的饭碗。

金潇思考着是应该如实地说明来意，还是该多找些理由，编编故事，让不同的同事多过来找他几次以测试漏洞。没走两步，她又低头看了一眼微信，确认地址——"金潇，论坛不给我发联系电话，地址是大世界商城六楼1088号铺。别走错哟！"

她再抬起头时，就眼睁睁地看着熟悉的奶奶灰发色出现在她的眼前。程一鑫穿着万年不变的印刷衣服，无论是冬天的卫衣还是夏天的T恤，都统一印着"鑫哥二手手机收售修"的字样。他撸起袖子，露出手腕，比以前瘦得更像骨头架子，手腕上的关节骨凸起，手指白皙且修长——那不是程一鑫还能是谁？他正在吃泡面，同时单手在那儿玩手机。叉子停在嘴边几秒钟了，他忘了把面条送入嘴里，用另外一只手飞快地点击屏幕。

金潇又看了一眼铺位牌，这就是大世界商城6-1088号。大脑空白了几秒，她见到了多年未见的前任，对方却还没看见她，正常的反应该是什么？金潇没想到这样超纲的问题会突如其来地摆在她的面前。

整整五年过去，她都放下了那段感情。她是该主动地上前打招呼，还是趁对方还没认出她拔腿就跑？两个人分手后还能做朋友，这种说法再好听也是骗人的。无论正常人转身后怎么后悔，第一反应都是逃走。她出来时就带了一部手机，后悔没戴一个遮阳帽挡脸，准备转身就走，待会儿叫搞技术的同事过来算了。

下一秒，他们已经四目相对了。

用金潇以前的话来说，程一鑫是那种奸商，宁可错捞一只苍蝇，不肯放过一个顾客。停在他的店前超过三秒钟的人，他都得伺候。程一鑫觉得自己瞬间僵住了，天哪。他放下叉子，泡面落回汤里，汤精准地溅在他的衣服上。

程一鑫："……"

反正在金潇的眼里，他一贯没什么好形象，是那种社会流氓小青年，现在还不小了。她那时候极其厌恶他浓郁的社会气质，程一鑫最怕带她去夜市上出摊。好在T恤是黑色的,不是黑色的又如何?他破罐子破摔。

程一鑫反倒淡定下来,把手机放在一边,硬生生地吞下去涌到嘴边的"好久不见",嬉皮笑脸地说了一句:"美女,买手机吗?"

这很程一鑫——目光分明胶着了许久,他眨眼间就能装作不认识她。

五年的时光经过这五秒钟,在彼此的眼波里破碎。外面的天光透过昏暗的玻璃照进来,好像一条光阴的长河,在他们之间川流不息,把他们塑造成如今的模样,湮没了曾经所有的爱恨情仇与疯狂。

他们最后一次见面好像也是在"大世界商城"里。那时金潇问他,分手了以后,他们还会不会有再见的那一天。他满不在乎地说以后的事情以后再说吧。金潇知道,他大概是不愿再见她了吧。

他们都在打量对方,往事如烟,记忆缥缈。他们忽然意识到分手以后就再也没有进入过对方的世界了。在过去与现在之间,唯有一段漫长无声的空白与静默。

也有恍如从前、经年未改的地方,比如程一鑫的油腔滑调。

金潇走到他的面前站定,冷冷地道:"程一鑫,你最近眼神不好?"她讽刺地一笑,微颤睫毛,"你假装认不出我?"

在程一鑫的印象里,金潇说话一向细声细气、文雅温柔。被他气恼了,她也只会瞪圆眼睛有理有据地辩驳,要么就一声不吭地跑出"大世界",跑到电梯口时往往还要回头瞥他一眼。

他几年没见她,她变得咄咄逼人了。程一鑫说完那句话就后悔了,嗓子被卤蛋和泡面一焖,连声音都不对劲儿了。他手忙脚乱地低头扯纸巾擦嘴,在心里骂黄顾也不知道给他倒杯水喝。他把手伸到柜子下直接拿了两瓶矿泉水出来,把它们放在玻璃柜台上。

程一鑫胡乱地用手抹了一把玻璃柜上的灰尘,咳了一声,说:"你坐下消消气,喝几口水。"

程一鑫自顾自地仰脖喝水,喝得急了,几滴水顺着喉结淌下来,流进深深的颈窝里。他喉结的轮廓还是那么清晰,喉结随着吞咽的动作上下滚动。金潇在刚出国的那两年里,但凡看见男生有好看的喉结,都会忍不住想起程一鑫。

水让声音变得不那么沙哑了,程一鑫自嘲地一笑:"我这不是怕吗?咱们这么久没见面,万一你没认出我来,我多尴尬呀。"

"你又没变。"金潇嗤笑一声,目光停在他的发梢上,"哟,发色还是奶奶灰呢,你还是好这一口。"

程一鑫见她打量他的头发,伸手理了理造型,不动声色地把耳侧夹着的那根烟取下来,把它攥在手心里。他把手藏在玻璃柜下,在金潇看不见的地方把烟丢进下面的柜子里。

"我原本染的是远峰蓝色——iPhone13的那个颜色,"程一鑫解释,"现在头发掉色了。"

他说完话,感觉自己欲盖弥彰。人家金潇的茶棕发色尽显高级,她把头发染得又自然又低调。他无奈地哂笑:"算了。确实,我就只有这点儿廉价的爱好。"

程一鑫最不知道"尴尬"二字怎么写,像以前那样娴熟地打了一个酷酷的空心响舌,脸上浮起调戏的痞笑。他说:"哥没变,倒是你变了很多。"

要不是金潇的这张脸已经深深地烙印在他的脑海里,让他死活都忘不掉她的脸,程一鑫现在几乎都不敢认她了。金潇跟他在一起的时候要比现在低调多了,以前再好看,也属于女大学生里的系花级别。她现在美得太出众了,让人移不开目光,敢情他以前就是她的一张平凡生活的体验卡——体验卡还是年度版的,过期无效。

她那个"人间富贵花"的称号恰如其分。她的身上穿着高开衩的黑底红花连衣裙,衣领是微荡领的款式,褶皱下面的肌肤十分丝滑,下摆垂着,她像是从复古的油画里走出来的美人。金潇本来就高,一米七的身高再加上五厘米高的红丝绒高跟鞋,收腰提臀,曲线毕露。穿成这样来嘲讽前男友,金潇至于这样吗?要说"女为悦己者容",程一鑫倒是不敢有这种超出常理的非分之想。她上大学的时候留长了头发,现在又剪了短发,发梢刚好扫到锁骨。高中时她也剪了短发,留着齐眉的刘海儿,现在她的气质却和那时的截然不同。她的外貌精致得像玻璃罩里的魔法凝结成的山茶花,茶棕色的慵懒法式卷被她打理得很显质感。在这样光线昏暗、灯泡频闪的老旧商场里,她是一抹人间的亮色。

程一鑫感慨前女友可真是长开了。她本来就有欧式大双眼皮和高挺的鼻梁，在国外待了几年后，婴儿肥消退，五官变得更精致了，高级感肆意地流淌。她浑身上下、由内而外都气场全开，生人勿近。不像年少的时候，她时常被他逗得面红耳赤，转身跺脚。

柜台前摆着侧面掉了漆的旋转圆凳，上面破了一个洞，露出里面的海绵来。金潇瞥了一眼就皱起眉，没坐下。

程一鑫了然地问："你是路过？"

"不是。"

"你是来找我的？"

"也不是。"但回答完他的这个问题后，金潇却拉开凳子，坐下来。

高开衩的裙子悄然地垂下，她大腿的旖旎风光隐约地露出。对面的几个店主都是年轻的男人，忍不住偷瞄她。

她改口说："算是吧。"

程一鑫看了她一眼，后悔让她坐下来。然而他既没身份又没立场，不打算说不合时宜的话，径直把泡面的盖子扣上，将泡面推到一边去："你找我有什么事？"

金潇不回答，单手托腮，把胳膊肘撑在他的玻璃柜台上，环顾四周，那几个偷瞄她的店主连忙低头。她记得一清二楚，程一鑫以前的铺位在这条路的尽头，在窄窄的拐角处，顾客往往不会走到他那儿去。所以程一鑫很拼，成日在滨市各大高校的贴吧论坛上注水，天天被人踢出各种微信群、QQ 群。和他加上好友的客户，都是他靠聊天拉来的。来鑫哥二手手机专卖店的女人们都喜欢跟他眉来眼去，用眼波传情，开着看似平淡无奇的玩笑，被他逗得前仰后合，发出声声大笑。

金潇一度怀疑自己是不是这些被他撩拨的女顾客里最傻的那个人，就这么上钩了。她坚信产品和质量才是第一位的，程一鑫笑她怎么找了一个傻瓜。他说："你也不看看这是什么地方，这是'大世界'。别做梦了，你以为这里是对面的千银专营店？他们在顾客进门时说一句'欢迎光临'，在顾客出门时说一句'祝您拥有美好的一天'。如果这样做，我一天都开不了张"。

金潇想说以前千银就是这样做起来的呀。她的妈妈虽然不在公司里，但坚持要内置独立的系统，不用千篇一律的安卓系统，坚持让研发的费用始终多于市场营销的费用，不抄袭其他手机的设计。她的小姨当年坚持要独立地设计音乐，下架了一切侵权的音乐，损失颇多，公司上下人心惶惶。但后来事实证明，小姨这样做不用像其他的许多公司一样付出巨额的赔偿。可惜，她无法向程一鑫说出这些事。

此刻，金潇不知作何感想。程一鑫怎么混来混去，竟然变得比以前颓废多了？或许是他掉色的头发和无精打采的黑眼圈给了她这种错觉——她难免揣测他是不是生意不好又开始刷机了。看来几年过去，他当初的那些豪言壮志都付之东流了。

金潇回眸一笑，语气讽刺地说："我记得你说过，'大世界'只是你的起点。你要在CBD（繁华商业区）开一家有三层楼高的二手手机卖场，做产业链，店里要像苹果专营店那样有全透明的玻璃，玻璃闪闪发亮。"她把漂亮的十指交叠放在跷起的左腿上方，轻压裙摆，挺直后腰，神色和语气间皆是玩味，"你怎么还在这儿？"

程一鑫被她说得头痛。这确实是他以前说过的话，当时还带着年少轻狂的得意。他十八岁去深圳当了大半年的背包客，挣了将近十万块钱，回来后在"大世界"里租了一个小铺位，不得定一个三年开店、五年上市的目标吹吹牛吗？他在分手的时候似乎也说过这种话。

其实，他们分了手，这些话还有用吗？讽刺极了，她以前什么话都不愿跟他说。只有他像一个傻子，收摊后看着天上的星星和月亮，搂着她，一股脑儿地跟她说这些吹牛的话。他挺想问问金潇的——是不是每次他说这种话时，她都把他当作笑话？时至今日，她还把那些事重新翻出来凌迟他。

千银大厦有三十层楼高，她需要他那三层楼高的破手机卖场吗？有时候他想想，是他亲手将金潇推开的。他有什么资格难过？既然握不住沙，他干脆扬了它。

程一鑫没想明白，他们五年没联系了，金潇今天是来干吗的？她就是为了报复他，在这里冷嘲热讽吗？他叹了一口气："你知道吧？我真的喜欢上班。"

金潇一脸疑惑。

程一鑫说:"这种累死累活又挣不到钱的感觉,真的很让我着迷。"

金潇:"……"

程一鑫问她:"怎么,你由于生活太无趣,拿我消遣?你来看看前男友是不是比你过得惨?"

以前金潇把家境隐瞒了很久,程一鑫刚知道她的家境时,如遭雷击。她能感受到他的那种复杂的情绪。可无论她后来怎么解释,他都认定她是想体验普通的生活、无聊时消遣时光才来找他的。现在他竟然还这样看她。

金潇不想解释过去的事情了,问:"我听说,你现在会刷机了?就是那个'Smart phone(智能机)论坛'。"

原来她来找他是巧合。程一鑫收起嬉笑,顿了半晌,说:"还行吧。"

金潇不再嘲讽他,精致的脸上薄怒散去。她说:"嗯,对,我的同事说你会刷机,我就过来看看……说真的,我没想到你还在这里。"

这次的"没想到"表明他们的重逢纯属巧合,仅仅几个字就让人尴尬得说不出话。她低头去拿矿泉水,指甲嫣红,手指像水葱一样,细细的手腕上缀着红色的四叶草手链,跟他怎么擦都擦不锃亮的玻璃柜台格格不入。

"我来吧。"程一鑫主动帮她拧开瓶盖,舔了舔嘴唇,"见笑了,这几年我没混出什么名堂来。"

他们之间忽然变得格外客气,一股拧着、绷着的劲儿泄了。原来他让前女友看见自己过得不怎么样,也没那么不堪。看见前男友依然缩在"大世界"里与底层人士打交道,金潇连再次嘲讽的劲头都提不起来。

金潇松手,矿泉水被程一鑫接过去。她瞥见他拧瓶盖的时候不自觉地缩了缩指尖——估计是因为他的指甲里有污渍。

程一鑫很懊恼,刚才拆了安妮小宝贝的手机,忘了洗一下手。其实金潇只是表面上身娇体软,力气大着呢。他刚知道这点的时候非常诧异——亏他还自诩体校的毕业生,没想到金潇的体能丝毫不逊于体校的女生。或许这就是全面发展的有钱人,她精通每一种运动,办了拳击散打俱乐部的年费会员。

他们分手以后,程一鑫看过她的微博,她不是去冲浪、攀岩、滑雪,就是去自由搏击，啥都不耽误。她哪里需要他在这儿自作多情地帮她拧矿泉水瓶的瓶盖？金潇可真有这种本领，他们都分手这么多年了，他还怕委屈了她，脑子一发热就伸手了。

程一鑫把矿泉水递给她。

金潇客气地道："谢谢。"

"你需要刷机？"程一鑫耸肩，目光在她的脸上徘徊着，揶揄她，"你不顺便故地重游一下吗？"

金潇抿了一口矿泉水，放下瓶子："我为什么要故地重游？"

诚然，大世界商场里承载着他们的许多回忆，他们分手时却并不愉快。

故地，算是一个意外。

重游，金潇没这般自讨无趣。

程一鑫调侃道："谁知道呢？没准你来怀念怀念，回头可以骂我，谁年轻的时候没爱过几个穷小子？"

他一向不介意自黑，拿自己当作笑料。

金潇依旧带着笑容，饶有兴致地看他，玩味地复述这两个字：'几个'？"

金潇"啧"了一声，说："你真看得起我。"她托着腮看他，慢悠悠地说，"我想，您这样的渣男，我爱过一个就够了。"

程一鑫"啧啧"几声，丝毫没有因她骂他渣男而恼怒，反倒带着一脸"果然如此"的神态，嬉皮笑脸地道："多谢夸奖。"

程一鑫的姿态实在吊儿郎当，他说话的时候，还在不停地抖腿："怎么着，你离开我以后运气挺好？像我这样的渣男挺罕见的吧？"他轻浮地道，"我是卧龙或者凤雏吧？"

他真是每句话都不讨喜，还在卖弄梗。

"程一鑫，"金潇顿了顿，落落大方地一笑，"'爱过几个'？如果你是想问我这个问题，可以直接问。"

有那么片刻的工夫，两人不约而同地凝眸相视。他们以为对视是安安静静、长长久久的，却看见彼此像两汪深不见底的潭水一样的眼睛，只好心照不宣地一笑。那是时过境迁后凉薄的一笑，笑意不达眼底，他们把稀泥和了又和。待大雨滂沱、泥泞不堪，他们无可回首，只好替自己买了账，先后收下这份耿耿于怀的惘然。如今他们总算将伤感带进了现实中，成了最熟悉的陌生人。谁不是丢车保帅、高筑城墙？他们不愿让对方看清自己，却偏偏免不了互相试探和投石问路。

"不了。"程一鑫的眸光闪烁，他把抖着的腿放下来。他手里的矿泉水瓶被他捏扁后又变回原状。他似笑非笑地道："你还是别告诉我了，心脏受不了。"

他说完又咳了一声，"咕嘟咕嘟"地喝水。

金潇抬眼凝望他，双眼皮因这个动作而叠得很深，有一种层叠渐次的美感。眸光里透着疑惑，她问了一个别的问题："你之前的店不是在那边吗？"

程一鑫以前的铺位是6-1414，数字最不吉利，铺租最便宜。铺位又小又偏，在安全通道的附近，除了泡面和去厕所比较方便，毫无好处。她不想说自己还记得1414，伸手指了指大致的方位。

"你的记性真好。"程一鑫"哟"了一声，眯眼看她，"但你不记得了吗？不是你说那里离厕所太近了吗？"

金潇有着饱满又娇艳欲滴的菱形唇，轻勾嘴角，托着腮若有所思地审视他。他怎么能这么自如，把以前的事情说得这么坦然？他似乎真的不介意重提旧事，满口都是爱过她，记得她说过的话，吃不该吃的醋，伪造出他还爱她的深情假象。难道他难忘旧情吗？她是不会再相信他了。

似乎是因为金潇的不为所动，程一鑫自顾自地笑了笑，给自己找一个台阶下："你别多想，我不是因为你才换地方的。刚好这家店铺转租，我就倒腾一下地方。"

金潇礼貌地微笑："您放心，我没这么自作多情。"

"说吧，你的手机有什么毛病？"

"没毛病。"

金潇回国进公司以后，例行被送了一部千银最新款的水星5。"水星"是千银手机销量最高的手机系列，性价比高，称得上是"当家花旦"，她今天带来的就是它。既然刷机的大神是程一鑫，她在来时的路上编的那些打算说给刷机师傅听的故事可以作废了。

她把银色的水星5放在他的面前，说："我想问两个问题。"

程一鑫瞥了一眼手机。世界上就没有他一眼认不出来的手机型号。水星手机还有一款定制款，千银可以专门做情侣、闺密或者亲子的手机。情侣定制款手机的前置摄像头上有情侣专属的字母定制，外壳也是定制的渐变色，情侣手机的渐变色上下相反，好在金潇这部手机的屏幕顶端干干净净。

直到金潇提问，程一鑫才回过神来，专心地听她说话。

"第一，如果我的手机被偷了，小偷怎么抹掉ID？？

"第二，运营商跟我们反映过，很多客户还没到时间就不使用合约机了，也不去退掉手机、升级套餐，我想，也可以把合约刷掉吧。"

她说到了程一鑫的专业领域，他认真起来，说："第一个问题有两种方法解决。硬解比较难——就是你说的完全抹掉ID。另外一种办法不是抹掉ID，其实是绕过ID，相当于下一个人拿到手机后，如果更新了系统，手机很有可能被锁掉，还是会暴露出原有的ID。第二种办法很容易，不过，你们最近是不是更新了系统？"

"对，我回国后建议他们更新安全性补丁，但他们并不了解国内刷机的情况。"

程一鑫点头："我可以帮你试试。"

"可我听说你还卖教程？"

程一鑫笑了笑："是呀。给钱吧，妹妹，不能因为你是前女友就不给钱哪。"

金潇白他一眼，说："我的意思是，你别只是试一下，我买教程，你开价。"

"今天我可能没空。"程一鑫看了一眼时间，还要整理二十部手机的验机报告。他不知道黄顾吃的什么山珍海味——黄顾大概摸鱼睡觉去了，现在还不回来帮他的忙。

程一鑫实事求是地说："我有空试试。如果可以的话，我给你写一份教程。一般来说，对千银的手机，我们会等国外的论坛出教程和代码。不像苹果手机，大家都急，系统一更新，华强北就有破解的办法。"

程一鑫的语气很委婉，他实则想说千银手机还没跻身一线的手机品牌。千银在滨市作为本土的企业，辐射周围的三个省份，在海外的市场也不错。然而国内的市场以华强北为风向标，千银手机占南方市场的份额小，自然没有火爆到那种让市场追着系统更新来研究刷机漏洞的程度。

金潇听懂了，程一鑫说了这么久，无非是想婉拒她。当年他们在一起的时候，程一鑫都是以他的手机维修事业和买卖二手手机的工作为主，两人因为这些事情吵架还少吗？如今他们分手这么久了，他拒绝她也在情理之中，她不该感到意外的。

金潇深吸一口气，保持微笑："我知道了。"她放下跷起的二郎腿，把双手从膝盖上挪开，款款地站起来，"谢了。"

"不是……"程一鑫发觉自己总跟她讲不明白话，不知道哪儿让她误会了。她永远体面、优雅又有尊严，对他不满了，便阴阳怪气地说话，又不吐脏字，从不让自己落入歇斯底里的境地。

她和从前一样，一言不合就转身走人，留着他在风中凌乱。他苟且求生已经这么贱，在她的面前更是贱得一败涂地。

"金潇，"嘴快过脑子，程一鑫喊住她，"你等会儿，别走。"

程一鑫叹气："我不是这个意思。"

金潇低头看他的手指，他用力地抠着玻璃柜，指尖发白，青筋和血管清晰可见。程一鑫长的是冷白皮，手指细长，关节平滑。这样一双可以去弹钢琴的手却成日沾满污渍，与螺丝批和手机的零件打交道。

她听见自己说："那你是什么意思？"

这样的对话似曾相识，在他们分手之前的每一天都在发生。他们说话都词不达意。

金潇转过身来。她坐了这么久再站起来，裙子却连一点儿褶皱都没有，丝滑得像巧克力，因为纤腰窈窕，裙摆被衬得像人鱼的尾巴。她回身以后，单手去撩耳侧的卷发，顺着锁骨一捋头发，像午后平白无故地起了一阵温柔的风，给了他说下去的勇气。

程一鑫逼自己不去看她，说："我的意思是，我现在按照系统更新前的方法帮你试试。因为我新打补丁，不一定能成功。如果不行，我晚上回去再帮你研究，出一个教程。"他说得掷地有声，"我保证，在这个'大世界'里，如果我都刷不了机，你就不必再找别人了。"

程一鑫以前不会刷机，只会维修硬件——换屏幕、换尾插、换电池、换基带。他们分手以后，他唯一的长进大概就是学会了刷机的技术。只是金潇不一定信得过他，在她的眼里，他大概就是一个花言巧语的黑心二手手机贩子。

金潇颔首，重新坐下，做出一个"请"的手势，语气疏离地再次提醒他："你别一口一个'帮我'，出价吧。"

如果不是他想帮她的话，谁会干这种吃力不讨好还砸饭碗的事情？金潇非要拿钱砸人，不想欠他的情，还这么理直气壮。程一鑫算是看出来了，金潇对别人才有那些善心，让他修手机要讲良心、不能坑蒙拐骗，怎么就实力坑他呢？

"可以，"程一鑫点头，"你把咱们分手以后的第一条微博删了。"

他嘲讽地笑了笑："这不算狮子大开口吧？"

金潇疑惑地复述："分手以后的第一条微博？"

"对。"程一鑫点头，"你肯定不记得了，自己翻翻微博。"

2017年的微博——"金潇Tonight（今晚）：'祝他早死，一生不顺，再也遇不到我。'"

金潇："……"

她竟然还有这么"中二"的时候。不用程一鑫说，她也想删掉这条微博。这是什么"乌鸦嘴"，眼下他不是就遇到她了吗？金潇想了想，还是没删微博，把这条微博设置了"仅自己可见"。

金潇沉默了片刻，说："我记得我发这条微博时屏蔽了你。"

所以，他是怎么看到这条微博的？

程一鑫平静地叙述："用微博国际版，或者随便注册一个小号就能看到。"

金潇懂了，说："我还奇怪访客记录里怎么没有你。"

程一鑫嗤笑："你很失望？"

她那时候是很失望的。程一鑫这样的非主流人士、"网抑云"重度患者、冲浪十级选手，怎么能说放下就放下她了？金潇的理智告诉她，不能再这样下去。可她偏偏中毒了一样，天天刷他的QQ空间和微信朋友圈，看他一如既往地每天发着卖手机的动态。有一次她看见他发的是"此情有憾，然无对错",下面有一个"展开全文"的按钮。金潇哭得不能自已。只要程一鑫肯给她发一条微信,她愿意立刻去"大世界"里与他吻得昏天黑地。她满怀期待地点开一大片空白底下的"展开全文"按钮,顿时心如死灰。

"此情有憾,然无对错。两款手机,均有现货。"

程一鑫发这句话的时候,是否想起了她?他是否有一丝为他们的感情难过的意思?他怎么可以说得这般轻松、这般儿戏,像什么事都没发生过一样?他们在一起的时候,程一鑫从未发过一条关于她的朋友圈。他们就这样无声地分手了,一朵浪花都没掀起来,没有人会从他的朋友圈里读出一丝忧伤。

金潇默默地读了许多遍那条动态,语句押韵通顺,他凭自己的语文水平绝对写不出来这种话,大概是从哪个同行那儿转发的。后来,金潇慢慢地就知道了,原来一个人想忘记你的时候,不需要屏蔽你。就算你二十四小时不间断地发动态,把动态发遍所有的平台,他都不会再多看你一眼。

她在宿舍里听室友笑着讨论,分了手不删前任的人是出于什么心理。她听来一点儿不搞笑,不想猜程一鑫是出于什么心理,还宁愿他能把她删掉或拉黑了,希望他表现出一点儿在乎她的意思。可惜,就算程一鑫没了她,他的太阳每天都会照常升起。最后她受不了这种煎熬,亲手把他的所有联系方式都删掉了。

物是人非,那份失望早就过期了。在这种年代里,折叠屏都出了,金潇也学会了妥帖地折叠回忆,刷着手机,漫不经心地回答他:"那倒没有,我很庆幸。现在看来,我得意得太早了。"

程一鑫反倒被噎着了,问:"金潇,你说话能不能讲良心?我纠缠你了吗?我给你评论什么不该评论的话了吗?"

他当时看了她的微博。那些话真的能把他气得英年早逝。

"哟,您别激动。"金潇笑了笑,把白嫩的手指翘起来,摩挲了一下色泽饱满的嫣红色美甲,"上述的行为,你一样都没有做。"

她转过头,瞥向其他地方:"我都快忘了,纠缠的人是我,当初是您执意要分手。"

金潇每说一句话都微微地停顿,确保自己足够清醒,提醒自己这个事实。

"行，是我要分手。"程一鑫"啧"了一声，语气随意地说，"老子从来就没指望过有人能读出来老子的悲伤。"

金潇不再纠缠于这个问题，淡淡地一笑："那您悲伤的方式可真别致。"

程一鑫想过无数次和金潇重逢是什么样的场景，时常从梦中惊醒，眼前都是金潇的面容。他想起那时金潇听着歌问他，他们如果有一天分手了，再次见面时会不会红着眼，抑或红着脸。他们分手的时候金潇大概是很恨他的吧，他又何尝不恨她呢？

他唯独没想过他们重逢的场景会是今天这样的——他开着电脑，插了数据线，给她刷机。他们这么平静，五年前刻骨铭心的分手恍如一场隔世经年的梦境，连一句"好久不见"都说不出口。

程一鑫问她："你就刷这部机？要备份数据吗？"

金潇无所谓地道："刷吧，没关系。"

程一鑫双手插兜，挨个儿掏了掏左右两个兜，竟然掏出了三部手机。其中一部手机跟金潇的千银水星手机同款，只不过是水星4，是两年前的款式了。他说："要不你拿我的手机用？我本来就是折腾手机的，换着手机玩，里面没什么重要的数据。"

金潇问："我需要备份什么数据？"

程一鑫说："我哪里知道？比如聊天记录和照片什么的。"

金潇看了他半响，勾唇一笑："你难道还担心我还保留着我们当年的合影和聊天记录？我早把它们删了，你呢？"

程一鑫当然还留着它们。他点头，轻松地一笑："我？我早就把以前的那部手机恢复了出厂设置，把它转手卖了。"

是呀，程一鑫哪里会像她这么矫情呢？金潇觉得自己当年费劲地保留聊天记录的行为简直蠢透了。那时候她看了攻略，要先把联系人拉黑，在"隐私-黑名单"那儿点开"删除联系人"，再把黑名单取消，这样就能既删了他又留下聊天记录。她还让同学帮忙测试拉黑了好多次，最后才一狠心，用这个方法删了程一鑫。

金潇笑着点头："挺有默契。"

程一鑫不置可否，云淡风轻地开始干活："绕ID也分几种，一种是比较低端的办法,绕完ID只能连路由器,相当于把手机当一个平板用吧,可以打游戏、听歌之类的;还有一种高级的绕法,可以用手机读卡和打电话。这两种方法我都帮你试试。"

"你这部手机有密码,我们姑且叫它'有锁机'。那我就省了备份这个步骤了,不然太耽误时间,正常的操作是再拿一部千银机来,把无锁的手机当作备份机,备份都是要把手机连接在电脑上。因为我没有你们千银的电脑,只能开一个模拟器。好了,你过来看看,这样电脑已经识别出来了,你这个设备有激活锁,要求输入账号和密码。"

金潇瞥了一眼:"我要输入吗?"

"不用。"程一鑫快速地操作电脑,"现在就是假设手机是一部被偷来的赃机,要刷掉原本的ID,你怎么会知道账号和密码?"

金潇点头:"好,我明白。"

程一鑫顿觉失言。金潇最反感"大世界"里的乱象丛生和蝇营狗苟,以前被偷来或捡来的手机比比皆是,刷机就相当于助纣为虐、替人洗白。他一时没注意,用了平时跟黄顾开玩笑的比喻向她解释。

程一鑫犹豫片刻,说:"你不问我会不会帮偷手机的人刷机吗?"

金潇挑眉:"那你会吗?"

"如果我会呢?"

"那好像……"金潇耸肩,锁骨漂亮得发光,像可以盛一杯冰镇的西瓜汁,她的言语也像被冰镇过似的毫无温度,"不关我什么事。我只关心刷机的技术。"

程一鑫的眼神黯淡了片刻,他开口说:"行,你站起来。"

他的要求有些突兀,但金潇看在他刷机的分儿上,还是站了起来。虽然程一鑫的身材又瘦又高,但金潇穿上高跟鞋后身高直逼一米七五,他还是一改原本懒懒地把手撑在柜台上的姿势,挺直脊背。

金潇以为他要让她看手机,疑惑地道:"干吗?"

"你刚刚说什么?"程一鑫痞痞地一笑,偏头看她,"我没听清楚。"

金潇不知道他想使什么坏,语气戒备地说:"我说,你到底要干吗?"

程一鑫摇头:"不是这句话,是上一句话。"

"哦。"金潇复述一遍，一字一句、面沉如水地和他划清界限，"我说，如今你再帮别人洗白黑机或者搞一些组装机的勾当，都与我无关了。"

过了这么多年，金潇总算可以平静地说出这句话。曾经她日思夜想，要把这句话狠狠地砸在他的脸上，没想到如今能这么波澜不惊地把它说出来。她觉得看见程一鑫狂跳的眼皮、微撇的唇角、毛茸茸的胡楂儿都是忧郁的，才最有快感。

"啧啧。"程一鑫同她对视几秒钟，伤感转瞬即逝，宛如她的错觉。他调侃道："你站着说话，腰真的不疼。"

金潇一脸疑惑。原来他让她站起来，竟然是为了回击她。

程一鑫怅然若失地说："你知道我为什么开不成三层楼高的手机卖场吗？"

金潇有些心虚，知道程一鑫对自己的定位。他从来都是一匹脱缰的野马、一匹乾坤未定的黑马，她也相信程一鑫能实现他的梦想。其实程一鑫算是有良心的店主，当年只能从开哥的手里拿货，一旦拿到炸弹机也没办法。但他该把手机卖什么价钱就卖什么价钱，从不以正价卖炸弹机。如果有人要修手机，他拆了炸弹机的零件也会如实地告知对方，说明手机不是全新的。

金潇对这些疑似赃机的手机恨之入骨，那时候太理想主义，见不得这些擦边球。程一鑫收了炸弹机后，只能背着她把它们卖出去，被她耽误了不少生意。此刻她感到久违的愧疚，又觉得时过境迁，最后坦然地一笑，反问道："难道你怪我吗？"

程一鑫哑然一瞬，说："算了，不说了。你找我刷机，不做功课吗？我只卖教程或探讨技术，不刷机。"

金潇指了指他的身后写着的业务范围："你这儿明明写了刷机。"

程一鑫头也不回，滔滔不绝地一口气说："刷机和刷机之间是不一样的。老大爷忘了密码要刷机；出轨的女友留下的平板需要刷机；有人明明把手机恢复原厂设置了，内存却不足；有人脑子一热，升级系统的时候拔了充电线，电量不足，手机变成砖头。"他反问道，"我不该刷机吗？"

金潇的手机忽然响起音乐，音乐声打断了他们的争执。手机漆黑的界面亮起来，起初一颗星辰闪烁着，被银色的流光环绕，渐渐地被众多的星辰包围，化作银河中渺小的一员，星辰组成了"Thousand Silver（千银）"的字样。最后银河散去，唯独一颗星辰身在一隅，闪耀动人。这是千银统一的开机动画，她在法国的时候参与了重新设计并改进开机动画的工作，她的小姨设计了背景音乐，极大地提升了千银手机的辨识度。

金潇不知道程一鑫还记不记得那句话。她看见那句话的时候，郑重其事地把它抄在日记本上，后来把它讲给他听。

"一个人爱上一颗不起眼的星星，是因为没有见过银河；真正的喜欢是，一个人就算见到银河，仍然爱那颗星星。"

金潇低头去看手机，刚要拿起它，程一鑫已经先她一步拿过手机。他的手轻蹭过她的手背，他手心里还是有那么多老茧。两人都不是少年了，不会因为这样微不足道的摩擦而面红心跳。曾经他们做过更多更亲密的事情，如今都只是移开目光，默不作声，十分平静。

程一鑫不再与她斗嘴，安安静静地捣鼓手机和电脑。他目不转睛地敲了一番键盘，电脑上便开始出现代码，手机屏幕还停留在开机的界面上。

金潇不自觉地去打量他。他除了变得更消瘦了一些，和以前没什么变化。他还是很清俊，虽然是一副游民的打扮，但也挺惹人注目。他在腰带上挂了一个晃晃荡荡的银色链条，跟在锁骨上闪耀着的廉价银链交相辉映，破洞牛仔裤松松垮垮地晃荡着。他的发色是很扎眼的奶奶灰色，倒与五颜六色、光怪陆离的大世界商城融为一体，显得浑然天成。

唯一与"大世界"格格不入的，是他的那双小鹿眼。无论底下的青黑色眼圈有多显憔悴，他的眼神总是透亮清澈的。他毫不谄媚地笑，痞里痞气，尽显机灵。他不像这里的许多人，他们总有一种市侩的浊气，做久了鱼目混珠的勾当，自己的眼睛也变成死鱼眼了。

程一鑫忙碌了一番，最后手劲儿稍重地敲下回车键，语气轻松地说："我测试了一下，论坛上的代码应该还可以用，是兼容的。"他拿起自己的水星4递给她，"你登录你的账号查找手机，选择'丢失模式'，锁掉你的这部手机。待会儿它就会显示'该手机已与物主锁定，防止所有者外的任何人使用该设备。'"

"下一步呢？"

"待会儿你就用电脑，打开论坛上他们之前做的代码，让你的手机跑一遍代码就好了。"程一鑫解锁手机，在面容识别的时候还不忘挑眉耍帅，随后用双手把他的水星4捧到金潇的面前，"请吧。"

金潇开玩笑地说："你的手机里没有我不能看的东西吧？"

程一鑫嗤笑："你随便看就好，能让前女友吃醋也是我的本事嘛。"

说了任由她看手机后，他果真没帮她将手机防盗的APP（应用程序）点开，转头继续捣鼓电脑，眸光闪烁，似乎操作电脑的过程还挺烦琐。他越是如此表现，金潇越不打算去翻动他的手机，以免他误会她。

这难不倒她。她对千银的系统了如指掌，不用动手都可以找出APP。千银的智能语音控制的昵称是Silver，她说了一句唤醒语："你好，Silver。"

程一鑫的手机静悄悄的。金潇皱眉，又试了一次。程一鑫瞥她一眼，似乎要开口。

"你这部手机的系统不是原装的？不对。"金潇摸了摸手机，凭手感觉得事情不像是那样的，很快笃定地问，"还是说，你改了Silver的昵称？"

程一鑫不回答，迅速地伸手拿回手机："我帮你打开APP，你别用语音唤醒功能。"

"哟，"金潇的直觉很敏锐，她问，"你不敢说实话？"

"那倒不是。"

金潇狡黠地一笑："那你唤醒Silver。"

程一鑫眯起眼睛看了她几秒钟，眼角上挑，睫毛又长又翘。若不是因为有着杀马特的造型，他其实很清俊。他忽然一笑，话里带了钩子："你确定要听？"

金潇听出了陷阱的意味，审时度势，说："还是算了，当我没说。"

"晚了。"程一鑫笑得暧昧而得意，把手机放到嘴边，如同在对爱人耳语，用很欲、很有磁性的声音说，"嘿，宝贝。"

他的手机屏幕变黑了，底下是跃动的银色流光，一个对话框跳出来，里面显示了他的这句话。语音控制被唤醒了，雀跃、虔诚又充满爱意地回答他："我的鑫哥，你还真是擅长让我分心。"

金潇："……"

原来，程一鑫选用了她的声音作为智能语音 Silver 的音色。后面的一句"分心"，是系统设定可供用户选择的问候语，她当时还玩了很久。

千银的每款手机都有主打的特色。古罗马神话中的水星墨丘利是雄辩之神、沟通之神，在奥林匹斯山上担任诸神的使者和译者。千银推出的第一代水星手机就拥有极佳的影音效果，有着环绕立体声的音效，支持杜比效果以及个性化的语音控制，不仅支持全世界的语言，还能识别并匹配国内的数十种方言。千银当时推出的这种手机是给情侣用的，客户只需要朗读几句系统预设的句子并录音，系统就可以合成智能语音的音色。

金潇的声音是系统预设的音色之一，她当时录入的远不止几句话。她反反复复地测试并录制了一周，拟合度高达 98.79%。所以，从程一鑫的手机里播放出来的这句话实在令人窒息。这句话不是她亲口说出来的——经过人工智能的拟合却和她亲口说出的话几乎别无二致。

金潇瞪圆了美目，语气冷峻地问："为什么？"

程一鑫的手机精准地捕捉到了她问的这句"为什么"，新的对话框跳出来，Silver 回答了她，用的依然是金潇春心荡漾的声音。

"我想，是因为我的鑫哥太帅了吧。"

金潇对此觉得尴尬无比。她在国外的这些年里，人人都是社恐，尊重隐私。所以，她过得既自我又舒坦。回国后，她只需本色出演又飒又跩的千金，没有人会找她的不痛快。她哪里有这么尴尬的时刻？她都快忘记了几年前一次次被程一鑫调戏的恐惧了。

她一向很敏感，此刻浑身的鸡皮疙瘩都起来了。她坐立不安地把跷着的左腿放下，又把右腿架在左腿上，还不自觉地抚了抚胳膊。金潇压低声音用口型对程一鑫说："关了它。"

程一鑫很了解她，巧妙地回避了她的目光，仍把手机攥在手心里。金潇忍无可忍，往前倾了倾上身，修身的裙子勾勒出曼妙的腰臀比。她触及屏幕才发觉程一鑫的指节亦在微微地用力，与他争夺着手机的控制权，低低地命令他："松手。"

程一鑫无奈。金潇出国后应该是吃着蛋白粉天天健身吧，力气比以前还大。他就这么逗她一下，她至于使这么大的力气吗？修长的指甲在他的手背上刮出了一道红痕，他让她如愿地关闭了语音控制。

金潇舒了一口气，生怕他的手机再用她的声音说出什么恬不知耻的话语，目光难以置信、充满谴责。她问："程一鑫，你不觉得你应该跟我解释一下吗？"

"解释什么？"

"你为什么用我的声音？"

"哦？"程一鑫勾唇，拖着长腔说，"我只是觉得挺好听的，这是你的声音？"

他装得太敷衍，一双如星的眸子里尽是揶揄之色。金潇懒得跟他计较了。千银是自家开的公司，她还没办法治他吗？

在接下来的时间里，金潇没再给他机会乘胜追击。她一转凳子，把胳膊肘撑在程一鑫店里的柜台上，以手扶额，脸侧的卷发刚好覆盖住眉眼。她不与他对视，姿态慵懒地斜倚在玻璃柜台旁。

她的睫毛很长，目光的焦点凝固在虚无缥缈的远处。她最近在构思新的手机外形方案，大世界商场里各种型号的手机令人眼花缭乱，很能引发思考。但脑海里思绪万千，难以风平浪静，百无聊赖之下，金潇开始抠自己指尖上的水钻，几次隐约地察觉到程一鑫的目光从她的身上扫过，他欲言又止。

可她已经感到他们的行为逾越了界限，他们之间不再适合开这种玩笑了——虽然是她非要问他的Silver昵称是什么的。金潇谴责自己，其实有那么一丝私心，想知道他是否有现任女友。或者说，这是她决不想承认的那个答案。她想验证她的猜测，又不敢承担后果。

金潇的态度摆明了她不愿再和他有一丝一毫的互动。程一鑫识趣地不再打扰她，低头专注地刷机。此时正是中午，周围的店主哈欠连天，还有两个人一边刷着短视频一边偷瞄金潇。对面的店主把胳膊搭在玻璃柜上，趴着小憩，唯有程一鑫任劳任怨。他似乎又把一部手机连在了电脑上，在等待金潇的手机读进度条的时候干私活，双线操作，不停地敲击键盘，手指跃动翻飞。

不到半个小时，他就刷好了她的手机，把它还给她。千银系统新打的补丁依然没起到作用,手机上没有了ID,可以正常地使用。人们常说"衣不如新,人不如故",然而正如手机,开了防盗模式又如何?黑科技不是一样可以轻而易举地让前用户存在的痕迹湮没在数据和代码里吗?只需半个小时,前用户存在的痕迹就可以被强制性地抹去。

更何况,他们分手五年了。

金潇拿回手机,重新简单地设置好它,眉眼舒展地笑了笑:"谢谢。"

她不再横眉冷对,忽地一笑,实在明艳不可方物,像记忆里和煦的晚霞融化了,又像蛋清浇在心脏上。程一鑫在心里骂了一句粗话,甚至不敢直视她,低头把螺丝批攥在手里,手背上的青筋凸起。他掩饰性地吹了一声口哨,声音清朗地说:"小事。"

这才是以前金潇想象中的画面——如果他们真有下一次见面的机会,她一定是他喜欢的模样,成熟懂事,明媚迷人。可她已经不再迷恋他了。

程一鑫打破沉默,说:"那个,教程……"

金潇客气地道:"我看你挺忙的,你忙完再说吧。"

"行,那我……"程一鑫找回刚才装二十部手机的筐子,将螺丝批拿在手里,像转笔一样轻松地耍了一个花,"我弄别的手机去了。"

金潇忽然不痛快了。程一鑫最会四两拨千斤,上一秒可以越过五年的空白调戏她,下一秒就可以没心没肺地耍着螺丝批。如果从渣男的语录里选一句话,金潇觉得可以把"我只是嘴甜,心里没你"贴在他的脑门上。程一鑫明明看起来这么普通、庸俗,虽然比别人帅一点儿,但始终弯腰窝在这么小的一方天地里,几年了都没从玻璃柜台后走出来。可她偏偏觉得他很神秘,总是猜不透他的脑袋里究竟在想什么。她读不懂他,这辈子也不会读懂他了。

两人许久不见,金潇不免有些后悔,自己反应得太过激了。她在害怕什么?当时可是程一鑫不愿再继续和她谈恋爱了。这几年,两人作为合格的前任,都像死了一样从对方的生活里消失了。以前她觉得前任之间问一句"别来无恙"太俗,可开了口,觉得这句话也不过如此:"我还没问你,你过得还好吗?"

"还行吧,我混吃等死。"程一鑫毫不磕巴地说,"听歌没有 vip(会员），游戏没有 mvp（全场最佳），现实没有 rmb（人民币）。"

他说完话，连自己都逗不笑，说："金潇，你真不擅长说这种垃圾话，有什么话就直说吧。"

金潇松了一口气，快刀斩乱麻地说："下次我让同事来找你吧。"

程一鑫头也不抬地说："好。"

他们都察觉到一丝不该有的难过。金潇站起来，摆出一副告别的姿态。一袭服帖的长裙再次勾勒出她姣好的曲线，纤尘不染，昭示着她本就不属于这个藏污纳垢、以假乱真的二手手机世界。她没拿手提袋，只拿着一部水星5，手机上带着程一鑫刚拿过的温度。她无羁无绊，无牵无挂，谁也留不住她。

程一鑫"喂"了一声，喊住她："问你一个问题。"

他自嘲地一笑，说："可能我不该问。"

金潇是很想保持冷静的，说："既然你知道不该问，又何必问呢？"

他又在故作姿态，奈何摆脱不了情情爱爱的纠缠，想来是庸人自扰。她也比他好不了多少，偏过头去不看他，语气依然冷淡疏远。她说："不过，我洗耳恭听。"

程一鑫用力地咬着牙，侧脸微微地隆起硬朗的线条。他问："如果知道这家店是我的，你还会来刷机吗？"

程一鑫分明知道答案，她不会来的。他吊儿郎当地调戏她，难道是想听她作为和他分手五年的前女友，亲口跟他说"我很想来找你"吗？当然了，程一鑫擅长社交，从来没有不敢说的话。

金潇早就不像以前那么天真了，如今留了三分余地，说："刚才你刷机的时候，我就在想，如果以前我们没在一起就好了。"她飒然地一笑，"那么现在我大概能找你帮忙刷机。"

真是人漂亮，话也漂亮。程一鑫嗤笑："我不觉得。"

如果不能和她在一起，他宁愿从未认识过她。

金潇不再言语，也不问他那句话是什么意思。两人对视着，漆黑的眸子里都涌动着复杂的情绪。周围传来推销的声音，那些店主都盼望促成一单生意，说着"姐，回头再来呀"，就算买卖不成，照样有仁义在。只有他们曾经耗尽了所有的温存,又失去了最初跌跌撞撞的一腔孤勇,连互相嘲讽都觉得无趣,徒留各自安好。如果他们非要说一句话,那句话便是"再也不见"。

程一鑫故作轻松地说:"行,我听懂了。"

他到底忍住了,没抬头看金潇离去的背影。泡面被他端回面前,冷得彻底,上面漂着一层油,凝固得丑陋。他挑起一叉子面条,瞥见面汤上还浮着一只因贪吃而不慎溺死的小飞虫。程一鑫索性不吃面了,埋头整理那二十部手机的验机报告。他再次抬头的时候,黄顾回来了。

黄顾一脸心虚。他的老爹在大世界商城的楼下开小仓买店,非要中午回去炖猪肘子,让他看一会儿店,还没把话说完就跑了。黄顾回来一看,程一鑫心不在焉的,上挑的小鹿眼黯淡无光,黑黑的眼圈显得更加萎靡不振。放在平时,程一鑫肯定会调侃黄顾几句,说几句"别人是摸鱼,你是下五洋捉鳖"之类的损言损语。黄顾被吓了一跳,以为遇到问题的程一鑫不能准时地交手机了,结果凑近一看,验机报告还有条不紊地出着呢。

程一鑫直到黄顾凑过来这么久才察觉,问:"哟,哥们儿,从电子厂里打工回来了?"

黄顾:"……"

他就说嘛,话不能说得太早,程一鑫怼天怼地,怎么可能放过他?好在黄顾早就被程一鑫磨炼出来了,乐呵呵地拉开隔板走进来:"电子厂里的竞争压力大,所以,我去鞋厂里纳鞋底了。"

黄顾拿起标签打印机,继续工作,回头一看,程一鑫探过身来,在他的柜子底下掏来掏去。程一鑫没掏到想要的东西,问:"你的啤酒呢?你把它藏在哪儿了?"

"你咋想起来喝啤酒了?"黄顾一拍脑袋,"我都喝完了。算了,我去老爷子那儿给你拿一箱啤酒。"

由于脾胃虚,程一鑫基本不沾酒。但他是大男人,不管这么多事了,该喝酒还是得喝。

"一罐就行,"程一鑫补充了一句,"要冰镇的。"

黄顾刚要出去,一抬头看见程佳倩匆匆地一路小跑过来,急忙用胳膊肘碰碰程一鑫："你妹来了。"

程佳倩不是程一鑫的亲妹妹，两人都舅舅不疼、姥姥不爱，从十几岁起就一起混了，算得上是难兄难妹。由于受到程一鑫的影响，程佳倩攒够钱后，就在六楼的二手手机铺子之间见缝插针地开了一家美甲店，既当老板娘又当美甲小妹。程一鑫时常去美甲店里兜售手机壳和贴膜服务。他俩因为都姓程，又都长得好看，"大世界"里的人几乎都以为他俩是亲兄妹。时间久了，他俩都懒得解释了。

程佳倩把头发染成了泡泡粉色，头发还是上个月程一鑫在家里帮她染的。她梳了一个高高的马尾，青春靓丽，满脸胶原蛋白。她满眼惊喜，把双手撑在程一鑫面前的玻璃柜台上，几乎快跳了上来，语气迫切地问："哥，刚才是潇潇姐来了吗？"

她很喜欢金潇。之前程一鑫和金潇分手，程佳倩骂程一鑫是负心汉和薄情郎，一直骂了大半个月，不知道事情经过的人还以为金潇是她的亲姐姐。

程一鑫敲了一下她的脑袋："你的店里没客人吗？"

"客人刚走。"程佳倩很委屈，急得不行，说，"不然我早就出来找她了。"

程佳倩拿起黄顾桌上的手机传单，把它卷成话筒状举到程一鑫的面前，憋着笑意挤眉弄眼："哥，我采访一下你，五年不见的前任变得更漂亮了，是一种怎样的体验？"

程一鑫想不出来词，顾左右而言他，说："五年不见，难道哥没变帅？"

程佳倩早就看惯了他的这张俊脸，嗤之以鼻地说："你？"她转头对黄顾说："黄瓜哥哥，麻烦给我哥开一下手机的GPS（全球定位系统）定位，免得他的心里没数。"

"扑哧！"

程佳倩穷追不舍地问："说嘛说嘛，你是什么感觉？"

程一鑫低头拧螺丝："说啥说？智者不入爱河。"

黄顾瞬间来了精神，说："冤种重蹈覆辙。"

程一鑫一脸疑惑。他真是脑子短路了，瞬间就成了大冤种。程佳倩跟他接触久了，耳濡目染，毒舌的程度跟他相比有过之无不及。他还没来得及还击呢,程佳倩娴熟地接梗:"潇姐终成富婆。"

程一鑫:"……"

被他俩吵得脑袋"嗡嗡"作响,程一鑫敷衍几句,死活不肯回答问题,不动声色地低头单手发了一条微信。

鑫哥二手手机专卖:"江湖救急。"

章鱼二手手机专卖:"来了。"

没过几秒钟,那边有人鬼哭狼嚎地喊:"鑫哥,鑫哥,江湖救急!"

程一鑫优哉游哉地从玻璃柜台底下拿出刚才藏起来的烟,重新把它别回耳侧。他松了一口气,拍了一下黄顾:"你继续贴标签,我去瞅一眼。"

玻璃柜台的旁边是一个可以上下活动的木板,这个作为进出的入口被程佳倩堵死了——她还在那儿追问他。程一鑫不以为意,单手撑着玻璃柜台,侧翻了一下就轻松地出去了,鹞子翻身也不过如此。他的动作极为轻盈,相比嘈杂的大世界,他落地堪称无声无息。玻璃柜台好歹也有齐腰高,有半米那么宽,上面还放了几部手机,程一鑫稍有不慎就会把手机扫落在地。

程佳倩目瞪口呆,有几年没见过程一鑫这么侧翻了。

翻出去的程一鑫很快去了老黄的仓买店,把早上开哥塞给他的烟丢在收银台上。黄顾的爸——老黄看了看,"啧啧"两声,说:"两包软中华,我给你算一百块钱。你小子整天光吃骨头不吐,我一个开仓买店的人还天天倒贴给你钱。"

程一鑫不抽烟,虽然练体育的时候不怎么认真,但也知道抽烟是作死的行为。夹在耳朵上的烟纯粹是一个摆设,他是为了装"社会"也好,为了骗烟卖钱也好,总之一箭双雕。

程一鑫敲了敲收银台:"等会儿吧,我还买东西。"

"你拿呗,你能拿啥值钱的东西?"老黄不在意,照样给程一鑫转了一百块钱,把程一鑫拿来的那两包软中华放在身后的架子上。

程一鑫转眼间拎起一罐冰哈啤,似乎还在转悠。

"鑫哥,找啥东西?"

"鑫哥"快成程一鑫的名字了,认识他的人无论男女老少都这么喊他,连老黄这样五六十岁的人也这么喊。

"有没有洗手液?"程一鑫思索几秒钟,"免洗的那种。"

"我给你拿。"老黄感到奇怪,问,"你竟然要洗手液?"

程一鑫"哼"了一声,没回答。等老黄钻到货柜的后面,程一鑫喊:"再给我一包蚊香!"

"什么?"

"算了。"

大世界商城里的每间店铺都共享着浑浊的空气,点蚊香有什么用?他的泡面里还是天天落小飞虫。程一鑫忽然想到刚才他刷机的时候,一只苍蝇"嗡嗡"地绕着他飞。当时他尴尬得要命,愣是不敢当着金潇的面去驱赶它,等它自行飞走。但愿金潇没留意到这一幕,否则他就"社会性死亡"了。

程一鑫回去的时候,发现程佳倩还在跟黄顾聊天。黄顾直白地说:"鑫哥有这种颜值,有过几个前女友不奇怪吧?"

程佳倩尽心尽力地帮程一鑫宣传私生活:"你不知道,他俩完全是两路人,但我哥喜欢她喜欢得要命。"程佳倩压低声音说,"那时候他们分手了,我哥颓废了好一阵,浑浑噩噩的,不想干活了,后来把店都转让出去了。"

黄顾很震惊,问:"什么?那他是咋把店要回来的?"

"说来话长了,他……"忽然瞥见程一鑫,程佳倩赶紧闭嘴。她蓦地想起他刚才的那个鹞子翻身的动作,紧绷俏脸,严厉地谴责他:"哥,你都多大年纪了?你又做这种危险的动作。"

程一鑫不屑地道:"你哥才二十六岁吧?"

"你读体校的时候才十六岁。你是不是忘了?"

程佳倩不知道的是,他之所以不这样耍帅地翻玻璃柜台,并不是因为年纪大了,而是因为以前有一次金潇见他翻出去,跃跃欲试。她一直等到"大世界"快关门了,周围的店打了烊,周围的人散了。程一鑫想扶她,没想到金潇比他还轻盈地一跃,那细细的手腕一撑,腰肢纤细柔软。她像一只小鹿,直接在他的心头上撒野蹦迪。

金潇这人真可谓"静如处子,动如脱兔"。程一鑫逗她,她却不好意思了,说小时候练过几天的舞蹈,柔韧性好。而且金潇的体育好,他亲眼见过她在校运会上的风采,她包揽了各种项目的奖牌。

程一鑫那时候不知道金潇一玩就是从极限运动起步。她从小练自由搏击，不过是为了防身。她想学潜水，可以去仙本那里晒一个暑假的太阳。她想练滑雪，可以去瑞士让教练陪着她上山。金潇很自律，哪怕在高三学业最紧张的时候，体脂比都维持着漂亮的数值。

程一鑫实在是提心吊胆，后来怕她摔着，便不再做这样危险的动作了。

程一鑫岔开话题，说："你俩别当我不知道，在那儿嘀嘀咕咕地说我的坏话。"

程佳倩一向阳奉阴违，说："哪儿能呢？"

黄顾老实一些，说："我们就说说拉拉小手、谈谈恋爱的事嘛，哥，谁没过去哇？"

程一鑫斜睨他一眼："你们丑的人才谈恋爱。"

黄顾一脸疑惑。

程一鑫慢条斯理地说："我们美的卖空调。"

"美的？"黄顾真要被他气死了，说，"老子不谈恋爱，你少刺激我。"

程佳倩适时地补刀，问："黄瓜哥哥，你还完分期贷款了呀？"

黄顾哀号："没呢，下个月是最后一期了。这叫什么事呀？前女友用着新手机，我还帮她还着分期贷款。别跟我说谈恋爱的事情。"他朝程一鑫道："我也美的……"黄顾说了一半，住嘴了，自知颜值和程一鑫的颜值相去甚远，连吹牛都不好意思，说，"去去去，你刷你的手机，我要干活了。"

黄顾觉得程一鑫在电子厂里打工的情状差不多和他现在一样。在仲夏的午后，流水线作业实在令人困乏。黄顾好不容易把一部手机上的三个标签都打好，一看冗长的验机报告，直接叹服了。

程一鑫从去年开始学华强北内卷。每个标签的后面都有二维码，客户一扫二维码就能看见验机报告。鑫家的金色翅膀标签在"大世界"里算得上是最货真价实的。鑫家的保修服务是保修七天，不像许多店铺顶多保修三天，有的店主甚至出了货就不认帐了。

他曾经答应过金潇不卖那些换过很多零件、成色极差的炸弹机坑消费者。结果他们分手两年后，程一鑫不受开哥的垄断和控制了，才彻底兑现了这个承诺。他从拿货起就能保证手机不是炸弹机,自然有保修七天的底气。他还有详细、专业的验机报告,再录下拆机的过程,有人想借机找碴儿都没机会。

过一段时间,程一鑫有心带着黄顾和另外一个人——刚才江湖救急的那位开章鱼二手手机专卖店的张宇,出去单干,自然要把口碑做得很好。现在他的客源很稳定,找来的人都是微信上的回头客,或者听了其他客户的介绍才来的。他想再多接几次像这种让他验二十部手机的单,确实不想继续在这儿混吃等死。

滨市到底处于内陆地区,技术没有深圳华强北的技术那么前沿。在华强北,各种新型的上门维修服务层出不穷,设计一个小程序就能创业。他如果再待在大世界商城这种老旧的地方,只会被市场淘汰。

千银电子公司有三个食堂,每十层分区配一个食堂,员工们可以乘电梯去不同的食堂里吃饭。金潇的二伯张仲驰主管行政,花了很大的力气推动员工的福利变革。千银作为现代化的大厂,每个月的基础饭补有八百块钱,月初公司会准时地把钱充进工牌里。三个食堂的伙食很丰盛,饭菜种类繁多,覆盖全国各地的菜系,员工们花不完饭补,还可以用它兑换零食和饮品。

金潇错过了午饭的时间,现在食堂里供应的都是甜点和下午茶。她一向控制甜食的摄入,唯独对下午茶很宽容。在巴黎待了五年,她适应了法式食品的甜且腻人,点了一份华夫饼,配一杯蜂蜜柚子茶。她走的时候把工牌放在办公室里了,又懒得上去拿它,想点开微信支付,才发现手机刚被刷过机,里面空空如也。金潇站在收银台的旁边,等着微信下载完毕:"不好意思,稍等。"

忽然,她感到手腕被人轻轻地碰了一下。

有人喊她:"金潇,我来付吧。"

那个清甜的女声隐约间有一种似曾相识的熟悉感。俞薇安深吸一口气,稳稳地一笑,尽量让自己不要紧张。金潇回过头,两人的目光撞了一个正着。趁金潇打量她的时候,俞薇安俏皮地一笑,低头帮金潇刷了工牌结账,一扬手,又把装在漂亮的卡套里的工牌重新挂回胸前。俞薇安比金潇矮了小半个头的高度,仰头看金潇,眉眼弯弯地问:"你不记得我了吗?"

金潇还在回忆"大世界",被打断思绪,匆匆地在脑海里筛了一遍认识的人。金潇用余光瞥了一眼俞薇安的工牌,上面写着"俞薇安——Vivian,海外销售部实习生",这个人果然是她。

"好久不见,"金潇微微地一笑,"谢谢。"

她又遇见了故人,今天是什么黄道吉日?俞薇安是她高中时代的室友,是她的上铺。俞薇安是高中时男生女生都会喜欢的那种女孩,有着不错的家境,有点儿男孩子气,天真烂漫,娇俏可爱,嘴甜,人缘也好。但是,两人相处得不算和睦,尤其在高三的下学期里。后来她们没再说过话,对彼此熟视无睹,毕业后便再无联系。

金潇没想到俞薇安竟然来千银实习了。虽然她们几年未见,俞薇安却很自然地挽过金潇的手,陪金潇去旁边的座位落座:"我上次就在停车场里看见你啦,你穿了一套白色西装。那是你吧?"

俞薇安抬眼打量金潇,上次在停车场里看见她穿香风质感的西装都十分惊艳,只是匆匆地一瞥,就认出她来了。今天的金潇更是人间绝色,穿着黑底红花的高开衩裙子,像要去赴一场名流云集的晚宴。

俞薇安下意识地缩了缩自己的脚,把穿着帆布鞋的脚藏匿于椅子下方的阴影里。读书的时候她和金潇都好看,在宿舍里聊天的男生说她俩不相上下,两位班花平起平坐。只是金潇的成绩更好一些,有人说俞薇安更贪玩一些,论聪明俞薇安不比金潇差多少。

如今老同学相见,身份和地位骤然转变,金潇疏离的气质带给俞薇安许久不见的陌生感。俞薇安是穿着朴素的实习生,未免自惭形秽。

金潇太显眼了,尤其在千银电子这样的"高端电子厂"里。千银跟国内大部分的手机大厂一样,人员组成以技术宅为主,不知道实情的人还以为这里是体育学院,雄性的气息浓厚。在千银,加班的现象很严重,为了倒时差铺开简易的床睡半个小时的同事随处可见,哪里有形象可言?

俞薇安在国内读研三,进千银实习,宿舍里的室友都羡慕她。起初她天天精心地搭配衣服,发现同事都穿着格子衬衫、牛仔裤和拖鞋,自己显得用力过猛,还容易招来同事的阴阳怪气,很快就随大流了。

俞薇安的性子不坏,她把一肚子话都如实地说了出来:"正好我有一个师兄在做研发的工作,他跟我聊起来,说老板的女儿叫金潇。我说哪儿有这么巧的事情呢?这不是同名吗?我又听说她在法国留过学,没想到真的是你!你等等我。"

俞薇安去吧台拿了一杯圣代,坐回金潇的对面。夏日午后的橘黄色阳光透过厚重的玻璃射进来,只剩柔和之意。中央空调吹的风很舒爽,经过千银的空气净化器的过滤,有清新感。桌侧放着绿色植物,这里的环境有氧又养眼。这里没有被蚊虫环绕的泡面,没有黏腻的玻璃,没有破洞的凳子,没有古怪的味道,没有摇摇欲坠的招牌,没有褪色的海报。

也没有程一鑫。

她怎么好像还在大世界商城里,出不来了?金潇不说话,只静静地用勺子搅了搅蜂蜜柚子茶,蜂蜜沉淀下去。或许是因为店员放少了蜂蜜,她今日喝着蜂蜜柚子茶,觉得它格外酸涩。她忽然想起程一鑫给她拧开了一瓶康师傅矿泉水。她因为不想破坏口红的色泽,就抿了一口水做个样子,似乎还把矿泉水忘在了玻璃柜台上,实在是失策又失礼。反正程一鑫给她贴的带着刻板印象的标签够多了,大概又会认为她矫情、不食人间烟火、不懂人间的疾苦。

俞薇安见金潇不言不语,说:"金潇,你……"她鼓足勇气道,"你不会还在怪我吧?高三的时候,我……我说你用的是盗版的手机,说你装有钱人。"

学生时代的施暴者往往都长着一副无辜的面孔,不需要施什么暴行,只需要往人群中一站,便站在了最安全的地方,人人都只是跟着她说一句话罢了。

金潇揉了揉太阳穴,感觉和煦的阳光甚至有点儿刺眼。她与程一鑫重逢,一路见招拆招。人家是花光了所有的运气,她是花光了所有的力气。正如程一鑫所言,她一向不擅长说场面话和垃圾话。今天她应付人际关系的精力都在大世界商场里消耗殆尽了,社交还不如沉默不语地跑五公里来得轻松。

俞薇安忐忑不安地等她回答。

"以前咱们都太小了，开开玩笑罢了。"金潇安抚道，低头瞥了一眼手机上的时间，"不好意思，我三点要开一个会议。"

屏保现在是系统自带的，她想起刷机之前屏保是她的照片，不知道程一鑫有没有看见它。

俞薇安赶紧摆手："那你快去忙，我不打扰你。"

金潇起身告辞："改天有空聚一聚吧。"

这是成年人的"改天"。微信下载好了，金潇和俞薇安加上了好友。俞薇安本来满心欢喜，但很快就发现金潇加她的好友不过是为了把饭钱转给她。

俞薇安早就后悔了。好在未来的时光还很长，她可以选择遗忘曾经自己恶劣的行为。重新见到金潇并得知她的身份后，俞薇安后悔得无以复加。现在全球的手机出货量都在萎缩，人们一年比一年难找工作，各大厂都在裁员。实习过后她想留用，部门主管得亲自去找人力主管要名额。她为此努力了一个学期，金潇说一句话便可以让她换一份工作，真叫人不甘。每次被主管找，俞薇安都以为实习留用的事失败了。这件事困扰了她两周，都快成她的心病了。她怕迟早会碰见金潇，又怕金潇早就认出她来了。

到底是她自己在疑神疑鬼。金潇转身离去，俞薇安又独自坐了半晌，直到圣代化成了一摊水。

金潇确实有一个会议要参加，但会议不是在三点，而是在四点。

她又梳理了一遍材料。刚好上一个时间段没人用预约的会议室，金潇提前十分钟走进去，把开会的设备都打开了，连接好电脑。她在大厂里工作有一个优点，员工都普遍年轻。身为组长，虽因为身份被他们在背后议论，倒没有人替她做这些端茶倒水的事情，金潇感觉很自在。

金潇不是没想过隐瞒身份，轻松低调地进公司，从零做起，那样甚至可以了解更真实的工作环境。可她没有那么多的时间了，叔叔们得陇望蜀。当年父母结婚，金老爷子是非常同意的，原因无他——她的父亲张叔骏有四个兄弟，即便入赘了，也不影响人家传宗接代，不算造孽。

这是千银的幸，亦是千银的劫。千银手机如一艘不受控制的巨大邮轮，航行得越来越远，渐渐地没有金氏的痕迹了。金潇需要让大家知道她姓金，千银手机也姓金。其实她很清楚，自己在管理的方面才疏学浅，现在还远远当不起千银的接班人。她的交际能力和程一鑫这种二手手机店主的交际能力比起来都有巨大的差距，更何况她要去当一个企业的管理者，去和各色各样的人打交道，和压价的供应商、刁钻的客户打太极。

等待组员开会时，金潇才把手机软件都陆陆续续地下载回来。她想起程一鑫说过的一句话，忍不住在搜索引擎里输入关键词，屏幕上很快跳出了完整的那句话，那果然是网络上的梗。程一鑫说"听歌没有 vip，游戏没有 mvp，现实没有 rmb"，后面偏偏少了一句"恋爱没有 ing（正在进行中）"。

他不愿说感情状态，金潇对此并不意外。程一鑫很擅长玩这些暧昧的文字游戏，当年就把她拿捏得死死的。她年少无知的时候被逗得心痒痒，夜不成寐。他看似什么都说了，实则什么都没说。程一鑫很早就会看人的眼色，能准确地掌握客户的痛点，自然有这种本事。

无论程一鑫为什么又要暗示她，用当年的昵称呼唤拥有她的声音的 Silver；无论他说的那句"我不觉得"的言外之意是不是他从不后悔与金潇在一起……金潇觉得那些话都只能听听罢了，不能把它们当真。

指尖轻点屏幕，她关闭了搜索引擎，输入了千银会议的录屏密码。大家准点进来，金潇直入正题，开始讨论新产品的创意。近年来千银里人才的素质颇高，只用了两周，每人就都拿出了一份整机效果图的初稿。从尺寸、处理器、屏幕、电池等参数配置，到产品的特色卖点、市场的数据支持、生产周期和出货量的预计，都翔实可行，有理有据。

金潇来了一个月，这是第二次开会，员工们都不由自主地多打量她几眼。投影屏幕在她的身后，她光洁的脸上映着屏幕的蓝紫色光影，细腻的绒毛隐有透明感，肌肤毫无瑕疵，法式卷发长及锁骨——她像上个世纪的欧洲电影明星。

金潇在法国的时候，这张脸还挺吃香的，有一种法国人最爱的优雅感，慵懒而浪漫。她并不是故意卖弄姿态，甚至人际交往的圈子简单至极，但她的骨子里就流淌着不愁吃穿、不屑于名利场的清高。漫不经心的时候，她更是隐隐地流露出高人一等的气质。

千银电子从她的姥爷白手起家开始发展，从有着拧螺丝的流水线的电子厂变成通讯大厂。金潇当得起这样的气质，疏离感也注定要伴在她的左右。

等所有人把方案汇报完后,金潇环顾一周,开口道:"我敢说,如果把每一份方案都交给MD(结构设计师)出建模六视图和工艺图菲林的资料,可以直接出手板了。"

MD是结构设计师,为ID(外形工业设计)提供技术上的支持,如工艺上能否实现、结构上可否再做得薄一点儿等。手板即确认外观效果的仿真机。

她是在夸他们了。第一次把完整的方案拿给金潇看,众人都面露喜色,松了一口气。金潇却面色微沉地说:"如果我没统计错,我们组的十个人拿出了三个曲面屏的方案和五个折叠屏的方案。这份方案,我以为看见了华为P40 Pro+。这份方案,照抄三星Flip3折叠屏。"

被点名的人辩解:"我是看今年各厂都在研发折叠屏,这方面的技术如果落后了,我们会很吃亏。"

"恕我直言,无创新的、复制粘贴式的抄袭,不叫研发。

"折叠屏是我们迟早要做的。我们非要着急地跟风,在春季的新品发布会上就出折叠屏吗?或许再等一年半载,等技术成熟后拿得出手了,我们再做产品会更好。"

金潇扬了下鼠标,漂亮的一字肩随之微耸。她均匀地滚动屏幕,把屏幕一滑到底:"我们不是要做产品的迭代,而是要做一条全新的产品线,它覆盖的受众和之前的产品线覆盖的受众完全不一样。你们看过这份最新的调研报告吗?《我,00后,四年没换手机了》,里面提了两条原因,一是价格高,二是没有变革式的创新。"

这段话有点儿沉重,令人沉默,金潇点到为止。投影屏幕上流光变幻,画面滚动,底下忽然有人惊呼:"这不是我的……吗?"

"我调了一份各位当年校招入职的时候提供的作品集。"金潇的眸子是由衷的赞叹,她说,"非常精彩,真的。我之前在法国留学、工作,看完这些作品后不得不说,国内的人实在是太内卷了。"

底下的人总算笑出来。

金潇回头瞥了一眼:"黑白的水墨屏、随意地弯曲的折叠屏、卷轴屏,你们随便说说灵感?我预定了两个小时的会议室,放心,不会有人跟我们抢位置。"

"我以前的画风太丑了吧,这个灵感来自科幻电影……"

"我的这个是……"

金潇的一举一动都会被有心人看在眼里。在信息爆炸的时代,她生怕自己的行为流传出去会给企业造成负面的影响。好在千银的内部是年轻化的,员工们意识到金潇比想象中的要"平易近人",氛围变得融洽、轻松了许多。

等他们说完话,金潇把双手交握在一起:"我先说一声抱歉,作为组长没有事先和大家沟通好。大家或许希望给我一份成熟的方案来证明自己的能力,或者说,都被 MD 反复教做人,不想再挣扎了。"

组员都笑了。

有人八卦地道:"之前有一个 ID 设计师离职了,就是因为被 MD 退了三十多份稿子,硬生生地对 MD 产生了感情。公司的内部不能谈恋爱,她就辞职了。"

金潇点开自己的方案:"轮到我的方案了吧?我想在明年的春季同时推出两款手机作为双子产品。既然年轻人不肯换手机,我们就劝他们多买一部手机。这款'冥王星'是游戏手机,有着和冥王星一样的锈色和凹凸的手感。我们可以在手机左侧的虚拟摇杆处配一款蓝牙实体的'卡戎',营销的故事就是伴星'卡戎'一直陪着'冥王星'走过清冷的旅程。另外一款'天王星'是考研上岸的手机,手机设计是一个轮回,可以回归键盘或者翻盖的样式。"

"金潇,"有人举手,"你说手机设计是一个轮回,我还是想回归商务的大屏。"

"可以。"金潇点头,"你拿最大胆的想法说服我。"

她又对众人说:"我有两个要求。第一,受众一定要和现有的交叉;第二,消费者套上手机壳以后,我们能让大家离五米远就一眼认出这是千银手机。希望下次开会时我们会进行一场头脑风暴,而不是拿出一个可以让 MD 摸鱼的方案。"

开完会以后,组员都去找项目管理人林冉茶确认各自的任务。

林冉茶坐在金潇的旁边,直接问她:"金潇,这个'建立研发中心手机博物馆',有细化实现的路径吗?"

"很简单,去收市面上所有手机品牌已发行的系列和型号,比如iPhone1到iPhone13发行期间的所有型号,其他品牌同理。只要二手的手机,故障机也可以。以后所有人有研发的需求可以随意地借出手机,我们找工作负担轻的人兼职报账和管理工作,再不行就向人力发需求。"

林冉茶有些不理解,问:"为什么只要二手的手机?"

金潇等程一鑫刷机的时候,就把周围几家手机店的维修范围看了一遍。她发现光是折叠屏的手机,漏液、绿屏、鼓包、一半黑屏、红线竖线、折痕开裂等各种缺陷就应有尽有,甚至还有手机收售修店打出"折叠屏?有钱修,没钱修,找章鱼""天天返厂?不如找哥"这样的标语。

她回答:"我想看见最真实的设计缺陷和技术壁垒,它们既然是别人家的,也是我们千银的。"

"好,明白。但问题是,"林冉茶指了指大厦对面的大世界商城,"对二手的手机,咱们想报账都没有发票了吧?"

"对,找财务人员沟通一下。"

"另外,近期我们主要收集市面上坏掉的折叠屏和各种型号的游戏手机。"

"好。"林冉茶用的是茶轴键盘,用漂亮的手指"噼里啪啦"地打完字后,忽然想起来,"哎,你今天去对面找的大神怎么样?"

"不怎么样,"金潇顿了顿,"共享单车。"

林冉茶一脸疑惑。

金潇咳了一声,圆回来:"毫不起眼,还挺好用。"

她曾经啊,可真是想不明白,天真地以为能把共享单车上锁。

是夜,星斗漫天。这是在市中心里看不见的风光,程一鑫透过斑驳的防晒玻璃膜往外看,山路在视野中摇晃,对面的车灯有时很晃眼。繁星全无声息,在夜空中闪烁烁,一个都不曾歇。程一鑫认命地打了一个哈欠,觉得到了晚上星星跟他一样,挂在半山腰别墅的夜空上,给有钱人打工。他刷完机都快晚上十点了,黄顾早就跑了。程一鑫本以为自己是由于低血糖才眼冒金星的,再眨眨眼,星空确实灿烂。

程一鑫不由得感叹自己老了,熬了一夜,都饿得过劲儿了。他人还变得脆弱了,容易想起过去的事情。他记得以前他还去金潇家的那座别墅下向她道歉，大半夜她跑到阳台上，两人隔空相望。

又开着车绕了一个弯，程一鑫瞥了一眼，急刹车，老旧的五菱汽车发出一声咆哮。他拉了手刹，把窗户摇下来，把胳膊支在窗户的边缘，提起精神吹了一声口哨，调侃道："我就说呢，我的哥们儿上次非要抢着来接单拿手机，原来是因为客户太好看了。"

小洋楼的前面有漂亮的小夜灯和欧式的白色栅栏，穿着淡紫色蕾丝贴身睡裙的女人身姿窈窕。陈雪嫣然一笑："哟，是鑫哥吧？"

陈雪是从朋友那里听说的程一鑫。朋友说鑫哥的技术好，他还是一个帅哥，她不由得多看了他两眼。程一鑫倒是挺没有帅哥的自觉，穿了一件给自家打广告的T恤，T恤被多次洗过，背后的字都快掉了。他还嚼着口香糖，跩跩的，黑眼圈严重。因为瘦削，他有男明星的同款下颌线，下颌线锋利如刀，在茫茫的夜色里也没有被吞没棱角。他利索地跳下来，把装着二十部手机的筐子递给陈雪："你点一点，手机都有标签，你扫码就能看拆机视频和验机报告。"

"你拆的机？"

"是呀，不过我没露脸，你要是想看我的话，得趁现在多看两眼。"

陈雪瞪他一眼，觉得鑫哥还真是会做生意。明明现在是晚上，孤男寡女待在一起，他偏偏说得这么搞笑，既夸了她，又让现场毫无旖旎的氛围，气氛融洽而不尴尬。上次那个呆头呆脑的傻子紧张得直结巴。

程一鑫刚说完话就飞快地反悔了，说："算了，你还是别看我了，再看我都想报警了。"

陈雪说："不至于吧？"

"至于。"程一鑫认真地道，"我第一眼看见你就在想，这是哪家的公主出逃了？我举报有没有奖金可拿呀？"

陈雪"扑哧"一笑，说："你就贫嘴吧，是不是想骗姐姐多给你打钱？"

"哪儿能啊，"程一鑫笑了，"咱们提前说好了价格。"

陈雪数了数手机。程一鑫把后备厢打开，后备厢里露出摆摊专用的音响和流光溢彩的氛围灯，后备厢的内侧摆着一圈五颜六色的发光二极管。他懒洋洋地把胳膊肘支在后盖上，不想再费力地抬手去关后备厢，上衣扬起，一截劲腰露了出来，被松松垮垮的牛仔裤显得腰窄腿长。他状似随意地道：

"我忘了问你就给你带了配件,你要不要?配件都是华强北的货,充电头和数据线一套三十块钱。20W 的快充头也有,贵点儿,一套五十块钱。"

陈雪低头给他转账:"行吧,给我来二十套三十块钱的配件,我给你转过去六百块钱了。"

程一鑫在回去路上给黄顾打了一个电话,饿得胃疼,喊人出来吃夜宵——撸串。而且他白天意外地见到了阔别五年的金潇,有充分的理由一醉方休,不再管什么刷机、修机、拆机的事了。黄顾支支吾吾,说他的那个让他分期还款的前女友忽然找他,还问程一鑫他该不该去见她。

程一鑫乐了,说:"哟,今天谁骂我大冤种来着?你去呗,重蹈覆辙呗。"

黄顾犹豫着说:"你别闹,我不知道她分手以后有没有再处对象。"

"你问问她。"

"我咋问哪?"

程一鑫摸了摸下巴:"你就说'宝,最近怎么样?没跟别人睡觉吧'。"

程一鑫的耳边直接传来一片"嘟嘟"的声音。

黄顾听了这种话,血压直接飙升,受不了了。回头草就是这样的,他吃了会发绿,不吃会骂草,吃不吃都会后悔。

程一鑫发了一条微信语音追击黄顾。

鑫哥二手手机专卖:"啧啧,我倒还希望给别人还分期贷款呢,没机会呀。"

黄顾很是无语,发语音回复程一鑫。

黄瓜二手手机专卖:"哥,你吃溜溜梅了吗?你少讽刺我。"

另外的那个修手机的哥们儿章鱼住在郊区,起早贪黑地通勤,通勤来回要花三个小时。程一鑫是指望不上他了,于是又给电子烟的门面马丁打电话。马丁一下班就跑到夜店里去"上班"了,电话那边的声音震耳欲聋。马丁说:"哥,来'无人知晓'呗,我跟女朋友还有几个朋友都在这边呢,一起来玩玩呗。"

程一鑫敷衍地道:"你玩吧,下次再说。"

马丁大着舌头说:"说好了呀,你下次必须来。"

得了,程一鑫只能回家,家里的灯倒是亮的。

"程佳倩,"程一鑫一边换鞋一边喊,"赶紧给我煮一碗面!"

半天没有得到回应，他看了一眼手机，果然错过了程佳倩的微信，她说她今晚不回来了。程佳倩最近似乎有情况，白天有人给她送花，有时候晚上还有人在楼下按喇叭。这时她就换衣服下楼，夜不归宿了。这栋房子是程佳倩的，今天程一鑫的脑子里一团乱，他也不想去思考他啥时候得卷铺盖走人。或许因为程佳倩分分合合、作天作地的德行，他还能继续待在这里。

程一鑫熬了两夜拆机和刷机，下厨都没力气。好在他没去撸串和喝酒，困得都东倒西歪了，哪里还需要一醉方休？他随便地翻了翻冰箱里程佳倩剩下的零食，潦草地填饱了肚子，洗了澡，瘫倒在床上。

他越困越睡不着，还是想起了金潇。

和她分手以后，他说不想金潇是假的。

脑子里像走马灯一样，完全不受控制地回放着今天他们重逢的尴尬场面。好在程一鑫打开了手机，手机里很快就传来"赛事匹配成功"的提示音："滨市第七十八名玩家'鑫哥二手手机专卖'，您的对手已经上场，决斗请遵守骑士国际规范，鞠躬以示敬意。"

《重返蒸汽波》？这款破游戏挺火的，本地的玩家都能看见游戏里的市排名，市排名作为广告宣传，免费又直接。每个月的月初，玩家都会自动地掉三个大段位。程一鑫这两天忙着刷机，还没好好地冲榜。前几个月他一直保持在市榜的第三十名上下，性价比最高。前面的人都是一些职业的游戏主播和氪金的大佬，他没法把排名刷上去了。

很快程一鑫放下手机，忍不住骂了一句粗话。他打了三把游戏，手感极差，野排的队友又坑——他顺利地从"市榜第七十八名"跌到"市榜第七十九名"。这叫什么？他刚跟金潇说完的"游戏没有 mvp"应验了。

程一鑫没留意到游戏又开始了新的一局，屏幕闪烁，黄顾打来了电话。黄顾今晚见了前女友，想找人倾诉一肚子的故事，思来想去只能打电话骚扰程一鑫："哥，你有没有听我说话？"

程一鑫开着扬声器，抠出最后一点儿薯片的渣吃，舔了舔指尖："没有。"

黄顾无奈地说："要不我请你吃夜宵，咱们出来唠唠？"

程一鑫懒洋洋地说："老子困了。"

黄顾努力地说服他："你不是没吃晚饭吗？你不饿吗？"

"饿。"程一鑫伸了一个懒腰,"但是我昨天晚上做梦了,梦里还有半桶泡面没吃完。"

黄顾一脸疑惑。敢情你的梦是电视连续剧,是小说里的"未完待续",是相声里的"且听下回分解"?我信你就见鬼了。

程一鑫敷衍地道:"我睡了,晚安。"

旁边的千银水星4黑漆漆的屏幕忽然亮起来,精准地识别出程一鑫的话,启动了他设定的晚安唤醒功能。

"晚安,我的鑫哥。"金潇的合成声十分温柔,"她"像一个骗子,说,"就算见过了银河,我依然爱着那颗不起眼的星星。"

天哪。

程一鑫都来不及挂电话,扬声器还开着。

黄顾听见电话那边传来一个温柔的女声。黄顾到底是见过大风大浪的,每天应付顾客,脸皮很厚实。他愣了两秒钟,笑呵呵地自说自话:"鑫哥,喂?咋就没信号了?算了,我挂了,明天说。"

程一鑫:"……"

程一鑫挂了电话,发现游戏发来一条提示:"匿名玩家举报您有在决斗场挂机的行为,经核实,我们将对您实施封号七天的惩罚。如需申诉,请在此链接内反馈。共同创造美好的游戏环境,感谢您的理解和配合!"

人间真是不值得。

程一鑫强行用枕头蒙住自己的脑袋,决定还是去梦里吃了那剩下的半桶泡面。

金潇没想到,上次只是在食堂里匆匆地和俞薇安见了一面,俞薇安却把那一句"聚一聚"当真了。

俞薇安在高中的时候人缘非常好,称得上是一呼百应、左右逢源。他们约在周五下班以后,留在本地读书或工作的十几个人聚一聚,先去唱歌,再去吃夜宵。金潇高中时向来埋头学习,拜俞薇安所赐,从高三的下学期起几乎都不与其他人讲话了,只有从初中一直到高中都和金潇同班的方好好和她关系最好。

方好好被俞薇安问得没办法,替她一问,金潇还真来赴约了。人人都说,同学聚会是一帮自以为事业有成的同学们为了虚荣心组织的吹牛大会。

他们这一届，本科毕业就工作的刚好工作了三年，吹年薪、吹职位，读研的人就吹学校、吹在核心期刊上发表了论文。如今经过俞薇安的宣传，他们都知道了，金潇是唯一不必吹嘘的人。

金潇走进包间："抱歉，我来晚了。"

上一个同学还在说自己做到主管了，下半句的声音都弱下去了，吹牛戛然而止。歌声还在流淌，已经无人接着唱，麦克风被轻轻地放在桌上。他们虽然做好了心理准备，都想好了今晚回去要跟人吹牛，说自己跟千银公主是高中同学，但真正见到金潇时，还是感觉她太陌生了，吹牛太亵渎她了。

靠近点歌操控台的同学调了调五光十色的包间氛围灯，把它们换成明亮的大灯。金潇是真的不一样了。五官和以前一样漂亮，如今她却浑身散发着不易接近的气场。她穿着一席简约的黑色长裙。这是仲夏之夜，她却穿着天鹅绒的长袖开衫，唯有领口泄露了一丝莹白色的皮肤。她偏生没有一滴汗，哑光的妆面很高级，发丝蓬松清爽，头上别了一个闪亮的发夹点缀黑裙。

终于有人打破沉默，说："嘿，金潇，你终于来了。"

"班花就是班花，还是这么漂亮。"

他们高中的时候年轻气盛，现在都被社会打磨过了。每个人都意识到自己与金潇之间的巨大差距，望尘莫及。她含着金汤匙出生，在起跑线上就赢了。他们有幸与她同窗三年，还把她得罪得不轻，现在只求她不计较他们当年的无心之举。

像俞薇安说的那样，被她原谅的人都不必担心在千银实习留用的事情。他们都希望她能透露那么一些资源，让他们以后多一个机会。高中毕业后的七年中，他们私下倒是三三两两地聚过会，唯独金潇与他们断了联系。

金潇觉得他们颇有些陌生，对个别的同学一时只能想起外号，叫不出他们的名字。她礼貌地笑了笑："今天我请客，大家随意。"见众人还有些发愣，金潇比了一个手势，"继续呀，我记得以前各位都是麦霸。"

"扑哧。"

"来来来，潇哥请客，咱们必须再来一打啤酒。"

金潇点头微笑："别客气。"

"金潇，你点什么歌？我帮你点。"

"我自己来，你们先唱。"

金潇在人群中看见了一贯与她要好的方好好，坐到她的旁边："怎么我约了你几次，你都不出来？"

方好好压低声音说："我……最近有点儿忙。"

金潇静悄悄地打量对方。方好好的脸色不太好，气色全靠口红的颜色支撑着，虽尽显疲态，但她见到金潇还是抿唇一笑。然而金潇轻轻地一碰她的胳膊，她浑身就紧绷起来了，如临大敌，低头看见是金潇的手才放松下来。

金潇很熟悉这种感觉。这是人体遇到危险时的自我防御机制，肌肉因用力而紧绷。她练自由搏击的时候，最重要的诀窍就是假想自己在生死的边缘徘徊，充分调动紧绷感，把潜能发挥到极限。

金潇若有所思，方好好在紧张什么？难道现场有让她紧张的人和事？金潇不动声色地环顾一周，这是其乐融融的同学聚会，毫无可疑之处。金潇想了想，给方好好发微信："你遇到什么事了吗？需要我帮忙吗？"

方好好察觉到振动，点开手机。金潇看得出来她的姿态很是防备——她用左手轻挡手机，还用着防窥膜。金潇从旁边看过去，只能看见一片漆黑和一点儿屏幕缝隙的亮光。方好好看见金潇的消息，瞳孔一缩。她瞬间直冒冷汗，颤抖着手指去关机，还没来得及让屏幕黑下去，一条新的信息就进来了。

浩："关什么机？你以为我没看见吗？"

好好："我什么都没跟潇潇说，不信你看。"

方好好急忙切换回与金潇聊天的对话框。

好好："潇潇，我没事，其实就是身体有点儿不舒服。"

金潇 Tonight："你怎么不回家休息，还来聚会？"

好好："我好多啦，这不是想见你吗？"

方好好平复情绪，转头冲金潇一笑，以示自己无恙。

心头疑虑重重，金潇见方好好极力地隐瞒事情，不再追问，给她倒了一杯温水，轻握了一下她的手，关怀的意味尽在不言中。金潇上次回国是春节的时候,她们确实很久没见了。二人相视一笑,方好好稍微放松下来。

下一秒,手机再次振动。

方好好有一种不好的预感,深吸了一口气,点开手机。

浩:"你去完成第七条惩罚后再回来。"

洗手间就在包间里,人在里面可以清晰地听见外面的声音。那边充满欢声笑语,人们久别重逢,推杯换盏,乱摇骰子,同学情深。这边瓷砖冰冷,镜子里照出来的人面色惨白似纸,唇瓣早无血色。这家KTV(指配有卡拉OK和电视设备的包间)的档次是方好好高中时想都不敢想的,包间里的音效很好,立体环绕。有人正深情款款地唱着情歌,低沉沙哑的男声传来,感情丰沛。

方好好冷汗涔涔,努力地想第七条的内容是什么,手机对面的人很了解她。

浩:"怎么?你忘记了吗?"

方好好想起第七条的内容后,更加难堪地紧咬唇瓣。

好好:"这里都是同学,你放过我好不好?"

浩:"我给你看一样东西。"

视频里是一个宠物的自动投食机,投食机亮着温馨的荧光,两只雪一样的白团子围在它旁边。它们有着圆圆的脑袋和大大的眼睛,歪着头用爪子轻挠投食机。视频刚好有一分二十秒,手机对面的人掐好时间发来下一条微信。

浩:你猜,它们会不会吃呢?吃了以后,它们半分钟就会死呢。

好好:不要,我求求你了。

方好好流下一行泪水。她最后悔的事情,就是一时心软把当时一起养的两只小猫留给了荀浩然。她被他用两只小猫的生命威胁着,不得不满足他监视她的手机的变态要求。

荀浩然勾起唇,放下手机专心地唱歌。一曲终了,他意犹未尽地交出麦克风,朝洗手间那边瞥了一眼,舔了舔唇角。旁边有人钩住他的脖子,喊他的外号:"狗哥,还是那个情歌小王子呀。"

荀浩然捶了他的胸口一拳,开着爷们儿式的玩笑。他拿起手机的监控,方好好的屏幕一片漆黑。他点开摄像头，屏幕同样漆黑。

浩："你敢遮住摄像头？"

旁边的男生又朝洗手间的方向抬了抬下巴，压低声音坏笑着问他："你看啥呢？你是不是还惦记着方好好呢？"

"去你的。"荀浩然笑得爽朗，"老子快结婚了。"

"喂，大家听听，这像话吗？公开虐狗！"周围的两个男生都听见了荀浩然的话，鼓掌喊叫。

洗手间的门开了，方好好站在门口，一双惊慌的眸子里写满了不可置信。

男生还在吆喝："狗哥要结婚了？"

荀浩然毫不掩饰地笑笑，与方好好对视："是呀。"

"啥时候哇，能不能免了份子钱哪？"

"嫂子是谁呀？"

荀浩然"啧"了一声，说："你们不认识她，她害羞。"

"要我说，狗哥真是人生赢家，我们在这种格子间里坐着，都有肚子了。就狗哥当着健身教练，有钱，身材好。他毕业两年就迎娶对象了。"

"狗哥在哪家健身房？"

"中央大街上的健身房。来呀，都是同学，来了我给你们当私教。"

时间真的能磨平一个人的棱角。荀浩然人高马大、声音低沉，以前体育就好，是体育委员。他不但脾气坏，一言不合就拽女生的辫子，能让女生疼得哭出来。高中时班里的女生多多少少都有些害怕荀浩然。然而现在，相比发福的其他男生来说，荀浩然剑眉星目、身材健硕，看起来反倒顺眼多了，女生们纷纷找他要了健身房的地址。

有人插嘴说："以前哪，全靠潇哥和狗哥，咱们班足足拿了三年的校运会冠军。"

金潇高中时有一个外号叫"潇哥"，力能扛鼎，很出名。某次代课的老师给他们排值日，以为"金潇"是一个男生的名字，让她去换教室里的桶装水。金潇对此毫无异议，轻轻松松地就把桶装水换了，晚自习的时候大家一片哗然。又不知道是谁在宿舍里说的话被传了出来，有人说金潇有八块腹肌和马甲线——虽然金潇适时地否认了。在女生不算多的理科班里，人人都被迫报名了校运会的项目，唯独金潇包揽了多块奖牌，还打破了校运会的记录。所以，无论她四肢多修长、五官多精致、性格多恬静，"潇哥"这种外号还是伴随了金潇的整个高中。

"金潇，"俞薇安笑着问她，"你现在健身吗？我怎么没在公司的健身房里遇见过你？"

金潇模棱两可地说："我最近去得少。"

她一向不喜欢健身房里污浊的空气，更喜欢在室外运动的真实感。

俞薇安不气馁，又问："那你平时下班了做什么呢？"

有人听见了，打趣俞薇安："你以为别人都跟你一样？人家金潇给自家的企业打工，哪里有什么上班下班之分？"

金潇瞥了一眼方好好。方好好小心翼翼地穿过人群，死死地攥着及膝的白色裙摆，回到座位上。方好好去洗手间之前，头发分明是绾起的丸子头，现在却披散下来，刘海儿有被汗水打湿的痕迹。最重要的是，方好好的防御姿态比刚才更明显了。她本就是清瘦小巧的女生，整个人缩在座位上，显得更加楚楚可怜。她弓着腰，并拢双腿，把手放在膝盖上，很是不安地把裙角捏紧又展开，还时不时地整理一下垂在胸前的长发。她在尽量降低自己的存在感。

方好好察觉到金潇的目光，避无可避。金潇的长相很明艳，眸子亮闪闪的，睫毛又长又翘，目光里透出探究的神色。

"潇潇，这么看我……"方好好不自觉地摸了摸脸。她这半年来被苟浩然日夜监控手机，换了多少个手机都无济于事，原本胶原蛋白饱满的脸颊都日渐消瘦。她心虚地晃了晃金潇的手，生怕好友察觉出端倪："怎么啦？"

"没什么，"金潇勾起唇，"你把口红涂得出界了。"

方好好急急忙忙地抬手去擦口红。金潇瞥见她裙子的领口松松垮垮的，面色微变，按住她的手腕："我逗你呢。"

方好好愣了，反应迟钝地过了几秒钟才回答，把手重新放回膝上："哦，那……那就好。"

金潇忽然站起身，拉起方好好："好好有点儿不舒服，我送她回家，你们慢慢玩。"

方好好不自觉地瞥向荀浩然，又迅速移开目光，满眼惊慌失措。她声音微弱地说："不用，潇潇，我没关系的。"

荀浩然开口："金潇，好不容易出来，别扫兴啊。"

"就是，"旁人也附和他，"多玩一会儿。"

方好好盈盈的目光中流露出恳求之意。

荀浩然总算放过她，说："大家给好好叫一辆车。"他又朝方好好笑道："这次放过你，好好下次出来得请客呀。"

金潇高中的时候人缘不好，就跟方好好投契。他们担心方好好离场后留下金潇，大家会冷场。没想到，金潇把方好好送到门口后，回来主动地参与话题——仿佛她高中时的不合群是他们集体的记忆错乱。

"说到哪儿了？"

"周末呀，就打打游戏，玩剧本杀和密室。"有人回答之前的问题，"金潇，有空一起来玩呗。"

"好哇。"金潇欣然地应允，"你们最近都在玩什么游戏？"

"你也玩游戏？"

金潇眨眼："算是吧，我最近在设计一款游戏手机，想了解手游呢。"

那几个男生被她的眨眼迷住了，纷纷地献殷勤。

"最近最火的游戏就是《重返蒸汽波》，我们几个人加上老刘，周末总是一起开黑。"

"加个好友呗，我带你。我玩到了市前一百名。"

"呵呵，你那是市第九十九名，还好意思吹牛？"

"第九十九名也算前一百名啊，老子就是运气好，高考就比重本线高一分。"

金潇点头，从应用商城里下载了他们说的游戏。

"要花好几个G的流量，你不连一下Wi-Fi（无线网络）？"

"不用了。"金潇半开玩笑地道，"在手机公司里待着就是有职业病，我感觉公共Wi-Fi都不安全。"

不知道这是不是她的错觉，金潇感觉她说完这句话后，有人眼底闪过一丝冷光,颇有敌意。她去寻找,却又不知这道目光从何而来、又向谁而去了。

游戏安装完毕,金潇注册并登录账号,先把排行榜里的省榜、市榜和区榜都看了一遍。她记得以前程一鑫就喜欢用游戏打广告和开拓客源,游戏的昵称就是"鑫哥二手手机专卖",主页的签名那里有大世界商城里的店铺地址。

她看了一遍各大榜单,毫无所获,心头闪过一丝释然。

程一鑫是真的不想奋斗了吧。

星河滚烫,不如麻辣烫。

她从来不知道他开玩笑时说的话是真还是假。

等包间的时间到了,他们就去吃夜宵。成年人的酒桌哪里会单纯呢?酒桌即是职场,掺杂的高中往事是离散值,话题最终都会向学业和事业的函数回归。他们的高中是省重点学校,出来的同学都是名校的毕业生,不乏学计算机、通信相关专业的人。

他们向金潇问及和千银相关的事时,只要话题不涉及商业的机密,她不介意让还在读研的同学了解最近的技术和千银的动态,还适当地给他们合理的岗位建议。原本有人心里有酸意,觉得金潇拿"归国千金"的剧本是因为命好。如今看来,她真的有公主的气质,高贵却不高高在上,温柔却不容人肆意地欺侮,长得好看,浑身上下没有一处地方不在发光。她天生适合成为人群的中心,令人移不开目光,所谓的"人间富贵花"不过如此。他们这些打工人羡慕得都生不起忌妒之心,还要感叹她念及高中的情谊、不计前嫌、好说话。

"金潇,千银还缺人吗?"

金潇大方地一笑,语气诚挚地说:"你们把简历发给我,谁想来千银我都内推。"

俞薇安和旁边的女生聊得正欢,有人瞥见了,故意调侃她:"薇安,你怎么不去巴结金潇?人家肯定能给你的实习留用帮上大忙。"

俞薇安撇嘴:"我和思琳聊八卦呢。"

"你们在聊啥八卦,让我们也听听?"

俞薇安瞥了一眼金潇："没什么，我们聊伍迪呢。"

"伍迪？"

这个名字似乎有魔力，是"尖叫鸡"和"土拨鼠"的开关，在座的女生几乎都倒吸一口冷气。

"伍迪？金潇，他是你们千银手机WOOD系统的那个伍迪吗？"

"哇，我好迷恋他呀。"

"他好帅。"

"隔着网线迷死我了，我跟伍迪的精神恋爱永无止境。"

千银手机是由梧桐系统内置支持的，伍迪是梧桐软件公司总裁的独子，是最初梧桐手机系统的主要设计者。他是年轻的法籍华裔设计师，极富创造力，才华横溢。外媒对他的评价很高，说他是"新生代的乔布斯"。他虽然遗传了爷爷，有八分之一的法国血统，却有着五官更明显的华人外貌，回答记者的提问时可以自如地切换法、中、英三种语言。

"潇潇，你在法国见过他的真人吗？"

俞薇安帮金潇回答了，微微地有些得意，看向其他人："你们都没看她的脸书吧？她何止见过他？"

魏思琳是高中时金潇宿舍里的另外一个室友，平时很少说话，痴迷于二次元。她高中时就爱追星，一追起星来简直就像变了一个人似的，听到这里简直激动得不行："让我看看！"

好在上次经过程一鑫的提醒，金潇把社交软件里的内容都清理了。脸书里基本都是她度假时拍摄的照片和设计的作品集，没什么不可示人的内容。屏幕上的照片是她刚去巴黎不久时别人照的，背景是WOOD 8.0发布会的现场，就在梧桐公司大楼的顶层会议室里。伍迪在台上演讲，还回答了许多记者的问题，礼貌地虚搂着金潇的肩膀。

魏思琳十分激动，说："伍迪！真的是伍迪！"

金潇回答："嗯，是他。"

"我好羡慕你呀，你竟然见过他——我的偶像。"魏思琳看着屏幕两眼放光地说，"他真人是不是更帅？"

金潇客观地回答："跟照片差不多吧。"

"你们俩看起来真是颜值的天花板呢。"魏思琳一副羡慕至极的样子,问,"那你知不知道那些知情人爆料的真假?他是不是只开那种手动挡的老爷车?"

伍迪这个人有很多毛病,确实只开手动挡的老爷车,那还是他的爷爷年轻时开过的车。那辆 1955 年的奔驰 300SL 都可以当收藏品了,有很多小毛病,他开一开就要自己修理它,亲自洗车打蜡。他还在院子里养了一匹侏儒马,侏儒马黑色的毛发很顺滑。

金潇的心里很是惊讶。他们和伍迪相隔万里,伍迪都没在国内的媒体上公开地露过面,他们是如何隔着网线对他熟悉到这种程度的?她疑惑地道:"你们都是从哪儿听说的这些事?"

"我给她看的呀。"俞薇安一拍脑袋,"你刚回国,是不是不看千银的论坛?"

千银的内部有一个员工论坛,金潇以为那里只是交易饭卡的余额和交流租房信息的地方,没想到俞薇安手指翻飞地点了几下屏幕:"你看,有人给伍迪建了一个帖子,从 2010 年到现在还每天有人跟帖。"

金潇看见了帖子的内容。

"今天伍迪去法国的分公司了,放送高清的照片!"

"我在法国分公司的楼下看见了伍迪的坐骑,他真的好性感!我好喜欢这种机械重工质感的手动挡老爷车!"

"我听说他很复古,他用的还是手动的剃须刀,那是剃须刀届的爱马仕。我给我的男朋友买了一个那种剃须刀,人家竟敢不喜欢它,非要用电动的剃须刀,怪不得没有伍迪的品味。"

"我至今都觉得系统里的逻辑树非常高端。当初考研的时候连上图书馆里的网,它就帮我打开了网盘里的网课,一并自动地打开了昨天我用软件记笔记的那一页,连笔的颜色和粗细都按照偏好选好了,我还能设定不关闭后台软件的优先级。听说逻辑树的设计灵感是来自伍迪的法国爷爷。"

"我觉得伍迪有点儿像《暮光之城》里的吸血鬼,又深沉又忧郁,每天埋头设计产品,不爱说话,又不爱出去玩,没朋友,喜欢复古的东西,像一个年轻的古董。他回答记者的问题时,我都想替他说话了,真是太心疼他了。"

"今日爆料,伍迪办公时竟然用羽毛笔写字。这是我从他助理的脸书上看见的,不知道真假。"

金潇放下手机,陷入沉思。魏思琳的脸在金潇的视野中变大了,她发现金潇不像高中时那么两耳不闻窗外事,如今金潇也一样会粉偶像和思春的。魏思琳在金潇的面前晃了晃手:"你在想什么呢,是不是觉得被伍迪圈粉了?"

金潇把十指交叠在一起,拇指轻轻地对敲:"我只是在想,早知如此,应该让他来拍千银手机的宣传片,这比请一个流量明星可省钱多了。"

伍迪的颜值是够能打的,他竟然有这么多粉丝,她何不让资源最大化?伍迪比她的大伯张伯笃的小情人——那位靠千银电子的资源扶持、和千银签着天价代言费的十八线女明星,强多了。

魏思琳一脸疑惑。

金潇的语气太有魄力了,魏思琳由衷地不满,说:"你怎么可以这样压榨我的男神?他们都说他为了情怀才给千银做独家的系统。不过,薇安,借你的手机用一下。"魏思琳顿了顿,说,"为了我的男神营业,为了我的身心健康,为了我的舔屏大业!"

魏思琳讨好地给金潇倒水,两眼放光地说:"你快告诉我伍迪的事。你在法国待了那么久,他又是梧桐公司的太子,应该经常在公司里见到他吧?"

金潇无言以对。

你们除了不知道他有一个叫"金潇"的前女友,已经无所不知了吧?

天色渐暗,夜幕深沉,已经晚上十一点钟了。灵魂总是在深夜的时候显得自由,再乏味的人也总会悄然地放飞自我,从沉重不堪的躯壳里稍微挣脱出来。

"我是土狗。我认了,真的到点就困。"曾经的学习委员薛少鸿打了一个哈欠,眼泪都出来了。他困得不行,本以为聚会快散场了,结果发现习惯于夜生活的同学们都精神抖擞。薛少鸿既不服又困惑,问:"但是,怎么可能只有我是土狗?"

有人打趣道:"学霸,你看看人家宅女魏思琳都没打瞌睡。"

魏思琳被点名,推着眼镜一笑:"我?我每晚都在报复性地熬夜呢,追番追剧。"

"不吹牛,我一到晚上就亢奋,但白天就算灌下去五杯美式咖啡也困得要命。"

"满上,来,明天是周末,以后咱们多聚一聚。"

大家谈笑一番,忽然有人奇怪地看了一眼荀浩然:"狗哥,你是健身教练,平时不该早睡早起吗?你还这么精神?"

荀浩然盯着手机,正看得津津有味。屏幕上是一间温馨的卧室,床铺上的方好好却睡得不安稳,蜷缩得像一个婴儿,紧紧地抱着半人高的玩偶,长发散落在肩头上,眉头紧锁。

"狗哥?看啥呢,狗哥?"

荀浩然被人喊了两声才回过神来,躲开凑过来的男生,收起手机:"没啥,我在看我家养的宠物。"

"你还养宠物?"

荀浩然举杯,勾唇一笑:"猫。"

金潇坐直了,感觉他有点儿不对劲儿,又说不出来到底是哪里不对劲儿。她记得方好好之前养了两只猫,方好好天天在朋友圈和微博上撸猫、秀猫。金潇用指尖轻轻地揉了揉太阳穴,这大概是自己想多了。

他们讨论起那些高中往事来,曾在青春的日子里有过种种欢乐。偏偏有人破坏了这种氛围,说:"喂,当年到底是谁这么瞎,说人家金潇用的是山寨机?"

旁人狂推他,恨不得捂住他的嘴:"老杨,你是不是喝多了?"

俞薇安张了张嘴,到底没敢开口承认事实。其他人面面相觑,提起这件事,最怕空气突然沉默。

金潇笑了笑,爽快地承认了:"我确实用过盗版的手机呀。"

金潇其实略有倦意,一向自律,早睡早起。受生物钟的驱使,金潇之前以手轻掩住嘴,打过几个不易察觉的哈欠。她说这句话的时候撑着下巴,把卷发往耳后捋了捋,慵懒又惬意,一双明亮的眼睛微微地弯起来,像一弯明月坠入星河。她大方明媚,哪里有半点儿耿耿于怀的模样?

当年的同学们纷纷语气轻松地闲谈。再次意识到金潇早就不与他们在同一个阶层了,"潇哥,你那时候是咋想的呀?"

"你是不是想体验生活?"

她是怎么想的?

她当然是被骗的。

程一鑫说她会在背后骂"谁年轻的时候没爱过几个渣男",金潇才不会骂呢。和买手机这件事一样,她因为年轻,在感情方面总得交点儿学费。

## 第二章

## 禁止访问

 

那是高三的下学期，开学第二周的周五，距离高考还有一百零二天。下午的最后一节课刚下课，金潇就往校门口赶，刚好五点十分。

"走读证呢？"

金潇从书包里掏出一张绿色的字条："老师，我有假条。"

值班的老师检查了假条。金潇练了一上午班主任的签名，自然把名字签得天衣无缝。老师很快把假条还给金潇，嘱咐她："快去快回。"

金潇一路小跑，准时地赶上了2路公交车，松了一口气。她这次去大世界商城，应该来得及了吧？

找到位置坐下后，金潇抓紧时间背单词。下一站上来了一个白发苍苍的老人，她起身让座，收了单词本。因为今天"身怀巨款"，揣了足足两千块钱的现金，金潇不敢放松警惕，将书包背在身前，抓紧扶手。

她一路上跟着公交车摇摇晃晃，脑子里还在纠结。

她究竟该不该私自买一部手机？

金潇作为千银手机总裁的独生女儿，高中时反而过得很惨。父母虽然不奉行棍棒教育，但有期望和严苛，让她必须考上省内的最高学府——滨大通信工程设计专业的本硕连读班。

金潇的父母都是从滨大毕业的，母亲毕业后留校一路读研、读博，直至升任滨大的正教授。金潇的小姨比她大不了多少，是两年前刚从柴可夫斯基音乐学院毕业的博士，在千银设计音乐。大伯家里的堂姐从北京的名牌大学毕业，现在还在读研。其他堂弟、堂妹也从小受着良好的教育，个个名列前茅。

在这种压力之下，金潇平素对绘画设计的热爱受到极大的压抑。父母倒是大方地给她配了单反摄像机，供她日常把玩，但自从班主任在高一的动员大会上说了校纪校规，金潇自己都没脸去要能上网的设备。她一直兼顾学习和兴趣，从高二起就在网上接一些画头像、封面和板写之类的零活。她以往周末回家后还能用电脑连着数位板画画，到了高三，父母经过时看她一眼，或者觉得自己在电脑房里多待了一会儿，都让她如坐针毡。

金潇就读的滨大附中是省重点高中，有傲人的重本率。不少同学都是从省内的其他城市考过来的，有着极高的智商，她为了保持年级前三十名，学得并不轻松。

因为常年稳定的升学率和优质的生源，在滨市的三所重点高中里，他们附中管得已经算宽松了。校内的所有建筑被统一地用"红顶"和"蓝顶"划分，红顶是教学区，里面有教学楼、综合楼、艺体楼之类的建筑；蓝顶是所谓的生活区，里面有食堂和宿舍。红顶之下禁止一切通信设备，同学们在蓝顶之下可以使用不具备联网功能的通信设备，比如小灵通、诺基亚之类的砖头机——智能手机时代的古董手机。

曾经有人问教导主任操场算什么顶，教导主任冷冷地一笑，说什么顶都没有，你倒可以玩玩试试。到了高三，同学们在蓝顶之下的建筑里都不能用手机了，每天在宿舍楼下和食堂门前的公共电话亭前排队打电话。时间就像海绵里的水，挤一挤，总是会有的。排队的同学都拿着速记本背书。

公共电话亭就那么几个，学校的本意是减少一切学习之余的活动。每人都打上几分钟的电话，后面排队的人心急如焚，伸手扒着电话亭的金属挡板以示焦急。快熄灯时，就寝的铃声一遍又一遍地催促，打电话的同学甚至得捂着自己的电话卡，避免被后面排队的人着急地强行拔卡插队。

上个周六的中午，金潇照例在宿舍楼下给家人打了一个电话，确认下午放学后司机王叔会在学校的西门那里接她，便径直上楼回宿舍。她打算收拾好要带回家的衣服后再去食堂吃饭，中午就回教室里自习和小憩。

金潇推开宿舍的门，见方好好竟然已经躺在上铺的床上了，一缕长发垂落，发质又顺又滑。她算是高三为数不多坚持留长发的几个女生之一。金潇笑了笑："懒鬼，我还纳闷儿你怎么一下课就没影儿了，你吃饭了吗？"

"没呢，我一会儿吃泡面。"方好好趴在栏杆上看她，"你也回来得这么早？"

"我给我妈打电话，怕回来得晚了要排队。"

"你不早说。"方好好在床上翻身，从枕头的下面拿出一部手机来，得意地晃了晃它，"我有手机呀，可以借给你打电话。"

金潇惊讶，凑上去捏她的胳膊："你什么时候买的手机？我竟然不知道。"

"潇哥，轻点儿哇，人家受不了。"方好好眉开眼笑，语气夸张地怪叫，"今早我让商家在备注那里写'辅导书'，门卫就代收了快递。"

金潇的内心动摇了，连她最好的朋友方好好都买了手机。她一贯是相信自己的自制力的。刚上高三时大家还是憋着一股劲儿学习的，五校联考时附中的成绩一骑绝尘，他们重点班里有三分之一的同学都有自主招生保底。

压力越大反弹越大，不知道是谁带的头，家境好的同学开始用零花钱偷偷地买手机。那一段时间里 iPhone 6s 玫瑰金款手机正好流行，是去年的九月才发布的，国内外的市场同步地销售。iPhone 6 就出了指纹识别的功能，有漂亮的金属圈 home（主页）键，但玫瑰金款的 iPhone 6s 实在是很新潮，辨识度极高。班里三五个人都买了这款手机，男生都抢着把它借来玩。成绩好又自律的同学合理地控制自己玩手机的时间，反倒比排队打电话更节省时间，睡前玩手机解压又解乏。

金潇不想玩游戏，更不想买来手机与别人联络。她是在贴吧上看了很多帖子，有一个美院的姐姐说了，iPhone配上电触笔勉强能满足日常练笔的需求——虽然比在电脑上画画的效果差多了。

公交车报站提示："'大世界批发城站'到了，到站的乘客请从后门下车。"

金潇愣了愣，"大世界商城"的名字似乎是这两年才改的，以前这里还叫"批发城"，富有年代感的气息扑面而来，可以让人窥见这里的消费水平。她抓好书包下车，还没走两步，忽地被人攀住了胳膊。

金潇一眼瞪过去。那个大婶被她瞪得有些发怵，但还是笑得露出一口黄牙，鱼尾纹绽放成花。大婶压低声音说："丫头，你是不是想买手机？"

现在还是农历的正月，天寒地冻，路边有黑灰色的积雪，大婶的脸上有深深的皱纹，被风吹得又红又皲。金潇不忍心强行甩开她就走，直觉却告诉她这是一个骗局。她"嗯"了一声，警惕地捏紧书包。

大婶把挎着的篮子举起来，掀开棉布："看你是学生，婶婶不坑你。我交不起里面的铺租，卖的手机比里面卖的便宜多嘞。"她拿起手机，"你看看，这部6s玫瑰金的手机，是最新款的。"

金潇："……"

她怎么也没想过还没走进"大世界"就遇见手机贩子的场景，这像极了小品，演员把大棉袄掀开，说一句'票子要不要'。她想了想，问："多少钱？"

无论大婶回答什么，她都打算说太贵、买不起。

大婶朝四周张望，比了一个手势，一个"1"，一个"6"。她说："这个数。"

见金潇没反应，她再次压低声音说："十六块钱呀。"

这个价格实在是颠覆金潇的认知。因为家里的企业就是手机公司，金潇多少有些好奇，问道："这是模型机吗？"

"你这丫头。"大婶的笑意更浓，她仿佛在看待宰的肥羊，说，"我一看你就没来过'大世界'。这是行话，是一千六百块钱的意思。你不信去问问,我保证这是最低价。咋样,你买不买?"

"不了,谢谢您。"

金潇想好托词,礼貌又客气地说:"我其实是来买辅导书的。"

她指了指那边。大婶穿着臃肿的棉袄回头看去,刚想问哪里有什么辅导书店,金潇使巧劲儿挣脱了她的手,背着书包轻盈地跑远了。

金潇第一次站在了大世界商城的门前。大世界商城就在她家公司的正对面,只和千银手机的建筑隔着一条川流不息的马路,但完全是另一个世界。廉价、平替、山寨、低端,在大众的印象里,这四个词可以完美地形容大世界商城。

不动用压岁钱的话,金潇靠画画只攒了两千块钱。于是方好好向她提建议,说她的表姐在上大学,表姐的同学都在"大世界"里买手机,那里的手机物美价廉。

方好好压低声音说:"听说还有很多港版的水货,是全新的,但就是没保修,还有……"

她正要解释,金潇了然地说:"我明白。"

方好好说要帮她问问表姐常去哪些店铺,金潇一向不愿意麻烦别人,说:"不用,我先去看看。"

金潇望了望硕大的钟表。它挂在"大世界"一楼的内部,她在外面竟然也可以清晰地看见它——离五点半还有三分钟。来不及打量门口了,金潇准备走进去。她本就警惕,揣着钱,又来了这样鱼龙混杂的地方,刚刚还遇到了看起来像骗子的大婶。金潇草木皆兵,格外留意身边的异常状况。她听见身后传来杂乱的脚步声,有女生在大喊,追得上气不接下气。

"你别跑!

"小偷,有人偷手机!"

一阵风从金潇的身侧刮过,金潇毫不犹豫,拔腿追了上去。

广播里正传出"嗡嗡"的声音:"尊敬的顾客,大世界商城还有半个小时停止营业,祝您购物愉快。"

"又快下班了?今天都没出两单,运气太背了。喂,鑫哥。"说话的是程一鑫旁边的店主痘哥。痘哥长得不高,有满脸的青春痘,语气发酸地说:"啧啧,你的生意来了。"

话音未落,一个娇俏的身影走进来:"鑫哥,我要卖手机。"

程一鑫还没回应呢,痘哥开口:"哟,最新纪录吧。这次还不到一个月,妹妹又换了一部手机,新机变二手,你整天便宜鑫哥。"

白池莉甩了甩长发:"要你管,我换着手机玩不行吗?"

痘哥继续逗她:"可以呀,小白妹妹,把手机卖给哥哥我不好吗?"

白池莉把手机往程一鑫面前的玻璃柜上一放:"我就找鑫哥。"

痘哥嘀咕了一句,偏偏大家都能听见他的话。他说的是:"净给鑫哥送钱。"

白池莉瞪他一眼,回头与程一鑫对视,微昂下巴,嘟起嘴唇,挑衅地问:"鑫哥,不敢收吗?"

"收。"程一鑫看了她半晌,勾唇一笑,大大咧咧地开玩笑,"你暗恋哥就直说。"

他低头查看手机的成色,发现手机都恢复原厂设置了,手机上没有密码。他问:"都清空了?"

白池莉愣了几秒钟,咬了咬唇:"我直说能怎么样?"

"不怎么样。"程一鑫毫不尴尬地说,"哥当场给你播放一首《水星记》,免得你半夜回去自己听它,变成午夜伤心的玫瑰。"

"扑哧!"白池莉又被他逗笑——程一鑫就是这样让人着迷。

她按住手机:"我是有条件的。"

程一鑫并不松开手机,挑眉:"你说。"

"请我吃一顿饭。"白池莉说完又顿了顿,低声说,"我买单也可以。"

旁边店铺的痘哥阴阳怪气地说:"哟,这叫哪门子的请客?"

程一鑫陈述事实:"你知道的,我晚上要去夜市上摆摊。"

白池莉坚持道:"一个月有三十天,你总得休息一天吧?我等你休息的时候。"见程一鑫没有爽快地答应,白池莉给自己找台阶下,"算了,下次吧。我换一个条件,加你的QQ号。"

程一鑫:"……"

QQ号?那算是他唯一的一片私人领地了。凡是公开的社交平台,比如微信、微博、贴吧、游戏账号，他全是以"鑫哥二手手机专卖"的身份经营的。白池莉的目光里透出求人的意味，旁边的小哥目不转睛地等着看他的笑话。程一鑫终于败下阵来，掏出手机，报了一串号码："你加吧。"

白池莉本来是欣喜的，搜索出来他的账号后，难以置信地问："你的昵称叫'哥的心禁止访问'？你……"白池莉很快明白过来，说，"你是刚改的昵称吧？"

"不是。"程一鑫在手机上点了"通过"，"哥的心，本来就禁止访问。"

白池莉咬牙切齿地骂他："非主流，杀马特。"

程一鑫得意扬扬地说："对，是我。"

白池莉的性格本来就蛮横，自从认识了程一鑫，她都觉得自己厚颜无耻。人家说"女追男，隔层纱"，她觉得她隔了一堵万里城墙。程一鑫看起来好说话，调戏起女生来毫不含糊，却像抓不住的游鱼。女生跟他说话得时刻记住，认真就输了。他说话半真半假，她一次次被迫刷新脸皮的厚度。

白池莉一不做二不休，决定坚持到底，说："心不让我访问，空间总该让我访问吧？"

程一鑫愣了愣，说："行啊，哥是怕你看了会笑死。"

白池莉："……"

她很快翻到了他最近发的一条动态——"哥的心禁止访问：上周去搓澡，半天没看见搓澡的师傅，于是我喊了一声'有没有搓澡的'。结果一个小时过去，我给四个大老爷们儿搓了澡，足足挣了八十块钱。"

白池莉实在没忍住，"扑哧"笑出声来。

旁边的店主小哥都伸长了脖子："有啥好笑的？"

程一鑫斜睨着她："哥都说了，你别笑岔气。你赶紧回去笑，不然哥幼小的心灵承受不了这种刺激。"

白池莉知道程一鑫在逗她，他的灵魂就是很有趣哇，眼波流转又让人心荡神驰。她看见了他的空间，似乎又离他近了一大步。她心满意足地走了，走到门口时雀跃地冲程一鑫挥手："鑫哥，拜拜，记得有空请我吃饭。"

旁边的店主痘哥实在忌妒，说："鑫哥呀，你咋就看不上人家呢？"

程一鑫无所谓地说："是人家看不上我吧。这个妹妹就是在拿我寻开心呢。"

痘哥一听,心里平衡了少许,说:"好像也是,她真是有钱人家的大小姐,就喜欢得不到的人。你一答应她,没过两天她准甩了你。"

程一鑫不说话。痘哥继续说:"那你看不上人家,还收她的二手手机?你把她介绍给我多好。"

程一鑫看他一眼,好像他的脑袋被门夹了:"该挣的钱还是得挣。"

痘哥怼不动了,说:"牛呀,社会我鑫哥。"

程一鑫的店跟痘哥的店一样,在大世界商城的六层最偏僻的角落里,靠近厕所、开水间和他们这些店主摸鱼抽烟专用的消防通道。店里常年混杂着一股烟味和氨味,提神醒脑。他们俩每个月能交上铺租就不错了,店铺本该一样门可罗雀,然而程一鑫总有找上门来的顾客,痘哥都不知道他是从哪儿勾搭的客人。

程一鑫令人羡慕忌妒恨、空虚寂寞冷。痘哥看快到下班的时间了,干脆去撒尿。程一鑫低头干活。

消防通道老旧的绿色铁门发出"吱呀"一声,一个寸头男跑得飞快。

"牛呀。"程一鑫瞥了一眼,寻思凭这种速度,那个寸头男跑一百米最多需要十一秒,有体校的水平了。程一鑫热血沸腾之下,更觉得躁热。本来就快到"大世界"下班关门的时间了,出租这个破地方的人抠门得不行,没少收摊位的铺租,还总是提前半个小时就把换气系统关了。暖气倒是这附近的片区统一烧的锅炉,不受影响,真是闷死人了。

拧手机上的螺丝是精细的活,费眼神又费体力。明明还是冬天,程一鑫却把衣领扯开扇了几下风,撸起袖子来,还觉得不凉快,就径直把卫衣的拉链拉到最下面,反正周围都是大老爷们儿。

这句话说得太早。几秒钟后,一个女生站在他的店门口,犹豫地环顾四周,眸中闪过一丝精光。程一鑫看得出来这个女生应该不属于这里,她穿着附近滨大附中的校服。校服是蓝白色的,滨大附中的学生被戏称为"蓝精灵"。滨大附中跟程一鑫以前就读的体校只有一墙之隔。他上学的时候,天天都能见到那里的学生。他的同学们最看不惯这些重点高中的学生——他们鼻孔朝天,又都是书呆子,目光呆滞。两个学校的学生在校外的公交站那里碰见时,"蓝精灵们"听见他们嬉笑着骂几句粗话就一脸厌恶,眼神像在看恶心的蛆虫。好在程一鑫五官清俊,再吊儿郎当也没招来这种异样的目光。他的同学们遭着白眼,还得听路过的家长说"你看看,不好好地学习就会像他们一样"。

眼前的女生胸口微微地起伏,呼吸略显急促,额前的刘海儿都随着气息微微地飘动。程一鑫发现她迅速调整好了呼吸,她的动作比他想象中的还要快。她年轻,朝气蓬勃,虽然不戴眼镜,却透出一种浓浓的书卷气,又不呆滞。她身材高挑纤细,腰细手腕窄,细瘦的骨架隔着校服也很明显。她有着标准的少女体态,像从漫画里走出来的女孩子。

她有一双又大又亮的眸子,眉目如画,灵气逼人,身上又透着与年龄不符的冷静。不知道为什么,程一鑫凭直觉认为她的成绩很好,她在附中一定名列前茅。他甚至不觉得她是来买手机的,在很远的地方提醒她:"你的鞋带开了。"

金潇当然知道自己的鞋带开了,很是懊恼——正是因为鞋带开了,她没追上那个寸头男。她打量着陌生的世界,"大世界"的六层里有着排列整齐的手机收售修店铺。人头攒动,空气污浊,让刚剧烈地奔跑完的她感到肺部缺氧。

金潇系好鞋带,走进去问程一鑫:"您好,请问您刚刚有没有见到一个男的?他留着寸头,大概跟您差不多高,经过这个门跑过去了。"

程一鑫想笑——在这种地方还有人说"您好",可真是罕见,这里又不是对面的千银专卖店。他"啧"了一声,说:"妹妹,别跟我客气,把'你'放在心上才是'您'。"

金潇就没见过这么大胆的人,睁大一双眼眸,诧异又羞赧。

程一鑫给她指了一个方向,这才回答她:"他往那边跑了,但是你追不上他的,这里人太杂了。"

金潇道了一声谢,转过身,听见后面的男生说了一声"喂"。程一鑫虽然觉得她不像是来买手机的,但不打算放过任何一个潜在的顾客,习惯性地耍贫嘴:"'大世界'这么大,有这么多家手机店,你偏偏走进了我的店,不看看再走?"

金潇回头,这才想起今天来这里的目的。她隐隐地记得刚才广播里说,"大世界"还有半个小时就关门了。所谓"纸上得来终觉浅",金潇半天说不出话,来大世界批发城可真是长见识,学校里的男生开的那些玩笑跟程一鑫开的玩笑比起来简直是小巫见大巫。更何况金潇的体育好,成绩也好,她两耳不闻窗外事,没什么人敢这么逗她。她从未见过这么直白大胆的人,他对电影里的经典情话信手拈来,还能灵活地运用它们。他说话的声音倒是很好听,富有磁性,在嘈杂熙攘的"大世界"里也显得清晰悦耳,没有耍流氓的低俗之意。

她重新打量了他一番。店主很年轻,更像是一个男生,而不是大叔。他的五官很是清俊,一双眼睛炯炯有神,他笑起来时眼睛更像桃花眼了。他染着奶奶灰色的头发,耳侧夹着廉价的烟,穿着连帽的卫衣,把拉链拉到一半,里面什么也没穿,露出大金链子和隐约的肌肉线条。他其实还挺瘦、挺白的,头顶上悬着一块随时可能掉下来的牌子——"鑫哥二手手机收售修"。

二手。

金潇想了半天,不知道该怎么称呼他。想叫一声牌子上的称呼,但第一次和他见面就叫他"鑫哥",她自觉不合适,脸皮薄。她刚被调侃过,又不敢再说"您好",只好直接问他:"你的店里就没有一手的手机吗?"

程一鑫放下手里的手机和螺丝批,手欠地随手把拉链上下拉了几下,声音更低地开口:"有哇,我呀。"

金潇没听懂,重复了一遍:"你?"

金潇的教养告诉她,跟人说话时一定要真诚地与对方对视。她说完话,不自觉地赶紧移开了目光,觉得他该在里面穿一件跨栏背心来搭配连帽的卫衣。

程一鑫从玻璃柜台上探出身子,嬉皮笑脸地说:"哥是一手的呀,支持验货。"

金潇:"……"

她极其怀疑自己是不是跑得缺氧了,竟然没听出来他是这个意思。

好在程一鑫看出了她的窘迫。他一向佩服这些学习好的人,收敛了那种态度,用两只手轮流把螺丝批抛着玩:"你还在上学?"

金潇感觉到这里闷热不已,虽然已然平静下来,一双眸子也透出冷静持重的意味,面颊却是粉红色的。她说:"嗯。"

程一鑫打了一个响指:"你要什么型号的手机?"

金潇精准地报出:"6s玫瑰金,16 G。"

程一鑫见多了为了显摆买6s组装机和翻新机的穷学生。那种手机里面实际上是安卓系统,组装了一堆乱七八糟的零件,只有壳是真的,用不了几天就会发烫黑屏。

"你知道一手的6s要多少钱吗?"程一鑫实在不认为面前的女生是这种人,她的气质纤尘不染。他推开玻璃柜的门,拿出了三五部其他型号的手机:"哥建议你买个二手的手机,二手的便宜又好用。等上了大学,你想买啥就买啥。"

金潇很为难,声音低了下去,说:"我……不太习惯用别人用过的手机。"她想了想,问,"就没有那种港版的水货吗?"

程一鑫乐了,说:"哟,你还知道港版的水货。来,你说说预算是多少?"

在"大世界"的六层,开哥一家独大。听说他的家人和香港的人有关系,认识"水客"——经常能在香港和大陆之间往返的人,带回来便宜许多的iPhone。但所谓的水货同样分真假,如果金潇给的钱够多,程一鑫就能去开哥的店里帮她淘一部真的港版水货6s手机。

金潇不说话,用一双会说话的眼睛看着他,举起细白的手指,隐晦地比了一个手势。

程一鑫一脸疑惑。

许多人夸程一鑫的手长得好看、像漫画手,包括他认的妹妹程佳倩。她在楼下的美甲店里当学徒,经常央求程一鑫给她当手模,把做好的美甲贴片用饭粒一粘,把它往他的手上放。程一鑫通常对此极不耐烦,说:"你记得给老子打马赛克,被别人知道了,哥就没法在'大世界'里混了。"

此刻一鑫的注意力都被眼前的手吸引住了,金潇的手像水葱一样修长漂亮,没有一点儿老茧和瑕疵。等他回过神来,金潇已经迅速将手收回去了。这回轮到程一鑫发蒙了:"啥玩意?"

金潇很是尴尬,这不是楼下的大婶教的行话吗,怎么不通用呢?闹了一个大笑话,她到底脸皮薄,用越发细弱的声音说:"两千块钱。"

程一鑫张开五指在她的面前晃了晃,手心里由于拆机还有一些污渍。他毫不在意地说:"刚才的那个手势,啥意思?"

金潇尽量将她的举动合理化,简洁地叙述:"我在'大世界'的门口碰见了一个卖手机的大婶,她告诉我在这里买手机要用手势比价格,说是……"

"哦。"程一鑫了然地说,"这话你也信?遍地都是骗子,你好好地学习,以后别瞎往这儿跑。"

他还好意思说?他刚才还在说什么"支持验货",金潇觉得他一样不是什么好人,但他的一双眼睛澄澈干净,莫名地又让人对他没那么戒备了。

所谓"日行一善",程一鑫打算苦口婆心地给她讲讲,二手的正品 6s 手机连还在保修期内的都要三千块钱左右才能买到,两千块钱能买到什么一手的 6s 手机呀?他刚起了一个话头,店里就进来一个大汉。

开哥在冬天里还穿着短袖,露出两个大花臂,很是威武,语气随意地说:"我听说刚刚又有美女给你送手机,可以呀,你艳福不浅。"他说完又看了一眼金潇,"嘀,就是这个妹妹?够漂亮的。"

"开哥,你咋来了?"程一鑫笑嘻嘻地说,从柜子里摸了一盒烟出来,暗骂旁边去撒尿的店主没完没了地舔开哥,他连这么小的事都要告密。程一鑫嗤笑一声:"不是她。她一个高中生哪里玩得起手机?"

"哦?高中生?"开哥饶有兴趣地重新打量金潇,"妹妹是来买手机的?学校不让用吧?他们都偷着买,可多了。你想买啥样的手机?现在都流行 6s,最新款,女孩用玫瑰金的手机多好看哪,在同学的面前多有面子。"

眼皮狂跳,程一鑫说:"哥,她要买一手的国行手机,这儿没有。"

"咋没有呢?"开哥跟他勾肩搭背,背着金潇朝他挤眉弄眼,"你忘了,那天不是收了一部这样的手机吗?你怕影响人家妹妹学习,不想卖它?"

金潇见他俩勾肩搭背,觉得这位开哥身上的社会气息过于浓郁,便自觉地退后半步,低头去看玻璃柜台里的手机样式,没看见开哥悄悄地给程一鑫塞了一部带包装的 6s 手机。

程一鑫想推托，开哥笑了笑："鑫哥，咋想的？"

程一鑫无法拒绝他，只好转头看金潇："你买吗？"

他像抽风了一样眨眼，可惜金潇不愿与他们对视，错过了这一眼。

"一手的吗？"

"对。"

程一鑫没验过机，完全不知道这是炸弹机还是什么手机，想来它不是什么好货色。但人在屋檐下不得不低头，他得罪不起开哥，就连他的店面里摆着的手机，其中的很大一部分也来自开哥。他们这些小店的店主，哪里有那么多的资金压在手机上？他们唯有当下线，代卖手机挣差价。

程一鑫喊住金潇："喂，那个……手机要是有什么问题，你随时找我。"

金潇点头。

至于联系方式，程一鑫把微信号印在了他定制的这件连帽的卫衣上。可惜微信号正好被他的拉链分开了，裂成两半，他连忙低头拽拉链。这衣服的质量太差，它在关键时刻净掉链子。程一鑫本想潇洒而利索地把拉链拉上来，结果拉链卡住了。他死活拉不动它，猛地用了一把力，结果痛得"嗞"了一声，倒吸一口冷气，大金链子都晃了晃。

程一鑫的眼睛里布满了红血丝，他硬是扛住了疼痛，扯出一个笑容："你加吧。"

金潇还没下载微信，用新买的 6s 手机自带的相机拍下了微信号，想回去后再加他的微信好友。她一抬眼，总觉得这位鑫哥的神情里透着一些凄美的诡异感。他眼睛里布满血丝，脖子上的青筋暴起。原本他的眼神是挺有寒芒的，眼睛有神而闪亮，内双眼皮却比较单薄，配合他瘦削的模样，再加上凸起的喉结和锁骨，整个人显得非常清爽。

他怎么卖出一部手机就激动成这副模样？金潇来不及多想，急于坐公交车回学校上晚自习。到了大世界商场的门口，她发现警方的红蓝色摩托灯在闪烁，刚才被偷了手机的女生正站在旁边描述手机的特征。

金潇很是抱歉，还未说完话，那位红着眼睛的女生就拉着她的手表达感激之情。附近围观的人众多，偏偏就金潇一个还未成年的高中生冲上去帮她。警察小哥哥扶了扶眼镜，认为不能提倡这种行为："同学，你还在念书呢,不怕人家携带管制刀具?要是你出了什么事情,学业怎么办?你的父母怎么办?"

金潇礼貌地点头受教。

路人听见了都乐,说:"小姑娘是咋想的呀?"

"我就是……"事发突然,金潇哪里有什么想法?她说:"我感觉能追上他。"

路人"叽叽喳喳"——

"对对,你跑得很快了。"

"你是练体育的?"

"没看见人家附中的校服?重点高中。"

金潇简洁地描述了追寸头男的路线。

警察小哥哥记下路线,继续问她:"你看清他的外貌特征了吗?"

毕竟黑色羽绒服的背影实在是太难找了,金潇不说话,思索两秒。警察小哥哥安慰她:"没事,你没看清也不要紧。"

没想到金潇反手把书包拽下来,撕下单词本的最后一页,把书包放在警用摩托车的坐垫上,开始现场素描,笔尖似高速的打印机。寸头男的眉骨上有一道疤,眉毛是断的,眼皮微肿,他有黑眼圈,嘴唇厚实。不到三分钟,寸头男的画像跃然纸上,栩栩如生。

警察小哥哥不知道该说什么好了,现在的高中生都有这种水平了吗?文武兼修?"德智体美劳全面发展"竟然不是一句口号。他不好再批评金潇鲁莽地追小偷,目送金潇一路狂奔去赶公交车。

路人对于被偷手机这种事情深有体会。

"咋可能找得回来?我的老婆去年丢了一部手机,到现在都没找回来。"

"商城里都是产业链,这边的人偷手机,那边的人刷机卖出去,搞不好哇,你的手机都被卖掉了。"

"唉。"

此刻,被金潇画下来的寸头男惊魂未定。他刚刚躲过一劫,从小门里绕出来了,半个小时前真是晦气。

"把事办得怎么样？"

"我……"

电话那边的人"哗啦啦"地洗着麻将，渐渐地失去耐性，说："你说话呀，磨磨叽叽的，有屁快放。"

大世界商城里的路错综复杂，但寸头男显然很熟悉这里，甩掉金潇以后，一路快步地顺着美食长廊走到另外一个商城里面。他便秘似的蹲在消防通道里，擦了擦满头的汗，捂着话筒讲话："我好像惹事了。"

"你等会儿。"对面的声音清晰起来，那人走到安静的地方，"标枪，啥事？"

寸头的外号叫"标枪"，他在体校的时候练的是标枪。这里没摄像头，他打开已经裂了的消防栓门，脱下羽绒服，把刚偷来的手机和羽绒服都塞进去，重新掩上消防栓门，用马克笔做了一个标记。做完这一切，标枪语速飞快地说："我顺了一部手机，但是失手了。我本来都甩掉那人了，不知道从哪儿冒出来一个女的。她跑得贼快，一路追我追到'大世界'的六楼。"他顿了顿，说，"她应该看见我长什么样了。"

电话那头的人很无语，说："女的能追上你？你在逗我？"

标枪不好意思，还隐瞒了女孩的鞋带开了这件事："你不知道，她……那个叫啥，简直是凌波微步。她还背着书包，一路顺着楼梯拽着栏杆借力，跑得跟飞起来似的。"

主要是那个女孩很瘦，又身手敏捷，在转弯处一拽栏杆，胳膊带动整个身体的重量，就轻飘飘地蹿了上去。

"扯淡。"对面的人点燃了烟，"你欠练吧？你在这儿给我编故事，把事办完了吗？"

被对方这么一说，标枪都有些怀疑自己了。现在距离从体校毕业也就过了三年多，他至于这么衰吗？标枪老老实实地回答说他由于记性不好，背了十几遍任务的要求，把事办得一丝不苟："办完了，我已经把手机按约定送到了那家美甲店里，把它放在第三个柜子下面的缝隙里。"

"那娘儿们到美甲店了吗？"

标枪又擦汗。他哪里有空注意这些事？他偷了一部手机，还惹了一身腥。

那人听出来了,冷冷地"哼"了一声,说:"我早就说了,让你别手贱。我还是看你机灵才叫你去的,早知道就让铁饼去了。你做完这一单能挣几十万元,还不比你那部破手机值钱?"

标枪辩解:"那是 iPhone 6。"

不是破手机。他们都是从体校毕业的,除了老大靠家里的关系以体育生的身份考上了大学,其他几个人瞎混,一起干一些见不得光的黑活儿。最常见的活就是偷手机刷机,还有弄到非实名制的手机号码后帮人收发短信。

最近他们接了一个大单子,有人花钱让他们抹黑对面千银手机公司的小女儿金香柏。千银手机真是奇葩,金老爷子生了两个女儿,大女儿招赘,女婿掌舵。小女儿潇洒自在,私生活混乱。不止女婿入赘奇葩,公司的内部更奇葩。雇主应该是千银的高层领导,给了他们一个视频,女主角正是金香柏。视频的内容是金香柏在国外的酒吧里和别人大打出手——金香柏把一个酒瓶砸下去,差点儿把别人的脑袋砸开了瓢,最后被警方带走了。

雇主要求他们用非实名制的手机号注册社交账号,并让他们把这段视频发出去,这样他们就能轻轻松松地挣十万块钱。但老大贪心,联系上了金香柏,开价五十万块钱,他们可以彻底删了原视频。金香柏起初不答应,被老大软磨硬泡得烦了,就把"大世界"五层的美甲店作为交易地点,让他们把原视频放在白板手机里,再把手机丢在柜子下后就赶紧走人。

电话那头的人眼看六十万块钱尽可收入囊中,心情好起来。他没继续骂标枪,说:"算了,你藏好手机告诉我地方,老子去给你擦屁股。"他又嘱咐了一句,"你如果看见条子,自己想办法从'大世界'里出去。"

说完,电话那头的男人便从藏污纳垢的地下麻将馆里钻出来,伸了一个懒腰,熟练地七拐八拐后走到了标枪说的地方,把这件破事处理干净。

在滨市的春天和冬天里,黑夜都格外漫长。但是在大世界商场里面讨生活的人都嫌商场关门太早,到了昼夜交替的时候,路灯还未亮起来,商场里便清空了。此时"大世界"的门口就颇为壮观了,满是各式各样的三轮车和五菱汽车,店主们把白天在"大世界"里的营生延续到流动的摊位上,继续摆卖商品。

程一鑫正是其中的一员。巧的是，他竟然碰见了一个熟人。

"喂，鑫哥。"有人从他的耳侧抽走了软绵绵的烟，一脸嫌弃地说，"你这烟还能抽吗？一股头油味。"

程一鑫在心里暗骂一声：老子天天洗头，小姑娘都觉得我帅。

他回过头，眯眼一看："大圣？"

"大圣"姓齐名天，程一鑫的这位体校的同学可以说是风云人物，无人不知。大圣比他大两届，在学校的时候就很有社会的气息，会来事，和各种人结交。程一鑫在比赛前见过他去更衣室里偷别人的钉鞋，对他一向不喜欢，倒也不至于得罪他，扯出一个笑容，从屁股上的兜里摸出一根烟："来来，抽这个。"

齐天瞥了一眼他递过来的烟，这根烟显然跟他耳朵上的那根烟不是一个水平的。齐天心下满意，说："我听我叔说，你不是去华强北当背包客了吗？你是啥时候回来的？"

两人还挺有渊源的。程一鑫不怎么想往齐天的面前凑，是齐天听说高一的学生里有这么一号帅得掉渣的人，高三的妹子都去操场上看他跑步。齐天试图与程一鑫交朋友，机缘巧合地顺路和他唠嗑，就顺便带程一鑫去了他叔叔的店。他叔叔的店就在校外，离学校不远，是一家小型的专业手机维修城。那时候没人找手机的官方旗舰店要求售后服务，路边的手机维修店还是有挺好的生意，养活了十几个人。没想到程一鑫对此感兴趣，无偿当学徒，真硬生生地靠翻墙逃课学会了修手机的技术。

程一鑫回答："我刚回来半年。"

"你现在在哪儿混呢？"齐天这会儿看清了程一鑫的衣服，扯着衣服读起来，"哟，二手手机，专业……收售修。"齐天又往程一鑫还没来得及关上的后备厢里看。见里面都是氛围灯和大喇叭，齐天说："可以呀，你晚上还去摆摊？挺富有哇，哥们儿。"

程一鑫富有什么？这是借来的车。

里面的手机壳、玻璃膜和配件全是"大世界"一楼的一家店的。他白天代卖手机、代收手机，晚上还要代卖手机壳。折腾来折腾去，程一鑫感觉自己还真是一无所有。他要是老了还这样一无所有，活该被埋在春天里。

程一鑫跟齐天客套了几句，急着去夜市上摆摊，约齐天改天一起去撸串。

齐天拽住他："对了，你啥手机都收吗？"

比如齐天的口袋里装着的这部手机——标枪顺来的iPhone 6，他还没来得及刷机。齐天挺恼火的，刚刚白跑了一趟。他在美甲店的附近晃悠，一直等到六点，没看见金香柏如约地现身交易的身影，给她打电话、发短信，发现自己被她拉黑了。齐天实在搞不懂金香柏，难道她让别人来美甲店帮她拿手机？还是说她想赖掉这五十万块钱？他冷笑一声，心想有钱人家的大小姐就是天真，他们说这是原视频，她就信了，可真是不怕他们的手里还有备份的视频。

他折腾了一下午，唯一的收获就是这部破手机。他们的手机来路不正，往常只能被他们寄到华强北，抽成太高了。如果他能骗过程一鑫，或者说服程一鑫负责卖赃机，这不失为一种新路子。

程一鑫没直接回答，说："啧，少来，咱虽然卖手机，但换不起新手机呀。"

每次新的苹果手机一上市，就有卖肾的新闻。程一鑫把后备厢关上："跟你说一个乐子。我听说一年前有一个哥们儿，他的弟弟为了玩《愤怒的小鸟》，卖肾在'大世界'里买了iPhone。他玩着玩着，肾衰竭了，他哥就把自己的肾给他。没过多久，他哥也肾衰竭了。这个弟弟用着哥的好肾，愣是玩游戏赢了巨额的奖金，给他哥买了一颗肾。你猜怎么着？"程一鑫没打算卖关子，说，"他买到的肾就是他自己卖出去的那颗肾，经过他这一通操作，哥儿俩互换了腰子。人家都说这叫《削肾客的救赎》。"

齐天："……"

跟高中的时候比，程一鑫的嘴皮子是牛了不少。齐天回过神来，感觉故事全是假的，程一鑫竟然能随口把它编出来。

程一鑫摆完摊，回到家里都晚上十点多了，奶奶早就睡觉了。他洗完澡，回到房间里。滨市有一点好，老旧的小区里暖气都烧得挺旺，室内温暖如春。

金潇如果在这里，会发现他并不是缺一件跨栏背心。程一鑫此刻就穿着一件黑色的背心，后面写的是数字"7"。这件背心是他在体校的时候学校发的，已经被洗得松松垮垮的了，胜在舒服。他到底是少年，背部薄得像纸。他随便一动弹，别人就能看见骨头活动的轨迹。程一鑫从体校毕业，底子还在，肩宽腰窄。他只是肌肉薄，并不是普通无力的瘦子。

他听见程佳倩蹑手蹑脚地溜了出去。她拉开冰箱的门，又把它关上。过了几秒钟，她又拉开冰箱的门，再关上。她的动作如此反复了四五次，程一鑫总算探出头去。程佳倩晚上回家后一般都要苦练美甲的花样，这挺费精力的。但她臭美，嫌自己都十六岁了，脸上的婴儿肥还迟迟地不消退，所以总嚷着减肥。

程一鑫拍她的脑袋："你吃呗，知道冰箱里为啥有灯吗？"

程佳倩生怕吵着程一鑫的奶奶，压低声音说："为啥？"

"就是为了让人在夜里吃东西。"

程佳倩"扑哧"一笑，成功地抱走了一盒豆乳，被程一鑫扯着紫色的毛衣拽到他的房间里："干啥？"

"帮哥挑一下手机壳的样式。"

"哦。"

程一鑫点击"深圳华强北－飞飞姐"的昵称，打通了视频电话。他忽然骂了一句粗话，趁电话还没接通，赶紧从床上找了一件衬衫穿上。程佳倩看见他这副生怕被占了便宜的样子，憋着笑意。

电话接通了，程一鑫打了一个招呼："表姐。"

任何人一听他的话，就知道他是老"华强北"人了。因为华强北附近的档口里都是互相认识的亲戚，他们跟开哥似的垄断了一片市场，无论消费者怎么挑选商品，实际上挣钱的都是一家子人。他们背包客是华强北诞生的特有职业。买二手手机的人经常发"安全下车"，意思是没被坑，买到的是真机。如果没"安全下车"的把握，他们就雇背包客帮他们去华强北收一部靠谱儿的二手手机。

背包客为了跟档口的店主套近乎，见人都叫表哥或表姐。同样，如果客户收到了炸弹机，背包客不容易甩锅说这是华强北店主的问题。客户只会怀疑他们沆瀣一气，先找背包客的麻烦。

飞姐"咯咯"地笑，说："鑫哥，你能不能让你的妹妹走开？"

华强北的商店也是六七点关门，里面的都是个体工商户，下班的时间很随意，他们有时候下班更早。飞姐在家里穿了一件蕾丝睡衣，背后全是能把人眼闪瞎的手机壳。她眨眼："好不容易打一次视频电话，咱俩聊点儿成年人的话题。"

程一鑫故意捏了捏程佳倩的包子脸："听见没？你赶紧回屋睡觉。"

程佳倩笑嘻嘻地说："飞姐，我也想看手机壳，挑一些跟店里的美甲风格相似的手机壳，好帮我哥推销。"

飞姐翻了一个白眼，把镜头转过去，让他俩挑选手机壳。程佳倩选得还挺认真，截了图，飞快地报出数量，程一鑫则负责转账。飞姐答应他们，过两天就把这批货寄到滨市来。等程一鑫挂了视频电话，程佳倩回房间拿出一部手机，那是基础款的小米手机。她问："哥，你能查查这部手机是谁的吗？"

"这是从哪儿来的？"

"今天我在美甲店里捡的。我发了朋友圈问客户，没人认领它呀。"

程一鑫戳开 SIM 卡的卡槽，里面空空如也。他解不开屏幕上的密码锁，两人把"123456"之类的弱智密码都试过了。他想了想，说："那你再等等呗，要是还没人认领它，咱们就赚了。等哥学了刷机后处理掉这部破手机，挣的钱够咱俩吃好几顿火锅的。"

"好嘞。"

程一鑫在硬件维修方面的技术拿得出手，最大的技术缺陷就在系统方面。那时候还流行给 iPhone 越狱，下载软件都免费，是"大世界"里最畅销的业务。他早就想学破解系统的技术，碍于维修手机这个行当的水太深了，人们基本都实行传统的师徒制，没人带他。正好，程一鑫问了问飞姐。飞姐派小弟给程一鑫发了几份残缺的资料，就不管他了。资料上全是英文，程一鑫看了几眼，啥也看不懂，疯狂地打哈欠。

手机上弹出来一条提示："金潇 Tonight 申请添加您为好友。"

程一鑫再次打了一个哈欠，关掉满屏的英文，随手通过好友申请，又顺手发了一条朋友圈，每日稳定地营业。

金潇第一次体会了室友们熄灯后在被窝里玩手机的感觉，这种感觉刺激又快乐。她耳听六路、眼观八方，生怕宿管破门而入。不得不说，微弱的荧光带来的安全感，是一种与外界距离无限近的稳定的信号连接。她好像提前迈入了成年人的世界，外面浩瀚无垠，星河璀璨，大方地冲她敞开怀抱。

金潇下载好微信，搜索白天拍下来的微信号。这位鑫哥立马通过了她的好友申请，还飞快地发了一条朋友圈——鑫哥二手手机专卖：'你相信一见钟情吗？'

下午金潇仿佛打开了新世界的大门，在大世界商城里的经历冲击了她的种种观念。她从未见过这样鲜活的市井气息，好像学习并不是人生唯一的出路。那里人声鼎沸，他们平凡普通，却照样欢乐、恣意、自在，并且看起来还感情充沛。

于是，金潇点了一片空白底下的"展开全文"，心想：难道下面又会是什么电影里的金句？

他朋友圈的全书内容："相信哪，我今天照镜子的时候都有点儿动摇，怎么还没人来找哥买手机？"

金潇："……"

高三党是不配拥有周末的。其实他们高一和高二时也几乎没有周末，周六的下午放学，周日的下午就回来了，休息的时间还不足二十四个小时。到了高三，他们彻底连周日都在学校里度过了。许多同学的家都不在本地，在滨市周边的城市里，他们说要到高考结束后再回去。学习委员薛少鸿说"待到功成名遂了，还乡"，大家还取笑他，这是要醉笑陪谁三万场呢？

高三学生的周日，有一种无人问津、自顾不暇、头悬梁锥刺股的苍凉。他们没课上就上自习，刷题，背书，在哪里都能学习。这更接近于大学里的情景——本班的教室里、图书馆里、阶梯教室里，甚至楼下的花坛旁、操场上，全是正奋笔疾书或摇头晃脑地背书的学生。

金潇算是一个例外，周六的下午放学后就回家了。方好好没回家，与金潇同行了一段路，去图书馆借了一本小说回宿舍看。金潇打趣她："你在学校里看小说，还不如回家休息。"

方好好拼命地摇头："你可真有勇气，知道大家为啥都不回家吗？"

她踢了踢路上的碎石，叹气道，"离高考还剩一百天，现在我回家后氛围压抑得要命。父母嘘寒问暖，进行虚伪的'临终关怀'，说的全是醍醐灌顶的鸡汤。好像我喝了那碗煲了五个小时的汤还考不上好学校，就是对不起他们。"

方好好问金潇："你的爸妈不这样吗？"

金潇哑然。她的家里都是保姆做饭，母亲金听菡女士十指不沾阳春水，从来就不存在亲自煲五个小时的汤的情况。更别提父母的卧室都不跟金潇的卧室在同一层了，他们压根不会影响她。

金潇的压力既来自外界，又来自自我的驱动。家里全是优秀的人，甚至没有一个庸才。父母从来不担心她考不上滨大，从小为她提供最好的教育资源和最优越的生活条件。他们提出了期望，她自然应该披星戴月、全力以赴。为了读滨大的本硕连读班，她连参加自主招生的资格都放弃了。这些压力客观地存在着，跟回不回家没有一点儿关系，她无法主观地避免它们。

从周六放学后到周日的这段时间里，学校对手机的管制松了少许。方好好拿着手机，边走边生动形象地演绎："我爸妈在客厅里拼命地压着嗓门讲话，生怕影响我复习，我还宁愿他们大一点儿声说话。你听，我戳屏幕的声音都比他俩喘气的声音大。这样我哪里玩得进去手机？我根本没法放松。"

金潇"扑哧"笑出了声。

后面突然有几个男生蹿了出来，苟浩然仗着个子高、手长的优势，抢走了方好好的手机。苟浩然把手机举高，方好好死活够不着它。

苟浩然阴阳怪气地道："好好同学，你玩不进去手机，不如把它送给我玩？"

男生们都哄笑："还是狗哥强，连女生的手机都抢。"

苟浩然还在逗方好好。方好好长得矮，刚才也没来得及锁屏，苟浩然不仅没让她拿到手机，还趁机放肆地翻看屏幕上的内容："这条微信说'上次你安利的小说很好看'，方好好，这是谁呀？"

方好好急了，大叫："狗浩然！"

"苟"不是"苟",但是高中的男女生哪里会放过这样的外号?只有方好好不愿叫别人的外号,被逼急了叫他一声"狗浩然"。

这反倒让苟浩然更来劲儿了:"啧啧,里面有秘密?方好好,你是不是早恋?"

金潇蹙眉。

趁她还没开口,一个男生踹了苟浩然一脚:"小心潇哥发火。"

苟浩然"喊"了一声,把手机还给方好好,又去拽方好好的马尾辫。方好好留的是标准的初恋发型,黑发又长又直,柔顺飘逸,发质令人爱不释手。

"喂,好好,你要回家吗?"

方好好还没消气,语气生硬地说:"不回家,我送一下潇潇。"

"哦。"苟浩然挤眉弄眼,"你去看我们打球吧?16班的那群男生仗着自己在文科班,叫了好几个女生去,我们都没叫到一个女生。"

"啊……"方好好有些犹豫地说。她本来是很想回去看小说的,却被苟浩然拽着她的书包带子,连哄带骗地往篮球场走。她只好回头朝金潇挥手:"潇潇,明天见。"

苟浩然嘴贱地说:"见,或者不见,她都是潇哥,不B不C。"

金潇一脸疑惑,只能假装听不见这句话。她到了高三还在长个子,一直长到一米七——这跟她假期里总让教练陪着出国玩极限运动有关。从高一开始,她就把体脂比维持在极低的水平,再这么长个子,看起来确实有那么一点儿单薄。金潇本来不在意这些事,被他们说得多了,实在有点儿气恼。

早已走远的苟浩然和方好好还在对话,方好好替金潇打抱不平,说:"你怎么能这样说潇潇?!"

"想啥呢?不B不C,我夸她A(帅)爆了。"

"哦,最好是这样。潇潇要是能陪我来就好了。"

男生接腔地说:"是呀,要是金潇来,咱们班就太有面子了。"

"最好她上场打一个三分球,让别人看看我们的班花。她A是A了点儿,但颜值高哇。"

金潇没听见后面的话，上车回家了。没想到她一进门，她妈竟然站在那里主动地接过她的书包。刚把书包往外递了一半，金潇就用力地拎回书包，说了一声"自己来"——她新买的iPhone 6s还躺在书包里，着实令人心虚。风水轮流转，难道轮到她体验方好好说的令人窒息的场景了？很快，金潇就知道自己想错了，她妈是在门口等她的小姨。

金听菡叮嘱金潇一会儿等她爸回来一起吃饭，又说待会儿跟小姨谈话要用书房，如果金潇想用电脑可以去房间里拿笔记本。金潇周末的确接了一个画稿的单子，但现在有iPhone 6s了，用电触笔画一个漫版的头像简直是小菜一碟。她懂事地表示这周学习紧张，不用电脑了。

金香柏今天是来挨训的，姐妹俩在书房里爆发了剧烈的争执。金潇跟她爸张叔骏一起在楼下吃晚饭，虽然听不见她们吵了什么内容，但就是知道她们吵架了。张叔骏今天难得没加班，早早地回家了，就为了陪读高三的闺女吃晚饭，没想到楼上传来这种声音，还不如让闺女早点儿回到清静的房间里。

金潇隐约地流露出担忧之情。

她爸叹了一口气，说："长姐如母，别担心。"

"大伯以前也会批评你们吗？"

"不会。"张叔骏笑了笑，说，"你大伯以前出去干活还得背着我，累得很，没时间骂我。"

张家以前的生活条件很是贫穷，他到现在都喜欢家乡的酸笋。好在张家的四个儿子全都很争气，张叔骏考到了滨大读博，其他几个兄弟也从名牌大学毕了业，但没在其他的领域里有所建树，干脆都来帮三弟的忙。张叔骏感慨了几句儿时的往事，说："你高考完回去给你的外公扫扫墓。"

"好。"金潇把每个假期都安排得挺满，小学时就开始往国外跑，参加一两个月的换宿项目。后来英语口语算是过关了，父母让她想玩什么运动就玩什么，负责出钱请教练全程作陪。她确实很久没跟父亲回过老家了，因为父亲入赘，她一直叫真正的爷爷"外公"，叫金家的老爷子"爷爷"。

张老爷子过世早，父母结婚的时候讨论及此，父亲为人宽厚，说他父亲定然不会介意这件事。如果长期在滨市生活，金潇喊金老爷子"爷爷"

更亲切。直到几年前金家爷爷去世,这个称呼还是没变。

姐妹俩的争执一直持续到晚上十点。金香柏连饭都没吃一口,挨了骂反倒趾高气扬,出门前笑嘻嘻地对张叔骏说:"姐夫,你劝劝我姐,让她别生气。"

金潇刚好画完了头像,用微信把头像传给人家。她一直竖着耳朵,听见动静就跑下楼,跟父亲说她要出去夜跑,紧跟着金香柏出门了。

"嘉柏丽尔。"金潇跑了两步,总算追上了金香柏。她一向不叫"小姨",直接叫金香柏的英文名。

这是她喜欢金香柏的原因之一。金香柏才比金潇大十二岁,金老爷子老来得女。比起对金听菡学有所成的期待,金老爷子更希望小女儿简单快乐。金香柏抓周的时候抓到了香奈儿的五号香水,金老爷子大笑,说小女儿天生就是富贵命,很超脱世俗地用设计师香奈儿·嘉柏丽尔的名字给小女儿取名。

金潇一向很佩服和喜欢小姨。小姨有着洋派的作风,浪漫不羁,不循规蹈矩,也没有长辈的架子,是不婚主义者和理想主义者。

金香柏在夜风中戴上了墨镜,开的是敞篷的跑车。她有着烈焰般的红唇,招摇又性感,说:"上车,我带你出去兜兜风。"

上了车,金潇却半天不言不语,望着沿路的灯、明亮的城市和黑黢黢的远山。金香柏逗她:"怎么了?高三学傻了?"

这几天金潇的世界观受到的冲击比过去的两三年中受到的冲击还大,她难以置信。对于这些念头,金潇坦率地直言,不打算将这件事情憋在心底:"嘉柏丽尔,我妈说的话是真的吗?理想主义百无一用,她一向支持我有兴趣爱好,怎么说学音乐是不务正业呢?"

金香柏饶有兴致地问:"你还听见了什么?"

"后面的话我基本都听见了,对不起。"金潇感到抱歉,说,"我刚才发现我之前用书房里的电脑上网课,忘记关页面了。"

她原想用手机听课,没想到还未退出上节课的房间,母亲和小姨的争执通过书房里电脑的收音清晰地传入耳中。

事情的经过大概是这样的:今天社交媒体平台上流传出了金香柏在国

外的酒吧里鬼混的视频——她用酒瓶砸别人，还被警方带走了。金香柏本来已经迅速花钱撤了这条转发量尚且可控的视频，却一不做二不休，在她的微博上发了一篇长文章。她说她当年在国外留学时曾经组织过地下乐队，和前男友一起在酒吧里卖唱，他们以她不缺钱为由将她原创的音乐作品据为己有，她就去酒吧里直接动手了。她表明这就是她对原创的态度，且至今回想起这件事仍不后悔。配图是她的一张超出性感界限的写真照片，马甲线上的文身清晰可见——"Originality Never Die（原创不死）"。她把矛头直指向负责版权这方面工作的金潇的小叔，网友既感叹她热辣大胆的个性，又猜测千银的内部人员不和睦。评论里不乏质疑她的作风的网友，这条博文直接冲上了热搜榜的前一百名。

金香柏沉默片刻，说："是我该感到抱歉。你妈妈说得没错，我是理想主义者，只热爱音乐，对管理企业一窍不通，也不感兴趣。你知道我下架了千银所有的盗版音乐吗？我切断了所有能破解 App Store（应用商店）里的正版音乐的流氓插件。"

"知道，我很佩服你，谁都不会比你做得更好。"

金香柏笑了笑，吹了一声口哨："本来有很多种途径去实现这件事，但是我选择了最笨的一种办法，一上来就动了他们的蛋糕，公开地跟他们撕破脸皮。我败坏的是我作为金家女儿的形象和名声，无法让大家信服。"她无所谓地道，"我以后很难去做真正的管理者了，你要加油。"

金潇记得刚才小姨和母亲对话时，金听菡痛心疾首地说："我就是后悔以前那么天真，让金潇她爸管公司，自己就放手了。我好不容易等到你毕业后回了国，你却要搬起石头砸自己的脚，自毁前程。"

金香柏当时说："姐，我不稀罕呀。以后让潇潇去扛起金家的大旗吧。"

金潇摇头："我妈还说，我在大学里学通信工程相关的知识是在打基础，以后她可以让我负责设计的。千银为什么不能市场化呢？一家人非要争管理权吗？"金潇的眸子透亮而虔诚，她说，"你知道的，我一直希望成为你这样的人。"

金香柏把车开出了小区，驶进城市的夜景里。橘黄色的路灯像奶油一样化在她的墨镜里，她对待许多人是傲慢而冷漠的，却温柔地伸手揉了揉金潇的脑袋："可你不能像我这样做呀。"

金香柏在心里说：你是金家的希望。

作为女儿，金香柏活得潇洒、肆意、自私，被父母宠坏了，性格早已定型。她不是没想过努力，但努力错了方向，只希望金潇去重现金家千银电子公司的辉煌。金香柏这一记摸头杀并没有治愈金潇。

她依然沮丧，问："所以，我妈说的话都是骗我的吗？"

她妈说："你靠音乐怎么夺权？不务正业。"

她妈说："我太后悔支持你的破梦想了。"

她妈说："你不用把潇潇当作挡箭牌，我肯定不会让她走你的歪路。"

她将其视为信仰，可那竟然是母亲嘴里的"歪路"。

金香柏没有直接回答她，说："你妈妈平时是很优雅的一个人，今天真的是气急了，想保护我。我相信她起初不是想骗你，但形势真的不一样了。"

金香柏开车带金潇兜了一圈，把金潇送回家门口。她摘下墨镜，原来方才红了眼眶。金香柏甩了甩大波浪长发，用雪白的胳膊撑着车门，点燃了一根女士香烟。香烟袅袅地升起烟雾，她说："你怎么不问我为什么发那样的微博？"

金潇坚定地道："这是你的自由，你不必向任何人解释。"

懂礼节、知进退又善解人意的人，怎么会争得过心狠手辣的人？金香柏在心里叹气，说："我一直没把你当成不谙世事的孩子。"她掀起羽绒服，露出一件露脐装，给金潇指了指腰腹上的文身，"这个文身其实是我刚文上去的。"

金潇总算问了："为什么？"

金香柏裹紧了羽绒服："我确实在国外的酒吧里打了那个渣男，有人报警了，我们被带走了。后来我向他赔了两把吉他的钱，他连屁都不敢放，直接撤诉了。但是我跟他打架、进警局的过程被人录下来了，不知道是谁把视频发给他们的。你大伯暗示了我好几次，让我别下架那么多盗版音乐，否则我自己清楚在国外干了一些什么事。我猜，今天就是他找人发的视频。"她勾起红唇，不屑地嗤笑一声，"我还怕他吗？原来他说的是这种破事。他只是想把我踢出公司罢了，正好，我很感谢他给我这个机会骂他纵容盗版音乐。"

金潇吃惊得久久说不出话。

道德感让她哽咽地先替叔叔们向金香柏道歉:"对不起。"

"傻姑娘。"

"我妈妈她……"虽然母亲是在不知情时出口伤人,但金潇依然垂头丧气地说,"你不要太难过。"

金香柏洒脱地一耸肩,漂亮的卷发来回晃荡着:"我没跟你妈说这些事,怕她急疯了。她跟你爸一样都是技术宅,不会钩心斗角,只会在嘴上凶我。所以我自己解决问题,文身,发博文。如果他们还想继续买流量发视频,那就发去吧。我行不更名,坐不改姓,在酒吧里打架斗殴怎么了?我就是要旗帜鲜明地痛打抄袭正版音乐的人。"

金香柏眨着眼,忽然"咯咯"地笑起来:"我文这个文身的灵感其实是来自我的初恋。"

金潇瞪大了眼睛,听金香柏继续说:"我那时候在地铁上看见他正在卖唱,彻底迷恋上他了。他每天窝在地下室里抽烟、喝酒、搞创作,忧郁颓废,醉生梦死。他文了一串'Originality Never Die, Free Till Death(原创不死,自由至死)'的字样。我那时还不够懂他,过了新鲜劲儿就开始嫌他太丧、太压抑了。现在我文了和他的文身一样的前半句话,还能怀念青春。挺好的,我又回到十九岁了。"

金香柏总能给人这种力量——天塌下来她都不怕,有着极致的浪漫,至死方休。

金潇难得跟她开玩笑说:"那你还是比我老一岁。"

"啧啧,"金香柏说,"十八岁万岁呀。"

她侧身掸掸烟灰,帅气又美艳地说:"记住,这个世界上有很多十八岁的女孩子,但你的十八岁只有一次。算了算了,咱们回家,免得我姐又骂我教坏你。"

天刚蒙蒙亮,程一鑫已经整装待发了。他穿着一件有红黑格纹的厚外套,戴上外套的兜帽,帽子刚好遮盖住了扎眼的奶奶灰色的头发。他怕吵醒奶奶和程佳倩,蹑手蹑脚地出了门。元宵节过了,寒冷的天气隐隐地有了逐渐转暖的趋势，河沟里的河水居然解了冻。滨大后岸的这条水沟算是一景了。滨大由于建校早，建在了市中心的区域里。原本这条水沟离得很远，随着教学片区的逐步扩大，便横亘在学校与科学园区之间了。它载着一块块浮冰，像载着一片片白云，一路悠悠地向东流淌。

滨大的学子要去实验室，通常要走过架在这条水沟上的桥，所以时常自我调侃上的是"臭水沟职业技术学院"。这座桥是程一鑫前往滨大操场的必经之路，风"呜呜"地从河沟的两岸刮过，风声中夹杂着早市的喧闹声。

相比都穿着羽绒服的路人，程一鑫穿得还是单薄了。他又高又瘦，完美地诠释了什么叫"人在衣中荡，越荡越时尚"。不时尚也没办法，程一鑫吸了吸鼻子，穿多了衣服不方便跑步。想当年他上高中的时候，为了偷溜出去学修手机的技术，经常穿着夹脚拖鞋溜到澡堂附近的墙边，一边溜达一边伺机翻墙，那时可比现在冷多了。

滨大操场中间的足球场上都是整个冬天积的雪，雪有开化的迹象，水直往赤红色的跑道上淌。即便在滨大这省内的最高学府里，芸芸学子仍然选择躺平，把清晨的操场让给晨练的老大爷和狗去挥汗如雨，又把晚间的操场让给跳广场舞的大妈。一个又一个能做一百个引体向上的老大爷在论坛上火了，所谓的"弱鸡学子"到了大四简直手无缚鸡之力，吊在单杠上都喘不过气。

学校意识到问题，要求滨大的全体学生每学期都要跑够四十二公里。这刚好是马拉松的最短距离，学校严格规定跑步的地点必须是操场，跑步的时间必须是早上六点至七点半。学生们入场时要打一次卡，让 APP 开始计算公里数，离场时要再次打卡。

程一鑫刚才一路小跑就是在热身，靠自己的体温驱走寒意，四处寻找目标。很快他锁定了一个男生，该男生从口袋里掏出了四部手机，打了一个哈欠，挨个儿点了点四部手机的屏幕，认命地开始跑圈。他还没跑一圈就开始步履踉跄，困得眼睛都快闭上了，面色痛苦，用耳机压着凌乱的发型。

这个男生一看就是被整个宿舍派出来帮忙跑步的大冤种。程一鑫很果断地凑上去，塞给他一张小卡片，卡片上有着黑底白字，内容简单："鑫哥专业替跑，一公里五块钱，一学期二百块钱。"

男生很困，发着蒙问："这是什么？"

程一鑫比了一个手势："嘘。"

程一鑫这么凑近一看，发现男生的眼睛上还糊着一层眼屎，他明显没洗脸也没刷牙。程一鑫勾唇，感觉肯定能接到这一单。男生抹掉眼屎，看清了卡片上的字，眼睛一亮。但他又犹豫起来，说："但是，我要把手机都给你？一部手机只能登一个我们学校 APP 的账号。"

为此，上周他们宿舍里还爆发了一场斗争。舍长第一个替大家跑圈，但太不地道，解锁手机以后把他们的相册都翻了一遍，嘲讽他们的丑照，被大家按着扫了一周厕所后才老实了。

程一鑫打了一个清脆的响指，避过值日老师的目光，拉开外套的拉链，露出用泡沫袋子缠起来绑在腰上的一排手机。手机少说也有二十来部，令人目不暇接。

男生呆若木鸡。

程一鑫比了一个手势，压低声音说："你放心，哥是专业的。"

男生迅速报出了一串校园 APP 的账号和密码，又拉住程一鑫："你还接单吗？我隔壁的宿舍还有……"

程一鑫给了他一个肯定的眼神："快去，名额有限。"

男生比了一个 OK（好的）的手势："兄弟，我懂。"

四十二公里，程一鑫两周就可以跑完一次。为了不引起学校体育部的怀疑，他还错开了每个同学打卡的起点和终点，每天给每个人分配不同的公里数。

小本经营，薄利多销。程一鑫巴不得天气晚一些回春，能多接几单。接了单他自然心情好，穿着回力运动鞋跑得足下生风，不过跑起来腰部总有些沉重，很不得劲儿。手机在劣质的泡沫里不断往下坠，这还是程佳倩帮他弄好的装备，程一鑫跑几步就得提一下裤子。就算如此，他还是比操场上的大部分学生和大爷跑得快，独领风骚。

他不知道的是，就在操场的另一条跑道上，金潇也在跑步。

金潇很珍惜每周一次的户外跑步时间。到了高考前，她不再去滨江岸边的沿江大道跑步，免得父母担心，就在滨大的校园里跑。今天天朗气清，太阳初升，阳光刺破清晨的薄雾，云层退净，没有了冬天铅灰色厚重云层的压抑感。

很快，她发现总有人跟着她跑。她用余光打量了他片刻。那是一个穿着红黑格纹外套的男生，穿的不是校队的衣服。男生瘦得离奇，跑几步就要提一下裤子。金潇都生怕他的裤子随时会掉下来，不能理解他为什么不穿一条运动裤而穿了这种花里胡哨的工装裤，裤子一点儿弹性都没有。他的鞋是最廉价的回力鞋，鞋底被磨得很平，金潇看着就感觉他这样跑步很伤膝盖。

他迎着阳光跑步，兜帽里只露出高挺的鼻梁，皮肤白皙，有一点儿透明的质感，肤色让他的脸看起来像是不眠不休地泡了一个月的网吧打游戏。金潇深深地怀疑自己——高三以来，体质竟然下降到这般程度了，她跑起步来居然都跟这样的宅男并驾齐驱了？她有一双修长的腿，并对此引以为傲。她常年跑步，不会被别人破坏了节奏，呼吸均匀，步伐平均。她跑了三圈，已经跑了一公里多，那个男生还稳稳地跟她保持着三五个身位的距离，在她的身后跑，坚持不懈。

金潇在操场的外圈跑，避开大多数人，时不时地在弯道上看见他，两人来回超车。她跑完四圈后，看他可算去休息了，不再跟自己较劲儿，跑到一边去喝水，掏出新买的 iPhone 6s 看看步数。没想到肩膀被人一拍，红黑格纹的外套逼近她，一张小卡片覆盖在屏幕上——

"鑫哥专业替跑，一公里五块钱，一学期两百块钱。"

金潇一脸疑惑。

竟然还有这种职业？她惊讶极了，戴着棒球帽猛地一抬头，感觉撞到了什么东西。男生闷哼了一声，又"嘶"了一声，应该是被她硬硬的帽檐狠狠地撞到了下巴。他往后仰脖子，脖子发出一声骨骼的脆响。

程一鑫本来就容易低血糖，还没吃早饭，这下眼冒金星，几秒钟后才缓过来。

程一鑫："……"

他一直等着人跑累了再凑过去发卡片，还被撞了这么一下。他容易吗？是有那么一些体力还不错的大一学弟、学妹，在学期伊始的时候偶尔心血来潮地跑两圈,没过几天就会被被窝绑架,无法与床板分离。

金潇很是抱歉,摘下棒球帽,赶紧道歉:"对不起对不起,我没想到你离我这么近。"

她的短发柔顺细软,天生带着一些棕色,被棒球帽带起了静电,乱糟糟的,有点儿可爱。整个操场上只有她穿了一套白色的运动服。她更像漫画里的长腿少女,安静又出众。

金潇拢了拢头发,抬眼,两人都在对方的眸子里瞥见了惊讶之意。

"你不是那个……"金潇有些犹豫地问,"鑫哥吗?"

她记性很好,一贯是过目不忘的。尤其是前几天她才刚从他那儿买了iPhone 6s,看过他每天营业的朋友圈,觉得他很难不令人印象深刻。但他不是在大世界商城里卖手机吗,怎么还身兼数职,跑到大学里替跑呢?离开了"大世界"里的那种脏乱差的地方,不戴大金链子,不穿空荡荡的连帽卫衣,他看着还挺像大学里的男生的。金潇感到深深的疑惑,难道他本来就在读大学,卖手机才是兼职?

程一鑫把兜帽摘下来,露出一头奶奶灰色的头发,瞬间惹来几个大爷嫌弃的目光:"现在的年轻人,一个个跟妖魔鬼怪似的。"

程一鑫习惯了这种世风日下的感叹,将杀马特的造型坚持到底。他笑得痞里痞气,重新戴上帽子,刘海儿不听话地耷拉下来一缕。他说:"怎么样?确认过眼神,哥是对的人。"他一句接一句地逗她,"哟,你今天怎么叫我'鑫哥'了?"

那天她叫的可是"您好"。

金潇不搭这个腔,再次很诚恳地道歉:"不好意思,我刚才撞疼你了吗?"

程一鑫吸了一口寒风,说了一句"等会儿"。他感觉跑得嗓子冒烟、口干舌燥,打开了一瓶矿泉水,一口气喝了大半瓶水,瓶子都被捏扁了,还有不少水淌到了外套上。感到嗓子好多了,程一鑫眸光一转,再次开口:"疼啊,哥心里疼。"他用耿耿于怀的语气说,"妹妹为什么不加我的微信?"

金潇晚上回到宿舍后才加了他的微信。程一鑫大概习惯了各种回头客介绍的人来加他的微信,不知道那是她。金潇被逗笑,这下都不想管他疼不疼了,说:"我加了。"

"是吗?"程一鑫眯着眼睛,眼睛变得狭长起来。他一边去掏裤兜里的手机,一边问她:"新买的手机咋样?"

金潇想了想,说:"还不错。"

程一鑫那天在开哥的威势下卖给她手机,心里十分没底,生怕那是一个组装的安卓手机。他让她加他的微信,又怕她找来骂人,心里却总惦记着这么一件事。他没想到几天过去了,金潇毫无动静,都没加他的微信。他都开始怀疑了,难道是开哥突然有了良心,程一鑫卖给金潇的那部手机是真的港版水货,价格才能么低?那部手机不到两千块钱,如果那是一部二手抛光翻新成一手的手机,倒说得过去。

或许这个妹妹心里有数吧,回去问一问同学就知道了。用这点儿钱买不到什么一手的靓机,大家都看破不说破便是了。程一鑫还是不放心,再次问她:"你有没有觉得打游戏时手机容易发烫?"

金潇摇头:"我不打游戏,感觉还好。"

"系统正常吗?"

"挺正常的。"

程一鑫不问了,打开自己手机上的微信界面,却不把手机递给金潇,而是把它放在瘦削修长的手掌上。他一挑眉毛,一勾手指,一吹口哨,示意金潇凑过来操作:"你的微信是哪个?"

金潇小心翼翼地凑过去,尽可能不碰到他。他的手心里有着密密麻麻的纹路,似乎出了一层薄汗。汗珠和潮气被凛冽的风吹散了,他的身上没有所谓的男人味,反倒很清爽。这位鑫哥看似单薄,还是比她高半个头,戴着宽大的帽子。两人头挨头地操作手机,他几乎将她的整个人笼罩在阴影之下,男生专属的气息爬上她的眉梢。

金潇极少离男生这么近,眨了眨眼,尽量专心地翘着指尖滑动屏幕:"这个。"

程一鑫看了看:"金潇,痛你特(Tonight),是啥意思?"

金潇:"……"

她确定了,他的主业一定是卖手机。不知道为什么,正儿八经的英文被这位鑫哥这么一念，她都感觉到了羞耻，怀疑自己是不是变得跟他一样非主流了。她重新读了一次正确的读音，解释道："今晚，就是我的名字，'金潇'谐音'今宵'。"

程一鑫"啧"了一声："今晚妹妹，你早上也跑得挺快呀？"

金潇有些不好意思地说："还……行吧。"她很快反应过来，说，"你也跑得很快呀。"

程一鑫黑了脸，说："我跑得跟你一个高中女生差不多快，你是在夸我呢，还是在骂我呢？"

金潇夸人失败，反倒窘迫起来，连忙解释："我真的是夸你呢。我在我们学校里算是跑得很快的人。"

程一鑫撸起袖子，饶有兴致地说："我看出来了，来，咱俩比比？"

他还真是心痒难搔了，离开体校已有几年，好歹当年是练百米短跑的，有着练爆发力的出身。他有时修完手机，看看朋友圈里的那些同学，他们上了大学后参加各种赛事，还有的人被省队预定了，挺让人羡慕的。可惜他如今只能替人跑步，刚才都是悠着劲儿跑的，生怕跑得太快，那些手机的后台数据会引起校体育部的注意。

金潇看了看他的鞋，犹豫地道："现在？"

程一鑫似笑非笑地说："不然呢？要不等今晚？哦，等Tonight。"

这一遍他读得很标准，勾起唇角，还带着一些现学现卖、需要夸奖的得意。

金潇瞪他一眼："比什么？"

"100米，怎么样？"

金潇眯起眼睛，将短发扎成一个小鬏，开始认真地活动脚踝："可以。"

眼看她蓄势待发，程一鑫制止了她："等会儿。"

他转身把外套拉开，金潇见到了永生难忘的画面。这简直像那天"大世界"门口的大婶拉开了篮子上的布，鑫哥像未来的科幻世界里的人类，自制了魔幻的武器，细而窄的腰上缠了一圈手机，屏幕全都散发着光晕。程一鑫小心翼翼地把手机摘下来，用外套裹住它们，把它们放在跑道旁边的地面上。滨大的校风良好，一向没什么小偷小摸的事件，他很是放心。

再说了，哪里有起得这么早的贼？程一鑫只在里面穿了一件短袖，寒风"瑟瑟"，袖口鼓胀起来，冷白的胳膊上露出匀称而不夸张的肌肉。

他并不像她想象中的那么瘦弱。

程一鑫掰了掰双手，双手发出"噼里啪啦"的一阵脆响，响声比刚才脖子的响声大多了。他跃跃欲试地说："来吧，哥让你十米，一会儿你别说哥欺负你。"

金潇："……"

她好像忽然明白了为什么他的工装裤总是往下掉。程一鑫似乎解读出了金潇的信心满满，咳了一声："那个，还是让你五米吧。"

天蓝云白，跑道赤红。程一鑫有了久违的热血沸腾之感，肺部吸入凛冽的空气，让他的头脑越发清醒和亢奋，调动身体里的每一个细胞。他们分别在第七、第八跑道上，位于同一条起跑线上。无人计时，没有脚踏板，没有钉鞋，他们没有商量，几乎同时做了蹲踞式起跑的姿势。

金潇问："怎么开始？"

她还从未参加过氛围如此严肃、条件又如此朴素的比赛，并不知道对程一鑫而言出了体校再与人赛跑已然是一件奢侈的事情。

他习惯了独自奔跑。

程一鑫不再嬉皮笑脸，将呼吸调整至最佳的状态，气息均匀、声音沉稳地回答她："你看见那个穿红衣服的大爷了吗？"

"嗯。"

"他在逆时针跑圈，咱们在他过白线的那一刻起跑。"

"好。"

这很可笑，但没人笑。他们全神贯注，周遭的声响被放大了，树上鸟儿的叫声、值日老师的哨子声、环卫工扫大街的声音还有无数纷乱的脚步声都被放大了。三、二、一，他们的唇无声地动了动——跑。

周遭的声音又消失了，只剩下他们自己的心跳声。在寂静的风声里，两颗心脏默契地共振着。冲线的时候程一鑫甚至俯低了身子，用肩膀提前去撞那条并不存在的终点线。按照国际田径联合会的规则，运动员的躯干过线就可以计算成绩，躯干不包括头、颈和四肢。运动员在不摔倒扑地的情况下，用胸部撞线和用肩部撞线时上体倾斜的角度是由每个人的腰腹力量决定的。运动员如果腰腹的力量不够却强行前倾过多，会难以保持平衡，反而影响速度。

程一鑫显然做得很好，金潇在他的身后冲过终点。两人的胸膛明明都剧烈地起伏着，他还直不起腰，单手撑着大腿，却非要忙里偷闲地打一个响指，逗金潇："帅不帅？"

不是帅。一个念头在金潇的心里一闪而过——他一定练过跑步，怪不得有底气跟她比。这一点不止金潇看出来了，懒洋洋地坐在旁边值勤的体育部老师也看出来了，吹了一声口哨，健步走过来。今天不是田径队的训练时间，何况她对田径队里的那些兔崽子们了如指掌。

老师开口："你们俩是大几的？哪个专业？有没有兴趣进田径队？"

两个人对视一眼，面面相觑。金潇刚说了一个"我"字，程一鑫就痛苦地捂着小腿俯下身去，吸了一口冷气："抽筋了。"

啊？

金潇赶紧走过去，想着他的工装裤这么紧，他不抽筋才怪呢。她觉得鑫哥看着挺高的，他刚才还活蹦乱跳的，现在佝偻着腰显得弱不禁风，样子可怜巴巴的。

体育老师最了解这些兔崽子们，他们总是不认真地热身，来了兴致随时都能跑几圈，抽筋了又哭爹喊娘。她值勤本来就是为了处理这些晨跑的突发状况，凑过去看他。没想到程一鑫一转眼珠，把胳膊搭在金潇的肩膀上，把她当成拐杖，扶着她晃晃悠悠地起身："老师，我没事，她扶我去旁边休息休息。"

金潇一脸疑惑。她看着肩侧程一鑫修长白皙的手，一时间感觉有点儿奇怪，他俩好像还不算正式地认识了呀？

因练体育而受伤一向是家常便饭，金潇不介意这种事，就算见到陌生人受伤都会上去帮忙的。问题是，程一鑫表面上搭着她的肩膀，实则根本没把一丝重量寄托在她的身上，把一瘸一拐的模样演得还挺像，压根就是装的。等他俩回到起点，金潇就用胳膊肘戳他的软肋，觉得硌得慌，他的身上没有脂肪："你别装了。"

程一鑫几乎跳起来，说："喂。"

他看着金潇，她青春洋溢的脸庞上流露出肆意的笑意，比她恬静安然的时候要显得明艳许多。金潇似乎也很快就意识到了，这样肆意的玩笑在她的教养之外。在校的时候，她一向认为男女授受不亲，除了参加掰手腕之类的活动，从不与男生追逐打闹、发生身体上的接触。上次她还觉得鑫哥的身上扑面而来的社会气息令她窒息，被逗得无所适从、坐立不安。这回或许因为他们在她熟悉的校园里进行了一场别开生面的赛跑，她有了一种难以言状的惺惺相惜之感。他在她的心目中不再是一个距离遥远的社会青年，反倒比她认识的男同学多了一分亲切。

程一鑫转身捡起外套，第一时间不是拉上拉链，而是把帽子戴回去，藏好他奶奶灰色的头发，仔细地重新伪装成校园男生的模样。两人席地而坐，"咕嘟咕嘟"地喝水。程一鑫一仰脖把剩下的半瓶水喝完了，一滴水都倒不出来："渴死哥了。"

他瞥了一眼金潇喝剩的那瓶水，果断地伸手："你还喝吗？"

金潇还在神游，心想她好像懂了，不必再问他被体育老师问话时为什么要逃跑了。听了这句话，她鬼使神差地就把自己手里的矿泉水递过去了。反应过来后，她发现程一鑫心急火燎地几秒就喝干了她的矿泉水。

金潇："……"

他到底有多自来熟，怎么能喝她的水呢？

程一鑫看她发怔，偏偏不点破她的迷惘，勾唇问她："怎么，你还要喝？"

金潇连忙摆手："不了不了。"

他吸了吸鼻子，似乎有点儿鼻音，声音没有之前清朗，应该是穿短袖被风吹着了。

金潇忍不住劝他："剧烈运动完喝水不能这么猛，要等心率平稳了再喝。"

程一鑫"啧啧"地说："你不懂，哥喝的不是水，是寂寞。"

金潇："……"

"走，哥请你吃早餐。"程一鑫一向抠门，但一想到金潇在他这儿买了一部质量堪忧的手机，她还照单全收了，他的心里就有点儿过意不去。

两个人从操场上走到体育馆的侧面，那里有个小门，外面就有摆摊卖煎饼的小贩。他很轻车熟路，说："老板，来两张煎饼，其中一个加蛋。"他瞥了一眼金潇，犹豫一下，说，"加蛋加肠。"

"另外一个呢？"

程一鑫的喉结滚动着，他咽了一口口水，假装闻不见香味："啥也不加。"

金潇很快发现这张豪华版的煎饼竟然属于她，惊讶地道："这是我的？"

程一鑫已经像饿狼似的一口咬了小半张饼，含混不清地说："对呀。"

他的那张素煎饼看起来着实可怜，金潇动了恻隐之心，问："你的煎饼够吃吗？"

"妹妹，你可真矫情。"程一鑫狼吞虎咽，吃完煎饼就打了一个饱嗝，心满意足地说，"哥早上没啥胃口。"

金潇："……"

但他这副狼吞虎咽的架势可真不像没胃口。

金潇礼貌又小心翼翼地提出意见："你能不能别叫我'妹妹'？"

他这样叫她，她总有点儿别扭的感觉。

"那叫你什么？"程一鑫笑了笑，在煎饼摊子的炊烟袅袅之下，他的眸子像清晨林间小鹿的眸子，透亮又含着欢愉的神色，"你说你叫这个名字，我要是想跟你打招呼，岂不是得来一句'晚安'？"

金潇字正腔圆地说："你就叫我的名字，金潇。"

"可以，金潇妹妹。"程一鑫答应得很爽快，"那你记得喊我'鑫哥'，别人不喊哥我浑身难受。"

可是他的年龄看起来不大，金潇问："为什么？"

程一鑫低头看她："你先喊一句'鑫哥'，我再告诉你。"

金潇被他这么注视着，再次感到窘迫。所谓狭路相逢，大概是脸皮厚者胜，她吃人嘴软，憋了半天，与他对视半响，感觉耳朵都在隐隐地发热。最后在他目不转睛的注视之下，她声音微弱地喊了一声："鑫哥。"

程一鑫勾唇扯出一个痞笑——要不是怕把金潇逗得转头就跑，他还得来一句"没听清"让她再喊他一次。他回答她的问题，扫了一眼路人："因为……"他用指节分明的手随意地比了一个空中投篮的姿势，"啧啧，都是弟弟。"

他说完话，凑过来："你还没说，哥跑得咋样？"

金潇觉得吃煎饼的时候跟他说话实在是不明智，很容易噎着，艰难地竖起一个大拇指："你跑百米最好的成绩是多少？"

"11秒28。"

金潇瞪圆了眼睛："你有二级运动员的水平。"

"是呀。"程一鑫很随意地拍了拍她的脑袋，拍得很轻，像拍程佳倩那样不知道怎么就上手了，"哥高中时读的体校。大家都是这种水平，哥算不上啥。"

他说完，自嘲地一笑。

金潇总算咽下去了一整张煎饼，不得不说，这种路边摊上的东西出乎意料地好吃。金潇知道他说的那句"大家都是这种水平"不是真话，说："我看过市运会的成绩，不是人人都有进二级的水平的。我拿校运会金牌的成绩是13秒36，离二级还远着呢。"

"你很厉害了。"程一鑫说这句话的时候绝对没有吊儿郎当的架势，说，"你没专门练，练一练成绩就上去了。"

金潇疑惑地道："那你怎么不继续练下去？体育特长生凭这种成绩足够进滨大了。"

程一鑫扯着她过了马路，两人走到水沟上的桥上，撑着栏杆看着浮冰和破冰后暗流涌动的河水。人与人就似浮冰，短暂地在河道里遇见彼此，很快就会被湍急的水流一冲而散。有人快，有人慢，总有人会去到别人去不了的远方。

程一鑫有千言万语，在她一个天真的高中生的面前说不了那些话，却没有敷衍她，认真地说了一条原因："我瘦，肌肉的力量不够。"

金潇也认真地给出建议："你可以喝蛋白粉。"

程一鑫翻了一个白眼："我连蛋都吃不起，吃什么蛋白粉？"他说完又看了一眼金潇，似乎想起了那张煎饼，怕她多想，说，"那个，我早上真是胃口不行。你读书费脑子，多吃点儿有营养的东西。你上高几？"

"高三。"

"哎哟。"程一鑫吹了一声口哨，说，"十八岁，卜卜脆。"

金潇从小在内陆的城市里生活，冷不丁地听见一句像是香港电影里的话。他街头流氓的气质又显现出来，金潇有些不好意思，以为程一鑫在随口逗她。实际上，程一鑫是在由衷地这么夸她。她的气质太干净了，她安静的时候是空灵的少女，一挽袖子就可以与他风驰电掣地比赛跑步，嬉笑和嗔怪都很灵动。最重要的是，她毫无作为重点中学的学生看社会青年的优越感。即使对他们有些天然的畏惧，她上次在"大世界"里也将这种情绪掩饰得很好。

金潇觉得这句话耳熟，昨晚刚听金香柏说过类似的话。同学们多少有过春心萌动的时刻，金潇却年复一年地自律，从未意识到何为十八岁。她在二十四小时内听了两遍这种话，似乎十八岁也被赋予了不一样的意义。

"卜卜脆"，也可以是很脆弱的意思。那天晚上，程一鑫一语成谶。金潇万万没想到的是她的十八岁被赋予的是这样的意义，她的十八岁如同蒙上了一层阴影，令人窒息压抑。

她晚上回到学校里，还没开始晚自习就远远地听见了同学们热闹的声音。她走进教室的那一刻，感觉教室内突然安静了下来，四周鸦雀无声。她连针掉到地上的声音都能听见，不需要多敏锐的感知就可以知道，大家的目光像针一样无形地扎在她的身上。如果目光有形，她此刻应该变成一只刺猬了。

几秒钟以后，教室里恢复了喧闹，但他们似乎强行地换了话题。俞薇安的旁边原本围着几个男生和女生，现在他们嚷嚷着"散了散了"，斜眼看着金潇，讥讽地勾着唇角，回到座位上去了。

金潇刚打开文具盒，有人戳了戳她的后背，递来一张字条。字条上写着："潇哥，听说你买了一部假 iPhone？"

语气得意，字迹潦草，金潇看不出字条是谁写的。

传字条的人见金潇瞪他，摊开双手做无辜状，显然是知道上面的内容的："不是我写的。"

金潇恨恨地转回去，起初是难以置信的。她的手机用起来好好的，微信、短信和浏览器，包括用来涂漫版头像的备忘录都很好用，手机壳既漂亮又有好的手感。这部手机绝对甩了他们千银家的手机几条街，怎么会是假的呢？再说，谣言是从何而来的呢？

后来，事情的真相慢慢地浮出水面。

课间的时候，方好好担忧地走过来。她周日来"大姨妈"了，整个人虚弱无力，直到晚自习前才搞明白流言蜚语的由来。她小声告诉金潇，是俞薇安说金潇的手机里内置的是安卓系统。俞薇安还说金潇身上的其他东西，比如名牌运动鞋和外套，大概全是假的。俞薇安总结了一句话——没想到金潇竟然是这种人，看着与世无争，实际上非常喜欢显摆。

他们这些同学里，就数金潇的家境成谜。其他人要么是明显家里很穷，不敢说自己家的情况，要么属于小康的家庭，大大方方地说了家人是干什么的。只有金潇从来不说这些事，他们从金潇的吃穿用度里推测她的家境应该很优渥，直到猜测被假 iPhone 6s 推翻。

他们到了高三，学业紧张，劲爆的新闻格外解压。金潇的脑子像要炸了一样，满试卷的字，她一个都看不进去。她现在明白十八岁是什么了，十八岁是无能为力，是人言可畏，是身不由己。这个世界还未完全向她展开怀抱，就对她露出了狰狞可怖的爪子。

她想起那天回宿舍的时候，俞薇安和魏思琳好奇地拿了她的手机看。那是新手机，里面没东西，她就大大方方地去洗澡了，任由她们看自己的手机。她想起了程一鑫那天说的价格，想起了他们在操场上跑步的时候他问她手机好不好用，他请她吃煎饼的行为都透露着不单纯。

她恨自己蠢，没用过 iOS 系统，没一点儿基本的常识。

她又恨程一鑫，恨他为什么不告诉她这是一部假手机。他们分明相谈甚欢，她想起他看谁都是弟弟、满口叫妹妹的那副样子，他大概觉得她也是一个活该被骗的傻子吧。

## 第三章
## 请求添加为好友

十八岁的世界破碎了,碎片重新拼成一个灯红酒绿的世界。

金潇如今二十五岁。七年过去了,她可以优雅地说出这件事情,只挑皮毛说,说得不咸不淡。她回头看去,竟然说不出十八岁的好坏。周围的同学都在举杯,曾经伤害过她的人长着一张张被生活磨掉了锐气的脸庞,逢迎地看着她。

"把潇哥都骗了,那可真是不容易。"

"来来,走一个,致十八岁。"

周五晚上的同学聚会过去了,周六的下午,千银电子的官方微博转发了一条直播的动态:"千银官方的体验官——金潇 Tonight 正在直播,跟随小姐姐的步伐来一场夏日街头的狂欢吧。"

许多人点进金潇的微博,金潇有颜值、有身材,路人很满意。她微博里有直播的动态,最新的一条微博内容简洁。

"金潇 Tonight:'夏日来电——请点击接听。'"

下面她发了一张用大家常用的健身软件规划的路线图。

路线图显示她要跑的距离预计有 10.78 公里——她要从滨江大道的西部跑到滨江大道的中部。

滨市被滨江分成南北两侧,滨江大道横跨东西。南侧是繁华的城市,北侧是一大片杏花林。北侧原本没这么大规模的杏花林,政府还计划着把这一片林子挪走,建成气派的几座跨江大桥。经过重新规划以后,政府将这片杏花林扩建了,把它建成了独一无二的江心小岛版公园——疏影公园,名字出自"杏花疏影里,吹笛到天明"。

到了春天,芳草鲜美,落英缤纷,人们从南北两岸均可乘船到达疏影公园。疏影公园天然处于滨江的南北两岸之间,像一道古朴的绝世绣花屏风。滨江的北岸是新区,有一些已建成的科技园和大学城,那里是与世隔绝又自给自足的桃花源。滨江大道指的是南岸上的这条沿江大道,靠近城市,是健身跑步的网红拍照打卡的圣地。

大家点开了千银体验官的直播,感觉入股不亏,好歹视频里的真人比头像更好看。正是酷暑的时节,她穿着运动背心和短裤,短发随风飘扬,身姿窈窕,跑起来也毫不费力。

"她刚开始跑吗?这么快?"

"人家跑了两公里了!"

"她连接了跑步软件记录时速,速度还蛮快的!小姐姐加油!"

"好像是,我感觉她跑得跟旁边的骑共享单车的差不多快,不知道是不是我的眼花了。"

"《夏日来电》还挺好听的,姐姐的声音好温柔,爱了爱了!"

金潇说了今天的目的,作为城市的"无障碍体验"观察员,要奔跑十公里来观察和记录无障碍设施的建设。金潇跑跑停停,说:"我所在的这个地方呢,盲道似乎断了,也不完全是断了,是被垃圾桶挡住了。可以看出来原本垃圾桶不在这个位置,我拍照记录一下。

"这个无障碍的停车位上有一辆共享单车,我们挪开它,再记录下来。

"这条无障碍通道上好像有一个浅坑,路面被磕掉了一块,不是很平坦。"

评论越来越多,这大部分是千银电子自带的流量。千银做商城的直播以来,粉丝的数量已经超过五百万了,官方微博的流量也很可观。金潇今天做足了心理准备,还是感觉口干舌燥,跟大家笑着说要休息一下,喝水润嗓子。好在她可以回答别人的问题,不需要自己思考讲什么内容:"我觉得这个地方可以多建一个公共的饮水区域。在法国的时候,我看见路边有很多公共的饮水池。"

"小姐姐是在法国留学的吗?"

"是的,我从千银的法国分公司回来,目前在千银的研发中心里做新产品的设计。明年的春季发布会上,千银电子或许会携手WOOD公司在无障碍体验的方面提供助力。"

"你们又剥削我的男神伍迪,呜呜呜呜,心疼。我的男神不会秃了吧?"

金潇看了一眼屏幕:"不会,他的发量很惊人。"

"扑哧。"

"狠狠地羡慕了。"

"请问是要出无障碍的手机吗?"

金潇认真地回答:"不是的,我们是要提升现有系统的无障碍体验,这不仅对听障人群和视障人群很友好,对老年人群也比较友好。比如我们要进一步提升读屏的功能,推出配套的视障体验镜头'千银之眼'。它就类似于GoPro(运动相机)吧,运动防抖,清晰地识别实时的路况。用户可以把它挂在脖子上或者戴在头上,把它连接上千银手机,它会提示视障用户该怎么走路和跑步。"

她对着镜头一笑。在如此令人汗流浃背的酷暑天气里,她实在显得很清爽,脸上没有过于浓艳的妆容。她似乎还不怕被晒黑,没穿袖套也没戴帽子,严格认真地展示了背沟、八块腹肌和马甲线。她跑得认真,出汗也同样认真,背心都被汗水打湿了,晶莹剔透的汗珠在阳光下顺着肌肤淌下来。她的发丝湿漉漉的,唇色明艳,不知为何,人们看见她就想吃冰激凌,她的笑容像化了的甜筒倾倒在心头上。她让人感觉在街头上挥汗奔跑都是一场酣畅淋漓的盛宴。

"小姐姐好欧美风。"

"我忽然不想在家里吹空调了,出去燃脂吧。"

"越瘦越凉快,越胖越炎热——我竟然悟不透这个道理。"

"只有我刚刚发现吗?一个小时,她跑完了十公里。"

眉眼弯弯,金潇郑重其事地说:"以后每周我都会直播跑十公里,观察不同区域无障碍设施的建设,给我们的 WOOD 系统持续提供国内无障碍建设的情况。到时候我们出样品了,我也会在第一时间试用它,以第一视角亲身体验一下。"

"什么叫第一视角?"

金潇回答了这条评论的问题:"报名一场马拉松,我准备戴着眼罩跑其中的一段路程。"

"什么?!"

"真的假的?"

金潇回答:"大家要对 WOOD 系统和千银的产品有信心,到时候我会全程直播的。"她最后说,"千银春季发布会的主题——让所有人自由地奔跑。"

说完,她结束了直播。

市面上的大部分手机公司都没有专门地去突破无障碍体验的技术,每次想起来就给手机加一点儿功能,或者抱着"人有,我不能无"的观念互相跟风,实际上用户使用手机时的体验比较差。手机越来越没新意,版本每年迭代一次,众多手机公司都同样敷衍。没想到千银手机的一个体验官提出了最新的研发方向,众人愕然。千银不卖新手机,光升级系统?他们是不是疯了?"千银之眼"听起来也像一个小件的产品,哪里有那么多的残障人士有这种需求呢?

金潇退出直播后,屏幕上弹出一个视频通话的请求,这恰巧正是直播的弹幕里提到许多次的伍迪打来的视频通话。他长着一张华人的俊脸,但骨子里还是外国人的做派——放大有限的社交。他认为熟人是他随时可以跟对方打视频通话的人,但能做到这点是因为他的熟人没几个,金潇当然是其中之一。

那边是清晨,伍迪打了一个招呼,挑眉:"听说,你说我的发量很多?"

金潇问:"你会玩微博了?"

伍迪就是这样自恋又矫情。幸好他看不懂国内的"哥哥是永远的神""颜狗舔屏"之类的网络用语,不然肯定不乐意被这样评论。他觉得社交媒体和现实生活应当有明显的界限。

"嗯,你们千银不是说要向我反馈国内无障碍建设的体验吗?怎么就你一个人记录?"

"他们要立项、安排小组、分工、做日程表,管理全过程。"

伍迪皱起眉头,觉得国内的这一套烦琐的流程每次都让他感到头痛。

金潇一笑:"放心,我很认真。我虽一人,却胜过千军万马。"

伍迪的母语不是中文,他出于习惯默默地记录了这个短句,打算回去查一查它的意思,这句话听起来颇有气势。眉头顿时舒展了,他说:"我相信你。"

金潇点头:"谢谢。"

伍迪在休息室里,外面很嘈杂,有人推门跟他说了什么话。他用法语飞快地回答了对方,重新看向金潇:"你回国后感觉怎么样?"

金潇想了想,说:"还不错,但你不会喜欢的。"她反问他,"你呢,一大早比赛的感觉怎么样?"

虽然伍迪没说,但她看得出来他在比赛。他背后的墙上有字——"赛车比赛"。伍迪的爱好很割裂,他平时可以安静地养马,同时又热爱刺激的赛车。

伍迪也笑了:"本来我不想告诉你的,我的回答和你一样——还不错,但你不会喜欢的。"

金潇云淡风轻地说:"加油。"

"谢谢。"

本来要在次日举行的家宴改期了,因为奶奶决定多在疗养院里住两天。金潇在家里休息,所谓休息,指的是又出去跑了两公里。周一,金潇精神饱满地去上班。自从她带头改了着装的制度,夏天里大家穿的小裙子都越来越美,五颜六色。这才是活力四射的夏天该有的颜色。

着装的制度原本是金潇的父亲张叔骏立下的。他对妻子金听蔺一往情深,但总有人穿着清凉装在他的面前晃。张叔骏开会的时候说了,总有人穿奇装异服,要制止这种行为。不知道多少人吐出一口血来,她们费尽心思地打扮自己,在他的眼里那些都是奇装异服?她们在他的眼里怕不是都像动物园里的孔雀,直男真可怕。

金潇打破规则时没什么用意,只是想穿得舒心。况且,谁都拦不住大家想穿"茶系"衣服的心思。她旁边的林冉茶倒是穿得清雅乖巧,穿着一件白色的镂空裙子,裙子上有细细密密的孔眼,是蕾丝质地的。她再搭配上白色的外套,穿着看着还挺优雅养眼。今早,林冉茶很高兴地自拍后发了朋友圈,来了一通美颜的暴击——"茶茶想养猫:'温柔袭击,仙气炸裂。'"

林冉茶主动地问她:"金潇,上次你说要去找论坛大神拿刷机的教程,要安排谁去?"

金潇不是回避型人格,但实在没能把这件事安排得妥妥帖帖。他做这种刷机的教程需要多久呢,他们去了会不会像是在催促程一鑫?况且上次她说了那句像是恩断义绝的话,让同事去找他,两人都懂那是不再见面的意思。她求人办事,又这么回避他,未免太不近人情。她现在回想起来都有些尴尬。

金潇还在犹豫,林冉茶主动地举手,还把另一只手放在胶原蛋白饱满的脸上,很是可爱地说:"要不我去看看吧?我对那位大神还挺好奇的。他是不是特别技术宅?他像不像电影里的那种黑客?"

金潇瞥了她一眼:"你想多了。"

林冉茶主动地揽这个活是要替张季风盯梢,自然不想让金潇掌握的资源越来越多。她没听见金潇拒绝,便开开心心地摘了工牌:"那我去啦。"她又回头问,"你要一起去吗?"

金潇目不转睛地看屏幕:"不了。"

"好的。"

没想到没过二十分钟,林冉茶就灰溜溜地回来了,垂头丧气地说:"大神说他有密集恐惧症,嫌我穿的衣服太难看。"林冉茶很是发愁地低头看自己的镂空蕾丝裙，生怕金潇觉得她不会办事，举起右手发誓，"真的，他说这么多窟窿，看着头晕。"

金潇一脸疑惑。

她怎么不知道程一鑫有这种毛病呢？

林冉茶来之前，程一鑫还在盯着黄顾和章鱼学刷机的技术。黄顾唉声叹气，不知道程一鑫在抽什么风——他一周之内做了一个刷机完整版的教程，教程仅仅是针对千银手机的，资料足有上百页。程一鑫要他们都背下来，还说背完以后他再出其他手机品牌的教程。章鱼的家境差，他住在郊区，很珍惜机会，奈何悟性差了一些，急到抓耳挠腮。

Smartphone 是目前全球最权威的手机论坛，很多国外的大神喜欢研究各大手机的系统漏洞和破解方法，有的大神如果没研究出来结果，还会悬赏求交流。手机系统中 iOS 系统的安全性最高，比如前一段时间闹得沸沸扬扬的 Pegasus（飞马）恶意软件，使用苹果手机的用户要是不幸安装了它，即使没有点击相关的链接，手机里的信息、邮件也都会被窃取，攻击者甚至还会控制手机上的麦克风和摄像头。这个论坛上的人讨论这些问题讨论得火热，程一鑫之前给金潇讲的绕 ID 和彻底刷掉 ID 的代码——这些内容，都是他从论坛上付费买的。

维修手机这个行当的水还是挺深的，传统的师徒制被保持下来。这是一个挣快钱的时代，挣黑心的钱比挣技术的钱更轻松，人们躺着都可以挣钱了，谁还站着呢？一个人成为熟练工只需两步走：第一步，看准"肥羊"；第二步，使出坑蒙拐骗的办法。

华强北算是国内数一数二的技术殿堂，那些刷机的产业链是一个接一个地出现的。其他地方的手机维修城没这种条件，店主要么混口饭吃、挣黑心的钱，要么就把手机寄到华强北刷机和重写代码。有一个笑话说的是，如果你被偷了手机，不要慌，小偷都不懂刷机。你把本市所有寄往深圳的货物拦下，一定能找到你的手机。

剩下的少数人像程一鑫这样苦心地钻研，将各大论坛当作后花园。Smartphone 作为高水平的论坛，自然有门槛，保持了学术交流的氛围。从"游客""青铜""白银""黄金"到"钻石"五个级别，用户要有足够的积分和经验,才能下载相应的资料。而且大神们经常只出代码不出教程,很多大神都是外国人,因为语言不通也没法教学。这可为难了许多野路子出身、学历不高、看不懂英文和代码的维修手机的"厂弟"。

程一鑫在刷机的方面自学成才,花了几年才把技术死磕下来。他学有余力,便能挣差价。他把大神发的代码本土化,进行远程教学,保证教会一些想学刷机的同行。他要价不高,包教会的话价格得八百到一千块钱起步,有时候版本迭代了,他若能研究明白,就在大神原代码的基础上修改修改,又把它拿出来卖。

然而,程一鑫发现最近干的都是赔钱的买卖。两包一百多块钱的烟就让他把黑解技术教给了开哥的那两个小弟;现在他想系统地把技术教给黄顾和章鱼,不仅不要钱,还收获了这两个人苦不堪言的抱怨。他俩其实都明白,在外面拜师学艺,用一千多块钱能学会压屏就不错了。程一鑫愿意带他们出去干是真心实意地想教会他们,还不收费,这种机会实属千载难逢。

程一鑫想收费也不可能,大世界商城里的二手手机市场在滨市没有竞争力,大家都躺着挣钱,混口饭吃。收徒弟挣钱的做法是要做坏市场、自取灭亡的。

黄顾背步骤背得脑袋痛,只想刷短视频去看看漂亮的姐姐,问:"鑫哥,我能不能不背了?咱刷机的时候,不能看着你的教程直接刷吗?"

"不能。"程一鑫拿了一张A4纸,挠了半天头才写了几个字,转头看他,"顾客来了,你就一边翻说明书一边给人家刷机?要是换成我,转身就走。"

"你在写啥呢?"黄顾凑过去看了看,纸上歪歪斜斜地写着"商业计划书"几个字。他"啧"了一声,说:"妈呀,这么正式。"

黄顾翻开第一页。程一鑫写了快一上午了,但纸上只有几行字。黄顾读出来:"第一步,离开'大世界'。第二步,鑫哥二手手机收售修开业。第三步,发朋友圈通知。第四步,挣钱。"

黄顾:"……"

哥,我高看你了。

程一鑫被他看了这一眼,把第四步"挣钱"划掉了,又感觉不对劲儿,骂了一句粗话，烦躁地把整张纸揉成一团丢进垃圾桶里。忽然，他远远地听见有人在那里议论。

"别想了，这个美女是来找鑫哥的。"

"这女的贼有气质。"

程一鑫似有所感。距离金潇上次不慎闯入"大世界"里引发两人重逢，已经过了刚好一周了。金潇这样的人上次表明了不再见，大概率不会过来跟他再次见面的。这几天程一鑫都在看看做了上百页的教程自嘲，不知道有没有机会把它交到她的手上。千银手机是大企业，金潇又不缺替她研究刷机技术的人才，说不定那一句"让同事来"都是客套话。她逗他就像逗傻子，他却为了她的一句话，废寝忘食、夜以继日地出教程。没想到，她最终还是自己来了。短短的半分钟里，程一鑫思绪万千，忽然想明白了。

或许金潇回去以后，发觉自己彻底放下他了。他落魄、不思进取，几年过去了还毫无长进地在这里混。金潇就算曾经有复合的执念，也被他烂泥扶不上墙的不堪形象劝退了。他彻底成了她的前男友，活该只能短暂地拥有过十八岁的她。

程一鑫没抬头，不自觉地捋了捋头发，顺手把耳侧的烟摘下来，又低头看了一眼自己的指甲。今天他没拆机，指甲里干干净净，指缝间都是清爽的。其实这跟以前没什么区别，他最多便是如此。他日复一日地穿着印着"鑫哥二手手机收售修"的衣服，能帅到哪儿去？在金潇的眼里，他无论怎么捯饬自己都是穷鬼吧？

他没想到这个倩影开口说话时，声音竟然是陌生的、黏黏糊糊的，就像黏腻又令人难受的夏季。她咬字不清地说："大神哥哥，你好呀。"

程一鑫抬起眼皮一看，真想把刚才那几个议论的店主的脑壳掀开看看。这叫美女？这叫气质好？再多看她一眼，他就要打一个激灵了。但他恰巧在"大世界"里待了多年，格外关注对面的千银电子公司，有幸见过这个女人坐上金潇亲爱的小叔张季风的车，从她的姿态里看得出来她来头不小。

林冉茶做了一番自我介绍，发觉程一鑫的目光有些奇怪。他似笑非笑，相比其他店主的热络既不热情，也不冷淡。她简直看不透他的情绪，怪不得他是大神呢。林冉茶看了一眼程一鑫身后的牌子，笑得很可爱，卖力地拉近距离:"鑫哥,我可以这么叫你吗?你的名字好可爱呀,有三个'金'字呢。我呢,是从千银过来的,咱们好有缘分哪。"

林冉茶主动地在玻璃柜台前的那个凳子上坐下,撑着下巴,目不转睛地看他。他最近换了一把凳子,把掉漆又破了洞的那个凳子送给黄顾了。程一鑫瞥了一眼,可真是便宜了她。

程一鑫轻轻地摇头,烫过的发梢微卷,轻轻地晃动,让他的气质有那么一点儿忧郁帅哥的感觉。他勾起唇角,笑得无奈又宠溺,比刚才态度扑朔迷离的时候帅多了。他说:"妹妹,我看见你,密集恐惧症都发作了。"

"为……为什么呀?"

程一鑫又瞥了她一眼:"你看看,这么多窟窿,哥头晕哪。"

林冉茶跟那么多人搞好了关系,他们都对她很有好感,还是头一次遇上这种人,一时也不知该说什么好,问:"那怎么办?"

程一鑫把双手交叉在一起,毫不客气地说:"亲,这边建议你直接重生。"

"咯咯。"黄顾听了这句话都觉得程一鑫这下怼得太狠了。

没想到程一鑫把话圆回来了:"你就会有一次重新见到我又不让我头晕的机会。"

林冉茶消化了一下他的话,委屈地说:"那我下次换一件衣服再来?你现在能跟我讲解教程吗?"

她今天可是专门背着电脑出门的,还打算好歹要把刷机的流程大致问明白。

程一鑫摇头:"妹妹,哥现在不敢看你,怕晕倒在你的面前。"

林冉茶快哭了,黄顾过意不去,替程一鑫补充:"我哥就是这样,密集恐惧症很严重,经常发作。他看奥运会都看不了水立方,看见芝麻就想吐。"

见林冉茶吃惊地说:"这么严重啊。"

她成功地被劝退。人走了以后,程一鑫心烦意乱,暂时不想继续盯着黄顾他俩学技术,就想干点儿不费脑子的事缓解缓解情绪。黄顾眼睁睁地看着刚才说自己有密集恐惧症的人在那里一个接一个地把包装手机的泡沫袋按爆了,凑过去:"哥,这是啥意思?"

程一鑫说:"阳光下的泡沫,是彩色的。"

黄顾一脸疑惑。

"就像被骗的我,是幸福的。"

他连《泡沫》都哼上了,黄顾觉得有必要说一句公道话:"哥,谁能骗你呀?就凭你的这种技术,你不骗别人都不错了。"

程一鑫冷冷地看他一眼:"你不懂。"

算了,黄顾放弃劝说他。程一鑫按泡沫袋按得很起劲儿,他的手指细长,施加的压强大,不像黄顾这样笨手笨脚的人每次按下去都没有空音。没过多久,程一鑫就接起一个电话,被打断了按泡沫的事业。程一鑫难得不热爱工作,不太耐烦地接起电话,到底出于良好的职业素养习惯性地先开了口:"喂,鑫哥手机。"

没想到,电话的那头却传来他天天能从水星 4 的智能语音 Silver 那里听见的声音。她的声音早已刻进他的骨子里,无论何时,他听到第一个字就知道那是谁。呼吸一滞,程一鑫停下了"噼里啪啦"地按泡沫的动作。在"大世界"里待了这么多年,他忽然第一次觉得周围特别吵闹。

电话那边的人气势汹汹地说:"程一鑫,你什么意思呀?"

程一鑫低头看了一眼,那是陌生的电话号码,是本市的座机区号。他笑了笑,说:"我还想问你是什么意思,你还记得我的手机号?"

这回轮到金潇一愣。她以前看过伤感的话——"分手第几年,我还记得你的号码。"她一度觉得这般拿不起、放不下的慨叹是假的,爱别人该适可而止,爱自己应全心全意。奈何她步了他们的后尘——她趁着林冉茶走开了,一拿起座机,就跟有肌肉记忆似的一连串地拨了号码,然后就听见他在那头说"鑫哥手机"。说实话,她是愣了几秒才开口的。

金潇想了想,好像承认这件事也没什么难堪的,说:"很奇怪吗?你不记得我的号码了吧?"她反将一军,说,"脑子是一个好东西,你现在发育也来得及。"

程一鑫嗤笑一声,不假思索地报出了一串十一位的数字,那是金潇的手机号码。他嘲讽地说了一句:"不过,你早换手机号了吧?"

金潇沉默片刻,还是说了实话:"我没换。"

"哟。"程一鑫阴阳怪气地说,"你可真大胆,不换手机号,不怕我给你打电话?"

金潇十八岁时可能相信他的这种鬼话,现在又不傻,说:"那您可真没打过。"

她说完很是后悔。这句话太有歧义了,好像她没接到过程一鑫的电话就大为失望似的。她希望这句话可千万别给他这种错觉。

"不好意思。"程一鑫淡淡地一笑,"还真有这种情况,好几次我喝多了酒,想给你打电话来着。"

"嗯。"金潇温柔地一笑,波澜不惊、事不关己地说,"然后呢?"

"电话提示我,话费不足。"

金潇:"……"

难道她还要给他充话费?这要命的氛围到底是怎么回事?她本来要质问他,结果局面演变成了他们互相考问对方是否记得彼此的手机号。金潇揉了揉太阳穴,从回忆里跳出来,重新回归话题:"我的同事说你有密集恐惧症,你什么意思?你故意耍我?"

"哪儿能呢?"程一鑫说得很轻松,好像还在电话的那头伸了一个懒腰,"我真有密集恐惧症,不能靠近这种心眼儿多的人。"

金潇抓住了关键词:"心眼儿多?"

程一鑫叹气,仿佛她一如既往地天真,说:"你笨,看不出来。"

林冉茶从洗手间里回来,远远地看见金潇挂了电话。她凑近一看,金潇发着愣,不像平时那副大脑高速地运转的模样。于是,林冉茶晃了晃手:"金潇,怎么样?你联系上那位大神了吗?他是不是脾气很古怪?"

金潇转过头瞥了她一眼。

林冉茶心里一凉,总觉得这种目光和神情似曾相识,这似乎在"大世界"里那位大神的脸上出现过。他们难道都有密集恐惧症?密集恐惧症随时都会发作吗?

金潇的脑海里回响着程一鑫刚才说的话:"她是你小叔的情人,你知道吗?"她的叔叔们实在把手伸得太长了吧。

金潇笑了笑,依旧是明眸皓齿的美人,方才的那种神情仿佛是林冉茶的错觉。金潇说:"嗯,他说远程把教程给我。"

林冉茶大为失望,说:"哦,好吧,如果远程不能把教程拷过来,我下次换了衣服再去一趟,弄那些系统的东西会很麻烦呢。"

他过了五年还记得她的手机号,会嫌这种事麻烦?金潇用手指敲了敲桌面。他大概会觉得麻烦吧,不然当年就不会提出分手了。

此时,她的手机上显示"鑫哥二手手机专卖"请求添加微信好友的提示来源为"对方通过搜索手机号添加"。

看见这条通知,金潇决定先不搭理对方,直接放下手机去泡咖啡。当年她一气之下先拉黑他又删了他,操作一番后,仅保留了旧手机上的聊天记录。就好友权限来看,两人的情谊可谓荡然无存。

现在他倒好,刚在电话里确定过她没换手机号码,就加她的微信。程一鑫一贯如此,就像一个弹簧——她压一压,他弹一弹,从不存在无动力来源的弹力,全胜在演技好。不主动就是他的答案,她早该明白这一点的。这么多年了,他随便上网搜一搜她,就能知道她是否换过手机号吧?

金潇隔着厚厚的玻璃窗看二十层外面的景致,感觉很惬意。云卷云舒,阳光灿烂,最近一个月没有下过一场雨。云层遮挡不住毒辣的日头,微弱的风吹来的也是灼热的空气,还卷起了街头上的尘土和纸屑,令它们四散纷飞。行人在这种天气里行走,被灼人的热气烘烤着,汗流浃背,灰头土脸,提不起精神。停在路边的汽车和小摊都暴露在灼热的空气中,沉默地任凭骄阳摆布。

究竟是谁摆布谁?

倘若她不甘被摆布,又能如何呢?

咖啡机提示咖啡做好了,咖啡香气四溢,泡沫绵密。金潇与程一鑫打完电话,在千银这般清凉舒适的办公环境里依然心浮气躁,嫌咖啡冒着热气。

手机上再次弹出一条消息——

鑫哥二手手机专卖:"把你的 IP 地址发给我。"

程一鑫还是用申请加好友的留言功能发过来的这条消息。她看他的意思,倘若不加他的好友,直接在这儿回复他,一样可以完成交易。

这倒显得金潇小家子气了，她一分钟后同意了好友申请。她看着两人的聊天对话框，一时有些发愣。他的微信名字和头像都没变，"鑫"字的头像还是她设计的，一切宛如从前。她本以为程一鑫会说些什么，消息却还停留在上一条他问 IP 地址的话。他大概是在等着金潇先答复吧。

正如林冉茶所言，与系统有关的事很麻烦。林冉茶虽然做的是项目管理的工作，但也知道这一点，自觉地背着电脑去找程一鑫。

金潇和程一鑫刚才在电话里达成了共识。程一鑫会帮该帮的忙，但是，既然他们都认清了分手五年的事实，就该各自安好，尽量避免一切不必要的接触。程一鑫会远程帮金潇装好刷机需要的系统环境——他在论坛上卖教程，经常就远程教人怎么操作刷机的程序。和金潇进行的交易更特殊一些，他只负责安装系统，不负责通过语音教她技术，她自己看那份一百多页的教程。

她下班后，把远程控制权给他就行了。然而千银电子公司又不是那些小手机店，防火墙不是白安装的，金潇须先经过好几层级的流程审批，才能交出远程控制权，不想解释这么多事。

金潇 Tonight："我晚点儿把它发给你。"

鑫哥二手手机专卖："好。"

金潇打字以句号结尾不奇怪，程一鑫发微信时经常懒得打字。正好发语音还便于撩人，久而久之他打几个字都像累着了似的。他经常打错别字，要么用十分有个性的输入法，要么从不发标点符号，在每句话之间都用空格断句，逼死语文老师。他难得会像今天这样，连句号都毕恭毕敬地加上，生怕被金潇找出碴儿来。

事实上，程一鑫正是这样想的。他以前闹出过一桩笑话，把"售罄"读成了"售窑"，被金潇狠狠地笑了一周。刚加上她的微信好友时，程一鑫想来想去，不知道发什么消息。正好下午来了几个客户，他忙得焦头烂额，都没喝上几口水，除了收钱没碰手机。

一直到快下班的时间，金潇才把 IP 地址发过来。

金潇 Tonight："IPV4（网际协议版本4）？"

鑫哥二手手机专卖："开始，CMD（命令提示符）回车，ipconfig（系统命令，用于查看本机的 IP 信息）回车，然后给我发一张截图吧。"

金潇觉得他的话伤害性不大，侮辱性极强。她不过是多问了一句，就搞得自己好像什么都不会似的，又不是刚上大学的时候。于是，她把截图发给了他。

鑫哥二手手机专卖："好了，点一下'同意'。

眼皮抽了几下，程一鑫很清晰地看见了自己发出去的话旁边的红色惊叹号，此刻他的心里百感交集。系统灰色的字提醒他——"消息已发出，但被对方拒收了。"

程一鑫自嘲地一笑，就知道结局会是这样，把她加回来还没说几句话就被她删了好友。以前也是，金潇狠得下心，把他的联系方式删得一干二净。刚被拉黑的时候，程一鑫反倒很自在。他那些年顶着红色的感叹号给她发了好多消息，把心里想说的话说完了，就不再奢望了，看久了红色的感叹号，觉得挺舒服的。

这正如黄顾半年前刚和女朋友分手的时候说的话："我真想求求前任把我删了。她不删，说要删我就自己删，看着我在通讯录里躺尸又不难受。"

程佳倩问他："那你怎么不删她呢？"

黄顾踢了一脚凳子，狠狠地抓头发："我要是能下得去手，还用求她？删了她有什么用？这串数字又不能从我的脑子里消失。我每隔半个小时就想搜她的微信，想方设法地关注她的一切社交平台，还不如她直接把我的路堵死。"

"你……"程佳倩很震惊地说，"这么深情呢？"

"呵呵。"黄顾冷笑，"这就叫舔到最后一无所有。"

程佳倩不懂，但程一鑫是有同感的。他喝多了酒的时候，深夜听《水星记》情绪低迷的时候，已经在手机上输入了她的电话号码，连法国的地区号都加上了，就是不敢把电话打出去。万一电话被接通了，他能说什么呢，说"我还没放下你"？

程一鑫又瞥了一眼屏幕，怔住。金潇虽然把他拉黑了，但同意了他的远程控制请求，大概就是光让他干活，不想联系他呗。这是他们说好的事情，程一鑫理解她。他勾唇一笑，掰了掰双手，双手的关节发出一阵脆响。

好久没干这种事情了，他竟然有些期待。

鑫哥二手手机专卖："我终于可以肆无忌惮地给你发微信了。"

鑫哥二手手机专卖："又被拉黑了，让我过过瘾吧。"

鑫哥二手手机专卖："《水星记》就是为咱俩创作的吧？"

鑫哥二手手机专卖："做一个梦给你。"

这四句话的旁边都有红色的感叹号，但他发出下面的这句话后，红色的感叹号突然消失了。

鑫哥二手手机专卖："唉，算了，老子就只有这一颗心，得省着点儿伤。"

程一鑫一脸疑惑。

天哪，他几乎从凳子上跳起来，揉了几下眼睛，红色的感叹号去哪儿了？手上都是黏腻的汗液，他急得在屏幕上戳出了尖锐的声音，一向觉得自己手指灵活、操作灵便，怎么撤回一条消息都这么慢？他终于成功地撤回了那条消息，但依然不能缓解此刻尴尬的心情。

程一鑫抱着最后的一丝希望，点进金潇的朋友圈里，还能看见她最近发的一条朋友圈——"夏日来电——请点击接听。"果然，朋友圈对他可见了，她又把他拉回来了。程一鑫还在纠结金潇到底有没有看见那条消息，要不要跟她解释一下。

金潇 Tonight："你撤回了什么？"

鑫哥二手手机专卖："你的电脑屏保真好看。"

屏保是金潇的写真。

金潇 Tonight："……"

鑫哥二手手机专卖："你看，我就知道夸前女友不合适。你该拉黑就拉黑，我会给你装好系统环境的。"

金潇 Tonight："谢了。"

过了几分钟，金潇没看见程一鑫再发来消息，也没看见对话框的上方有"对方正在输入"的字样，还是把他拖回小黑屋里了。这一回她没必要拉黑他又删除他吧，应该不会再去关注他了。

到了晚上，金潇才知道自己把这句话说得早了。她到点下班，晚上照例去夜跑，给 WOOD 公司记录国内无障碍建设的条件。WOOD 12.0 主要优化升级了无障碍的体验,研发其实已经过半了,目前最重要的就是根据国内无障碍建设的环境来调整功能。虽然欧洲对无障碍体验的要求更高,但毕竟国内的市场才是香饽饽。

金潇洗完澡,躺在床上。今天她跟程一鑫在微信上对话后,想起了五年前的许多事情,从床头柜里找到并打开旧手机,随便翻了翻五年前的聊天记录——

鑫哥二手手机专卖:"我们分开一段时间吧。"

其实被拉黑以后,程一鑫也加过她的好友,是大半夜用微信的小号加的。她怕大半夜过于软弱,会说出一些让自己都瞧不起自己的言语,第二天上完第一节课才通过了他的好友申请,问他怎么了。程一鑫什么都没说,把她删了。好在那时候金潇早就被打击得麻木了,无非是再次被揭开伤口。伤口血流如注,但总会长好新的伤疤,这是迟早的事。

金潇后来的理解是,他大概是深夜里偶然情绪失控,第二天醒来装作无事发生。但可怕的是,她此刻也有点儿这种情绪,而且情绪上头了。她在想此刻他是不是帮她装好系统了,他会不会故意搞些什么事,让她看不懂教程后打电话向他求助。金潇自嘲地一笑,自己都在想什么呢?她真是越活越回去了。程一鑫要是知道了林冉茶的事情,大概都得笑话金潇傻。程一鑫怎么会找借口见她?程一鑫只会躲闪,只会吃一些到嘴边的便宜。

金潇想了想,要么把他拉回来,再去看看他的朋友圈?她就看几分钟,满足了自己的好奇心,应当不会再难受了吧。她不懂为什么别人关注后能全身而退,而自己刚打开他的朋友圈就被发现。联系人的界面上赫然躺着一条新消息。

鑫哥二手手机专卖:"你睡不着来关注我?"

程一鑫看着对话框上方的昵称闪烁不已,它从"金潇 Tonight"变成"对方正在输入",又变回了"金潇 Tonight"。他不知道金潇来来回回地打了一些什么字。程一鑫勾勾唇,在能撤回的最后一秒撤回了自己的上一条消息。

金潇火冒三丈。她又不是没看见那条消息,程一鑫可真有本事,总能轻易地惹恼她。金潇深吸一口气,原本快速地打了一行字——"我是想问问你，系统装好了吗？"后来光标闪过，她把那行字彻底删除。

夜晚总让人直抒胸臆。

金潇 Tonight："彼此彼此吧。"

他们俩都对这句话的意思心知肚明。屏蔽、拉黑对方又为了关注把对方从黑名单里移出来的这一套操作，都是他们刚分手的时候一起玩剩下的东西——两人对此都再熟悉不过了。操作方进行以上的几种操作后，只有自己的通讯录有变化。当年金潇删了程一鑫，他备注的"宝贝"成了单向的好友，躺在通讯录的顶端。他越看越闹心，一气之下也反向删了她。

你被删除或者屏蔽的话，虽然只能在对方的朋友圈里看见一条灰色的杠，但还是能看见签名。你如果被拉黑了，连对方的个性签名都看不到。除了看对方的朋友圈，还有一种稳妥的方式确认自己有没有被拉黑，只需给对方转账。如果在输入密码前微信提示"你不是收款方好友"，就代表你被删了。如果微信提示"请确认你和他（她）的好友关系是否正常"，就代表你被拉黑了。

通常来说，拉黑对方以后将对方移出黑名单，关注完朋友圈再重新把对方关到小黑屋里，这一系列的操作不超过五分钟。只要没有不小心拍一拍对方，理论上，这些操作完全可以神不知鬼不觉地完成。关注被发现的前提是，对方时刻刷新着查看你的朋友圈是否可见。

鑫哥二手手机专卖："你睡不着的话，要不聊聊？"

金潇 Tonight："我睡得着。"

鑫哥二手手机专卖："啧啧，那你就是白天还没看够我的朋友圈？"

说到这件事，金潇着实有点儿生气。她能怎么回答？白天她不情绪化，晚上容易情绪化？白天的她和晚上的她不是一个人？她的睡眠习惯一向很好，床上没有乱七八糟的玩偶。此刻她感觉实在很想揉捏什么东西来发泄一下内心的愤懑，下床去沙发上拿了一个抱枕回来，毫不吝惜质地上好的绒毛，蹂躏了它一番，心情才平复了一些。

金潇 Tonight："你不也一直在看我？"

不然他怎么知道她将他从黑名单中移出了？

鑫哥二手手机专卖："唉，你非要点破事实。"

鑫哥二手手机专卖:"我只能扮演个绅士,才能和你说说话。"

金潇 Tonight:"你又不是演员,递进的情绪请省略。"

他们说的都是《演员》里的歌词。程一鑫的电脑屏幕在闪烁,他兀自发笑。

金潇还是没变,就是这种性子。她喜欢毛姆和村上春树,喜欢高雅的文学,但对世界永远充满好奇和热爱,从不介意尝试不同的生活,以至当年他一直以为她能接受他的生存环境。他后来才知道,他们之间的差距有那么大。

鑫哥二手手机专卖:"你希望我递进什么情绪?"

金潇 Tonight:"我希望你省略那些情绪,撤回也行,像白天一样。"

程一鑫把电脑一推,骂了一句粗话。茶杯都差点儿被碰翻了,好在里面没两滴水了,真让人口干舌燥。他去冰箱里拿了一罐冰可乐,一阵猛喝。金潇这句话的意思是,实际上她白天的时候看见他撤回的那条消息了。

夜壮厌人胆,他直接提问。

鑫哥二手手机专卖:"你看见了?"

金潇 Tonight:"不好意思,我碰巧没瞎。"

程一鑫咬了咬牙。这真可谓风水轮流转,他本来是打算"羞辱"金潇,逗逗她,看看她关注他被发现后的尴尬模样,觉得她肯定是又急又气。她很敏感,以前他一吹她的耳朵,她的浑身就战栗。白天金潇装得可真像,丝毫没戳穿他的心思。程一鑫光顾着得意,后悔怎么就忘了自己同样失误过。

鑫哥二手手机专卖:"唉,舔狗不得好死。"

金潇睁大眼睛,警铃大作。她再次从床上坐起来,被子从丝滑的睡裙上滑下去,露出莹白色的肌肤。不知怎的,她又想起了以前他们打视频通话的时候,程一鑫嘲讽她:"你穿着真丝睡裙,躺在真丝床单上,不怕半夜成功地滑到地上?"她说:"那怎么办?"程一鑫笑嘻嘻地说:"我皮糙肉厚,要不要去给你增加一点儿摩擦力?"

白天他不就是发了一句什么"老子不伤心了"吗?她了解程一鑫,他太不要脸了。程一鑫就喜欢说这种看似卑微的话,实际上这些话都是用来套路她的。她追他，他主动地提了分手，算什么舔狗？

金潇拿着手机思索半天，决定用魔法打败魔法，说了一句网络流行语。

金潇Tonight：" 哟，可是我听过一句话：'被别人拉黑了还顶着红色的感叹号发消息的人，并不是有多么痴情，而是要准备截屏了。'"

鑫哥二手手机专卖：" 呵，你要看我的截屏吗？"

他发了一张图片。

人在白天和晚上表现得可真不一样，程一鑫把白天顶着红色的感叹号发出去的那几条消息，都直接截了图发过去。他掐好时间，再次撤回图片。果然，金潇的质问马上就来了。

金潇Tonight：" 你总是撤回，有意思吗？"

鑫哥二手手机专卖：" 没意思，但跟你撤回就有意思。"

金潇Tonight：" ……"

鑫哥二手手机专卖：" 我是怕你留着图片会笑死。"

金潇Tonight：" 你别秀操作了。我拉黑了你这么久，也没见你搜一搜我有没有换手机号。"

程一鑫当时不过是试探她是否愿意把她的联系方式亲口告诉他，不然也不会去加她的微信，好友申请被拒绝更令人难堪和窒息。

鑫哥二手手机专卖：" 我骗骗你，你也能信？"

金潇Tonight：" 我觉得你现在更像在骗我。"

鑫哥二手手机专卖：" 那你先下载一个'反诈骗中心'的APP，再跟我聊天。下面我要说的话更像骗子说的话。"

金潇Tonight：" ……"

金潇Tonight：" 下好了，请讲。"

鑫哥二手手机专卖：" 你的网速真快。"

金潇Tonight：" 比不上你的车速。"

鑫哥二手手机专卖：" 那，上车吧？"

鑫哥二手手机专卖：" 我连你去年用过半年的iPhone都知道。"

这确实是金潇没想到的。她当年难受了一会儿，后来打算放下他，把他的一切联系方式都删了，说到做到。再难受，她就疯狂地运动，挥汗如雨，没想到程一鑫关注到这种程度,这实在不是常人所能做到的事。

金潇 Tonight:"你怎么知道?"

鑫哥二手手机专卖:"找一台 iPhone,把你的手机号添加到通讯录里,试试能不能发信息、页面会不会跳成 iMessage(苹果公司推出的即时通信软件)。"

见金潇沉默了一会儿,程一鑫有点儿发怵。

鑫哥二手手机专卖:"咯,你怕不是觉得我变态,时刻准备拉黑我???"

金潇 Tonight:"错,我准备当一会儿变态。"

隔着网线,人无端地变得大胆起来。前任之间很容易在横眉冷对和互相飙戏这两种状态中反复地横跳,大概是因为曾经深爱过对方,这是谁都无法否认的事实。好奇对方分手后的日子,倒不是什么难为情的事情。

金潇不是不矜持或不优雅,说这些话的时候,反而处处显露出公主般的高贵。她敢爱敢恨,坦率大方,对于感情向来能坦诚地面对自己的内心。程一鑫遮遮掩掩,话也真真假假,她却从不多说一分或者少说一分。她白天受理性的控制不想过多地接触他,就能完全投入工作,不去看他的微信。她晚上想关注他的朋友圈了,也说干就干。

程一鑫乐了,她这是准备关注他的朋友圈的意思吧?

鑫哥二手手机专卖:"放心,晚上我只发了一条新的朋友圈。"

鑫哥二手手机专卖:"为爱乞讨不是我的风格,上街乞讨才是。我要对街上的人喊一句'来买手机吧!'"

这条朋友圈是他在晚上十点零七分发的,金潇刚才看见它了,但还没翻完他这个月发的所有朋友圈。程一鑫每天都发几条朋友圈,朋友圈实在太多了。

金潇 Tonight:"我白天没空看你。"

鑫哥二手手机专卖:"你现在去看吧,记得给我的每条朋友圈都点赞。"

金潇 Tonight:"……"

金潇 Tonight:"所以,你看完了我的朋友圈?"

鑫哥二手手机专卖:"看完了。"

鑫哥二手手机专卖："你也没发几条哇，我不在朋友圈可见的分组里吧。"

几条？她至少发了几十条朋友圈吧，有那么多的作品集呢。

金潇 Tonight："我没有分组，你有话直说。"

鑫哥二手手机专卖："你单身吗？"

程一鑫输入了半天，一发完消息，又飞快地把它撤回了。金潇垂眸，这是回避不了的问题吧。她倒是感激程一鑫问了这个问题，这算是尊重一段感情的态度，他起码没有含糊其词或来回地试探她。

金潇 Tonight："你不敢问我？"

鑫哥二手手机专卖："不是，我忽然想了想。依你的性格，如果你有现任，就不会和我一起在深夜里伤感了。"

他的这句话倒是说对了，金潇回了一个"嗯"。

程一鑫松了一口气，松开食指的关节。刚才他握着拳不自觉地用牙咬食指的关节，还嫌自己的骨节不够粗大，咬起来没有能疼死自己的快感。此刻关节上留下了一排清晰的牙印，他又换了一个问题问金潇。

鑫哥二手手机专卖："那……你还谈过恋爱吗？"

金潇没凌迟他，爽快地回复了。

金潇 Tonight："嗯。"

鑫哥二手手机专卖："我跟你说一件事。"

金潇发过去一个问号。

鑫哥二手手机专卖："我的床上多了一个人。"

金潇发过去三个问号。

金潇难以置信，反复地看了几遍那条消息，终于控制不住手里的力道，失手把抱枕摔到了床下，又掀开被子爬下床，把它捡起来。胸口起起伏伏，她没想到程一鑫能说出来这种话。上次他们重逢时她还没看出来，岁月真是一把杀猪刀，他什么时候竟然变成这种油腻恶心的男人了？好在今晚他原形毕露了。他现在厚颜无耻，都好意思跟前女友炫耀床上的事情，难道觉得她还会吃醋吗？金潇无法平复情绪，再好的教养都荡然无存。她打算直接怼他，怼完就拉黑他，一秒都不会迟疑。

金潇 Tonight:"你有病吧?旁边有对象,你还半夜跟我说这些话?"

鑫哥二手手机专卖:"不好意思。"

鑫哥二手手机专卖:"我的意思是,我裂开了。"

金潇真是气死了。她再次把抱枕丢到地上,仰面倒回床上,重重地叹了一口气,心情跌宕起伏。

她本来都做好了心理建设。曾经程一鑫挺受欢迎的,他的职业是挺不入流的,但会聊天,长得又养眼。有一个叫"白池莉"的女生,每个月都故意买一部新手机,再去他那里把手机当成二手的手机卖掉,想方设法地给他送钱。金潇不知道他俩后来有没有谈成恋爱。

金潇看得出来,现在程一鑫奋斗的劲头比以前差远了。他现在肯定有对象了吧,和对象睡在一起不也是很正常的事情吗?有了枕边人还给她发消息,这对他而言不奇怪。当年他在金潇的旁边给女顾客发消息,不照样令人看着暴躁吗?金潇不理解自己怎么就失态了,程一鑫刚才明显就是准备当气氛组了。程一鑫就是这样,越难受,越搞笑。好在他们不是面对面地说话,不然她太出丑了。金潇喝了一杯水,冷静一下。

鑫哥二手手机专卖:"嗯……我有一句话不知当不当讲。"

金潇 Tonight:"您讲,别客气。"

鑫哥二手手机专卖:"我好后悔。"

金潇这回不会再上当了,缓缓地回了一个问号。

鑫哥二手手机专卖:"咱们分手的时候,我怎么就建议你'找一个更好的'?"

金潇 Tonight:"是呀,借您吉言。"

程一鑫嗤笑一声。他在奢望什么?难道金潇还会否认这句话,告诉他,他才是最好的人?不过,他也没有足够的心理承受能力继续问她了,不想再"裂开"一次。

鑫哥二手手机专卖:你呢?"你关注了这么久我的朋友圈,没有什么要问我的?"

金潇对此嗤之以鼻。

他?有什么好问的?他照常经营着朋友圈,那些都是给顾客看的。

金潇 Tonight:"《水星记》好听吗?"

金潇说这句话的时候,其实已经打开了《水星记》,它已经播放过半。这种曲风真是程一鑫最爱的曲风,甚至让她生出了一种错觉——尘埃落定的过去仿佛未完。实际上,那都是年代久远的青春了。她的卧室有着极简的装潢,称得上空旷。深夜太寂寥了,听歌都是沉浸式的体验,立体的歌声在房间里的每个角落处环绕,钻进她的思绪里。

金潇不由得想起了以前的事情。程一鑫去师大的夜市上摆摊,车的后备厢放着两个劣质的喇叭,播放的全是这种"网抑云"的专属歌曲,氛围灯跟着闪烁。不止他的这辆车这样,周围的一排车都是如此。路过的人但凡停下来看看他卖的手机壳,他就得声嘶力竭地跟喇叭比谁嗓门大、音量高。

到了深夜,夜市逐渐变得萧条,他的身影又变得落寞颓废了。他弓腰塌背地收拾残局,把卖出手机壳后留下的满地塑料纸和泡沫芯抱起来,趿拉着夹脚拖鞋把它们扔进垃圾桶里,像极了发条转到尽头的破败木偶。两人还没在一起的时候,金潇勉励他打起精神来。程一鑫舔了舔干燥的唇角,声音嘶哑地说:"你这种人间小甜饼不懂。老子白天当够了气氛组,晚上你还不让人当会儿人间小苦瓜了?"

好一句"人间小苦瓜",金潇竟然无言以对。程一鑫的身上是有一种颓丧的弱质美感,别人听"网抑云"有为赋新词强说愁的嫌疑,他听"网抑云"还挺合适的,挺招人疼的。

下一秒,她瞳孔地震,手机同样振动起来,显示着"对方邀请你进行语音聊天。"

金潇的心随着手机的振动而震颤,她睫毛微颤,呼吸急促。方才的那一番前任之间的试探,只有当事人清楚到底有几分真情实意。温软的夜幕像化了一半的奶酪,半是童话半是陷阱,令人头昏脑涨。空调明明还在恪尽职守地制冷换气,她却觉得空气无端地变得稀薄了。屏幕明明灭灭,金潇终究按了红色的拒绝键。世界重归宁静,她呼吸间,氧气慢慢地回到她的肺里。金潇低头打字。

金潇 Tonight:"有事?"

鑫哥二手手机专卖:"不好意思,打错了。"

连金潇都想骂人了。

他是什么意思?他把电话错打给她了,还是手滑点错了?不能吧,现在是半夜,他还能在跟谁聊天哪?金潇讽刺地一笑。

金潇Tonight:"哟,你本来要把电话打给谁?"

鑫哥二手手机专卖:"月亮。"

鑫哥二手手机专卖:"可惜她不接。"

金潇Tonight:"……"

鑫哥二手手机专卖:"没关系,我可以继续给她发微信,告诉她'她不睡我不睡,一起秃头大宝贝'。"

金潇发过去一个问号。

金潇Tonight:谁秃???

金潇一向很介意自己的发质。她从初中开始就跟方好好是同学,一直很羡慕方好好的发质。方好好的头发又黑又硬又多,像小说里的三千青丝。金潇的头发却是偏深棕色的,细软得像欧洲美人的头发,而且她因额头光洁饱满,五官立体,发际线总有点儿高的嫌疑。程一鑫一提这件事,她就浑身是刺。

程一鑫可真会掐时机,在那头输入了半天。金潇一直盯着对话框,随时准备牙尖嘴利地还击,确保拳拳到肉。又一个语音通话的邀请出现在屏幕上,令她猝不及防。金潇这回深吸了一口气,接起了电话。

电话里安静得他们能听见彼此的呼吸声,这跟白天她打电话骂他的时候太不一样了。金潇"喂"了一声,两人都半晌不说话。难道这就是所谓的"见光死"?刚才他们拿着手机时都眼泛精光,指尖在键盘上翻飞,现在打一个电话就都变得沉默起来。

金潇都纳闷儿了,他有没有搞错?她又不是十八岁。而且程一鑫这样一向搞笑的人,知道冷场了都不暖场。金潇打破沉默,问:"你干吗?"

程一鑫本来是想逗逗她的,顺便听听她的声音。结果他高估了自己,半夜听她的声音,声音和以前的一样悦耳。他一向是嬉皮笑脸的人,但也没办法立刻强颜欢笑。她的声音跟千银的水星手机合成出来的声音不一样。

AI 金潇对他有虚情假意的爱，真实的金潇才不会流露出这样的一面，很懂得爱自己胜过爱世间的其他人，就算动情都有着矜持又高贵的姿态。

"你不是问《水星记》吗？"好在程一鑫天天听 AI 金潇的声音，瘦弱的肩膀就算扛不住沙包，也强行地扛住了这一次声音攻击。他用吊儿郎当的语气说："给你听听。"

金潇无语。他就为了这件事，半夜给她打了两个语音电话？！她反问："我自己不会听？"

程一鑫说："你有两个选择：第一，我放歌你听；第二，你放歌我听。咱们不一起听，我怎么告诉你歌好不好听？"

金潇："……"

她还没说话，前奏就响了起来。程一鑫应该就在音响的旁边，声音被播放出来再传到话筒里，还挺清晰的，有着无损的音质。金潇用这样挑剔的耳朵听歌，都感觉还不错。时光简直倒流了，他们以前经常在睡前一起听歌，那时候还用"一起听歌"的功能争夺着对歌曲的控制权。金潇爱听的歌和他爱听的歌不是同一类型。其实金潇后来听多了他喜欢的歌，就习惯了。但她还是时常在他听着歌曲的高潮跟着哼唱的时候切换下一首歌，想看他气急败坏又无可奈何的宠溺模样。程一鑫如果听着金潇喜欢的舒缓的蓝调歌曲拆机，经常能直接睡着，过半个小时揉着脖子醒来，说拜托下次放他一马。

两人都想起了这件事。

程一鑫开口问她："你记不记得……"

金潇打断他："记得。"

但是她不想再沉浸在回忆里了。其实分享歌单已然是一件很私密的事情了，他们不过是揣着明白装糊涂，在彼此都伤感的深夜里放纵一回。程一鑫很识相，没有继续问。他们奢侈又贪恋地享受着片刻的美好时光，回忆着过去，直至一首《水星记》播放完了。

金潇问他："你为什么喜欢这首歌？"

程一鑫耸肩，想到她看不见他的动作，哂笑："就是喜欢非主流的东西呗，喜欢听'网抑云'。"

"我好像听懂了，"金潇若有所思地说，"这应该是水星和'信使号'的故事。"

水星是千银手机的主打系列，她了解过一切关于水星的背景故事，其中有一段故事是关于水星和飞行器的。金潇垂眸，像夜间的电台主播在电话里说起来，不知道是说给自己听，还是说给程一鑫听："水星是最孤独的，没有天然的卫星，在亿万年里都孤寂地在自己的轨道上运行，没有任何人发现它的故事、窥探它的面貌。直到飞行器'信使号'飞了七年，到达水星的轨道，围绕着水星飞了四年，最后因为燃料耗尽而关机。它最终坠毁在水星的表面上，形成了水星上新添的水星坑。"

金潇就不信程一鑫不知道这个故事。他想暗示她什么事？他想说当年跟她分手是有苦衷的？他们就像水星和飞行器，短暂地围绕在彼此的身边，但无法相伴一生？可他偏偏沉默不语，然后给她鼓掌，发出"啧啧"的两声："声音跟以前一样好听，比盗版的强多了。"

金潇说："你承认把 Silver 的音色设置成我的音色了？"

程一鑫说："这有什么？我就不信如果系统预设的声音里有哥的声音，你不会去听。"

这倒是，他把金潇问住了。她想了想，倘若智能语音里有程一鑫的声音，自己恐怕也会听一听。或许是因为高三的那段时光里她与父母发生了争执，种种事情的发生也让她意识到家族的企业不像她想象中的那般稳固。程一鑫让她看见了手机通信领域的魅力，如同茫茫黑夜里的一盏灯火，让她不再排斥一眼望到头的未来。

程一鑫一向是只撩人，不对对方负责，见好就收。他打了一个哈欠，倦意浓浓地说："我困了。"趁着金潇还没反应过来，他嚣张地来了一句，"月亮，麻烦你自行打烊。"

金潇："……"

她后悔接起了这个电话。好像她想打这个电话似的，他难道还指望她说"晚安"？

程一鑫似乎知道她恼火了，说："哎，一会儿你别拉黑我了吧？"

"为什么不？"

"不然你还得偷偷地关注我,多累呀。"

金潇深吸一口气:"你放心,谁看谁是狗。"

程一鑫踆踆地说:"我就是土狗。"

金潇:"……"

程一鑫恨不得当场"汪汪"两声,说:"都是成年人了,你不联系我不就完了吗?"

金潇说:"可以。"

"真的假的?"

"月亮代表我的心。"

程一鑫磨了磨牙,认为金潇可真容易学坏。果然,金潇答应得再好,睡前还是把他删了。拉黑不太行,她还有机会关注他,不能再自掘坟墓了。真正喜欢过一个人,无论过了多久,都很容易反反复复地对同一个人心动。她只要和他随便地说点儿什么,思绪就控制不住地翻涌,大概是被分手的执念在作祟吧。

今晚的月色太好,她太放纵自己了。金潇明白她应该理智而克制,不能再重蹈覆辙了。程一鑫就是这种自我感动型的渣男,听一首《水星记》也许会擦擦眼泪,无非是想把他们的结局甩锅给爱情的悲剧,无能地摆烂。他是曾经爱她,但一点儿都不打算与她共度余生。金潇半天睡不着,翻来覆去,一看手机,屏幕上有一条新的好友验证消息。

鑫哥二手机专卖:"宝贝,帮我砍一下拼多多。"

滨市地处内陆,昼夜温差大。程一鑫打了一个寒战,在疲惫和困倦之中抬头望向天空。月亮高悬,皎洁的光独照清冷的人间。柔柔地流淌的清辉却像无声无息的旋涡,把他卷入惊涛骇浪之中。街上空空荡荡,全无人迹,老旧的街区里只有个别喝得烂醉的酒鬼在路灯下走着。

他不是让她打烊吗?她永远在他的心头晃悠,没完没了。但世界上又哪里有什么"永远"呢?拉黑和删除就是这个时代里的永别。

鑫哥二手机专卖:"和我一起看月亮又不要钱。"

  金潇 Tonight 开启了朋友验证,你还不是他(她)的朋友,请先发送朋友验证消息,对方验证通过后,才能聊天。

鑫哥二手手机专卖:"我的宇宙飞船耗光了燃料。"

金潇 Tonight 开启了朋友验证,你还不是他(她)的朋友,请先发送朋友验证消息,对方验证通过后,才能聊天。

鑫哥二手手机专卖:"再也去不了你的心里了。"

金潇 Tonight 开启了朋友验证,你还不是他(她)的朋友,请先发送朋友验证消息,对方验证通过后,才能聊天。

程一鑫没有发新的验证消息,在手机和电脑前窝了一晚上,一伸懒腰,脖子和脊椎顿时发出一阵磨牙般的声音,像是老年人的脖子和脊椎。他起身远眺,窗户上倒映出孤零零的影子。他推开了窗,清冷的风从他的衣领处灌进来。衣服被洗得太薄就是不禁风,程一鑫连打了几个喷嚏,眼眶泛红。他再一眨眼,路灯下有一辆黑色的车在浓浓的夜色中驶过,停在楼下。一男一女从车上下来,卿卿我我,难舍难分。他的眸色似墨渐渐深,喉结滚动了一下,他关了窗。

一分钟后,程佳倩蹑手蹑脚地走进家里。玄关的灯"啪"的一声亮起,兄妹俩的黑眼圈都很重,程佳倩看见程一鑫似笑非笑的神情,就知道他看到了那一幕,撒娇地说:"哥,你吓死我了。"

程一鑫敲她的脑袋:"你还知道回来?好好地谈恋爱呗,你非得每天半夜三更约会。"

"你管我?"心情很好,程佳倩一边换鞋一边哼歌,"哥,我跟你说,他真的很难搞。我每天都在跟他拉扯和较劲,所以经常很晚了我们之中的一个人才认输。"

程一鑫:"……"

她"嗒嗒嗒"地跑去称体重:"啊,哥,我今天跟着他吃了夜宵,又变重了。"

程一鑫转头回了房间,扯着嗓子安慰她:"没事,你今天没发挥好,明天再重新称体重。"

程佳倩洗完澡,路过他的房间,奇怪他这么晚还不睡觉,见他奶奶灰色的头发被电脑的荧光映照得像一柄拂尘。她脱了拖鞋，光脚走进去，瞄了一眼电脑，顿时瞪圆了眼睛："哥，你大半夜不睡觉，在这儿看潇潇姐的照片？！"

程一鑫赶紧切屏："死丫头，一惊一乍的。这是她的电脑屏保，她不是说他们千银的手机总被刷机吗？她让我给她装一下刷机的系统环境，他们研究完技术再反向升级系统，手机就比较安全了。"

程佳倩的眼睛都亮了，她八卦地问："你俩又联系了？"

"屁，"程一鑫给她看了一眼尽是红色感叹号的微信界面，"对方开启了好友验证。"

"啧啧，你俩一个是寡王，一个是仙女，赶紧复合吧。"看程一鑫瞪她，程佳倩心虚地说，"哥，我说错了，你还是有出海的实力的，只是没出海的兴趣。"

这都是什么乱七八糟的？

程佳倩继续揶揄他："我猜，潇潇姐还是单身吧？"

程一鑫抬起眼皮看她："你咋知道？"

程佳倩笑嘻嘻地说："仙女都爱吃斋念佛。"

吃斋念佛？程佳倩哪壶不提哪壶，金潇打破了他的幻想，又谈了恋爱。这些年里，他早就不是她的星星了。他有他的星轨，远在偏僻的一隅，偶尔和月亮撞昏了头。她有无穷的引力，漫天的星光为她璀璨，围着她的星星换了一茬又一茬。月亮奔我而来？他做一个梦就很好。程一鑫打发程佳倩去睡觉，转头继续在电脑上打字，好不容易在 Smart phone 论坛上找了一个兼修手机和电脑系统的技术宅。

鑫哥二手手机专卖："接单吗？"

匿名用户2022："接，记得把论坛币打到我的账户上。"

程一鑫熬了一个通宵，睡前给黄顾和章鱼都发了微信，说今天不去"大世界"坐班了，太困了。他嘱咐二人，有客户来的话，他们先把单接下来，等他晚上处理问题。

他好不容易想睡到日上三竿，没曾想，十点多又被人吵醒了。黄顾急急地给他打电话："哥，你还是来一下吧。有一个客户的手机被开哥他们的小弟修坏了，开哥点名让你去抢救手机。"

程一鑫困得要死，问："手机有啥毛病啊？"

"主板穿洞。"

主板是手机的灵魂，主板穿洞是一个挺大的毛病。

"他新收的小弟倒是挺能吹牛，结果拆装机的时候在那儿溜号，把螺丝拧错了。螺丝直接穿透了主板，主板上有了一个大洞，充电的芯片也碎了。"

程一鑫听完都不困了，说："这年头，还有人干得出来这种事情？"

黄顾缩了缩脖子，其实挺想说要不是被程一鑫提溜着学技术，自己也不是吃这口饭的材料，有点儿兔死狐悲。师傅领进门，修行在个人。修手机不需要多高的智商，只需心细手稳、眼睛不瞎，搞出这种事情的人却到处都是。还有人骂大品牌的售后服务，手机没被修好，还漏液了。程一鑫的师傅老齐这两年就不干这一行了，常年看这些手机，五十多岁眼睛就不好使了。老齐还得了飞蚊症，看什么东西都有黑影，生怕挣不到多少钱，反倒要赔偿客户的损失。

程一鑫骂骂咧咧地说："昨晚这人是不是喝多了酒？手这么残。让开哥直接赔钱呗。"

"是，但人家让你搬板，要保里面的资料，开哥怕他搬板的话保不住资料。"

搬板是手机维修行当里的术语，指的是主板出现无法维修的故障或者损坏时，维修的人把部分原件拆下来移到另外一块板子上。这样做适合被重摔或进水的手机，号称"芯片级维修"。一般技术过关的老师傅都会搬板，这是最高端也是最基本的功夫。但是现在手机维修店的店主的水平参差不齐，如果有人在"大世界"的六楼走一圈，能接下来搬板的活的店主大概不超过十个。况且现在主板都被打穿了，程一鑫还没看见那是什么样子，不敢瞎答应客户。

"那我要是保不住资料，他不就赖我了吗？"

"他说你保不住资料就没人保得住了，也认了。"

程一鑫认命地回到"大世界"里。

程一鑫回到六楼，用冷水洗了几遍脸以保持清醒，但眼睛里还是密布着血丝。他正好考考黄顾："搬板需要搬哪些零件？"

黄顾一拿起手机,程一鑫就斜眼瞪他:"别看备忘录。"

黄顾放下手机:"CPU、基带、硬盘,这三个需要焊接。基带码片里面的程序要用测试架读写。"

要保资料的话,程一鑫在搬板时还需要加一道焊接的工序。他刚刚拆下 CPU 的盖子,正在用显微镜检查它,黄顾对他说手机响了。

程一鑫看了一眼手机——

金潇 Tonight:"拼多多砍完了吗?"

程一鑫迷惑地揉眼睛。他是不是太困了,以至于出现了幻觉?金潇没等他回复,给他发了一张长截图。

"惊!千银二十层闹鬼!无人操作的电脑整整一个晚上都在自己写码,我在监控前都看呆了,怀疑是半年前因为写代码猝死的那个女生回来了。她生前是不是还有执念……"

程一鑫这回看明白了,被讨论的正是金潇的电脑——就是昨晚被他远程控制的那台电脑。他莫名地感到心虚,这是怎么回事?下一秒,金潇就把电话打过来了。她早已没有昨晚的温柔,在楼道里捂着唇,压低声音,却压不住声音里的怒意,质问:"程一鑫,你搞什么?"

程一鑫叮嘱黄顾:"你看着点儿。"

他走出去,才回答金潇的问题:"就是装刷机的环境啊。"

金潇揉了揉太阳穴:"你别以为我不知道你干了什么事。"

她把底下的评论截了图,又把图片发过去。

"我放大图片看了看这个代码,它好像是在去掉监控程序。"

"我也看了,楼上的楼上真相了!"

"害怕,我也得看看我的电脑有没有被监控!"

"这不是闹鬼,是有人请了一个高手帮忙吧,这是谁的电脑?"

"看工位,这应该是那位富贵花的电脑?"

程一鑫自知理亏,咳了一声:"买一赠一,快乐翻倍。"

金潇都要气死了,问:"你为什么不跟我商量?"

程一鑫捋了捋刘海儿,心想:千银论坛里的傻瓜太多了吧,一个个的都闲得要命,半夜还管人家的电脑有没有被别人远程操作。

这一下她可真是被送上公司的热搜了。论坛上的人都人云亦云,现在全公司的人都说她的资源多，各路大神都围着她转。

金潇用手扇了扇风，烦躁不已，说："你以为我不知道我的叔叔在监控我吗？就你厉害。"

轮到程一鑫半响不语了。金潇打算说一句"算了"，吐槽完都感觉自己太不淡定了，怎么遇见他就发火？有这几分钟的时间，她还不如抓紧找几个水军去澄清一下事实，或者联系论坛的管理员删帖。

程一鑫自嘲地一笑，笑得很轻："是，你不需要的。"

芯片级的维修直到下午才告一段落，程一鑫跟黄顾和章鱼打了一个招呼，让他俩今晚代替他去夜市上摆摊，自己回家睡觉。马丁刚卖出去几盒烟弹，笑得很灿烂，跟几个女孩子挥手告别，回头看见程一鑫走过来，主动地凑上去打了一个招呼："哥，下午好，不好也随你。"

马丁跟"大世界"六楼的糙汉子们是不一样的，是很懂靠长相吃饭的。他今天把偏长的刘海儿都扎了起来，戴了蓝色的美瞳，有着天生的高鼻梁，皮肤白皙。他也觉得自己有点儿混血儿的感觉，才让别人都叫他的英文名Martin。但看见程一鑫，马丁就觉得自己的长相差点儿意思了。

程一鑫从维修台上下来，眼睛都快瞎了。他走出大门的那一瞬间，阳光刺眼。他皱起眉头，眯起那双小鹿眼，抬起手遮挡阳光，手指修长，被阳光照得几乎变成透明的。他低头的时候垂下的刘海儿几乎落在鼻尖上，唇红齿白，下颌线清晰锋利。

他简直是丧式美学的天花板。

程一鑫的这种冷白皮可真让人连羡慕都来不及。这几天他奶奶灰色的头发又褪了一层色，在室内是灰色的，到了室外的阳光下是奶茶棕色的，衬得脸色更加白皙，连脖子上青色的血管都清晰可见。他直接把脆弱感、易碎感和氛围感拉满。

程一鑫困得有气无力，打了一个哈欠："哟，马丁。"

"哥，是 Martin。"马丁不忘纠正他的读音，八卦道，"听说你整了一个大活？"

程一鑫总算适应了阳光，把挡眼睛的手放下了，露出很重的黑眼圈。他"啧"了一声，说："你的消息挺灵通啊。"

马丁就不明白了，程一鑫比他受欢迎多了，明明可以掰饬掰饬自己，咋隔三岔五地把自己的眼睛搞成熊猫眼？这得敷多少面膜才能补救回来？

马丁说："我中午听见的，你们六楼的人出去吃饭，还在那儿打赌你能不能修好手机呢。"

"结果呢？"

"结果他俩都赌你能修好。"

程一鑫微微地翘起唇角："没办法，老子就是这么牛。"

他熬了一宿，早上没来得及刮胡子。马丁这么凑近了看他，他的下巴上略有青楂儿，再加上他得意的语气，完全破坏了刚才的美感。

马丁拍他的肩膀："你这么早下班？抽根烟再走。"

"行。"

两人就站在距离"大世界"的门口二三十米远的地方，倚着路灯的柱子，不远处就是路边的公交站。程一鑫把打火机来回地抛来抛去，就是不点烟。马丁在情场里泡了这么多年，心思比黄顾他们的心思细腻多了，并不像黄顾那样被渣女捉弄了就要死要活，问："哥，你上次大晚上喊我喝两杯酒，有啥事呀？"

"没事。"

"你有情况？失恋了？"

程一鑫伸了一个懒腰，把打火机揣回裤兜里："哥一看你就不明白，谈恋爱图啥呀，不就是图个伤心难过？"

马丁好奇地把他的耳朵上夹的烟拿下来："你不抽烟？光陪我？"

程一鑫把烟拿回来，搪塞道："我下午修手机的时候，抽烟抽得快吐了。"

"哦。"马丁凭过来人的经验支着儿，"哥，我跟你说，你这样独自伤感没用。"

程一鑫耸肩，看见马路上车水马龙，漫不经心地说："那啥有用？"

马丁推心置腹地说："我以前就换黑色的头像，发点儿伤感的朋友圈，结果发现她根本不会看。你得发腹肌和人鱼线，她不仅看，还会放大了图片看，保存了图片反复看。"

程一鑫："……"

今天怎么轮到他语塞了？

马丁压低声音说："咋样？我的女朋友认识好几个有钱的小姐妹，你也一起出来玩呗。"

程一鑫瞥他一眼，意味深长地说："我认识一个在汽修厂里拧螺丝的兄弟。"

马丁一脸疑惑。

程一鑫勾唇："让他帮忙看看，你是不是备胎。"

不仅白和程一鑫说了一番话，马丁还被戳到了痛处，说："哎，你会修手机，不是说手机里可以查别人的行动轨迹吗？"

"可以呀。"

"你教教我呗。"

"设置，隐私，定位服务，系统服务，重要地点。"

"你说慢点儿。"

程一鑫回头看他："但有一个前提，你得知道密码，或者有指纹。"

马丁嗤笑："那我跟女朋友还没发展到这一步，也不可能发展到这一步。"

程一鑫拍了拍他的肩膀："相爱没有这么容易，每个人都有她的手机。"

马丁挥挥手："算了算了，没事。拜拜就拜拜，下一个更乖。"

程一鑫不再倚靠在路灯的杆子上，挺直腰杆，随手拍了拍身上的灰："哥走了，回家。"

马丁听见他走远了还在一路哼歌："还要多远才能进入你的心？还要多久才能和你接近？"马丁忽然有点儿明白程一鑫为什么对他说的腹肌和人鱼线嗤之以鼻了，不是有了腹肌和人鱼线就能称得上是男人的。他亦自嘲地笑笑，从鼻腔里喷出烟雾，替程一鑫唱完了后半段的歌："咫尺远近，却无法靠近的那个人。"

一个小时后，金潇也下班了。暮色像一层层灰蓝色的薄纱从天上落下来，笼罩着城市的夜景。她的车随着拥堵的车流，从马丁和程一鑫下午抽烟的路边驶过。

她约了方好好，先去接方好好下班。金潇提前停下车，用纤细的手指有一搭没一搭地敲着方向盘，看了半天不远处的方好好。方好好在公司里的时候还是蛮放松的，在公司的楼下等她的时候跟路过的同事友好地打着招呼，长发飘飘。她现在很是惹人怜爱，怎么那天在同学聚会上偏偏那般紧张？

方好好上车后还是甜妹，说："潇哥。"

金潇看她一眼："你好了？"

"挺……挺好的。"

"上次你不是说身体不舒服吗？"

"我已经没事啦。"方好好说完这句话就乖乖地把包按在膝盖上。她可真不擅长藏事情。

两人还是去高中附近的饭店里吃饭。

金潇主动地开口，把双手交叠在一起："我又碰见程一鑫了。"

如果有什么人对金潇的过去和现在都了解，那这个人一定是方好好了。只是这半年来，金潇发觉方好好极少联系她。

对方势必有什么难言之隐，她又没法逼对方说出事情，再好的朋友也是需要给彼此留空间的。方好好很惊讶，张大了嘴："在哪儿？"

"他还在'大世界'。"

方好好更惊讶了，问："他怎么还在那儿？"

金潇："……"

方好好的反应，就跟她在"大世界"里与程一鑫重逢时的反应一模一样。金潇解释道："他就是修手机的，也没别的地方可以去。"

"这倒是。"方好好笑了笑，"你后悔了吧？你看看，国内的这些男人哪里能跟伍迪比？你到底为什么跟他分手呀？他很适合你，又跟你门当户对，你也不怕他霸占千银。"

金潇轻笑着摇头，对此毫不遗憾。两人正是因为门当户对，在相处的时候都保持着非常清晰的边界感，如果看见对方在看公司的业务资料，都会主动地关门避嫌。他们背后的两家公司是合作的关系，合作就必然会涉及利益。WOOD公司同样担心千银会自主地研发系统——破坏合作关系。即使WOOD公司不担心这些事，金潇一个人在法国留学，和伍迪谈着恋爱，自然不愿意有一丝一毫这样的嫌疑。

他们在国外的相处虽然愉快，但更像是互相陪伴。伍迪是很传统又很执着的人，不爱社交，将一切时间都留给家人、挚友和他所热爱的事物，也有资本去玩。他喜欢赛车、赛马，吃早饭时都可以做投资，就喜欢高风险的投资，迷恋肾上腺素狂飙的感觉。他有理想、情怀和抱负，WOOD从电脑的系统扩展到手机的版图,未来还要走很长的道路。他们都清楚,金潇回国的时候就是他们该和平分手的时候。

方好好一向是既心软又善良的人,以前在宿舍里看小说都能半夜哭得"稀里哗啦",听完金潇的话以后唏嘘不已,说:"真好。"

金潇问:"好什么?"

"有这样的前任真好。"

金潇试探地问:"你的前任不也挺好的?"

方好好一惊,说:"我的前任?"

金潇点头:"是呀,不联系你的前任就是最好的。"

在她的印象中,方好好的前任是他们班的高中同学,两人考上了同一所大学以后才在一起的。男生读研的时候他们分隔在两地,同样和平分手了。

眼神躲闪,方好好心虚地喝了一口饮料:"你说他呀。"

"还有谁?"

"没有。"方好好低头,把手指绞在一起,"我的意思是,我都快忘了这么一个人。

"还是说你吧。我高中时都后悔死了,那次没陪你去'大世界',让你碰见了程一鑫,后来你伤心了那么久。"

方好好很明白金潇以前的心境,叹气道:"真正喜欢你的人是舍不得让你主动的。"

金潇若有所思地说:"我后来去'大世界'找他的时候,你好像不舒服来着。"

方好好咬了咬唇:"我当时肚子疼,得了急性肠胃炎。"

"哦,对。"金潇明知故问,试探她的反应,"我怎么记得荀浩然背你去了校医室?"

方好好倏地握了拳,又松开拳头:"我都不记得了。"

"是吗?"

# 第四章
## 特别关心

金潇的印象很深刻，因为那两周是她高三时过得很不舒坦的日子。晚自习的课间是八点二十分到八点四十分，有眼保健操。他们高一高二时，老师还检查眼保健操。高三的学生学习紧张，老师都睁一只眼闭一只眼，任由他们趁眼保健操的时间写作业或提前跑出去打水上厕所。

他们每两周换一次座位，金潇正好坐在了靠近门口的最后一排。她是班里为数不多的坚持认真地做眼保健操的人，或许是因为有良好的习惯，一直到高三都没近视。金潇闭着眼睛，按着太阳穴，轻刮薄薄的眼皮，隐约地感觉身后有人走过。似乎是同桌从抽屉里拿书，弄出了一些动静。她坐在靠近门口的位置，没多想，做完眼保健操，一睁眼，发现几个男生都围在门口那里。他们拿着一部手机，头挨着头，都在对手机指手画脚，场面很是热闹。

金潇有一种不好的预感，低头一看，抽屉里的手机没有了。果然，那几个人拿的是她的手机。金潇忍着怒气，伸出手："还给我。"

那几个哥们儿丝毫没觉得不好意思。

"潇哥，我们就看一眼。"

"是呀，我们还没见过装安卓系统的苹果手机，你这是咋做到的呀？"

"潇哥，你是花多少钱买的这部手机？"

"人才呀。"

"玩游戏卡不卡呀？"

他们七嘴八舌，聒噪不已。金潇晚自习时做题本来就烦躁，一下子站起来，椅子发出"嘎吱"一声。她站起来后有气势和压迫感，身高直逼部分个子不高的男生的身高。高中的男生都嘴欠——俞薇安她们女生是在背后嘲笑金潇，他们男生就是好奇，人来疯地起哄。见金潇站起来，有一个男生缩了缩脖子，想把手机还给她。

后来有人把手机抢过去："潇哥，哈哈哈哈，你吓坏人家了。"

"潇哥，别这么小气，给我们看看嘛。"

"最新的 iPhone 6s。"

"是玫瑰金呢，啧啧。"

他们像玩"击鼓传花"似的，把手机传来传去。金潇追出去，一路狂奔，竟然直接把其中的一个男生堵在了厕所的门口，吓得他进厕所后让一个隔壁班的男生把手机送出来。

金潇的太阳穴一跳一跳的，她知道自己不该冲动，拔腿追出来，不知道有多少人都看见了这一幕。她最近已经是话题的中心了，这下他们在背后又会怎么议论她？她用冰水拍了拍脸，回到教室里，提前结束自己晚自习的课间。

厕所里的那两个男生还在讲话。

"那是你们班的班花呀，你们这么不怜香惜玉？"

"我们没想抢她的手机，那是潇哥，谁敢逗她？不知道怎么回事，大家就跑起来了，主要是她跑得快。她这一起步，大家都忍不住撒腿跑。我们就是逗逗她，不然哪里有机会跟班花互动一下？"

"小心你回去后她揍你。"

"不会的，潇哥不是这种小气的人。"

下了晚自习，金潇本想再学一会儿，但方好好收拾好书包在一旁等她，说无论如何不能让她一个人走了。两人就早早地回宿舍了，避免和俞薇安她们一起洗澡时又会遭到冷嘲热讽。方好好都替金潇担忧，问："潇潇，你还继续用这部手机吗？"

手机都被议论成这样了，金潇摇头："我这周放学后就去'大世界'退了它。"

"我陪你去吧。"方好好又担心地问，"你说，他能给你退手机吗？我听说那样的地方都是没有售后服务的。"

金潇想了想上个周末在滨大跑步的时候碰见的程一鑫。虽然社会的气息浓郁，但他大概不是一个坏人，还问过她手机用得怎么样，和她赛跑，还请她吃早餐。月明星稀，金潇仰头看看天空："应该会吧。"

那时候她没想到自己一去"大世界"就被打脸了。

很快，就寝的铃声第二遍打响了，不用看表，每个学生都知道现在是晚上十点五十分了。金潇平时习惯了学到十点半再回宿舍，用十分钟洗澡。她留着短发，发质细软轻柔。她在夜风中一边背书一边用毛巾擦干头发，二十分钟后刚好躺下。

关于头发，金潇和方好好都羡慕对方的头发。为了禁止他们玩手机，学校的宿舍里根本没有电源和插座。方好好有一头浓密的秀发，下午洗头，下晚自习后头发才能彻底变干。她眼睁睁地看着闺密金潇压缩了一切学习之外的时间，金潇的成绩遥遥领先，一骑绝尘。

方好好串寝回来，路过走廊，看见了金潇的背影。今天难得回来得早，这人还嫌没学过瘾，正趴在栏杆上做题呢。夜风"哗哗"地卷起练习册，金潇有漫画里少女的肩胛骨，肩胛骨将春秋两季的校服外套都顶出两道漂亮的弧度。夜风灌进袖口，她纤细苗条，腰肢盈盈一握——谁都难以想象她那么有爆发力。到了高三，许多人不再穿睡衣睡觉了。校服的质地舒适柔软，他们穿校服睡觉，起床就走，金潇正是其中的一员。

方好好想起晚自习的课间时发生的事情，凑过去，想安慰金潇几句。夜风扬起了练习册封面的内页，方好好看见一行字迹——"日拱一卒，功不唐捐。"

方好好："……"

是她打扰了。只有她了解金潇的家境，金潇明明可以当归国的千金轻松地躺赢，却非要当小镇做题家卷死别人。方好好爬回床上，找出卷子，还没写完一道题灯就熄了，四周顿时一片漆黑。

金潇卡着熄灯的点回来。最近金潇的很多认知被打破了，比如带三四个充电宝可以解决手机电量的问题，比如始终不合群的人只有她自己。今天她下晚自习早,沿路看见几个男生竟然去食堂里吃夜宵。

荀浩然从后面拽了拽方好好:"好好,走哇,吃夜宵去。"

方好好陪着金潇,说:"改天吧。"

荀浩然"喂"了一声,说:"金潇,我可没抢你的手机,你别这么瞪我。"

他不说这句话还好,一说话,方好好就生气了:"你们男生都是一伙的,狼狈为奸、沆瀣一气、蛇鼠一窝、同仇敌忾。"

"语文课代表,同仇敌忾是褒义词吧?"

方好好底气十足地说:"我说它是贬义词,它就是贬义词。"

荀浩然撸起袖子,大笑:"行了,你别生气,我待会儿帮你出气,收拾他们一通。"

方好好又心软了,问:"啊?怎么收拾?"

荀浩然还能怎么收拾他们?荀浩然又不能将男生之间的那些粗俗的玩笑话讲给她听,说:"就是……等他们洗澡的时候,我冲进去泼一盆冷水,咋样?"

除了方好好和荀浩然之间莫名地熟稔,鑫哥的朋友圈每天也在刷新着金潇的认知。

> 鑫哥二手手机专卖:"这个点都没睡的人,一定在等我找你聊天吧?我们可以聊贴膜、换电池、扩容、改双卡双待,二手保真安全下车……"

金潇通过对他日更五条朋友圈的观察得出结论,鑫哥白天一般发的都是和业务相关的朋友圈,说新收了什么手机和平板电脑之类的货,或者问有没有人出二手的指定机型;到了晚上,他就开始发一些令人啼笑皆非的内容。他的生意看起来应该挺好的。

金潇好几次陷入沉思中了。千银手机虽然不是顶尖的手机品牌,但也是统一专营店售卖的。她在十八年的生涯里,就没见过身边的人买二手的手机,更别提这种组装机了。难道人们去"大世界"里买组装机是常态吗?他们图什么呢?难道就像俞薇安他们揣测她的一样,他们想拿着iPhone的外壳装有钱人?组装机不会和她装着安卓系统的手机一样轻易地被人识破吗?是大世界商城里的每一个二手的手机摊都卖组装机,还是只有鑫哥卖山寨机呢？真正的港版水货存在吗？

金潇这一周查过报价，明白了自己没做足功课。预算不到两千块钱，她把价报得这么低，鑫哥以为她一个学生想买假的 iPhone 6s 也是情理之中的。她有几次想在微信上问问他是否早就知道卖给她的是山寨的组装机，但问不问他好像也没什么区别。

十一点十五分开始有老师来宿舍里查寝。金潇瞥见外面手电筒的光芒，准时地关了手机，将自己裹在被窝里，叹了一口气。社会上的人跟学校里的同学终究是不一样的。学校里没人虚与委蛇，大家和别人玩不到一起就绝不勉强，看不上哪个同学就毫不掩饰地鄙夷和嘲讽对方。

方好好说金潇鹤立鸡群，金潇心知方好好是在安慰她。她真的不合群，但鑫哥在大世界商城里应该很如鱼得水吧。他的朋友圈是阳光普照的，他对所有的顾客都抱着亲昵得没有隔阂的态度。

金潇想象了一下，他在滨大的操场上替人跑步，本来做的就是擦边球的生意。换作碰见别的顾客，他一样会卖力地拉拢对方的。她难以向他人敞开心扉，但鑫哥是例外——只见过两面的人就令她产生了莫名的信任感和默契感。因为和他一起迎着风自由地奔跑过，所以她才耿耿于怀——他们聊了那么久，为什么他却不告诉她这是山寨机？

她转念一想，鑫哥根本没有义务告诉她这是山寨机。他们不过是二手手机的店主和顾客的关系，她误会了他——这是金潇很不想承认又不得不承认的一点。她想明白以后，对他的那点儿怨恨就烟消云散了。他为了生活卖手机，何过之有？她不再试图问他了，到时候直接去"大世界"里请他退了这部手机吧。上次她听他们说手机是有保修期的，实在不想再看见这个玫瑰金的身影了。

周六是所有的高三学子最期待的日子。中午金潇跟父母说好了，放学后要去书店，傍晚自己坐车回家。方好好原先说好了陪她一起去"大世界"，结果在体育课上腹痛不已，金潇听说荀浩然背方好好去了校医室。金潇正来月经，恰好没去上体育课，只能发了一条短信慰问好友。

第二次去大世界商城，她已然轻车熟路。上次为了追小偷，她是一路顺着安全通道冲上去的。她下来的时候因为商城都快关门了，只能匆匆地沿原路返回。这次时间还早，五点刚过，她正儿八经地顺着扶梯来到六层。花花世界着实令人眼花缭乱，金潇到了六楼更是傻眼了，这都是哪儿呀？每一家店铺都长着相似的面孔，每个店主的头发都是五颜六色的，可以轻轻松松地凑齐一道彩虹的颜色。

或许因为今天是周六，里面人头攒动，人声鼎沸。金潇绕了半圈，一路有人逗她："哟，学生妹，要买手机吗？"她都婉言谢绝。她绕得实在发蒙了，好不容易看见一条安全通道，又没在附近看见印象中的店铺。旁边有一个店主刚跟顾客讲完理，顾客刚刚说他没帮忙修好手机，两人说得脸红脖子粗。店主"呸"了一声，唾沫差点儿溅到金潇的身上。

金潇："……"

店主不好意思地说："妹妹，我看你来回地转悠半天了，你找人？"

金潇犹豫片刻，问："请问您知道一家叫'鑫哥二手手机专卖'的店吗？"

"有店铺号吗？"

金潇刚想去鑫哥的朋友圈里找找店铺号，那个店主打断她："哦，你说鑫哥，那个长得人模狗样的人？"

"好像是……"金潇想了想，说，"他长得挺端正的。"

"呸。"店主又习惯性地吐了一口唾沫，"不好意思，我还是头一次听见这种描述，不就是你们小姑娘觉得他帅嘛。你要找的鑫哥是他吗？"

"是……吧。"

他又嘀咕："每天都有几个女的找他，你们都在哪儿看到的广告？"

金潇认认真真地回答："我上次在他那儿买了手机，才认识他的。"

店主随手给金潇指了方向："呵，难得呀，他待的那个破角落也有人撞过去。"他很快反应过来，问，"妹妹，你要买手机、卖手机还是修手机？你看看哥，哥虽然长得没有人家帅，技术都差不多嘛。"

"不了，谢谢，我是要退手机。"

"我看看？你的保修签还在不在？"

金潇拿出当时的包装盒："在的。"

店主很无奈，说："这不是开哥的吗？你找鑫哥有啥用？你记错了吧？"

金潇坚定地道："我没记错，是从鑫哥的店里买的手机。"

"妹妹，你看看。"店主随手拿了一部自己店里的手机向她展示，"谁家卖了手机，就往手机上贴谁家的签。就算他从开哥那儿拿货，检查完手机也得贴自家的签。你直接找开哥吧。你转身，最大的那家店就是开哥的店。"

金潇彻底迷惑了，转过身，发现开哥的店一家独大，确实跟周围的店不一样。对专业的事情应当从善如流，她迈进店里。

开哥对她还有印象，笑眯眯地说："妹妹，放学了？"

"嗯，开哥您好。"金潇礼貌地用双手把手机的盒子递过去，"上周我买了一部手机。他们都说这是您出的货，我想退货。"

开哥接过手机，看了看："怎么，你不满意？哥给你换一部手机怎么样？"

他有进港版水货的渠道，一般不卖安卓的组装机，它们太低端了。他对金潇手里的这部手机有印象，底下的小弟看走眼把它收了回来，行内的人都管这种手机叫"炸弹机"，意思是不能把它揣在手里，要想办法拿它去坑别人。他当时正好溜达到程一鑫那里，又有不懂事的学生妹买手机，便随手把它出了。现在人家大概是识货了，退货是可以退货，按规矩来呗。

开哥说："拿上原装机，再加一千块钱，哥哥给你换。这部手机保真，是我上午刚收回来的。你试试这种手感，它是靓机。你用它用到上大学，它都是最新潮的。"

金潇摇头："开哥，谢谢您。我是想直接退掉手机，不想再用手机了。"

开哥好说歹说，总算失去耐心，一挥手，暴躁地把烟盒和打火机摔在桌上："那你找鑫哥吧，是他把这部手机卖给你的。"

两人沟通了半天，他突然撂挑子翻脸，金潇猝不及防，说："开哥，可是……"

开哥是生意人，变脸似翻书。他叼起一根烟，眯着眼睛点燃了烟，把一口烟雾喷在空气污浊的店里。他转眼间又笑呵呵地看着金潇，意味深长地道："放心，他会认的。"

金潇越往角落里走，四周越是冷清，少了许多顾客问价砍价或和店主闹得面红耳赤的场景。看见那块歪得几乎快掉下来的"鑫哥二手手机收售修"的牌子，她远远地舒了一口气，总算找到了鑫哥的店。把他的店跟开哥的店一对比，她觉得他的店确实可怜。他的店没有门框，没有隔断，仅有一圈玻璃柜台。

程一鑫在凹槽里坐着，低垂着脑袋，耳侧的烟也摇摇欲坠，正拿着一支深灰色的杆捣鼓手机。她走近了才发现，那应该是一支测电笔，还连着手机。他刚拆开一部手机，电路清晰可见，正在那儿细细地探着电子元件。他的手指纤长又骨节分明，白皙漂亮，美中不足的大概是指甲有些脏。

隐隐地察觉出金潇走近了，他猛地抬头，绽放出微笑。他认出了金潇，虚幻的笑意变得随意而真切起来。他勾起薄唇，眼角处泛着笑意。他的神情令人生出一种错觉——鑫哥对她和对普通的顾客到底是不一样的。

程一鑫把手里的东西放下，下意识地又拉了几下卫衣的拉链，打了一个响指："晚安妹妹，来找哥？"

金潇注意到他换了一件卫衣，上面依旧印着招牌上的那几个字，但衣服的颜色不一样了。她顺着他的拉链往上看去，劣质的大金链子太粗，随便地晃荡一下似乎都能在他的锁骨上碰撞出"啪"的一声，他应该挺疼的。锁骨的形状很好看，有轻盈的少年感，而不是健身练出来的粗壮感。他刚刚在埋头苦干，环境又闷热，他的锁骨上像下了一场雨，湿漉漉的。喉结凸起，扯起脖子上的筋，释放出少年感。金潇似乎依然没看见他的卫衣里有跨栏背心的踪影，收回目光，迷惑不解地问："你为什么叫我'晚安妹妹'？"

程一鑫咳了一声，说："要不我说'金潇妹妹您好'？"

金潇："……"

原来"晚安妹妹"是这个意思，她摆摆手："鑫哥。"

"哟，这是你第二次喊哥。"

金潇深吸一口气，感觉他确实很擅长社交。她在他的面前想心平气和地说完一句话都不容易，跟和其他店主说话时不一样。

"其实……"她不好意思地道，"我想退了上次买的 iPhone 6s。"

或许是因为两人相熟，金潇明明刚才对别人都好意思说出这句话，对鑫哥却说得很难为情："我知道上次是开哥出的货。但是我问了，他还是让我找你。"

她提及开哥时，程一鑫用余光瞥了一眼他旁边的店主痘哥。痘哥反正无所事事，果然正竖着耳朵听呢。"大世界"里的规矩是不退货只换货，如果人人都退货，生意就没法做了，他们的店又不是专营店，谁都不能打破这条规矩。

程一鑫问她："好端端的，你干吗退手机？"

"不喜欢。"

两人对视半晌，程一鑫等着她的答案。

金潇垂眸，还是直说了："这实际上是一部安卓手机，你知道吧？"

气氛凝固了片刻，但很快，程一鑫满不在乎地说："啧啧，话可不能乱说。"

他随手抛了抛她的手机盒子。她看着都心惊胆战的，生怕他会把它摔了。程一鑫回眸一笑，把盒子接得很稳："你怕啥？哥摔不了。"他从柜子下摸出了钥匙，把玻璃柜子的锁打开，"来，你挑一个，不喜欢这部手机就换别的手机玩呗。哥给你挑价格差不多的手机，你也不用补差价。"

"可是……"金潇把刚刚说的话又说了一遍，"我是想直接退了它，你可以少退给我一些钱的。"

程一鑫勾唇一笑，哄她似的说："行啦，你不就是要一手的手机吗？手机又不是男朋友，你那么挑剔干啥？"

"不是的，"金潇摇头，"我可以用二手的手机，只是不想用组装机。"

卖二手手机的店主都这样，虽然卖的是组装机，但自己不可以点破事实。顾客怎么问，他们都不能承认这一点，不然就会败坏整个"大世界"的口碑。程一鑫给她展示了几部手机，用修长的手指滑过它们，小拇指的指甲略长，敲得屏幕发出两声细响。

见金潇看也不看它们，程一鑫抬眼，无奈地道："哥上次问你，你不是还用它用得挺好的？"

他竟然拿上次的事情来说事，金潇有点儿气愤地说："我上次根本不知道手机里的系统是安卓系统。"

程一鑫耸肩。他的肩膀挺宽，因为个子很高，他就剩下一副骨架，瘦削单薄似纸。他摊开手，像街头上的流氓在耍无赖，说："安卓系统？你看错了吧？要不哥帮你找人刷机？"

金潇的眸子黑而发亮，像深海里的光束，她难以置信地问："你什么意思？"

他不相信她？

还是他不敢承认事实？

程一鑫知道她要较真了，又不能说别的话，继续劝她："听哥一句劝，你换一部手机拉倒了。"

他抬手想拍她的肩头，金潇像受惊的小鹿，敏捷地退后一步，抿唇看他。明明他们上次一起晨跑的时候，他装抽筋，两人还勾肩搭背的。

程一鑫站在玻璃柜台的后面，她后退了，他的手自然够不着她。手在半空中划过，落了空，他愣了两秒钟才把手收回来。手里很空，他把测电笔拿起来又放下。

"好。"两人隔着矮矮的玻璃柜台相望，金潇深深地看了他一眼，说，"我知道了，不退手机了。"

她果然是看错他了。原来他跟其他的店主没什么区别，上周末他们的相谈甚欢好像是她的错觉。又或许她真叫他为难了，他到底是商人，被伤害了利益，连一句解释都不愿意多说，也不敢承认事实。她不退手机便是了。

金潇沿原路返回，再无心情看每一家店铺长什么样、卖什么手机，回到公交车站旁等车。暮色无声无息地降下来了，路边的烤红薯摊被摆了出来。遥远的天边有一抹橘黄色，橘黄色映在来往车辆的挡风玻璃上，仿佛夕阳下波光粼粼的湖水。

有一辆灰色的车在她的面前停下来，喇叭响了两声。

这是一辆五菱汽车。

动感的音乐隔着车门都响得震耳欲聋，里面的人摇了半天才摇下透明的车窗。一瞬间风灌进车里，把他奶奶灰色的头发吹得像一团流动的乌云。他洒脱肆意，有着少年的意气，五官俊朗，眸子亮得像星星，实在当得起其他店主对他的夸赞。程一鑫吹了一声口哨，在动感的音乐里扯着嗓子喊："上车，哥送你！"

金潇再次退后了一步，扯紧书包的带子："不用了，谢谢。"

出了"大世界"这样有暖气的地方，程一鑫依然没多穿一件厚外套，还撸起了薄卫衣的袖子，露出一截具有骨感的手腕。他随意地把胳膊肘放在被摇下来的半截玻璃窗旁,冲金潇晃了晃手,诱惑地勾起修长的手指:"过来。"

金潇抿唇不语,态度抵触。程一鑫龇牙,把车窗又摇下来一点儿,缩了缩脖子,好像觉得挺冷的。他探出去半个脑袋,小声说:"你的裤子……"

金潇下意识地攥紧了宽松厚实的校服裤腿。风吹起她额前的刘海儿,她的眼神很紧张。她一旦注意到他的手长得好看,就总觉得他的手在她的面前晃。视线之中,程一鑫竖起手指,手指不经意间触及垂落的刘海儿,滑过高挺的鼻梁。他用手挡住了侧脸,以说悄悄话的姿态朝她低语:"红了。"

金潇下意识地转过身低头去看,然而只偏了偏头,目光一触及肩侧,就迅速回过头来。在大庭广众之下扯着裤子的后裆察看有失体统,她把书包从肩上卸下来,把它松松垮垮地挂在胳膊上,期望用书包挡住裤子上的生理期痕迹。天气还未完全回暖,她在里面穿着薄绒裤呢,校服的裤子也不薄,怎么会出这种丑?

金潇懊恼不已。她一向身体素质好,从不痛经,因此经常忽略生理期这件事。从下了最后一节自习课到现在,她坐了公交车又逛了大世界商城,折腾这么久,竟然没有找地方检查过裤子是否有异样。

青春期的女生经常遇上这种狼狈的事,但在学校里,总有闺密提醒你、护着你。比如有一次,有男生向金潇的另外一个室友魏思琳借书,魏思琳迷迷糊糊的,没发现自己把卫生巾夹在书里一起递过去了。在快要掀翻教室的哄笑声中,俞薇安走过去,替魏思琳把卫生巾拿回来了。

金潇不敢看程一鑫,低头嗫嚅:"谢谢。"

程一鑫逗她:"还没上车就说'谢谢'?"

后面有人按喇叭催他的五菱了。金潇不再犹豫,不敢再坐公交车回去了,姿态别扭地把书包挡在裤子的后面,绕过车头,拉开车门。她坐下去的时候又犹豫了,最后把双手垫在臀部下,生怕弄脏了鑫哥的车,乖巧地把书包放在膝盖上。

程一鑫挂了挡,车瞬间冲出去。他一发动这辆车,车就发出"叮当"的响声,头顶更是传来"砰"的一声。金潇被什么东西砸了,"哐"了一声。程一鑫瞥了一眼,本来就坏了的遮阳板又掉下来了,令人猝不及防地磕了一下金潇的额头。她正在揉额头呢,他咳了一声,说:"那个……你给它一拳,把它顶回去就好了。"

金潇用一只手捂着额头:"什么?"

他车上的动感音乐实在是太吵了,音质又很廉价,她稍不专心就听不清他的话。程一鑫以为她没理解到位,挂完手动挡,空出右手来,一边开车,一边真的给了金潇头顶的遮阳板一拳。弹簧早就坏了,遮阳板发出"嘎吱"一声,被他一拳顶回去又再次掉下来。

好在金潇已有防备,程一鑫"啧"了一声,说:"有时候需要给它多来几拳。"

金潇打量一番,总算看清楚了这是什么情况。鑫哥刚才打了那一拳,现在握着方向盘的右手都在微微地泛红。她沉默片刻,说:"没关系的,我往后坐一点儿。"

程一鑫看见她的坐姿更别扭了,她又得死死地靠着座椅的靠背,又得垫着臀部。他说:"没事,这辆车的座位脏得不行,哥平时进货,把后备厢里塞不下的货都往这儿丢,你放松地坐吧。"

"进货?"金潇思索,他的店里不过有二三十部手机,手机不至于塞满整辆车,"这么多手机吗?"

"不是手机,"程一鑫笑着摇头,"是手机壳、手机膜、数据线什么的。"

他的业务范围可真广泛,金潇点头不语。程一鑫见她坐得难受,把一卷卷纸丢给她。他没说卷纸的用途,金潇红着脸说:"谢谢。"

把许多张纸巾垫在座位上后,她总算能安心地坐着了。傍晚时分是交通的高峰期,这条路很拥堵。把车开到路口的红绿灯下时,程一鑫问她:"你去哪儿?"

金潇看他:"你去哪儿?"

程一鑫拉了手刹,语气玩味地说:"你想让哥带你玩?"

"不是不是,"金潇赶紧否认,"我是怕你不顺路。"

"没事,"程一鑫勾唇,"你等会儿。"

他捅了捅挂挡器前面的一块黑色的东西。红色的灯光一阵变幻,数字变成了"8.00"。

金潇一脸疑惑。

程一鑫指了指:"这就顺路了吧?哥给你打表计价。"

虽然离掉下来的遮阳板有一段距离,金潇还是感觉脑门上挨了一下子,蒙了,问:"你还开黑车?"

"什么黑车?你上车的时候没看清吗?哥的这辆车是灰色的。"

"……"

她和他见过不到三面,据她的了解,这位鑫哥早上去滨大替人跑步,主业是在大世界商城里做二手手机收售修的工作,敢情他晚上还跑黑车?这是怎样的身兼数职又没被生活压垮的人哪?

程一鑫见她没说话,担心她被吓着了,说:"哥逗你的,这是二手车,上一任车主是开黑车的。"

金潇将信将疑,唯有礼貌地点头:"哦。"

两人说话间,快该轮到他们的车过红绿灯了。

程一鑫催她:"你去哪儿?"

"滨大的后门。"金潇这回不再问他顺不顺路了,一并解释道,"我家在那附近。"

为了方便金听菡女士每天徒步去上班,他们家买了"滨大右岸"的房子,很多滨大的教授都买了那儿的房子,房子只跟滨大的后门隔着一条马路。

"啧啧,你以后考滨大?"

"应该吧。"

金潇几乎从小就在滨大里长大,跟着母亲去过教学楼、行政楼和食堂。滨大作为周边的三省内顶尖的学府,治学严谨,校风优良,是金潇从小到大的理想大学。可惜,她更想学数字媒体艺术的专业。尤其是她与小姨沟通后,得知她的未来并不像与父母约定好的那样可以先学习技术后发展兴趣,现在对滨大都没那么向往了。

程一鑫夸她:"厉害呀。"

金潇心想:凭你的百米成绩,你完全可以以体育特长生的身份上滨大。

但她上次已经说过了。他不想多说,她也不愿再说这件事。想起上次和他的交流,她以为他们是心有灵犀的,谁知道他不给她退手机?他不敢承认这件事,连多解释一句都不肯。

金潇垂眸，不愿意讲话了。程一鑫有所察觉，开口道："我刚才要是给你退了手机，明天就得从'大世界'走人。"

金潇的目光变得凌厉起来，她问："是开哥威胁你吗？"

这个小姑娘是挺有气场的，气场与年龄无关，兼具凌厉与柔美。程一鑫胡乱地敲了敲方向盘："不是。在'大世界'里，店主出了手机就从来不能接受退货的，只能让顾客换手机，否则就破坏了行规，人人喊打。"

金潇理解了片刻这种近似于江湖性质的规则，忽然松了一口气，感叹他果然是有苦衷的。没想到下一秒，程一鑫伸出了手："给我吧。"

金潇迷茫地问："什么？"

"你的那部破组装机呀。现在只有咱俩，又没人知道。"

金潇眨眼："你是要给我退了它吗？"

程一鑫"哟"了一声，逗她："你见好就收，别得了便宜还卖乖呀。"

金潇抿唇，笑意却控制不住地从唇角溢出来。她拒绝了，说："不用了，那我换一部手机吧。"

"现在你又答应换货了？刚才你还跟我犟？"程一鑫斜睨着她，"得了吧，哥店里的都是二手货，你又看不上它们。"

经历了这一番事情，金潇对手机是一手的还是二手的没有要求了，点头："我看得上。"

程一鑫得意扬扬地说："哥不卖身。"

金潇："……"

看出金潇真心实意地接受了换一部手机的方案，程一鑫问她："你想换什么？换一部原装的苹果手机？"

金潇对苹果手机都有心理阴影了，思索半晌："嗯……"

程一鑫挑眉："是不是钱不够？你跟哥说。"

金潇瞅了一眼他坏掉的遮阳板和咆哮的破车，眼神疑惑地问："跟你说？"

程一鑫面不改色地说："当然，哥教你怎么过没钱的日子。"

金潇："……"

他怕不是要教她如何替人跑步、卖假手机和开黑车。金潇听出了他刚才的意思。因他承认了那件事，她问："你知道这是组装机？"

"废话,听你的描述,哥一看这就是组装机呀。"

金潇眉头紧锁地问:"你……平时也会把这样的手机卖给别人吗?还是你碰巧拿了开哥的手机?"

她有点儿僭越了。但是道德观作祟,如果不问出这个问题,她今晚会很难受。

程一鑫反问:"怎么?"

"我就是感觉……"金潇顿了顿,低声说,"这不太好。"

这轮不着她说教。但她就是觉得这种行为不太好,见惯了提升品质、保持创新的做法。各大手机品牌都在品控上投入了巨大的心思,却被这种二手的手机搅了浑水。程一鑫看着她的脑袋都低了下去,一截天鹅似的后颈露了出来。

"别瞎操心了,"他转移话题,"你想想换什么手机。"

金潇问:"我能看看再决定吗?"

程一鑫两手空空,说:"手机都在'大世界'里呢。要不下周你哪天晚上去师大的夜市上找我吧,我把那些手机带出来。"

他在夜市上摆摊,周围可没有修二手手机的同行盯着。他可怕极了金潇的这副较真的模样,她一口一个"组装机",真是不怕挨揍。

"你还要去夜市上摆摊?"

"你现在相信哥不开黑车了吧?"

但是师大夜市的方向和滨大的方向相反,他果然在绕路送她。金潇看他一眼。他已经送了她这么一段路了,她再说就矫情了:"你平时把手机放在'大世界'里,早上怎么帮人跑步?"

"呵。"程一鑫嗤笑,"我早上跑步时带的那些手机才是真正的组装机、翻新机、进水机、炸弹机,只能跑步的时候用,不值钱,特别难用。"

这才是程一鑫手里的货,那些值钱的手机的价格在两千块钱以上,他们把二三十部那样的手机压在手里,就需要五六万块钱。所以他们不自己压货,都从开哥的手里拿货。一般不把手机带出"大世界"。

等他解释完,金潇睁大眼睛,二手手机的行当里竟然有这么多操作。鑫哥看似自由,实际上打了这么多份工,还挺辛苦的。金潇不想给他添麻烦,想了想:"我不想用手机了,要不你给我换一台二手的 iPad 吧,什么型号的都可以。"

她查过价格,iPad 比手机便宜不少。她又补充一句:"要正品。"

程一鑫爽快地答应:"行啊。"

他总算把这个倔强的妹妹说通了,心情很愉快。他把动感的音乐调得大声了点儿,跟着摇头晃脑。

金潇觉得太吵,忍不住说:"你这音乐……"

程一鑫把 U 盘拔下来,世界总算一片安静。他说:"二十块钱,五百首歌,里面全是最流行的劲歌金曲。"

什么"最流行的劲歌金曲"?他放的这些歌里,金潇一首都没听过。

程一鑫把 U 盘递给她:"你喜欢的话,送给你。"

金潇打量它片刻,为了自己后半段车程的安宁,用双手接过优盘:"谢谢。"

"客气。"程一鑫从旁边的车斗里又拿出一个 U 盘,准备插上去继续播放动感的音乐,"哥多的是。"

金潇一怔:"你能不能不放音乐了?"

"咋了,歌不好听?"

"呃,好听。"

程一鑫笑了笑。他是在逗她,就知道她这种学生妹喜欢安静,找了台阶下:"算了,让我的豪华音响休息一会儿。"

到了滨大的后门,金潇要下车,又歪歪斜斜地背上书包。

程一鑫喊住她:"喂。"

金潇说:"嗯?"

程一鑫指了指他的卫衣:"哥把衣服借给你。"

他拉下卫衣的拉链,发现金潇瞬间紧闭双眼。

她说:"不用了。"

一阵衣服"窸窸窣窣"的摩擦声传来,程一鑫意味深长地说:"可我已经脱下来了。"

金潇的脸红到耳根。车内实在狭窄,跟"大世界"里嘈杂熙攘的环境不一样，金潇都能想象，他脱下卫衣后里面什么都没穿。好歹有一副成年男性的身躯，他还是有腹肌的。金潇闭着眼睛不敢看他，别过头伸手去接卫衣。程一鑫爆笑出声："逗你呢，哥在里面穿了衣服。"

"真的？"

"人与人之间能不能有点儿基本的信任了？"

金潇睁眼看他，松了一口气，他真的穿了一件T恤。她问："你借给我卫衣，自己不冷吗？"

程一鑫指了指挂在座椅后面的羽绒服："哥有羽绒服呢，摆摊穿卫衣扛不住风哇。"

金潇看了看手里的卫衣："谢谢，我下次把它还给你。"

"没事，哥有好几件卫衣呢。"

"那……"金潇把iPhone 6s连带盒子都拿出来，把它们放在座位上，"手机先给你。"

这个妹妹太天真了，程一鑫都不敢再逗她了，说："不用，你拿着它吧，不然联系不上我。到时候你把手机和卫衣一起给我。"

金潇将他的卫衣绑在腰间，站在车边冲他挥手："鑫哥，谢谢你，下周见。"

"走了。"

程一鑫刚把车开出去几百米，微信收到一条消息——"金潇Tonight向您转账50元"。

这个金额很令人迷惑。脑海里灵光一闪，他瞥了一眼上一任开黑车的哥们儿留下来的计价器，上面的红色数字正好跳到三十一。

程一鑫："……"

剩下的二十块钱怕不是属于那盘劲歌金曲的吧？

师大的夜市不在深巷子里，反倒在繁华的路段上。这条路是地铁的沿线，经过好几所大学。夜市的入口就在主干道的路边，与主干道的横纵相反，两条路呈"十"字交叉，四通八达，只不过一侧是车行道，另一侧是夜市上的人潮。风还挺大的，刺骨的春风带着料峭的寒意沿街恣意地驰骋，卷起树叶和沙石，这样的声势浩大跟夜市的热闹比起来仍然属于小巫见大巫。

每逢傍晚时分，五点多，晚霞就尽情地洒满大街小巷，唤醒了夜市沉睡的灵魂。每一家摊位都像严丝合缝的齿轮，精准地卡在自家的地盘上，有条不紊地运作起来，奏响了这一出将会持续至半夜三更的夜市交响曲。一眼望去，四周全是统一的带有红色招牌的小铁车，唯独门口的摊位有点儿例外，面包车、小轿车各自载着音响炒热气氛，多数摊主卖的是盗版的唱片、手机壳、数据线之类的东西。

手机膜和手机壳几乎是刚需了，许多人过几个月就想换这些东西。这里的商品价格低廉，并且深藏学问。比如手机膜五块钱一张、十块钱三张指的是只卖膜、不包贴，贴的话价格就是十块钱一张起步了。在夜市上，讨价还价是必修课，摊主标的几乎都是批发价，来往的购物老手还是会进一步杀价。

金潇来的时候，正好看见程一鑫在跟人讲价呢。那是一个中年汉子，程一鑫最后以三十块钱的价格给他贴了一块玻璃膜。玻璃膜号称防蓝光、防摔、防爆，程一鑫说得天花乱坠，还拿出钥匙当场暴力地刮了刮它，上面毫无划痕。

果然得穿羽绒服，他在室外给人贴膜，手指被冻得泛红僵硬。他搓了几下手，又呵了一口气暖手，才开始低头贴膜，动作利索地一气呵成。程一鑫贴好膜以后，甩过来一个眼神："你来之前不跟我打一个招呼？"

金潇还在好奇地打量着眼前的世界——灰色的五菱面包车此刻完美地和夜市融为一体，音响播放着五百首劲歌金曲中的一首。车的后备厢被打开，像一寸天地，打下来五颜六色的灯光，灯光有着土嗨版夜店的质感。她细细地看去，原来后备箱里贴满了氛围灯管，灯管粗制滥造，却在夜色中透着浪漫的光晕。

他奶奶灰色的头发在灯光的映照之下竟然格外好看，像诗词里的那句"东风夜放花千树，更吹落，星如雨"。连金潇这样对艺术审美的追求很苛刻的人，都不得不承认他调色盘似的发顶和油画般的面容魅力四射。他的身上有着最大胆的色彩搭配，充分体现了他的桀骜不驯。

隔壁的车放的是另外一首歌，那首歌耳熟又陌生，应该是那天金潇在车上听过的金曲五百首中的另一首歌，那些劲歌金曲果然是"最流行的"。

眼前的一切无一不在冲击着自身固有的观念，金潇不由自主地提高音量，回答程一鑫的话："我们今天刚好考完省一模，今晚我不想晚习了。"

程一鑫正嚼着口香糖。他贴膜的时候下颌在动，清晰的下颌线跟修长的手指一样，总是很抢镜头。他随便地吹了一个泡泡，在嘈杂的环境里金潇听不见爆裂声。程一鑫笑着把胳膊肘撑在后备厢的边上，凑近她，身上隐约地有一丝薄荷的清香味。他问："好学生也会这样？"

法不责众，金潇回答他："今晚好多好学生都翘了晚习。"

程一鑫大笑起来。转眼间又有顾客过来，他指了指汹涌的人潮："你既然翘了晚习，有一晚上的时间呢，要不先去逛逛？"

"好。"

不用程一鑫说，金潇也想逛逛夜市。夜市街很长，她在地图上查了查，长街竟然有近两公里。她在滨市土生土长了这么多年，仍然难以想象这样的地方，这是她的盲区。不用走得很快，她慢慢地沿街走到头，再沿原路返回。在学校里大家喜欢三五成群地走在一起，人以群分，有成绩好的、家境好的、同是周边的某个城市来的或爱打游戏的群体，也有荀浩然身边的体育好的群体。金潇就算再不合群，也始终有方好好的陪伴。

金潇感受到了这里跟其他地方的不一样，这里包罗万象，没有鄙视链的存在。东西都很廉价，均价不超过十块钱。商品的种类很丰富，有十块钱五双的袜子、花里胡哨的头绳、二十块钱的烤串、五块钱的灌汤包、脸盆、拖鞋，凡是你能想到的东西都应有尽有。顾客买东西也自由，没人嘲笑你的审美，没人比较商品是高端还是低端，没人把你买的东西和家境挂钩，也没人管你买的东西是不是盗版的。

金潇再成熟，也不过是十八岁的小女生，刚刚经过了被冷嘲热讽的两周，被折磨得疲惫不堪，人言可畏。她偶尔想：如果我是从其他城市考过来的农村学生，不慎买了一部盗版的手机，还会有人嘲笑她吗？答案或许是"不会"吧。

她隐瞒了家境，是因为不想受家境的影响。平时家里的司机开车接送她，她都要求在离校门有一段距离的地方上下车，生怕被人瞧见。即便如此，她误买了组装机，仍逃不过他们对她的家境恶意的嘲讽。

无知的少年展现出来的仇富心理就已经令人惶恐了，她未来还将面对什么事呢？怪不得小姨渴望的自由总戴着枷锁。她呢？她扪心自问，自己会有小姨那般不惧世俗的目光、坚持自我的勇气吗？答案令她迷茫。

金潇转回来的时候，刚好远远地看见其他摊位的老板过来给了程一鑫一把现炒的瓜子。程一鑫随手给他一根烟，把瓜子揣进羽绒服的兜里，嗑着瓜子，一边把瓜子壳吐在地上，一边不忘招呼来往的顾客。大多数人只是路过看看他的商品，十个人里有两个人问价、一个人掏钱。程一鑫始终对每个顾客都笑得很灿烂，毫不气馁。

其实这是夜市的常态——铁打的摊位，流水的顾客。然而金潇只认识程一鑫，所以格外注意他，再想起他身兼数职，多少有点儿替他感到心酸。她走近了看鑫哥，他倒是一点儿不气馁，自在得很，一个接一个地嗑瓜子，动作没停过。他还从口袋里摸出来一张被叠成豆腐块的皱巴巴的纸，上面写满了字。他凑到氛围灯的底下看纸上的字。

金潇看清纸上的内容后惊呆了，那竟然全是英文。程一鑫歪歪斜斜地坐在后备厢里，抖着腿，拿着手机挨个儿查着单词。他半晌才抬起头："你看够笑话了吗？"

金潇与他对视一眼，有点儿心虚，把唇角边的那抹笑意强行地压下去："你早就看见我了？"

程一鑫用铅笔敲了敲她的头："行了，你想笑就别憋着。"他努嘴，"夜市里就数你的鞋最白。"

金潇："……"

她低头看了一眼，事情好像是这样的。

程一鑫歪头看了看："鞋是正版的？还是莆田的？"

金潇不知道是自己没听清还是他的话在她的知识盲区里，复述了一遍："莆田？"

"得了，"程一鑫清了清嗓子，发觉自己摆了一个小时的摊，嗓子都哑了，"你等会儿。"

见他喝了一口矿泉水，又从后备厢里抠了一片"金嗓子"，金潇推测他的嗓子哑是常态。程一鑫的身体往旁边挪了挪，后备厢不算大的空间里空出了一个人的位置，身后挂着的一排手机壳被他碰得晃来晃去。他豪爽地说："过来坐。"见金潇犹豫不决，他指了指喉结，"哥的嗓子哑了，你凑近一点儿说话。"

金潇小心翼翼地坐下。她生平第一次经历这种场面，头顶上有氛围灯，旁边环绕着两个音响，音乐令人的心脏都跟着共振。旁边有一张蒙着黑布的桌子，上面摆满了手机壳和手机膜，背后还有备用的手机壳展示架。她生怕碰到后备厢里的一排手机壳，回头看了一眼。没想到程一鑫突然伸过手来，横过胳膊拦她，像要侧身"车咚"她。金潇被吓了一跳，就差没站起来，又生怕撞到他。

程一鑫笑了笑，缩回手晃了晃："放松点儿，你帮我把充电线拿过来，我的手机没电了。"

"哦。"金潇往她的身侧看去，眼花缭乱地说，"在哪儿？"

程一鑫指了方向。她的手艰难地从氛围灯里扒出一根奇怪的充电线，上面竟然有三个插头，她一看就觉得它不是原装的充电线。他把它连上手机，金潇的眸子里顿时映出五颜六色的光芒。她只能说闻所未闻、叹为观止，通电后流光溢彩的充电线就像电竞键盘上的走马灯。程一鑫向她炫耀："怎么样，它够酷炫狂跩吧？光效均匀不伤眼，所有机型全兼容。"

金潇："……"

虽然审美不同，但他们还是可以互相尊重的。金潇点头："挺好的。"

说完这句话，她有一种不祥的预感。果然，鑫哥在后备厢里摸出一个带着塑料包装的全新数据线："你喜欢的话，哥送你一根。"

金潇的眼皮跳了跳，她接过它："多少钱？"

鑫哥不理她，把数据线丢在她的手里，随后把他看了半天的英文资料也一并扔给她："不要钱，你帮哥翻译一下纸上讲了啥玩意。"

他上次进货的时候问华强北的飞姐刷机的事。飞姐不搞技术，让她底下的小弟发来资料，让他自己琢磨。

程一鑫很是纳闷儿，问："啥叫'安卓刑满释放'啊？"

金潇一眼就看见了密密麻麻的中文备注。

"With（随着）the（这个）release（释放，刑满？）of（属于）Android（安

卓）2.0 and（和）……"

金潇："……"

他这样查单词，能读懂英文才怪吧？

旁边的程一鑫把铅笔转得飞快："不过我琢磨了一下，这确实是'刑满释放'，怪不得他们说给手机系统'越狱'呢，原来刑未满就提前跑了的就是越狱。"

金潇：您是什么逻辑鬼才？

她感觉自己很残忍，但还是得告诉他："这个意思是'随着安卓2.0系统的发布'，不是'刑满释放'。"

程一鑫不觉得尴尬，反倒很高兴，说："呵，可算是找对人了，我刚刚就等着你主动地给我翻译，结果你在那儿看哥的笑话。你慢慢看，等会儿给我讲讲。"

其他重点中学的学生若是看到了这一幕，大概会主动地炫耀学识吧。以前他们在公交站牌旁说错一个单词，都能惹来重点中学的学生轻蔑的目光。那几人用英语嘲讽他们，他们虽然听不懂也知道那不是什么好话。金潇的身上是没有这种优越感的。

程一鑫掏出一把瓜子，把它们放在金潇的手心里："哥出去转转。"

金潇担忧地抬头："你出去，摊位怎么办？"

程一鑫拍了一下她的脑袋："你看着呗，有人来了就问他买啥，这里都标了价格。"

金潇没想到的是，她迎来的第一对顾客竟然是她隔壁班的同学，一男一女并肩而立。男生叫冼子豪。去年校运会的时候，他还为金潇做了一个应援牌。隔壁班的同学都说他倒戈投敌，他辩解说不投敌也跑不过人家班的人。冼子豪都决定好了，考完高考就出国移民，所以毫无心理负担。比起那些偷偷地给金潇递匿名字条的同学，他接近她接近得大张旗鼓、轰轰烈烈。后来，是因为金潇的态度实在坚决，他才偃旗息鼓了。

三人面面相觑，不由得有些尴尬。冼子豪最近也听说了金潇用假手机的传闻，还替她说过几句话，结果转眼间就在夜市上看见她。他都动摇了，难道金潇真的家境贫寒，在勤工俭学吗？可是她的行为举止和气质都很好，不经意间的一切动作都表明她有良好的家世和教养。

高岭之花无法采撷，才令人欲罢不能。冼子豪撇下身旁同行的女生，上前两步："潇潇，你这是……？"

冼子豪前脚刚走，程一鑫后脚就回来了。两人的身份仿佛互换，金潇拿着他的英文资料和铅笔，程一鑫带着各种夜宵满载而归。金潇抬头，他正把铁签上的肉串剔下来，似笑非笑地看她，唇上泛出油光。

金潇说的话与他刚才说的话一模一样："你看够我的笑话了？"

程一鑫把手里的塑料袋都递给她："来来，你吃点儿。"

他不知道她爱吃什么，就挑了一些程佳倩爱吃的东西，买了冷水爆肚儿、扇贝粉丝、糖炒板栗之类的食物。他挪开几个手机壳，把东西都给她放在旁边的桌上。

程一鑫饶有兴趣地把她当成小姑娘逗："刚才来的那个人是你喜欢的男同学？"

金潇不回答，冷冰冰地看他。

程一鑫打了一个响指，悟了，说："那他就是喜欢你的男同学。"

金潇："……"

程一鑫剥了一个栗子，栗子有焦黄柔软的芯，散发出诱人的气息。他把剥开一半的栗子递给她，八卦道："你们说啥了？"

金潇拿过来栗子。有点儿不好意思，说："谢谢，我自己来吧。"

他们能说啥？冼子豪欲言又止，眼底的欣赏、恻隐、遗憾和怜惜交织在一起。最后他眼神定定地承诺她："你放心，我一定不会说出去的。"

金潇感到一阵头痛，只想打发他快点儿走，说了一句"谢谢"，低头继续看程一鑫的英文资料。谁知道冼子豪看她在闹市之中静静地学习，犹豫片刻，掏出一张纸币，动作隐秘地把它塞到手机壳下。金潇不得已喊住他，让他挑几个手机壳。正好程一鑫问起这件事，金潇瞥了一眼，拿开那个手机壳。

程一鑫才看见手机壳下有一张粉色的人民币，它在红布上被吹得翘起了角。他将嘴里的串咽下去，低头拿起它，抬头迎着路灯换角度识别钞票的真伪。在夜市上摆摊，他顶多有二三十块钱的生意，能见到大钞不容易。他愉悦地将粉色的钞票展开，随即吊儿郎当地问金潇："可以呀，这么好的男同学你都看不上？"

金潇"啧"了一声，说："我还在上学。"

程一鑫把钱揣进兜里："行，好学生。你还想吃点儿啥？哥再给你买。"

金潇本来就没有吃零食的习惯，看书的时候比较专注，更不喜欢吃东西，但似乎夜市里人人都在吃东西。程一鑫不小气，跑一趟给她带回来许多小吃。铺着红布的桌子上都摆了好几样夜宵了，他还打算买更多东西。她一向最怕盛情难却，想了想，讷讷地摸了摸裤兜："喀，不用了。你看，我还没吃完瓜子。"

金潇这回体验到了以前的作家去茶馆里嗑瓜子和创作的生活，市井的气息还真是浓郁。她嗑完瓜子，看着瓜子壳傻眼了，问："垃圾桶在哪儿？"

程一鑫当场给她示范："你把瓜子壳吐在地上不就行了？第二天有人统一打扫的，我们都交了摊位费和清洁费。"

见金潇还是干不出这种事情，程一鑫勾唇："你吐在这儿总行吧？"

他说完，慢慢地摊开瘦削的手，就把手心平放在她面前。他若是再把手抬高几厘米，可以轻而易举地触碰到她小巧的下巴，好像要逗弄一只被放在掌心上的小宠物。许多男生的掌心宽厚有力，他的掌心却是纤薄骨感的，上面覆有一层薄茧，纹路复杂。她从前面看去，能清楚地看见他手指的指节之间的缝隙。他不知是有意还是无意，说这句话的时候离她非常近。他站着，她端坐着，却如坐针毡，不敢抬头。金潇有一种直觉——如果自己一抬头，她撞到他的下巴的场景应该又会重演。此刻，她甚至能感觉到他呼出的气息拂过头顶。

夜市上人来人往，熙熙攘攘。他们在如此渺小的一隅中无声地互动，无人注意，金潇却无端地红了脸，不知该怎样让他把手放下去。程一鑫有耐心，不催她，就稳稳地伸着手。他摆出这副架势，仿佛真要用手接着她刚才嗑的瓜子壳。

最终金潇伸出手，轻轻地将他的手推开了，他的掌心摸起来就像砂纸。金潇匆匆地从后备厢的座位上跳下来，不敢看他，说："我去找垃圾桶。"

程一鑫优哉游哉地叉起一块臭豆腐吃，贴心地提示她："喂，反方向。"

金潇掉头去找垃圾桶，回来以后被冷风一吹，终于缓过来，不再面红耳赤。她发现刚才是自己的大脑宕机了，脑细胞都死绝了。她太死板了，怎么就被他带到沟里去了？又不是非得当场将瓜子壳吐在地上或者吐在他的手上，她找了一个塑料袋装垃圾。

在看完这一页英文资料时，他买的小吃竟然快被她吃完了。金潇放下铅笔，她的英语底子在重点中学的同学中都算很好的，这得益于其从小学的寒暑假起就去国外游学换宿。然而纸上有许多专业术语，她也得查词典。更何况她是在这样的环境下翻译英文——旁边的音响在播放五百首劲歌金曲，程一鑫在她的前面走来走去地跟客户推销商品。光线还时亮时暗，她得就着后备厢盖上的氛围灯阅读英文，这更是极大地影响了她的效率。

金潇得出一个结论："你的这份资料不全，后面应该还有内容。"

程一鑫骂了一句粗话，说："我就知道这些孙子不会教我。"

"你在学这些东西？"

"嗯。"

"我的意思是，"金潇很疑惑，问，"你不就是修手机的吗？你如果不懂这些东西，怎么修手机？"

程一鑫扬了扬下巴："你先给我讲讲这些资料说了什么。"

金潇拿起纸质的资料，一丝不苟地读起来："安卓系统是基于Linux（一种免费使用和自由传播的类UNIX操作系统）内核的Dalvik（适用于安卓平台的虚拟机）虚拟机的开源系统，上层的安卓系统是基于Java（一种计算机语言）的，允许开发者使用谷歌SDK（软件开发工具包）开发和销售安卓应用软件；而iOS系统基于UNIX（一种操作系统）内核和达尔文模型，但自身是封源的，是从Mac OS（由苹果公司开发的运行于macintosh系列电脑上的操作系统）继承而来的。"

程一鑫觉得脑袋疼，问："你能不能说人话？"

金潇有些赧然，说："我实在看不懂，翻译过来的字面意思就是这样的。"

程一鑫觉得一阵头大，说："刷机竟然这么难。"

他极其怀疑华强北的飞姐手底下的人不想教他——因为他又没拜师学艺和交费。听说啥学历的人都能学会刷机，刷机哪里需要这么高的文化水平？但话又说回来，他听着金潇读资料，她的声音舒缓治愈，不甜腻，像柔柔的晚风，不仅缓解了那种如听天书般头皮发麻的感觉，他还感觉隐约地触碰到了某种不明觉厉的圈层壁垒。

或许刷机和刷机之间也是不一样的，手机的系统竟然有这么多学问。程一鑫的眸子又亮起来，金潇还在读着资料，他已经不喊头痛了，因为难得有人能给他把英文准确地翻译出来。听完她的翻译，程一鑫解释："你看到了，这都是系统的东西。我修手机修的是硬件，比如换屏幕、换电池啥的。就这些东西，我学出师也花了两年，都是高中的时候逃课学的。"

金潇震惊了，问："你高中逃课学这些东西？"

"你别这么看我，"程一鑫把她的小脑袋拧回去，"哥又不是好学生。"

他的眸子既透亮又灼热，里面有光芒在燃烧。

金潇怔住了，迷惑不解，小心翼翼地求证："你很喜欢这些吗？"

她何尝不是有点儿被触动了？她现在不懂这些内容，但以后应该会懂的吧。这便是父母希望她在大学里学习并为之付出一生的通信工程专业的内容，以后她每天的日子会是这样的吗？她要读各种文献，尝试理解手机系统的原理。

程一鑫"啧啧"地说："多有意思呀，我为啥不喜欢？万一哪天我搞懂了这些东西呢？"

他一屁股在她的旁边坐下，目光似乎穿透了夜市的这两公里路。他说："啥时候老子也牛得能写出这种狗屁不通的文章让别人读？"

金潇"扑哧"一笑，说："梦想是要有的。"

程一鑫睨着她，逗她似的比了比自己和月亮之间的距离，距离不过一个拇指那么长。他潇洒地伸了一个懒腰，又把后面的手机壳撞得"叮当"响："不然哥喝醉了跟别人聊什么？"

后备厢下的这一方遮风避雨的天地竟然带给人一种奇异的安宁感，金潇亦伸展了一下胳膊："我想到一句话。"

"什么？"

"醉后不知天在水，满船清梦压星河。"

程一鑫："……"

说人话就这么难吗？

他们说话间，时间流逝，已经接近晚上九点钟了。夜市的高峰期只有两三个小时，到了此刻，只剩下卖烧烤的摊位还有顽强的生命力，程一鑫旁边的摊主都坐在后备厢里玩手机了。

他之前还嫌音响的声音不够大,觉得它在鼎沸的人声里占据不了优势,现在嫌吵闹的声音越发衬托出摊位的冷清。摊位无人问津,地上的垃圾被风来回地卷起,摩擦出被抛弃后孤苦伶仃的声音。

金潇半晌没有说话,长而翘的睫毛在脸上打下了一排阴影,阴影像羽毛落下的痕迹,仅迷茫地晃荡着一双长腿。今天程一鑫其实早就看出她有心事了,把音响的声音调得小了一些,问:"晚安妹妹,有心事?"

"没……有。"

"有还是没有?"

金潇坚定了一些,说:"没有。"

程一鑫"啧"了一声,说:"你不是会逃晚自习的人。"

"为什么?"

"前两次你来'大世界'都是在下午五点钟以后,第一次来的时候都接近六点钟了。你都是放了学再出来的吧?你要赶回去上晚自习。"

"嗯。"

"所以,你咋了?"

金潇感觉自己的事情挺不值一提的,觉得自己矫情。据她的观察,她明白他为什么把小拇指的指甲盖留得偏长了,他是为了方便把玻璃膜抠起来。夜市有聚拢效应,周围的几个摊位都是做贴膜生意的,唯独鑫哥的摊位与众不同,高峰期的时候别人贴一张膜的时间里,鑫哥都能贴一点五张膜了。而且他从不失手,贴膜的时候干脆利落,贴完膜下面没气泡,不像别人还总有返工的时候。他真的很努力——她想起来他刚才分明是觉得头痛的,他听她读完手机系统的文献后,眸子里却有那种光亮感。他是真的热爱手机,相比之下,金潇有条件学习通信工程专业就很好了。她看鑫哥有点儿像洗子豪看她在夜市上摆摊和学英语一样,只不过将这种恻隐之心藏得很深。

人类的悲欢不能相通,或许自己的烦恼竟然是人家努力地想得到的。可她不知为什么,还是把事情说给他听了。程一鑫积极乐观,从不忌妒别人,也许是这些带给了她这种安心感。

"上周我报了数字媒体艺术专业的自主招生,通过了。"

程一鑫由衷地道:"厉害呀。"

"但我的父母并不支持我,我是背着他们报的这个专业。班主任跟他们说了,然后……"金潇不知道该怎么往下说。

她的父母不会暴跳如雷、打人骂人,但会无声无息地表达那种失望和难以置信,好像她辜负了全世界的期望。他们要求她回家住,希望她结束宿舍生活,认定她受了同学的影响。再加上作为反面教材的小姨刚闹出在国外组织乐队后在酒吧里打架的风波,他们更是觉得放弃学最核心的技术是极其不明智的。金潇郑重地问过他们,如果学了技术,她以后是否能回归设计的道路。父母没有给出答案,但她已经明白了。

程一鑫懂了,问:"你的父母让你学什么专业?"

金潇艰难地开口:"通信工程。"

程一鑫耸肩,捏着一根氖围灯的灯管,灯光把他的手指照得近乎透明。他说:"你要不要听听我的父母?"

金潇点头:"我确实很好奇,为什么你高中就要翘课学修手机的技术?"

程一鑫摊开两只手:"我没钱。我的父母很早就去深圳打工了,我因为成绩不咋地读了体校,之前跟你说了。"

"嗯。"

"我高一的时候吧,我爸有一天搬完砖就感觉胸口特别闷,心脏不舒服。那一段时间里他总说不舒服,可没人当回事。我们都以为他是太累了,结果他那天睡下去就没起来。"程一鑫冷静地撂下一个结论,"猝死。"

"啊?"金潇低头,"我很抱歉。"

她为听到他的故事而抱歉,为他的父亲而抱歉。金潇很快联想到他自己,问:"那你有遗传病吗?"

"有。"程一鑫点头,"我平常没事,但训练的强度大了就得吃药,心律不齐。算了,反正我也吃不来那碗饭,修手机挺好的。"

他自嘲地一笑,"但高三的时候嘛,我还是挺想上大学的。就像你说的那样,滨大招体育特长生,我报名了。我也吃了蛋白粉,高中的时候也瘦,但总比现在好点儿。

"那时候我不懂,不知道我爸的死在严格意义上算不算工伤,我妈就在深圳要赔偿金。她要了两年也没要到赔偿金,一分钱都没往家里寄,我奶奶的身体又不好……我妈跟我说家里没钱,让我别读大学了,让我早点儿出来工作。

"我高三的时候……就在差不多像你现在这么大的时候吧。离高考不到一百天,我去了一趟深圳才知道,她跟那个包工头搞在一起了。她非要让我留下来,把我回去的路费都拿走了,说留在那儿能飞黄腾达。"

金潇捂了下嘴,这种事情简直超出她的想象了:"那你是怎么回来的?"

"我会修手机,饿不死的。"程一鑫得意起来,说,"我就吃这碗饭呗,去华强北当背包客,替人拿机。就像你买到了组装机,别人也怕买到组装机,就花钱雇人帮他们买手机。我做背包客的活挣了一笔钱,不仅有了路费,剩下的钱还够在'大世界'里开一家店了,就回来了。"

程一鑫偏头,专注地与她对视。他从原生家庭的沼泽中走出来,一身晴朗,可以独自生活。他问她:"以毒攻毒,效果怎么样?"

金潇:"……"

他出奇制胜,效果还不错。

程一鑫打了一个哈欠:"还有,我看你又看不上那个男同学,你上大学以后喜欢啥样的人?和你聊天上的星星的?"

金潇想了想,说:"温柔、博学、理性、谦和。"

程一鑫说:"挺好,听着像什么学校的校训。"

金潇抿嘴一笑:"可是我的小姨说,爱情是你突然遇见一个人,虽然他和你的择偶标准都不沾边,但你就是心动了。"

金潇还没说完话,程一鑫就忍俊不禁,还笑出声来了。现在他的声音挺清朗的,一点儿也不浑浊,看来润喉糖的效果很显著。他坐在后备厢里,有这样清朗干净的笑声,像晚风中坐在操场边的单杠上晃荡的单薄少年,却用故作老成的口吻说:"你成天想这些有的没的,跟我妹一样。"

程佳倩高中没毕业就出来当美甲的小妹了,他没想到无论好学生还是坏学生都喜欢这种酸酸的调子。

"你还有妹妹?"

"对。"程一鑫看了她一眼,"她应该比你小一岁吧。"

金潇看着他单薄的侧影,越发感觉到他瘦削的肩上有沉甸甸的担子。他无法依靠父母,连衣食住行这种基本的保障都得不到。同龄人都在父母的呵护之下躲避风雨,他却要学技术、赡养奶奶、抚养妹妹。这又有什么关系呢？夜风不可预期，星河未来可期。

金潇撇嘴："那你呢？你喜欢什么样的女生？"

有何高见？你倒是说一个比我的观点更成熟的观点？

程一鑫轻佻地一笑："好看就完事了。"

金潇瞪他："肤浅。"

程一鑫浑不吝地摇头，"啧"了一声，说："小丫头片子。"

金潇无奈地说："你多大呀？"

程一鑫略心虚地说："那个，哥也就比你大十二……"

金潇震惊了，问："你三十了？"

这……她看着他可真不像三十岁呀，鑫哥的表情这么丰富，他看见人就毫不吝惜他的笑容，还时常挤眉弄眼的，连一丝鱼尾纹和法令纹都无。

程一鑫自己也觉得尴尬，咳嗽了两下，说："十二个月吧，我是去年高考的，虽然没去考。"

金潇松了一口气，心情跌宕起伏。她不由得反击一把，和他说的"丫头片子"相对应的自然是"黄毛小子"。

程一鑫"哟"了一声，说："我本来把头发染成了黄色，你连这个都能看出来？"

金潇："……"

"我逗你呢。"见金潇被他逗得讲不出来话，程一鑫愉悦地勾了勾唇，"头发越黄，打架越狂，哥是文明人。"

这都是什么奇奇怪怪的非主流语言？金潇只得说："噢。"

半天没一个顾客来，程一鑫用双脚蹬着放手机壳的桌子，懒洋洋地倚靠在车内侧的柱子上。金潇这才看清了他的鞋子。他没穿上次的那双回力鞋，换了一双学校里的男生都爱穿的高帮帆布鞋，只不过这双匡威鞋是盗版的，英文都错了——这双鞋还挺配他今天穿的牛仔裤。对别人来说牛仔裤是紧腿裤，他瘦，腿又长，整个人单薄得像纸，将牛仔裤硬生生地被他穿出了一点儿阔腿裤的意思。

金潇好像突然明白了他说的正版和莆田是什么意思。风吹乱了头发，两人都去整理头发。程一鑫把五指插进他奶奶灰色的头发里，头发像水似的泛起波纹，气质清爽。他忍不住拿出手机照了照镜子，哪里像三十岁的人哪？亏金潇能相信他的玩笑。他眯着眼睛斜靠在车内冰冷的铁皮上，四周安静下来，他的头顶上模糊的流光幻影似银河的星光，眼皮都是薄薄的，双眼皮很深。他棱角分明的轮廓竟然有一种冷峻的美感，让人不由得想向他许一个愿望。

金潇忍不住问了："可是，如果你是我，你会怎么做呢？"

程一鑫叹气："我没有主意。"

他自己都摸石头过河，哪里当得上别人的老师？但是，金潇能问出这句话就说明她从小没什么得不到的东西。她不想做抉择，希望一切尽善尽美。而他一直在做选择题，从两个很坏的选项里选一个。上普通高中和上体校，他选了后者。专心地跑步和学修手机，他选了后者。高考和去看母亲究竟如何，他选了后者。留在深圳和打工挣路费，他选了后者。

程一鑫摇头："我搞不懂你说的那两个专业有什么区别，你的愿望是在父母的支持之下学喜欢的专业。我自认没什么好运气，倒霉得喝凉水都塞牙，想得到什么东西，就得牺牲另外一个东西。"他打了一个比方，"舍不得孩子套不着狼呗。你实在纠结的话，不如问问自己，非要牺牲一方的话，是专业重要还是父母的意愿更重要？"

金潇愣住了。原来她纠结许久的前提，是想同时拥有两个选择。她一向运气还不错，想运动又想学习，想画画又想弹琴，可以完美地兼顾各种爱好，轻松地做好别人一件都做不好的事情。她往往忘记了这个世界上偏偏有许多事情不由人，必须做出取舍。父母确实没有采取什么激烈的举动制止她。金潇明白，如果自己坚持学数字媒体艺术的专业，他们大概率是会由着她的。但是她面对的不仅是父母的失望，还有家族企业的责任，再往大了说，是数千万千银手机的用户。

金潇点头："我能再问一个问题吗？"

"问呗。"程一鑫"啧啧"地说，"你长得好看，问什么问题都可以。"

金潇略怔一下，问："你觉得手机哪里有意思？"

"那你可问对人了。"程一鑫对此门儿清，说，"手机还是挺靠谱儿的，冷冰冰的，又很精密。我修手机的时候就像能跟它说话——它告诉我哪儿疼哪儿痒，我都能一一治好。我就感觉吧，爽，能跟它说明白话。"

金潇的眼神变得越发迷茫，她问："说明白话？"

"对呀。"程一鑫竖起大拇指,"哥擅长社交,已经看不上社交了,拆机才是最高的境界。"

金潇不解——他说话就说话呗,看她干吗?她都被他看毛了。

程一鑫嫌她不懂事,说:"此处应有掌声。"

"哦。"金潇化身为小妹诚实地拍手,拍得手都红了,"鑫哥,你继续。"

"系统也是一样啊。哪天能听懂它说话,哥就能把它搞明白了。"程一鑫吹牛,"没准以后我也能搞一套自己的系统,像乔布斯、伍迪那样。"

"伍迪?"

"伍迪——就是千银手机系统的那个伍迪,你听说过他吗?"

金潇不仅听说过他,还见过他呢。WOOD公司作为千银最重要的合作伙伴,几乎和千银公司是捆绑的关系了。上个假期她随父母一同去法国,就见到了伍迪。

金潇"嗯"了一声。

程一鑫继续说:"听说他们家原本是搞电脑系统的,他大学的时候就开始自主地研发系统了,把他们公司的业务转型到手机上。不得不说,他们在两大主流的系统中杀出重围,创造力满分。"程一鑫仰头叹气,"唉,大家都有肩膀和脑袋,人家长得也就跟哥差不多帅,咋就这么牛呢?"

金潇觉得自己可以重新了解通信工程的专业,它或许不像她的想象中泡实验室、看文献这么枯燥,市井里亦有开出的花。她由衷地道:"谢谢你。"

程一鑫掰了掰手指:"客气。"他接过金潇替他标好注释的英文资料,也说了一句,"谢了。"

金潇想了想,虽然不知道他的资料是从哪儿来的,但它终究是不全的,还是提醒他:"我看这份资料似乎是别人从论坛上下载的,上面有网址。"

"论坛?"程一鑫看了看,"Smart phone,哥认得这两个单词是什么意思,它合起来的意思一定是'聪明的手机'。"

"您真聪明。"

两人正说着话呢,一个女生一阵风似的跑过来。她穿了一件红色的大衣,戴着雪色的毛绒围巾,显得粉雕玉琢。她长得不高,所以直接扑过来,跳起来去搂程一鑫的脖子,还一脸敌意地看着金潇:"亲爱的。"

金潇一脸疑惑。

程佳倩习惯性地替程一鑫"挡灾"。如果各种死缠烂打的女顾客知道他俩的关系，程佳倩就冷嘲热讽地劝退她们；如果她们不知道他俩的关系，程佳倩就装成程一鑫的女朋友。她远远地看见有女生坐在程一鑫的旁边，就知道有问题。程一鑫无奈了，转头跟金潇说："这是我妹。"

"人家才不是妹妹呢，也不知道是谁晚上叫我'宝贝'。"程佳倩用又娇又嗲的语气说。她向金潇示威："他为了我都改了QQ名，名字叫'哥的心禁止访问'，你就不要想那些事了。"

程一鑫提着她大衣的领子，把她揪起来："行了行了，你别演了，看清楚，人家穿着附中的校服呢，是来帮我翻译资料的。"

程佳倩这才看清金潇穿着一身"蓝精灵"的校服。她还比不上程一鑫，连高中都没读完，对重点中学的校服没么敏感，顿时感到歉意，说："妹子，对不起。我是怕我哥，咯，招蜂引蝶，又甩不掉她们。"

金潇看她轻车熟路的样子就知道鑫哥不是第一次遇见这种情况，忍住笑意，说："我理解。"

程一鑫和他的妹妹好像都特别有亲和力，金潇难得从他们的身上体会到与学校里的同学不同的友好和有趣，主动地说："你哥说，我比你大一岁。"

"哦。"程佳倩伸出手，"姐姐，你叫什么？我叫程佳倩，他叫程一鑫，你听听，我们一听就是亲兄妹吧？"

她隐瞒了他俩的姓氏相同只是巧合的事，只求迅速解决面前的危机。

"你叫我金潇就好。"金潇友好地点头，惊讶地看了看程一鑫，"程一鑫？哪个'一'？"

程佳倩"扑哧"一笑："你连我哥的名字都不知道？我可真是傻了。"

"'一二三四'的'一'，他爸说那个'鑫'字的笔画太多了，怕他考试时写名字比别人慢，就让'一'来当中间的那个字吧。"

金潇头一次听说这种事情，笑得酣畅淋漓。

程佳倩也笑，眉眼弯弯地说："你的名字好好听啊，难忘今宵。"

金潇笑了："是呀，你哥说了，我是'晚安姑娘'。"

程佳倩有些惊讶，看了一眼程一鑫："我哥难得说这种话。别人跟他说'晚安'，他说'不要轻易跟打工人说晚安，因为他可能还要上夜班'。"

这句话确实有程一鑫专属段子的质感。

程一鑫打断她俩，问程佳倩："你怎么来找我了？"

程佳倩看了一眼金潇，还是直说了："奶奶刚才胸口闷，不舒服，我把她送到医院去了。"

程一鑫急了，说："你不早说？"

他一伸手，将桌上的红布兜起来，把手机壳、手机膜全卷在里面，卷成了一个大包裹。

程佳倩扯扯他的外套："没事，医生看过奶奶了。我就是想说从医院回家就别叫救护车了，来找你，咱们开车接奶奶回去。"

"奶奶真的没事？"

"没事，她可能是下午着凉了。"

"那行。"自从父亲去世，程一鑫就格外提心吊胆，叮嘱过程佳倩许多次，她如果在家里看见奶奶不舒服，直接叫救护车，不要犹豫，不要担心费用。

程佳倩和程一鑫默契地互相帮忙，迅速收拾了摊位。金潇站在旁边，似乎一点儿忙也帮不上。程一鑫把桌子折叠起来搬进后备厢里，合上后备厢的盖。程佳倩利索地钻进车里，程一鑫冲金潇招手："上车，我先送你回学校。"

"我？"金潇摇头，"我自己回去，你们快去医院吧。"

"听话，上车。"程一鑫帮她拉开后门，"要是奶奶有事，程佳倩不能跑出来。你的 iPad 还在我这儿呢。我在路上把它给你，跟你说怎么用它。"

他推着金潇坐上了车。两人对视一眼，他替她关了车门。结果，金潇基本上跟程佳倩"叽叽喳喳"地聊了一路。

程佳倩说："我都对我哥的脸免疫了。我以后爱的一定不是那个人的皮囊，而是爱情本身。如果用那些条条框框去衡量一个人，谁都可以成为最后的胜出者。我不要被选择，要成为独一无二的那一个。"

程一鑫无奈，回头看了一眼金潇："你听听，这些不着调的话是不是跟你说过的一样？"

金潇轻笑："莫泊桑。"

"什么？"

"你刚刚说的是莫泊桑说的话——我们所爱的，常常不是一个人，而是爱情本身。那天晚上……"

后面，金潇和程佳倩同时说："月光才是你真正的情人。"

程一鑫："……"

两个女生击了一下掌。

程佳倩兴奋地说："我就是从网上看到的这句话，不知道这是莫泊桑说的话。潇潇姐，你不愧是考上附中的女人，太帅了吧。"

金潇被她夸得不好意思。下车的时候，金潇刚推开门，程一鑫已经从驾驶座上跳下来，替她护住头顶，翘起唇角："好学生，下次别逃课了。"

"好。"金潇走了两步，忽然意识到他们之间的交集到此结束了。情绪涌动，她不由得回头："程一鑫。"

程一鑫调侃她："你不叫我'鑫哥'了？我才享受了几声'哥'呀？"

金潇脸色微红地说："晚安。"

程一鑫的眸子漆黑如墨，滨大附中镏金题字的光影映在里面，他笑了笑："你挺会挑时候的。"

程一鑫挥了挥手："晚安。"

## 第五章
## 密码错误

窗外是滨大附中的侧门,不过已经过了好几年的光阴了。金潇远远地望去,还能看见她们以前的宿舍楼,一届届的学生来了又去,宿舍楼被重新装修过,面貌焕然一新。方好好望向窗外:"你怎么突然提起他来了?"

"苟浩然?"

方好好抿唇不语。

金潇笑了笑:"你还记得谢师宴吗?他说那几句话,好像是想跟你表白。"

从她们高中毕业到现在,七个春秋过去了。当年谢师宴还是在这里办的,他们班的同学考得不错,上滨大的人都有七八个。方好好的成绩属于中等,她去了同在滨市的财大,后来跟隔壁班里的一个男生在一起了。

方好好连忙摇头:"我不记得了,谢师宴都过去这么久了。上次聚会的时候,苟浩然都说要结婚了。"

金潇感到奇怪，每次自己提及荀浩然时，方好好的反应总有一些异样。金潇问及他们之间是否有情愫，方好好竟然主动地说他要结婚了，语气还如此淡漠。金潇不再试探她，问："你最近真的没什么需要我帮忙的事吗？"

方好好回避了金潇的目光："没有。"

此刻，她的手机上橙色的光点无声无息地亮起来，方好好用力地抠了一下手心。果然，荀浩然这个人时时刻刻都在监听着她。测试手机有没有被监控的方法很简单，方好好以前不知道，这半年来已经很清楚了。用户正常使用 iPhone 时，凡是在使用音频、比如通话、录音功能或者 Siri 助手，齐刘海儿的右侧位置都会出现橙色的小灯，表明手机正在保护用户的隐私。同理，用户打开摄影的功能，相同的位置会出现绿色的亮点。倘若用户既没有启用音频的功能，又没有启动摄影的功能，还能无端地看见这两种灯光，这就让人细思极恐了。

方好好不是没有想过找网警。然而，荀浩然通过监控她的手机知道她在哪儿，也知道她又跟谁说了什么话。他随时会拿当初他们一起养的两只小猫威胁她，说他几秒钟内就可以用投食机投毒。她不想让两条无辜的生命逝去，这是找了网警也无法挽回的。她决定再熬一段时间。荀浩然答应了她，说他结婚后就放过她，把他们当初一起养的两只小猫也给她送回来。

他们是多年的同学，还当了半年的恋人。不到万不得已，她不想把他们之间的关系弄成这样。她去年在健身房里和荀浩然重逢了，他们都单身，都和当年不一样了，重新擦出火花。那次他送她回家的时候还英雄救美，吓跑了楼道里的流氓，但方好好后来知道流氓是他安排的兄弟后，他们的关系破碎了。

漫长的暗恋，年少的执念，导致了荀浩然对这段感情的阴郁和患得患失。曾经她安静，他好动；她习惯于躲在金潇的身后，他是男生里的风云人物。谁也不知道荀浩然高中三年都在暗恋方好好。他怕被她以学习为由拒绝，熬到了高中毕业，半路却杀出一个程咬金。荀浩然一度觉得方好好上大学的时候与隔壁班里的男生在一起是绿了他。高中的同学在一个共同的圈子里，荀浩然还能时常看见他们在朋友圈里秀恩爱，又能听见同学说起他们的近况。只有他苦苦地暗恋了她三年，天真地以为熬到毕业就能和她修成正果。

方好好再次劝自己，荀浩然只是出于被分手的愤恨才这样做的。他说生怕她再次绿了他，说等他结婚以后她才能找对象，所以监控她的生活。一旦她有社交活动或有男同事接近她，他就给她小惩罚，确实也没有对她做出什么其他实质的举动。但愿荀浩然能尽快结婚，彻底放下她，以后他们桥归桥、路归路，再无瓜葛。

方好好看着金潇，语气真诚地说："潇潇，你放心吧，我会自己处理好那件事，过一段时间再跟你说。"

到了夏日，滨市的人晚上都喜欢出来乘凉。

因为一年到头以冬季为主，大部分商场的制冷系统效果堪忧。跟大世界批发城比，商场内热得令人烦躁。人们在周末的首选去处自然是滨江大道，以及南北两岸之间的江心岛——疏影公园。

为了维护生态环境，整整一圈的环岛公路都是细细的，有两条车道，车辆单向行驶。周末车辆被限行了，上下客的出租车和网约车能上岛送人，除此之外只有预约上岛用餐的车辆被允许通行。有一家私房菜馆坐落在杏花林的深处，有着复古的园林式环境，大气婉约，临水而建，雾气缭绕。这家店每晚只给五桌客人供应饭菜，今晚被包场了。

临近六点，在岛上散步拍照的行人看见两三辆敞篷的跑车接连开进来，引擎声惹人注目。前面驶过一辆红色的跑车，令人惊呼这真是香车美人。但他们看见后面紧跟着的一辆蓝灰色的复古敞篷跑车后，才发觉刚才感叹得太早，说"香车美人"都是对驾驶座上的那位女士的亵渎，她长得就像童话中城堡里的公主。

她穿着一席刺绣质感的白色吊带礼服裙，上面坠着玫瑰花的饰品。它在别人的身上显得俗不可耐，放在她的身上却显得梦幻又艳丽，把她衬托得十分端庄。茶棕色的卷发长及锁骨，一侧的头发被钩到耳后，露出一张精致的面庞。她的皮肤算不上白得反光，但在阳光的照耀之下，有一种健康又俏生生的美。气温分明很高，他们看着她被微风吹拂的柔软发丝，却无端地觉得清凉。所谓的"玫瑰无原则，心动至上"，就是如此吧。黄昏时的阳光像油画的颜料，流淌在她光洁的面容上。眼睛大而上挑，她明艳动人，不勾唇都似在微笑。天边隐约地有夕阳的余晖，它们尽数温柔地落在她的身上。

路人纷纷地猜测她的身份。

"她是哪个网红吧？"

"我感觉她很眼熟。"

"她是哪个演员的绯闻女友？"

"不是，她有点儿像那个每周直播跑十公里的小姐姐。"

"我十天跑一公里，人家一小时跑十公里，还能顺路捡起来各种盲道上的垃圾，摆好乱放的共享单车。"

"啊，我想起来了，她今早还直播了。"

"她现在好像比直播时的样子漂亮。"

金潇自然是比跑步的时候美的。今天他们要举办久违的家宴，她特意打扮过自己，穿的是高定的礼服。她在法国的时候对设计感兴趣，跨界发表过一些不成熟的服装设计作品。虽然她是借着家族资金的优势拿的入场券，但她的创意还挺被人赏识的，几个年轻化的时尚资源冲她敞开怀抱。所以她从来不缺礼服穿，上班时想穿礼服就穿，现在怎会把它们束之高阁？

奶奶年轻的时候爱玫瑰，今天金潇穿的这套礼服是奶奶为她挑的。奶奶到了这个年纪，虽然身体好，但每年都要去疗养院住上一两个月。奶奶是一个美人，美了一辈子，爱美也爱聚会。这些年里奶奶每次想打起精神出席家宴，都得先缓上几天。

估计奶奶此刻已经到了，金听菡女士说金潇不用管这些事，他们夫妻俩去接奶奶。金潇打算今晚跟着奶奶回老宅住，陪她两天。汽车驶进私房菜馆的院落里，金潇远远地望见上面挂着疏影阁的牌匾。服务员主动地上前想替她开门，金潇瞥了一眼他的白手套："不用，谢谢。"

她刚停好车，就听见了调侃的笑声。旁边的车位上停着一辆红色的跑车，张嫣然下车，把一头大波浪卷发绾至肩侧，把雪白的胳膊撑在金潇的车门旁："哟，车又不是男人，你还不让别人碰啊？"张嫣然挑挑眉，压低声音说，"你看，人家服务员在巴巴儿地等着你给小费呢。"

金潇有两年没见她的这个表姐了。张嫣然是大伯的女儿，因为父亲入赘，她一贯称呼金听菡女士的父母为"爷爷""奶奶"，而表姐实际上应该是堂姐的。自从大伯和大伯母离了婚，张嫣然就跟家人闹翻了。她两年前跑去当海外的志愿者了，发微博的那种潇洒劲儿都快赶上小姨金香柏了。她倒是完全不想往千银里凑。她读研的时候，对大伯让她进千银实习的建议都不乐意，就是不喜欢做电子通信方面的工作。

金潇笑了笑："表姐。"

她确实是怕别人的手心出汗会蹭到她的方向盘。对于东西新不新这件事情，她很有执念。其他东西同理，进公司后她专门领了新的电脑和显示器。金潇下车后把钥匙放进包里，漫不经心地笑笑："车哪里能和男人比？我天天都要开车。但心情好的时候，我偶尔会让男人上车吧。"

张嫣然对金潇的印象还停留在几年前。觉得这句话很对她的口味，她说："我跟你一样。我是心情好的时候偶尔让男人上桌，比如让我爸上桌。"张嫣然洒脱地一笑，"今天我是冲着我三叔、三婶的面子来的，不然就不来了。"

"三叔、三婶"指的就是金潇的父母了。两人说了几句话，张嫣然回国以后，就在家境不错的姐妹圈子里混。金潇自然跟她不是一个级别的人，人家是真正的千金。张嫣然以前觉得金潇不懂风情、不会娱乐，现在见她变得成熟了，高高兴兴地挽着她的胳膊："有空咱们出来玩呗，我回国后都无聊死了。"

金潇回眸一笑："好哇。"

她们推开折叠的古风木门，包间里很宽阔，坐二十个人都绰绰有余。金潇见到了奶奶，那种端庄和成熟顷刻间化作尘埃，过去蹲在老人的腿边："奶奶，您怎么了……您怎么坐轮椅？"

她惊诧地看着父母，以前奶奶从未坐过轮椅。

奶奶都笑话她了，说："玫瑰仙子还会撒娇？裙子都拖地了。"

金听菡下午接母亲的时候已经难受过了，现在接受了这件事，解释道："膝盖有骨刺，奶奶这次去疗养院的时候，医生建议她尽量少使用膝盖。"

即便如此，坐轮椅也像是衰老的征兆。人世间最令人难过的事，不过是美人迟暮、英雄末路、江郎才尽。

金潇难受不已。

奶奶宠溺地揉了揉她的脑袋，撑着扶手作势要站起来："奶奶站起来给我的孙女瞧瞧，没事，平时也是能走路的。"

金潇连忙扶着她坐回去："您坐着。"

"你呀，不能趁年轻就喜欢跑跑跳跳的。奶奶看你跑步的视频了，你要注意保护膝盖。"

"我穿的是跑鞋呢。"金潇点头，力图让奶奶放心，说，"下回我一定戴上护膝。"

她们正说着话，金潇的叔叔们都到了。金家人丁稀薄，金老爷子走了，金家就剩下老太太和两个女儿了，金潇的小姨金香柏还去度假了，没出席今晚的宴会。张家的男丁这么多年都在千银里做事，早就混成金家的人了。叔叔伯伯都礼貌地跟老太太打招呼，问候老人家疗养后身体的状况，纷纷地为她坐上轮椅叹息不已。

张季风是金潇的小叔，年纪在她的叔叔伯伯中最小。他讨巧地道："下回呀，咱背您过来，当您的轮椅。"

奶奶瞥了一眼金潇，满眼都是自豪，笑眯眯地说："好，先让潇潇试试，她要是背不动我，我再劳烦你们几个小伙子。"

张季风："……"

谁不知道您的孙女"力拔山兮气盖世"呢？她就是一个怪力女。

门口的服务员站着发呆——刚才金潇没让他帮忙停车。

"小磊，还想着呢？"里面出来一个人，跟他一样穿着西装和马甲，开口逗他，笑起来脸颊上有小酒窝。

"没，"被称为小磊的年轻男孩耸肩，"人家可能怕我刮了车吧。"

"哈哈，那你可看对了，全场就她的那辆车最贵。"

小磊吃惊了，说："啊？我看这辆红色的跑车更拉风啊。"

"你来了三个月，还是没学明白。跑车分为限量款的和非限量款的，人家的这辆车低调奢华有内涵。"

包间里，杏花林里的暗香随风飘进来，也掩不住其中的暗流涌动。张家的几人方才都听见金潇说无障碍化的产品"千银之眼"，交换了一下眼神。在他们的眼中,这是很不挣钱的产品线。它价格不高,只能被配套使用,又不像 Apple Watch(苹果手表)那般与手机相辅相成。偏偏"千银之眼"是配合 WOOD 系统升级 12.0 的无障碍化产品,他们必须让它上市,金潇的父亲张叔骏又是一个技术宅,埋头老老实实地主抓研发的工作。

他们还打算明年在秋季发布会上推出"折叠屏手机"的概念,这是目前市场上呼声最高的手机界新宠,最近因为金潇横插一脚,名分到现在还没有被定下来。张季风起了一个头,说:"是呀,潇潇现在每周都在直播跑步,还打算下次蒙着眼睛参加马拉松,都快忘记咱千银做的是手机了。"

金潇的父亲两耳不闻窗外事,还不如金潇的奶奶上网多。再加上金潇好久没回家住了,张叔骏第一回听说这个消息,深锁眉头,反对道:"潇潇,太危险了。"

刚才还说让金潇注意膝盖呢,奶奶这会儿力挺金潇:"无障碍化是一个好工程,值得你们认真地做。我以前不觉得,现在上了年纪,越来越感到这个世界的不友好。"她叹了一口气,"我看东西看不清楚,读屏的功能又不好用。"

金潇的父亲张叔骏一向寡言少语,金听菡偏偏就爱他的这份安静平和。他听见老人家发出类似"夕阳无限好,只是近黄昏"的感慨,难免自责愧疚,低头说:"妈,您会长命百岁呢。"

奶奶摆了摆手。满头的银丝不减她的风采,她精神矍铄地说:"不止视障人群,像我这种年纪大的老人也同样需要你们说的'小眼睛'。好多老姐妹说年纪大了反应迟钝,过马路都战战兢兢的。绿灯倒计时的时候,两侧的车都鸣着喇叭催,我们再低头一看手机,一着急,容易看不见台阶和石墩子,还得躲闪乱蹿的共享单车,太容易摔跤了。"奶奶诚恳地给了建议,"要我说呀,你们还应该做一个能挂在胸口前的漂漂亮亮的'小眼睛'。它不用有那么高的识别能力,适合我们老年人用就行,把摄像头藏起来,像一朵玫瑰花。你做好了送给奶奶一个,好不好?"

金潇握了握奶奶的手:"好,您等我半年。"

这个话题就此被揭过,没想到过了一会儿,金潇的大伯接了一个电话,说:"我去接一个朋友。"

"这是家宴，你还带外人？"

"那不是外人，是我朋友的孩子。他说要给奶奶来一段苏州评弹。"

奶奶是苏州人，离家多年，是领这份情的，说："伯笃用心了。"

屋里坐着的人中不乏容貌出众者，没想到那个男生一进来，包间里都亮堂了少许。年轻的男生很漂亮，穿着英伦风的格纹西装，好像本来就是今天的赴宴者之一。金潇本以为他该是有江湖气息的手艺人，但他完全没有江湖的气息，反倒洋气又精致。奶奶听着苏州评弹，思及故乡，不禁潸然泪下。奶奶又是颜控，见年轻的男生唇红齿白、风采翩翩，挺喜欢他的，问他叫什么名字。他的名字也好听，叫曲书白。他趁机主动地跟奶奶说了，苏州评弹是家学，他因为在国外读书多年，只学到了家学的皮毛，实在惭愧。

金潇低头喝茶，不知道大伯这是唱哪一出。他找了一个十八线的小明星当情人，这个会苏州评弹的男生又是从哪里冒出来的？很快她便知道了，大伯是醉翁之意不在酒。这个男生顺理成章地入席，礼貌地问她是否可以在旁边加一个座位。

张季风不等金潇回答，替她说了："年轻人坐在一起。"

正好金潇坐在她的表哥——大伯的儿子张岩岩旁边，这个曲书白跟张岩岩是认识的，两人打了一个招呼。曲书白有意无意地与金潇聊几句，全看不见金潇的脸色。他刚跟奶奶献了殷勤，金潇又碍于人家是客，不好发作。

服务员推门进来，陆续地上菜。

大伯状似关心地道："潇潇，你和伍迪真分手啦？"

金潇承认："是。"

二叔张仲驰一拍桌子："他对不起你？要是这样，咱就不跟他合作了。"

金潇微笑："二叔，我们是和平分手，还是好朋友。"

听着众人你一言我一语地谈论金潇的恋情，张季风和张伯笃低头互发微信。

张季风："这下她都亲口承认和伍迪分手了，咱们找人曝光吧，引起舆论，不能让他们有复合的可能。"

张伯笃："WOOD太子也是要面子的，如果媒体说他被甩了，他俩以后肯定彻底凉了。不过，我们会不会暴露？"

张季风:"没事,今天人多口杂。"

奶奶是最开明的,所以允许金香柏成为单身主义者,金香柏真的一玩就玩到了快四十岁。奶奶还慈祥地护着金潇:"谁也不许催我们潇潇。"

有小酒窝的服务员上完菜就退出去了,又去找小磊。两个人都站得笔直,保持笑容,练就了不动声色地聊天的本领。有小酒窝的服务员说:"哎,你猜,今天包场的这家是什么来头?"

小磊看了一眼他,掏了掏兜,无奈地给他塞了一包烟:"说吧。"

"千银电子——咱滨市最大的本土企业,就是他们一家创立的。今天不让你帮忙停车的那个美女,是千银家的公主。"

小磊重重地咳了一声。

两人的眼前闪过一个靓丽的身影,有小酒窝的服务员指路:"您好,洗手间在这边。"

金潇点头道谢,依旧朝反方向走。

有小酒窝的服务员呆了呆:"菜还没上完呢,她这就要走?"

两人齐刷刷地伸着脖子看了一眼,目送那个窈窕的背影独自走向外面的院落。小酒窝"喃喃"地道:"她不愧是千金,够跩够有个性,中途不耐烦直接离席?"

小磊不清楚千银的家事,迷茫不已,说:"可能有钱人就是叛逆吧,电视剧里的有钱人都追求自由。"

"我想起来了,刚才听见'分手'什么的,搞不好她是被棒打鸳鸯了。"

"门当户对呀。"

金潇回到车里坐着,没过几分钟,表姐张嫣然也出来了。张嫣然松了一口气:"幸好你出来了,我刚想跟你说,别看我爸带来的那个男的人五人六的,之前我见过他。他捞金。"

金潇没想到这个表姐还能来这么一出。

张嫣然还在那里骂:"我爸有病吧,这都能被骗?"

金潇:我看你爸真不像被骗了,他是在故意坑我呢。

张嫣然骂完,眨眼:"改天咱们一起去玩呗?"

"这种货色可不行。"

"你有钱，加价，还有更好的人等着你。"

张嫣然完全不懂公司里的事情，刚才听了一些事，好奇地问金潇："你说我爸的那个以旧换新的项目真亏损了那么多？"

金潇状似不经意地提了几点问题。最重要的自然是千银的招聘制度一年比一年死板僵化，面试官一刀切地用学历卡人。从刷机的问题就可以看出来，搞技术的人有上千个，却比不上程一鑫一个人了解得多。他们拿着千银的高薪，自然就像当年的金潇那样存在认知的盲区，在她的世界里从来没有组装机和山寨机。他们买的都是全新的手机，又怎会去研究刷机？

这个问题在售后维修和以旧换新的项目上更明显，售后维修和以旧换新收机的评估工作已经沦为了管培生历练的跳板。高学历的人看不上这些接地气的维修工作，不会尽心尽力，远不如街头上术业有专攻的维修师傅。程一鑫以前说过，干他们这一行的人没什么本事，没有高学历，也没有高智商。他们吃过几次亏，交够学费了，就出师了，火眼金睛都是靠他们的双手拆过很多手机后练出来的。即便如此，老师傅翻车的事情也比比皆是。没拆机前，谁都不敢保证手里的手机不是炸弹机。

用户拍照上传即可完成估值，千银手机对以旧换新项目的估值高得近乎幼稚。金潇几年前了解过，"大世界"里的那些店主趁着换一块外屏的工夫，就把内外屏的零件都吞了，再想方设法地把手机组装成其他机子。于是，他们千银的售后占尽官方回收零件的便利，却没能将零件再循环利用起来。

以旧换新是跟风而为，真正的以旧换新应当有苹果手机的处理水平。真空环境下的全自动回收机器人平均每小时能拆解两百部 iPhone，并把拆解出来的电子垃圾彻底变废为宝，提取并隔绝铅、汞等有害的物质，高纯度地提炼出贵金属，可以从每一吨 iPhone 的主板中回收 547g 黄金和 2600g 银等贵金属。她的大伯主动地接下来这个条线，跟售后一起管理它。他们没有前瞻的目光，匆匆忙忙地抢市场、抢时间、搞营销，处理的办法就是贴钱。比如一部旧手机抵了八百块钱，他们就集中把它们统一地外包给深圳的一家电子厂，卖四百块钱。听说人家也没有处理电子垃圾的能力，对旧手机进行拆验、打磨、抛光、翻新以后，把它们报关出口给第三世界国家，把它们当二手的手机贱卖出去。这种发展模式不可持续，他们还不如把旧手机卖给国内的市场，提升千银在国内的二手手机市场里的竞争力。

金潇不理解父亲怎么能让他们继续这样做，奈何她的父亲一向是埋头搞研发的工作，近期还沉迷于智能家电，把市场营销和经营管理方面的事务全丢给兄弟。听听，大伯在饭桌上说得多好："我们要有长远的目光，看客户购买新手机的收益转化率，不要一味地盯着以旧换新的亏损。"

当然，叔叔们不会放过她。金潇本想将剩下的话吞回肚子里，等到季度末的经营分析会上再提出这些事，现在先让奶奶吃一顿团团圆圆的家宴。但他们一会儿暗暗地责备她招了几个同学进千银，一会儿又戗她，说她取消组内的周报让其他组的人难做了。他们还说她想建立"手机博物馆"，她收集所有的手机品牌已经发布过的机型和各类故障机、二手机，没法报销增值税发票，破坏了财务制度。最后，同样在千银里工作的表哥张岩岩还把金潇的电脑半夜"闹鬼"的事情当笑话讲。

一想到程一鑫自以为是地帮她检查电脑是否被监控了，金潇真是胸闷气短。她不怕狼一样的对手，就怕猪一样的队友。她对别人的挤对都能心如止水，但想起程一鑫，还是选择出来透气，等着待会儿陪奶奶一起回老宅里过夜。

老宅在半山腰的别墅群里，依山傍水，空气清新，环境宜人。第二天一早，金潇换了一身运动服出去跑步。她绕了一圈跑回来，看见车库的卷闸门，驻足片刻。

她想起来以前的一件事情。那天正好是周五，她和程一鑫吵架后跟父母一起回了老宅。程一鑫忙完了，想起来得跟她道歉，去宿舍楼下等她却扑空了，认命地半夜三更开车上山，朝她的窗户扔小石子。金潇被吓得要命，怕被父母发现，穿着睡裙，顺着空调机从房间里爬到大阳台上。黑灯瞎火之下两人隔空发微信，一人站在二楼的阳台上，一人猫在灌木丛里。大半夜程一鑫又在车库的卷闸门上，用圣诞节的仿真雪花泡沫彩喷，歪歪扭扭地写了"对不起"三个字。次日是保安先发现的这三个字，金潇简直想找一条地缝钻进去。还好大家以为这是附近小孩的恶作剧，保洁阿姨擦洗了半天，把字都清理干净了，遗憾的是金潇没来得及拍一张照片留念。

她曾经是想过和他天长地久地在一起的。起初她一厢情愿，他圆滑、波澜不惊。她表了白，他答应起来都像闹着玩。所以她患得患失，觉得他始终没给过她很炽热、很有安全感的爱意。后来他们为手机理念的问题没少争执，金潇眼睁睁地看着他敷衍她。他总是装傻充愣，再不济就当面一套背后一套。卖组装机这种事情触碰法律的边缘，虽说他没有以次充好，对于二手手机的市场而言这也是屡见不鲜的事情，但她还是不希望他打这个擦边球。

程一鑫已算是大世界商城里的一股清流了，其他人经常趁着修手机换了客户手机的内部零件，由于技术不行还偶尔会把手机修坏。程一鑫高中时拜师学艺，是下了苦功夫的。他年轻，有好眼神，不嫌脏和累。但他的店位置偏，客源少，人家就欺负他。其他店主修坏了手机请他救场，仅仅给他一盒烟就打发了他。那时候他的店里没有压屏的除泡机，他换一块外屏还得向别人借机子用。程一鑫随波逐流，能换屏幕总成绝不单换外屏。换一次屏挣的钱能赶上替跑几天挣的钱了，他何乐而不为呢？反正人人都这么干。那次他们吵架正是因为金潇劝他，如果顾客的外屏碎了，他就不要坑人家换总成。

金潇结束了晨跑，走进屋里。奶奶躺在摇椅上说："潇潇，你起得比我们老年人还早，换一身衣服吃早饭了。"

金潇点头，换身衣服落座用餐。

奶奶轻轻地放下怀里的收音机，感叹："人和物是皆有定数的。你看这台收音机，老头子以前就喜欢捣鼓这些小玩意。那时候他还只会拧螺丝，我又羡慕人家有收音机，人家每天都能听'花开两朵，各表一枝'。"

奶奶比画了一下讲评书的人拍醒木的动作，两人相视一笑。

奶奶继续说："他追我呀，每天折一朵花送给我，东拼西凑地攒废零件，跟在老师傅的后面偷学技术，真的给我造出来一台收音机。"

金潇凝视着收音机。虽听过许多次这个故事，但每一次听故事时，她都会安安静静地听，从不打断奶奶对似水流年的回忆。

奶奶轻轻地抚摸着一尘不染的金属机身："可惜呀，它坏了，死老头子又不给我修了。"

"我帮您把它拿去修。"

"算了吧，收音机早该退休了。"奶奶舍不得它，说，"没人修这种老物件了。他们毛手毛脚的，哪有死老头子细心？"

金潇思索着说："我会找一个细心的师傅。"

奶奶打趣她："那个伍迪？奶奶听说他就是一个电子迷、机械迷。"

金潇撒娇："您别逗我了。"

"好。"奶奶领了她的好意，仍拒绝了，"我不忍心看它的一把老骨头被拆开，就当它是一个念想吧。"

奶奶所钟情的是金老爷子式的匠人遗风。

她又说："说说你，我们家潇潇有主意，是怎么想的？奶奶无条件地支持你。"

金潇沉默片刻，说："听您一说，我又犹豫了。"

她和小姨金香柏早就达成共识，要一起说服父母，把坚持理念的优质资本引入千银，改变家族企业的模式。他们一方面要做大做优千银电子，另一方面被投资方牵制着，任叔叔伯伯怎么折腾都是白搭。金家无人贪心，却容不得他们坐享其成。

金潇如是道来。

奶奶一听，眼睛亮起来。她说："当初老头子办起来厂子，是想让我们家过上好日子，没有远大的追求。现在千银挺好的，咱们知足常乐。你和你妈妈、小姨，都是从一个模子里刻出来的，都不喜欢追名逐利。咱们把千银慢慢地让给市场，江山代有才人出，这是多好的事情。"

金潇点头："在那之前，我还是要努力把千银变回爷爷在世时的模样。"

千银电子坚持的信念是原创、研发至上、以小见大。金老爷子当年在电子厂里打工，白手起家，一直教育她们要从一颗螺丝钉做起。如今，千银都被一副商人嘴脸的叔伯们破坏得七七八八了。他们一味跟风，跟在大厂的屁股后面跑，奉行形式主义，学别人的皮毛又学不到灵魂，迟早她要收拾旧山河，把千银变回原来的模样。

当晚，金香柏度假归来，受到祖孙二人的热烈欢迎。闷热的夏日持续了许久，人们可算是迎来了一场雨，雨水"淅淅沥沥"地从屋檐上流下。

老宅的阳台上都积了一层雨水,水直往屋里淌,阿姨在门口垫了好几层厚厚的毛巾吸水。

金香柏还没倒过来时差。到了半夜,雨声这种纯天然的白噪音都救不了她。她索性站在阳台上,愉悦地打起跨洋电话来,同时伸手去接雨滴。胳膊上都变得湿漉漉的,飘来的雨丝溅得睡裙的裙摆也湿了,她内心依旧雀跃不已。

金潇的睡眠质量很好,但她天然警觉,听见动静,出来时正好见证了这一幕。金香柏说了一串英文:"Today, I have to withdraw all of your love, because I want to generously give you one ."(今天我要收回对你的全部的爱,因为我要慷慨地再给你一次)

金潇:"……"

这是莎翁的爱情名言,她可真是……打扰小姨了,想悄悄地退回去。

但金香柏已然看见她了:"潇潇。"她随即挂了电话,转头笑着跟金潇说,"我想结婚了。"

"嘉柏丽尔,你是认真的吗?"

"他是我的初恋。不可思议吧?"

金香柏笑得眉眼弯弯,像一个妙龄的少女。实际上,她一直容颜姣好、心态年轻,跟二十岁的时候相比变化无几。

"说起来,我还得感谢你的叔叔。"她撩起来睡衣的一角,"这个文身,你还记得吗?我还击他们纵容盗版音乐的行为,所以文下'原创不死',灵感来自我的初恋。这次度假,我回学校的附近故地重游,没想到遇见了我的初恋。他和以前一样又颓又丧,但还是那么帅。我们被对方吸引,很难抑制住情感。他看见我的文身大吃一惊,问我是不是这么多年来默默地爱着他。"金香柏笑着摇头,娇嗔,"他总是这么可爱又自恋,我竟然无言以对,沉默半晌。他忽然跪在床边,跟我说他一直爱我、想我,后悔跟我分手。他早就许过愿,如果能再见到我,一定要跟我结婚。"

金潇吃惊地问:"他就这么求婚了?"

两人分了手,十几年都没见面,连复合都没谈,什么都没问,不怕嘲讽和讥笑,也不需要互相试探,就把一颗心血淋淋地剖在对方的面前,要和对方共度余生。这是怎样诚挚无畏、令人羡慕的感情啊？

"对。"

"你答应了？"

"没，我跑了，他傻眼了。"金香柏乐不可支地说，随即微昂面庞，像傲慢的公主一样说，"不过刚才我答应了，你刚才也听见那句话了。"

"嘉柏丽尔，"金潇由衷地道，"祝福你。"

"你祝不祝福我，我都很幸福。"金香柏俏皮地敲了敲金潇的额头，"不过，我有你的祝福会更好。"

"你们当时怎么分手了？"

"当时我太年轻了吧，很难理解他对原创的坚持。他真的既颓废又忧郁，住在暗无天日的地下室里，吃了上顿没下顿，偏偏又烟酒不离手。他又不肯接受我的接济，没钱了就去地铁站里卖唱。关键是他还交往了很多社会底层的人，还时不时地收留国外的舞女和流浪者，破地下室里蜘蛛满地爬……我始终觉得他浪荡又轻浮。后来，我又经历了一件事，对男人彻底不信任了。"

"你如今再次相信感情了？"

"是呀，直到最近吧，我发脾气从公司里离职了。"金香柏眉开眼笑地说，"这可真是正确的决定，以前某位失联的男性朋友以为我是被家人赶出来了，还问我要不要帮忙给我介绍工作。说起来你也知道的，之前我在酒吧里打架的时候，视频里有他，是他帮我砸了渣男的吉他。"

金香柏接了一捧雨水。当年，她和他在国外便是密友，友人以上恋人未满。他们俩都生得漂亮，有优渥的家境，对于男女之间的撩拨游刃有余，分别是别人眼中的渣男和渣女，说好了不互相祸害。毕业后不久他们一起回国，金香柏请他来千银帮忙，他毫不犹豫地答应了。见多了兄弟间表面和睦背后却互相算计的戏码，她发誓绝不结婚，不生孩子，这辈子不跟姐姐争千银的继承权。她是不婚主义者，巧的是他也是，手上一直戴着尾戒。金香柏扮演过好几次他的女朋友，帮他应付家长，他帮她打渣男，他们没事就一起去玩去闹。

她下架了一切侵犯版权的音乐，在大会上和大家争执。他支持她，告诉她听来的消息，比如张家兄弟在偷偷地收公司元老手里的股份并找人代持。直到金香柏在国外打架的视频被人拿在了手上，一伙小流氓受了金潇叔叔的指使，吃了熊心豹子胆，勒索她五十万块钱。金潇的大伯暗示她是他提供的视频——金香柏本该相信他的，奈何国内认识的人里，大概只有他知道她在酒吧里打架的事情。她一时糊涂，认为人是会变的，会受利益的蛊惑，真情实意会变成虚情假意。

金潇听懂了，说："所以，其实是我的叔叔想方设法地拿到了视频，再指使别人威胁你吧？从始至终，事情就与他无关。"

"是，"金香柏垂眸，"我错怪了他。我当时脾气很差，没问过他这件事，直接和他绝交了。他很快就离职走了，我还以为他是心虚了。后来我知道了事情不是他做的，也不好意思低头道歉。直到前一段时间，他主动地找我。"

金香柏调整了一下情绪，眨眨眼，泪光隐没了。她说："没想到，当年和我一起鬼混的狐朋狗友都说自己是不婚主义者，后来却都结婚了。我找回了初恋，而他应该也快结婚了。你看，这是他跟他女朋友的照片，她多可爱。"

金潇看了一眼照片，难以置信。朋友圈里的照片上确实是一对俊男靓女，但是女生看起来很眼熟，正是程佳倩。世界竟然这般小。

金香柏没察觉到金潇的诧异，接着说："他跟他的女朋友就是因为视频的事认识的。当年我不是没去'交易'嘛，存了视频的手机被丢在了美甲店里，被他的女朋友捡到了。她一直想找手机的失主。因为我自己发博文澄清了这件事，那群受雇的小流氓威胁我不成，反倒怨上了他的女朋友，于是摸到他女朋友的家里盗窃，把她家翻了个底朝天，顺走好多东西，好在过了两年就落网了。"金香柏"咯咯"地笑起来，说，"直到今年，他们俩在剧本杀的店里遇见了，还互不相识呢。他的女朋友见了他吓死了，说他是暴力男，说在视频里见过他打人，他都蒙了，问她是谁。"

金潇惊诧得无以复加。她对这件事情再清楚不过了，没想到真相竟然是这样的。那次程一鑫的家里失窃，他刚接了一个大单，替一家刚创业的游戏公司收了三十部二手的手机当测试机，没收定金，跟对方说好了一手交机一手交钱。这相当于他要垫几万块钱。他贷了几天款,忙了几天收齐指定型号的手机,准备晚上回家拆机、验机。

他没想到,家里被洗劫一空。他家没什么值钱的东西,就是这几十部手机值钱。程一鑫报了警,人家也让他回忆一下是不是同行报复他,他们偷了手机,肯定有出货销赃的渠道。那件事算是他和金潇分手的催化剂。程一鑫认识的社会青年太多太杂。他跟谁都是哥们儿,金潇还一度觉得是他认识的狐朋狗友太多招来了横祸。

金香柏与金潇互道了晚安,各自回到房间里睡觉。失眠似乎是接力棒,从金香柏的手里稳稳地递到金潇的手里,雨声"滴答"作响,心事蒸发成云,又下成了雨,淋湿了满是落叶的小道。往事如云烟,挥之不去,氤氲在心里。

金潇给程一鑫发了一条微信。

金潇 Tonight:"你睡了吗?"

过了几秒钟,"对方正在输入"的字样停止了闪烁。

鑫哥二手手机专卖:"你又不跟我睡觉,管我几点睡呀?"

自从程一鑫上次远程帮金潇装了刷机系统,金潇就没删他。两人一直在对方的通讯录里躺尸,聊天记录停留在关于那条"闹鬼"帖子的对话上。对于这件事,程一鑫也没有多大的快感。大概是因为他在电话里卖惨了,金潇没下得去手删他。

他彻底摆烂了。好在他被封号一周后打游戏,单排的积分冲到了市榜的第二十五名。往常他冲到三十多名打打广告就算了,排名越高,级别越接近主播的级别,分数起起落落。他想努力地冲进市榜的前二十名,看淡生死,不服就干。

程一鑫就爱趁着半夜上分。决斗场上,对手都人困瘾大,频频地失误。金潇发消息的时候,他刚赢了一把游戏,赢的方式又黑又恶心人。他用的是刚流行起来的打法,几个主播发了视频教程,实操挺有难度的。程一鑫闲来无事,学了一下新打法,一下子就赢了。匹配的对手输了,加他的好友,非说他是哪个主播的小号。程一鑫只想翻一个白眼——他就凭这种芯片级的维修技术,难道不配使用这样优秀的操作吗?

程一鑫看了一眼自己一时嘴贫发出去的那句话——"你又不跟我睡

觉"。十秒钟过去了,她怎么还不回复?他焦虑异常,疯狂地看金潇的朋友圈是否还对他可见。

金潇 Tonight:"你也没邀请我呀?"

程一鑫蒙了。黑夜给了他黑色的眼睛,原来是让他瞳孔一缩又虎躯一震的。程一鑫打了一行字——"我邀请你,你会答应吗",想了想,还是把它删了。

鑫哥二手手机专卖:"你钓鱼呢?"

金潇勾唇一笑。果然,程一鑫就是这样的嘴炮王者,只喜欢口嗨,有贼心没贼胆,说什么话都不认真。你一旦气势汹汹,他就怂了。

鑫哥二手手机专卖:"您可以考虑一下,每晚都钓我。"

金潇觉得她好像把话说得有点儿早。他不怂,是喜欢主动地带节奏。被他这么一搅,她不想去问他之前的事情了。她得知了当年程一鑫的家里遭贼竟然是被她的家事所累,本来还有一些愧疚。他没想过泄露捡来的视频,不知道这个视频曾经值五十万块钱。匹夫无罪,怀璧其罪。她的叔叔伯伯可真不是什么好东西,用如此下三烂的伎俩。

眼下他们夜聊,氛围再次拉满了。金潇看了一眼时间——凌晨两点半,陷入迷惑中。上次他们半夜聊天是巧合,怎么程一鑫总能大半夜跟她聊天,还总是秒回她的消息?她不由得猜测他目前还是单身。不过,她怎么会这么想不开,钓前男友?

金潇 Tonight:"你是鱼吗?"

程一鑫来了精神。

鑫哥二手手机专卖:"你是水吗?"

金潇 Tonight:"不是,谢谢。"

程一鑫定定地看了几秒钟屏幕,翻了一个身坐起来。他打游戏上头时都能躺着,被她的这句话戳破了现实,反倒有些躺不住了。他不想继续卖惨了,卖来卖去都是真的惨。

鑫哥二手手机专卖:"怎么了?你今晚失眠?"

所以她才在深夜里遛前任吧。

金潇想了想,没说实话。

金潇 Tonight："我回老宅看奶奶，认床。"

她灵光一闪，翻了翻手机的通讯录。今晚奶奶说起这次去疗养院的经历，一位非常权威的心脏病专家新来到疗养院，近期挺出名的，老头和老太太都请这位专家出诊，她下意识地要了这位专家的联系方式。程一鑫一家都有遗传的心脏病，他年轻，暂时没毛病，只是跑步时不能练得太狠了。他的父亲是由于劳累过度猝死的，他的奶奶心脏不好，他当年一直说要攒钱给奶奶做心脏搭桥的手术。

金潇 Tonight："如果有需要你可以打这个电话，给奶奶做一个心脏检查，我认识这位医生。"

程一鑫这回感觉嘴里格外苦涩。

鑫哥二手手机专卖："奶奶两年前走了，不过我还是谢谢你。"

金潇的心揪起来，她知道他上小学时父母就去南方务工了，他自幼是被奶奶带大的。她是知道程一鑫和奶奶之间的感情的，尤其是后来父亲猝死、母亲出走，只剩下他和奶奶相依为命。奶奶去世了，他是怎么熬过来那段最难受的时光的？

金潇 Tonight："对不起。"

鑫哥二手手机专卖："没关系，奶奶走得没什么痛苦。"

金潇没再发来新的消息。程一鑫看见"对方正在输入"闪烁不已，对话框的上方又重归宁静，明白她始终说不出话。程一鑫打了语音通话。金潇低低地"喂"了一声，大概是觉得自己说错了话，一时语塞，完全没有平时的伶牙俐齿。程一鑫轻笑一声，说："真的没事，那件事都过去两年了。"

金潇刚才用文字道过歉了，现在再次郑重地表达了歉意："对不起。"

"你觉得我需要安慰？"

"不是。"金潇顿了顿，改口道，"是。"

"那你陪我聊会儿天。"

"聊什么？"

"你安慰我，还要我找话题？"

他们在一起的时候就是这样，程一鑫觉得是他逗她、哄她多了，他的话泛滥了，就不值钱了。

"喀。"金潇戴上耳机，翻了翻他们之前的聊天记录，"你砍成拼多多了吗？"

"没有。"

"我帮你砍吧。我还没注册过拼多多，新用户应该很有效。"

她当然不可能注册过拼多多。程一鑫笑了，她还当真了。他语重心长地道："不用了。我后来发现，'差0.01元提现'原来跟我的'二手手机高价回收'一样，都是谎言。"

金潇笑了一声，程一鑫叹气。她好不容易笑了，他得赶紧让她忘记刚才的那件事，免得她难过自责。今晚不宜和她聊别的话题了，程一鑫主动地结束对话："那我不当鱼了，接着打游戏咯。"

"什么游戏？"

程一鑫打了一个哈欠，报上了游戏的名称。金潇更迷惑了。她在同学聚会的时候下载了该手游，据说它很流行，但没在百强的市榜里看见他。难道他现在躺平后不打广告了，用普通的昵称玩的游戏？

"ID？"她问。

凌晨两点半的哈欠来得很及时，令氧气回到脑子里。程一鑫忽然打了一个激灵，现在改ID还来得及吗？

"不用了，我找到了。"金潇说，语气里有一种柳暗花明的惊讶，"你还在打广告？"

她没想到他还是在用熟悉的配方，他兢兢业业地在游戏里暗示着他的营业地址和联系方式。程一鑫手忙脚乱，差点儿把手机砸在地上，顿时感觉眼前一黑，社死了。他没进市榜的前十名，只是二十多名，看起来跟以前比毫无长进。金潇早就看不上这种成绩了吧？他后悔不迭，好端端的，自己干吗提游戏的事？

其实金潇一向是很直白的人，不遮遮掩掩、欲擒故纵。只是他前任的身份太特殊，她不得不阴阳怪气，对真心话严防死守。刚说完奶奶的事情，她此刻没什么防御心，坦然地道："我上次看了市榜，没看见你。"

程一鑫愤愤不平地说："有啥办法？有趣的灵魂涉及账号违规，我开了一把竞技场，对面的人给我打电话，都不让我送人头，非要举报我，封号一周。"

"哦。"金潇沉默片刻,觉得这与她想象中的大相径庭。他们重逢以来,他确实给了她很多颓废的错觉。在大世界商城里待了许多年,不用游戏打广告了,她以为是他躺平了。她解释道:"我以为你早就不玩了。"

"喀,我是不敢再玩了。"

以前程一鑫带她玩过一阵。他们分手以后,金潇把他的游戏好友都删了。

他笑了笑,又用漫不经心的语气说:"我一玩就想起来你跟我说过,咱家的水晶被偷了。所以,我现在只玩单排了。"

这种游戏比较注重一对一的对决,不用几人配合。

金潇:"……"

您是认真的吗?为我不玩?不敢当吧。

那时候他嫌金潇把他辛辛苦苦打的市榜排名拉了下去,表面上说"没关系"——金潇醒来一看,手机上都是他在深夜里独自打野排上分的记录。

金潇气得忍不住怼他:"你确定这是因为我?"

"不然我为谁?"

"现任。"

"不好意思。"程一鑫同样被她气得脑仁疼,忍不住爆粗口,"不谈恋爱,屁事没有。"

两人都在电话里沉默了片刻。以他们的关系,他们好像不应该有这种激动的情绪。

金潇"嗯"了一声,说了一句:"早点儿睡,晚安。"

不待他说话,微信发出"咚"的一声,提示他们结束了深夜的电话。

所以,他果然是单身。上次他们夜聊时,金潇就没问他这件事。她直来直去,不是不敢问他,而是问及前任是否单身这件事本身就是一种僭越。她可以跟他打打嘴炮、开开玩笑,却不愿意给他错误的暗示。没人不好奇前任的感情状态。她希望他过得好,又希望他过得不好,最后再告诉自己,他过得好或不好都与自己无关了。一旦一个问题得到了答案,她就会产生更多的问题。他为什么还单身?他们分手的这几年里,他谈过几段感情?

金潇的失眠雪上加霜了，种种问题像点燃的烟头把黑夜烫出了一个洞，烟头一旦被点燃了，就不是她闭上眼睛就能把它摁灭的，但愿自己不会清醒到天明。

程一鑫同样睡不着，反复地看她的朋友圈，金潇竟然没删掉他。难道她是忘记了？他一贯是在作死的边缘反复地横跳的。她现在给他一个痛快，好过凌迟他到明早。

鑫哥二手手机专卖："你不删我，我准备的验证消息无用武之地呀。"

金潇Tonight："来。"

鑫哥二手手机专卖："你要不看我一眼试试。"

金潇Tonight开启了朋友验证，你还不是他（她）的朋友，请先发送朋友验证消息，对方验证通过后，才能聊天。

鑫哥二手手机专卖："看我七秒后会不会忘记你。"

金潇Tonight开启了朋友验证，你还不是他（她）的朋友，请先发送朋友验证消息，对方验证通过后，才能聊天。

这种熟悉的感觉令人上头，程一鑫过了瘾，掰了掰手指，再次给她发了验证消息。

鑫哥二手手机专卖："宝贝，借我一个网易云的会员呗？"

金潇立马通过验证。

金潇Tonight："账号是我的手机号。"

鑫哥二手手机专卖："你真借给我呀？"

金潇没回答，一分钟后直接把短信复制粘贴过来。

金潇Tonight："［网易云音乐］您的网易云音乐验证码是：8262，有效时间为10分钟，请尽快验证。"

程一鑫怔怔地看着登录的界面，恍如身处云端。金潇没发过任何动态，列表里没有一个好友。她的"最近播放"里显示，她刚好把《水星记》循环播放了一百遍。

金潇Tonight："我能问一个问题吗？"

她同样决定放过自己,问一个清楚,可能好奇心就不作祟了。程一鑫仿佛知道她要问什么问题,飞速地打了一行字。

鑫哥二手手机专卖:"我不是为你才单身的,你放心。"

金潇Tonight:"那为什么?"

鑫哥二手手机专卖:"我网恋被骗过二十块,从此封心不会爱。"

金潇Tonight:"……"

鑫哥二手手机专卖:"这你也信?"

金潇Tonight:"不信。"

鑫哥二手手机专卖:"不瞒你说,和你分手以后,我一直在努力地找对象。"

金潇看了屏幕半响。

他在那端很有耐心,等她回复后才肯继续说。

金潇Tonight:"哦,结果呢?"

鑫哥二手手机专卖:"结果我找来找去,都怪初恋拉高了我的择偶标准。"

金潇:刚才是谁说的不是为了我单身?

他又发这种苦瓜文学,还让不让人睡觉了?金潇痛苦地拿枕头蒙上了脑袋。

"早呀,金潇。你昨晚没睡好吗?"在电梯里撞见金潇,林冉茶不由得调整了一下丝巾的位置,心虚地掩盖住脖子上的痕迹。

正是夏天,尽管丝巾和衣服很搭配,但跟天气还是格格不入。

相比之下,金潇穿得很清凉,穿了米色的西装,搭配短裤。腿部的长度傲人,手腕轻松地过了臀线。她总有一种多数职场人没有的古典优雅的气质,林冉茶觉得她更应该出现在法国的时尚片场。金潇本就长得高,法式的短发让她的身量显得更高。看着她那纤长的脖子和漂亮的锁骨露出来,林冉茶目测她有九头身的比例。这一身衣服越是干净优雅,林冉茶越能看出来金潇的黑眼圈。金潇有着欧式大双眼皮,眼睛明亮动人,睫毛又密又翘,鼻梁高挺。眼睛非但不显得空洞,反倒像花瓣层叠的立体诗篇,她完美地诠释了"眉眼深邃"这个词。

金潇一向只化淡妆，遮瑕力不足。黑眼圈在她的卧蚕边缘若隐若现，她浑身上下都透着睡眠不足的低电量感。金潇都不想动脑子了，用了半夜和程一鑫说过的说辞，说："我昨晚去奶奶家了，认床。"

"哦。"林冉茶管着流程的进度，说，"今天是新品概念决策的第三次会议哟，你的状态可以吗？需不需要我通知大家改期举行会议？"

金潇上周准备好了材料，不受影响，说："不用改。"

等她们回到工位上，林冉茶主动地给她泡了一杯咖啡："来，提提神。"

金潇看了一眼，咖啡没放糖也没放奶。她说："谢谢。"

林冉茶这个人要是不监视她的话，还挺好的。林冉茶做事认真，没出过什么差错，还细致入微地观察金潇喝咖啡的习惯。金潇认可她的一点是，她连名带姓地喊别人。她坐得离金潇最近，在她的影响下，没人喊金潇"潇潇"这种假装跟金潇很熟的称呼。

金潇懒得管小叔张季风的家事。上次程一鑫告诉她那件事的时候，她还挺惊讶的。人家在公司里藏了这么久都没被别人发现，怎么就被程一鑫碰巧撞见了？程一鑫讥讽地一笑，说"估计你的叔叔没想过'大世界'里的民工会认得他吧"。千银的地下停车场并不安全，林冉茶总是走到马路的对面，在大世界商城的门口附近才上车，这里是安全的，同事们基本不会往这儿跑。程一鑫就像众多修手机的店主中的一员，平凡、普通、寒酸。在他们的眼里，这都是芸芸众生。

偏偏程一鑫对金潇的亲戚格外关注。无论是车牌号还是面容，他都把它们清晰地记在脑海里。金潇不是替他打抱不平，是感觉这样挺好的。程一鑫的个人魅力很耀眼，耀眼到这种地步——你跟他相处过几分钟，就可以忽略掉他的一切贫穷的标签。他很知道自己的魅力，为了好做生意、多挣点儿钱，很会展示帅气的一面，女顾客基本都会买他的账。

金潇恍恍惚惚地喝了一口咖啡。就是这样的一个人，昨晚说他单身了五年。

周一的早上，众人的状态都和金潇的状态一样，游魂未归位。人力总监亲自带了一个人过来——金潇在家宴上见过的曲书白冲大家打招呼："大家好，可以叫我'书白'。"

许多女生都清醒了。曲书白是刚毕业的海归博士,优雅绅士,年轻帅气。她们纷纷地在底下互发微信,打听帅哥单身与否,但无人知晓曲书白的情况。金潇看得出来,他在国外应该挺受欢迎的。

但他似乎只会参加派对和玩社交软件的那些套路,主动地发出邀请,表示好感。他刚在金潇斜对面的工位上坐下,就问金潇是否愿意共进午饭。她如果是在国外,也不介意与他聊上几句,但他在回国后的这种氛围之下还这么做,就显得下作无聊了。在法国,男女的交往自由而不肮脏。冲着谈恋爱去约会的人有不少,当然也有人冲着一杯咖啡去。

金潇以前读过一本书,书里说:"一个穿T恤和牛仔裤的年轻人走进咖啡厅里,向我们所在的地方看了一眼,点了饮料,拿着报纸在一张桌边坐了下来。他没有再抬头看我,二十岁的我有点儿难过。我觉得自己仿佛隐身了。"

在法国分公司的时候,没有灵感了,金潇就去公司楼下的咖啡馆。在复古厚重的棕色遮阳伞下,她戴着墨镜,撑着下巴,姿态慵懒地看着报纸,谁也不认识她。年轻的男人独自上前,或许会为她停留,为她点一杯咖啡,随便地和她聊几句关于哲学、两性或宗教的话题,她表示赞许或提出不同的意见。即使她一派胡言,对方都可以托腮发笑。

她确实喜欢对方对她坦率的欣赏,但曲书白不知道是怎么想的,居然觉得能靠一张脸拿下她。这种裹挟着扭曲的利益感,明眼人谁看不出来?叔叔们承诺了他什么?他娶了她,千银的家业就唾手可得了吗?

隔壁的林冉茶悄悄地给张季风发消息。

茶茶想养猫:"金潇说她昨天去了奶奶家。"

张季风:"嗯,我知道。曲书白怎么样?"

茶茶想养猫:"他很帅,好多人问他是不是单身。"

张季风:"金潇对他是什么态度?"

茶茶想养猫:"普通的同事。"

张季风没回复她。周末两人刚缠绵过,话题涉及工作时他永远这么淡漠,林冉茶猜不出他在想什么。张季风在床上跟她说他的侄女多么异想天开,说金潇想搞理想、搞情怀。她要把他们在春季发布会上就可以推出的折叠屏砍掉，还要把新品发布的周期延长到秋季，还要改进残疾人用的设备。千银又不是慈善企业，况且每家厂商甚至每部手机的研发周期都是不同的，有三到十二个月不等。苹果手机是公认研发周期较长的手机，以往他们的厂子半年就可以出迭代的产品。金潇现在把产品的研发周期几乎延长到跟苹果手机的研发周期一样长，林冉茶听得出来其中的不明智。

从大学毕业起，林冉茶跟了张季风许多年了。两人是因为一次偶然的机会有了接触，千银的内部发放福利，包场看电影，员工们可以带家属。那一阵最热门的电影一票难求，她刚来实习，错过了在论坛上投票报名的阶段，跟着同事一起去了电影院，发现自己没座位，尴尬得直想用脚趾抠地。最后张季风让她坐在他的旁边，说他的旁边有空位。她只是一个实习生，他是高高在上的张总——她战战兢兢、诚惶诚恐。由于泪点低，看电影的时候她浑然忘记了旁边的人是上级，哭得不能自已。张季风给她递了纸巾，低声与她讨论了几句，两人的灵魂格外契合。她欣赏和佩服张季风的魄力，看他运筹帷幄地给他们上课。他既有诗人的情怀，懂电影、懂文学，又有商人的气质，这些正是她所着迷的。

她可以用利益衡量任何事，唯独除了与他有关的事。所以她就这么卑微地一直跟着他，小心翼翼地不给他添麻烦，不要求他给她升职加薪。她不敢想以后，害怕会失望。

下午他们开了第三次概念决策会。令金潇出乎意料的是，自从上次她说了她的设计理念——她希望多给手机用户一个选择，让他们多买一部手机，而不是要求他们换一部手机——这回几乎三分之二的人拿出来的都是她所说的游戏手机的方案。

金潇听完汇报，思索片刻，还是直说了："感谢各位，但我不希望各位因为我而改变自己的观念，去做一些违背设计理想的决定。"

几人互相看了看，一个男生先举手说了："男生想做游戏手机不需要理由，也不为任何人。我对'卡戎'那种微游戏手柄很心动。说实话，我这周就买了一款市面上的吃鸡神器。它还挺好用的，有全自动的压枪，一秒多枪，秒切倍镜。"

"喀，我也买过。我感觉我们自己做一款跟手机配套的游戏手柄会更好用，延迟度和灵敏度都比这些产品强。"

金潇转向几个女生。

她们其中的一个人说："我之前主要是怕项目被刷掉，现在不怕了。"说完以后，女生有点儿尴尬，"我不是那个意思。"

"游戏手机挺有意思的，一片蓝海。"

金潇现在只是前瞻创新方向的组长，但大家都知道，她最后提上去的产品一定能立项，只是改多少稿的问题罢了。他们以前人微言轻，生怕项目被退。辛辛苦苦地把一版方案做了那么久，别人说重做，他们就得重做。千银的内部有千银学院的部门，每周定期有人开课和办讲座，讲来讲去都是讲折叠屏和主流机型的卖点，他们都不想挣扎了。他们中规中矩地跟着市场走多轻松，又不用担风险，又不怕项目被否决。现在金潇以一己之力，替他们把风险承担了。反正他们做什么项目都是做，就顺着组长的意思做了方案，何乐而不为呢？更何况在千银这种"电子厂"里，无论男生还是女生，都挺喜欢打游戏的。

金潇能稳稳地拿下来PDT（产品开发团队）经理的职位。最早国外的一家公司提出了"IPD（集成产品开发）产品开发流程"的概念，后来手机的厂商都引进这套产品的开发系统，千银电子正是其中之一。而千银的内部把第一阶段的概念略微微出调整，让几个前瞻创新组同台竞技，等定了概念再让创新组融入PDT团队。这是一个重量级的跨功能部门团队，包括所有配合研发产品的人员，还包括对接系统的人员。他们需要再开两次会，把方案汇总，形成概念评审会版的汇报版本，版本包括综合产品形态、核心卖点、核心供应商资源评估、产品整体架构方案、产品开发和人力投入计划。他们预计下个月方案能进入管理层评审的阶段，一旦通过了评审，项目就正式地立项了。

金潇刚开完会，对接WOOD系统的组长大金就走过来找她。他是很资深的技术宅，穿着夹脚拖鞋，扶了扶眼镜才开口："金潇，我们把刷机的资料和需求整理出来了，你要不要看看？"

"不用。"本来这就不是金潇的活，她说，"你们按流程把它们提给法国那边的人吧。"

技术宅大金"哦"了一声,说:"是这样,我们还想请他过来办一个集体讲座。"

毕竟谁都不愿意用下班后的时间学这些东西,他们把刷机的大神请来公司,在上班的时间里请教他多好,还能让别人感觉他们很内卷。

"谁?"

"有密集恐惧症的大神哪。"

金潇一怔:"你们直接去请他,地址就是上次林冉茶发的那个地址。"

大金挠了挠头,头屑纷飞。他说:"上次不是听冉茶说他怼人狠嘛,我们是社恐,都怕被他怼回来了,你帮帮忙。"他凑近金潇,避开周围人的视线,低声下气地道,"而且,我问了千银学院,能不能以学院的名义请他来开一个迷你的研讨会。人力甩了一个资料表,让我们填专家的学历、头衔、成就之类的。大神要到一定的级别,我们才能请他过来付培训费,就很尴尬。"

说白了,千银学院出钱请专家来千银上课,是要把费用走公账报销的。千银学院根本不会为程一鑫的学历掏一分钱,更不愿意自掏腰包请他过来,指望财大气粗的千银公主出钱。

金潇:"……"

虽然程一鑫不可能收费,但她也不可能跟大金说人家不要钱。如果大金问起原因,她该如何解释?她揉了揉眉心:"我打电话,一会儿你跟他说时间和地点,要他提前准备资料。"

大金很期待地看着金潇:"行行,没问题。"

金潇当着他的面给程一鑫打了电话。此刻,程一鑫正在那儿给别人修面容识别的功能呢。面容识别的功能坏了,虽然这是一个常见的活,但是技术不行的师傅修成功的概率就只有三四成,周围的几个人围着程一鑫偷学技术。黄顾看着程一鑫放在一边的手机接连振动,说:"哥,你的电话响了。"

程一鑫不方便接电话,说:"你帮我接一下。"

黄顾盯着闪烁的屏幕呆了半天,愣是不接电话。

程一鑫用胳膊肘戳他:"谁呀?"

他瘦骨嶙峋，胳膊肘就像匕首似的，能把别人戳得很疼。黄顾杀猪似的叫了一声，龇牙咧嘴地说出了屏幕上闪烁的备注："宝贝。"

　　程一鑫："……"

　　时间回到半个小时以前。

　　"我要拆机。"

　　"手机坏了？"

　　"我怀疑我的 iPhone13 PM 是假的。"

　　程一鑫接过来手机，把它拿在手里掂量了一下，凭这种手感和做工，感觉它不太像是假的。

　　"解个锁。"说完他也不把手机递回去，懒洋洋地支起胳膊，撑着下颌，反手把手机对着女生的脸一晃。

　　"大世界"这种地方又老又破，为了节省照明采了天光，尽头是落地的大窗，照射进来的阳光刚好打在人的脸上。他坐直了身体，任这一寸斜阳在他慵懒的眸光中隐没，又吻在他凸起的喉结上。黄顾看着他就挺羡慕他的。程一鑫天生长得白，白得毫无血色。他因为瘦而清爽，熬夜熬到再晚，第二天皮肤都不怎么出油。太阳西斜，别人都嫌阳光又晒又晃眼，有玻璃隔断的店铺里，店主都糊上一张报纸挡太阳，唯独程一鑫喜欢阳光。刚才没客户，又没手机要拆，他仰靠在椅子上，摇摇欲坠地晃着椅子玩手机，眯着眼睛，舒舒服服地沐浴在阳光中。只不过他有黑眼圈，黑眼圈近期出现的频率很高，它都快焊死在他的脸上了。

　　手机被解锁后，程一鑫扫了一眼界面。以他的经验来说，能骗得过他的眼睛的山寨手机不多，手机还很新，上面毫无划痕，他按保修的日期来推测，这个女生刚买手机没多久。他打了一个哈欠，问她："你从哪儿买的手机？"

　　"男朋友送的。"

　　程一鑫："你修过它吗？"

　　"没有。"

　　这是原装机，既然她没修过它，程一鑫将手机还给她："说说看，你怎么能判断它是假的？"

女生叫陈潇。她本就信不过这种地方的店主的水平，觉得自己简直是跑到山寨窝里问山寨。奈何同学安妮倾情推荐程一鑫，吹得天花乱坠，说上次在这儿修过碎掉的外屏。她们三个人刚好一起在附近看电影，看完电影就上来问一问。陈潇漂亮得很有攻击性，用同样傲慢的语气说："不过如此。"

她似在对安妮说这句话，也似在对程一鑫说这句话。

安妮拉拉她的衣角，示意她别这么直白："潇潇。"

程一鑫抬起眼皮来，多看了她一眼。

陈潇觉得反正来都来了，就当这是给安妮一个面子，回答程一鑫："我的室友都说这是假的。"所以她最近都跟室友闹翻了，还想着跟男朋友分手，把证据甩在程一鑫的脸上，"第一，保修不对，别人的都是 Apple Care+。"

"Apple Care+ 是他们另外买的。"程一鑫倒背如流，"13 PM 的价格是一千四百九十八元。"

"是吗？"陈潇也疑惑了。上网查了查，语气没这么冲了，她接着说："她们还说我手机的界面有问题，iOS 15 设置里的 UI 是圆角的。"

程一鑫："给我手机。"他操作了几下，"你再看看。"

陈潇瞪大双眼："怎么变回圆角了？"

"是你设置的字体大小的问题。"

"哦。"陈潇很恼火，说，"我在宿舍里不带隐形眼镜，又近视，才把字体调大了。"

程一鑫问："还有问题吗？"

陈潇把手机翻转过来，咬牙切齿地说："最让我无语的是，它的背后没有苹果的标志。"

程一鑫看了半晌手机，沉默不语。陈潇本来燃起了一线希望，看他陷入沉思的样子，又感觉确实买到了假手机，问："这是假的吧？"

程一鑫摇头，是想起了金潇高三的时候阴错阳差地在他这里买了一部组装机。体校里没有那样的氛围，不乏家境贫困的同学，大家都靠拳头说话，谁管你用的手机是真的还是假的？眼前这个女生的手机是真的，尚且被说成假的。金潇以前承受过的那些流言蜚语，是他欠她的。

程一鑫无奈地道："你有没有想过，手机的后面没有苹果的标志，是因为你贴了一层后膜？"

iPhone 13 的背面原本是磨砂的，这部手机的背面却很光滑，苍蝇站上去都能劈叉。她应该是贴了质量上好的膜，膜严丝合缝地贴在手机上，边角与手机的边角完全重合。

陈潇蒙了。

这回连站在旁边玩手机的安妮都震惊了，说："不可能吧，她贴的是透明的膜呀。"

陈潇附和："是呀，有膜的话我怎么可能看不见哪？"

多说无益，程一鑫问："那我帮你把膜撕了，你看看？"

陈潇下意识地把手机夺回来："不要。"

程一鑫："你心疼一张膜？"

"不是。"陈潇否定道，犹豫起来，说，"我只是觉得这不是膜的问题，你不会拆机、验机吗？"

她在侮辱谁呢？得了，程一鑫打开手机里的秒表，拎起螺丝批晃晃："你计时，一分钟内我拆不了机，就送给你一个快充套装。"

陈潇和安妮交换了一个眼神。

安妮眨眼，很相信他："鑫哥可以的。"

程一鑫把丑话说在前面："你宁愿拆机都不愿意报废一张膜？如果这是真机，拆了就完了，我就是有再好的技术，待会儿都要重新用胶水把它粘起来，它就绝对不如原装的手机了。"

"这……"陈潇下了决心，说，"还是撕膜吧。"

很快，真相大白。陈潇、安妮和另外一个同学一起见证了奇迹的发生——透明的膜下面，露出被咬了一口的苹果标志。

陈潇难以置信，说："这……怎么可能？"

她又气恼，又感到丢脸，面颊都变得微红了。

程一鑫功成身退，逗她："你不会让我赔一张膜吧？"

陈潇把头摇成拨浪鼓："谢谢鑫哥，多少钱？"

"不用了。"程一鑫笑了，"多介绍一点儿漂亮的妹子过来。"

陈潇把透明的膜揉成一团:"哪种介绍?"

她在学校里备受男生的追捧,现任追了她许久。比起安妮,她会撩多了,眨眼道:"鑫哥单身吗?我认识好多漂亮的妹子。"

"不了,哥最近想当寡王。"程一鑫把两手一摊,"祝大家拥有爱情,而我拥有金钱。"

"扑哧。"

程一鑫冲安妮打了一个响指:"妹妹,别偷拍我了。"

"啊?"安妮很是心虚,看他没有生气,战战兢兢地说,"我就拍了一张。"

她想回去发一条博文——"关于我打破了素颜遇到帅哥的铁律。"

程一鑫伸了一个懒腰,把耳边的烟拿下来:"你光明正大地拍一张,回头给你们的同学看,帮哥打打广告。"

三人自拍了一张照片后,安妮大起胆子,问:"鑫哥,我能不能单独拍一张你在修手机的照片?"

"一张不行,两张可以。"

陈潇"扑哧"笑了一声,说:"她是手控和喉结控,刚好你的手和喉结都好看。"

程一鑫:"……"

他从柜子里摸出来免洗洗手液,把它抹到手上,用力地搓手。上次他给金潇拧瓶盖时,指甲里都是污渍。他本来怕金潇会再来"大世界"导致那种事再次发生,才准备了免洗洗手液,没想到没等到她,反而被几个小姑娘夸了精致。

她们离开后,程一鑫看了一眼微信,金潇没删他。他很了解金潇,她是典型的直球选手,不会刻意去违背自己的内心,比如在夜聊的时候装成高岭之花故意劝退他。他能看得出来,她跟他聊天时很愉悦,但这不代表她不容易后悔。理智占上风时,她就会知道不能重蹈覆辙,所以反反复复地删他的好友。

他越靠近她,越容易引起她的排斥情绪。就像以前她时常感到不安,总怕他不是真的喜欢她,执着地跟他讨论爱情的哲理。程一鑫尽力了,可真的听不懂那些话。他越说话,她越沮丧——他还不如插科打诨。反正他爱她，无论她问不问他，这一点都是一样的。昨天他们打电话夜聊如果再次刺激到了她，她一定会毫不犹豫地删了他的好友，连招呼都不打。

程一鑫本来隔一会儿就刷新一下金潇的朋友圈，结果有新活要干，没空看手机了。顾客洗澡的时候手机里进了蒸汽，面容识别的功能坏了。手机毫不留情地提示"检测到深感摄像头出现故障，面容ID已停用"。

顾客曾寄修过手机，花了三百多块钱没修好手机，气得不行。他去问了官方，官方说要换主板传感器。因太贵了，他更是绝望，没想到在这里花一百多块钱就能修手机。程一鑫专心地修手机，检测到面容模组的配件里有好几个红叉，这是面容熔断了。他今天一直想着金潇不删他就不错了，哪里能想到金潇还给他打电话？他还没想到自己修手机的时候，黄顾看到了备注，笑话了他一顿。

程一鑫娴熟地绕过一圈围着他的人，单手一撑，再次从玻璃柜台上跳出去，使劲儿地清了清嗓子，接起电话。金潇在电话里公事公办，后来那边传来一个男声，对方和程一鑫约了去千银跟大家讲刷机技术的时间。

两人相安无事。到了周五，不劳金潇操心，大金预定好了会议室，在大群里说感兴趣的人都可以去参加会议。没想到报名的人挺多的，黑科技令人上头，人数远超小型会议室能容纳的人数。会议还剩十分钟开始的时候，他们怕抢不上座位，都一股脑儿地跑进去占座和玩手机。大金安排人去食堂打包下午茶，随后一拍脑袋——因为是金潇请的人，他们至今都不知道刷机的大神长什么样。

大金说："金潇，我下去接一下人，他有什么……咯，特征？"

他想了想，大神应该长着一张平平无奇的面容，估计跟他们一样穿着夹脚拖鞋和大裤衩。大金补充道："你得说明显一点儿的特征，我是脸盲。"

他长得帅，烫了奶奶灰色的头发，戴银链子，耳朵上夹着烟……金潇沉默片刻，说不出口。

林冉茶举手："我认得他。我去接他好啦。"

她强迫症似的再次检查了自己的穿着，她的衣着妥帖素净，绝对没有任何引起密集恐惧症发作的元素。

金潇忽然开口："我去吧。"

林冉茶愣住了，还要再说什么话，看见金潇淡漠的眼神和已然起立的身影，不好反驳，说："好吧。"

金潇下楼后发现，幸好是她来接他。她没在人群里找到奶奶灰色的头发，好在程一鑫瘦高的个子一向惹眼。他不知道什么时候把头发染成了蓝色，这显得他的脸更白更嫩了，雾霾蓝色的头发里还夹杂着几缕灰发。他今天穿了清清爽爽的蓝白条纹的衬衫，像浮云无端地被揉碎在蓝天里。金潇远远地望去，他的侧影还挺像留学生的。他用手撑着前台，跟前台的小妹相谈甚欢，把手机递过去。前台的小妹拿起开闸门的工牌，愉快地绕出来，打算把他送到电梯里。

程一鑫转身，没想到隔着闸机看见了熟悉的身影。人潮拥挤，闸机开开合合，来往的尽是手里拎着咖啡的千银人才。他们像隔着一整个世界，他在千银之外，她是千银的中心。心脏漏跳了一拍，程一鑫冲前台的小妹道谢，走到她的面前，勾唇一笑："让我进去吗？"

透明闸机的隔板上灯光闪烁，闸机应声开了。

程一鑫不是在千银学院的邀请下来的，也不是什么授课的专家，但大金出于谨慎，还是要了一份保密协议让程一鑫签。程一鑫签完协议，大金放心地开始主持会议了："今天好多不属于我们系统的同学也来了，甚至站着听。你们是不是觉得人力不在很爽？"

大家哄笑。平时千银学院的讲座就很火爆，因为他们能合理正当地摸鱼——在上班的期间，他们能带薪听课两个小时，讲座不限岗位，每人报名了就能参加。今天这种自由、非正式的讲座又没有人力监督他们签到，氛围简直太放松了。

大金算是技术宅里擅长社交的人了。虽然来开会的人比他们团队里的人多了许多，他依然很沉稳，扶了扶眼镜："好多人可能没搞清楚情况就来了。我介绍一下，今天我们请来的是 Smart phone 论坛上钻石级别的大神，他刷机的技术一流。"

一片哗然，旁边有技术宅低语："就像我小学的时候，QQ 号的等级只有一颗星星，但我忽然见到了等级是三颗太阳的大神。"

Smart phone 是二十世纪末诞生的手机论坛，成长值的增长速度就是如此缓慢。用户需要持之以恒地每天评论或者发帖，解决帖子的问题获得悬赏值，发帖的访问量和下载量也会影响成长值。如果用户一段时间内未重复上述的动作，等级还会下降。

金潇："……"

程一鑫一直挺强的。蓝灰色头发很扎眼，他像赛博朋克里的角色走出了二次元，尤其在这群穿着格子衫的宅男之中。没了人力维持秩序，这个人均年龄不到三十岁的团队乱哄哄的，随意地站着，自由得令人以为他们串了片场。他们仿佛准备看他的街舞独秀。

其实程一鑫今天穿得很清爽，没在耳朵上夹他的半永久香烟，没戴银链子。蓝白条纹的衬衫里面是一件纯白色的上衣，上面没有二维码和"鑫哥二手手机收售修"的字样。金潇想起了他说的话，他说他本来就把头发染成了iPhone 13同款的远峰蓝，头发掉了色，重新变回奶奶灰的颜色。这次他把头发染得很到位，五官立体，肤色冷白。他眉如远峰，藏着未出鞘的剑的锋利，单眼皮显得孤独淡漠，像月亮照在将醒未醒的层峦叠嶂之上，与铅灰色的天际融为一体。

程一鑫从大金的身侧走到讲台的中心处，冲大家打了一个招呼。

女生都在悄悄地说："他挺帅的。"

有人冲他比了一个手势："大神。"

他正要说话，大金把手里的扩音器递给他："用这个。"

第一回用这种扩音器而不是大喇叭，程一鑫很不适应，"喂"了一声。

金潇难得见他羞赧。他的耳朵微红，声音在会议室里回荡，他不自觉地隔着人群看了一眼金潇。原来他不是在所有的场合下都没心没肺。程一鑫的声音清朗且有磁性，可惜他常年在嘈杂的环境里扯着嗓子喊，嗓子哑是常态，不哑才奇怪。

"我不是什么大神。"程一鑫笑了笑，"叫我'鑫哥'吧。"

"鑫哥。"

"骗我们叫哥，你看起来还挺像大学生。"

"别说，我们上大学的时候系里有一个大神，技术贼好，成绩贼烂。

程一鑫今天打扮得用力过猛了。千银招的人都至少是硕士，熬掉了很多头发才毕了业，出来上班时都二十多岁了。长期在这种搞技术的环境里，他们多是单身，不修边幅，普遍长得成熟，还加班熬夜，秃头是通病。程一鑫却有少年折不弯的腰，杀马特的发色为他的少年感添砖加瓦。他有劲腰，站在略微发福的大金旁边，体格几乎只有人家的体格一半的宽度。

程一鑫大大方方地承认道："我没读过大学。"

他连从高中毕业都很勉强。许多人不经意地"啊"了一声，光知道他刷机厉害，不知道他在对面的"大世界"里，高中的学历稀松平常。

大金拍了拍他："英雄不问出处，先请鑫哥给我们讲国内主流的刷机手段。"

"鑫哥，"大金把讲台上的凳子拖过来，"坐着讲，随意点儿。"

程一鑫清了清嗓子，再次接过扩音器。屏幕上展现出来他给金潇做的上百页文档，满满的都是干货。他没坐下，笔直地站着讲。他太瘦了，转过身，低头指屏幕的下端时，他们都能看见他后颈上的椎骨。

"市面上主流的刷机主要是要解决这几种问题：第一，忘记密码；第二，系统崩溃；第三，内存不够，界面变成全白的；第四，降级官方系统，比如我把系统升级成了 WOOD 11.0，但更喜欢 10.0，官方不提供降级系统的方式，刷机可以；第五，把手机恢复原厂设置也不能完美地解决系统卡顿的问题。"

大家反应过来时，他已经讲完一页文档了。千银里几乎没出现过如此谦逊的"授课专家"，他开场不介绍自己经手的项目，没吹嘘自己的履历和成就，真的就在认认真真地讲课，没有一句废话。程一鑫把市井的气息收敛了许多，没有展露出在"大世界"里惯有的颓废，比如金潇就没见他把背挺得这么直过。他不再懒洋洋地站着，站得挺拔，如一棵小白杨。他也没有再做一些撸刘海儿、打响指、打响舌之类的非主流动作。

金潇仿佛重新认识了他，不知道今天这种高冷大神的形象究竟是他转性了想刻意表现出来的，还是他受公众场合的限制无法施展社交的手段。

"下面我要说的，是不太光明正大的刷机原因。"程一鑫顿了顿，"比如要抹掉偷来的手机的 ID，绕 ID，要把合约机变成正常使用、无限制的手机，还有篡改软件的权限时面具刷机。另外，据我所知，论坛里还有一些技术大神给手机刷另外一个系统，这纯粹出于破解系统的兴趣，没什么用途。"

底下有人提问："面具刷机有什么用？"

"最简单的例子是，可以用游戏的外挂。"

下面的人"咝"了一声，纷纷地骂起外挂狗。程一鑫淡淡地一笑，一副深藏不露的样子。

金潇:"……"

她没记错的话,他上周刚在游戏的社区里发帖,说遇上外挂狗就反手举报加打爆,底下有一群人说他牛。程一鑫以前打游戏的时候就像同龄的大男孩,满口粗话,大杀四方。他打游戏在意输赢,急了眼就容易上头。他当时被她的操作气得半死,转头看见她又很无奈,直安慰她"没关系"。

程一鑫继续说:"关于刷机的方法呢,市面上有很多软件可以一键刷机,内存不足可以自救,但遇到大部分问题时还是要向专业人士求助。目前刷机主要分成卡刷和线刷两种,针对合约机,黑解是华强北流行起来的解锁方式。我们基本上都是用卡贴的方式解决问题,不过这种方式很不稳定,漏洞频繁地被封。"

程一鑫指了指屏幕上的示意图,正要细说,回头一看,金潇忽然站起来。他还没说完一句话,"封"字还在会议室里回荡。原来她并不是要走上来。会议室里的位置不够,他们本来给金潇留了位置,但她由于去接程一鑫,上来得晚了,就遵守先来后到的规则,主动地与后来者一样坐在落地窗前的地毯上,仰着头注视他。

金潇走到第三排的座位前,让一个女生删了手机里的照片,随即提高音量说:"打扰一下,请大家务必不要拍照,不能泄露授课者的信息,可以在会后向大金要资料。"

她这句话很委婉,但声音覆盖了整个会场。大金反应过来,及时地补充了一句:"别出卖鑫哥呀,不然他会被同行报复的。"

程一鑫给他们整理的资料够清晰、够全面,不是每一个刷机的大佬都愿意和公司合作的。这种人要保住饭碗,生怕被公司告了。金潇重新坐下,却顶不住来自讲台上的灼灼目光,也无法忽略它。

金潇 Tonight:"你别盯着我看。"

程一鑫止不住地想看她,裤兜里的手机忽然振动起来。他用讲台挡着手机,回复她的消息。

鑫哥二手手机专卖:"你不看我,怎么知道我在看你?"

金潇无语。他站在讲台上侃侃而谈,那么明显的一个人,她不看他能看哪儿?倒是他,台下有那么多的听众,他的双眼偏偏盯着她,生怕别人不起疑心似的。

程一鑫发完微信，继续讲解，用余光瞥见底下被金潇要求删照片的女生在嘟嘟囔囔，身侧的人都在安慰她。

"说一句题外话。"程一鑫忽地转头，语气调侃地说，"喀，老实交代，那个妹妹，你是不是把我拍得太丑了，你们的同事都看不下去了？"

女生意识到了自己行为的不妥，但在众目睽睽之下仍然感到很羞臊，恨金潇不给她留一个面子。金潇发私信让她删照片不行吗？听到程一鑫替她解围，女生把双手握成喇叭状，毫不犹豫地扯着嗓子隔空喊话："你很帅的！"

程一鑫勾唇一笑："多谢夸奖。"

金潇看了看微信，没什么回复他的心思。他轻轻松松地就能收割一片叫他"鑫哥"的女生，看他的人又不缺她一个。他左右逢源，谁都不得罪，果然装正经也装不了多久。

程一鑫讲的内容里满是干货，待讲完资料，四十分钟已经过去了。大金接过来话筒："鑫哥辛苦了，休息一下？"

"谢谢。"程一鑫刚要下去，底下的人齐刷刷地举了一排手。

大金一怔，无奈地道："你们是不是想赶我下去？"

大金的人缘好，千银里的人都是他的兄弟，都跟他耍贫嘴。

"我们天天都能见到你，看腻了。"

"鑫哥，太强了吧。"

"这些方法都是你自己研究出来的吗？"

程一鑫实话实说："我就是论坛的搬运工罢了。论坛上的大神才是真大神，发了代码就不管了，我实现实操。还有一些大版本之间的迭代版本，比如论坛上只有 10.0 版本的刷机代码，我可以根据它出 10.2 的刷机代码。"程一鑫低头，刘海儿挡住了眸子，掩盖了他的不自信，"我是职业的缘故对这些事有所接触，如果在座的各位有机会接触到刷机的内幕，肯定比我强多了。"

"还是太厉害了。"大金可算抢回来了会场中众人的注意力，"我们的团队呢，根据鑫哥介绍的国内主流的刷机手段，整理出来了针对刷机的系统升级的需求，并按可实现性提了优化的建议，准备把它们反馈给法国。我现在开始介绍，请鑫哥看看是否需要补充，剩下的时间留给大家自由提问。"

大金说完话，一个刺耳的声音响起。

有男生轻笑一声，讥讽："这不是儿戏吗？"

在座的人都是有高学历的天之骄子，大家同台竞技时仍有不服气对方的时候，更何况来的人是程一鑫。他没履历、没名气，不知道是从哪儿冒出来的。

此人的语气变得轻蔑起来，他难以相信听了这么久的讲座，居然是在听一个疑似没高中毕业的论坛搬运工侃侃而谈。怪不得程一鑫连大神都不敢当，搞不好就是背地里给人刷赃机的，偏偏大家还听得十分认真。

这个人真是有一种被人骑到脖子上愚弄的感觉，说："伍迪设计的系统有逻辑性、流畅性、安全性，大家都有目共睹吧。人家伍迪是天才设计师，博士毕业，十几岁就拿过'金键盘编程大赛'的冠军。你确定我们要听他所谓的漏洞？WOOD公司那边不会高兴吧？"

他们听程一鑫提了这么多需求，不显得自己尸位素餐、碌碌无为吗？千银内部的系统有那么多漏洞，悬赏计划简直像一场笑话。

这人还自证清白地补充了一句："大金，我不是针对你，对事不对人。"

程一鑫挑眉："你质疑我没关系，不用质疑伍迪，我很崇拜他。每个系统都有漏洞。"他伸开手，用另外一只手的指尖抵住这只手的掌心，示意道，"要铺开一个系统，建立完整的逻辑很不容易。但是以点破面很容易，刷机利用的就是这样的漏洞。"

大金打圆场："我们问过伍迪这件事了，他很好奇国内的刷机方法。你快坐下，学历又不能代表啥。"

"啧，那我们白读这么多年的书了？他连英文都读不利索。"

客观地说，程一鑫读英文读得很标准了。他知道自己的英语不好，来千银前认真地背了要讲到的单词的读音，但是到底不擅长英语，读起单词来声音里总透露着不自信。他不自觉地放慢了语速，却绝对没到"读不利索"的程度。

金潇举手，随即站起来替他说话："如果一个人十六岁就开始修手机呢？读过的书不会白读，他付出的时间也不会被辜负。各位基本是从大三开始进实验室的吧,到研究生毕业,满打满算学习了五年。同样是二十五岁的时候,他在手机这个领域的学习时间,比在座的大多数人的学习时间都长。"

千银里的学历鄙视链经过上行下效,荼毒着每个人。虽不怀疑招来的人的水平,但程一鑫今天是被她请来的——她不可能让别人羞辱他。

金潇说得掷地有声:"我的爷爷建立千银的时候,仅初中毕业。"

金潇进千银已有两个月,虽然家境已是公开的秘密,但这还是第一次公开承认自己的身份。他们八卦她的身份、成长的经历、有多少财富、父亲是否入赘等,却总是忽视了一点——她是千银年轻一代的继承人,也是千银未来的掌舵人,拥有真正的话语权。

识时务者为俊杰,刚才叫嚷的人瞬间沉默了。

大金打圆场:"金潇说的是鑫哥吗?你十六岁就开始学修手机?"

程一鑫想笑,金潇就算维护他,都不好意思喊他一声"鑫哥"。他落落大方地承认道:"是,我那时候学修手机。"

大金的脑子转过弯来,他问:"所以,你们那么早就认识了?"

金潇:"……"

她到底说错了什么话?

于是,两人分别在台上和台下,同时开了口。

"认识。"

"不认识。"

大金一脸疑惑。

金潇瞪了一眼程一鑫,他收到她的眼神暗示,两人再次同时开了口。

"不认识。"

"认识。"

金潇实在是无语了,他们怎么没有默契?

程一鑫重新夺回扩音器,替她澄清事实:"是这样的,她以前在我的店里买过手机,但不认识我,我对她有印象。直到这次刷机,我误打误撞,发现她是老客户。"

"哦,确实很难对我们银厂的厂花没有印象。"

"鑫哥开手机店?在哪里呀?"

程一鑫每天要说几十遍这句话，一碰嘴皮子，话就出来了："是二手手机收售修。"

大金主动地说："有没有电子的名牌？各位回头给鑫哥打打广告吧，不过别透露鑫哥来讲过刷机的课。"

"有的。"程一鑫低头操作电脑，很快屏幕上跳出了一张黑金色的名片，上面有二维码、地址和电话。他忙里偷闲，瞥了金潇一眼。金潇知道他笑得不安好意，果然，手机又振动了。

鑫哥二手手机专卖："厂花？"

底下又有人议论了。

"我一个搞设计的人，竟然感觉这张名片怪好看的？"

"是呀，很秀。"

金潇垂眸。这张名片是她以前帮他设计的，跟他保修的标签一样有一双金色的小翅膀，翅膀在画面上很亮眼，又不喧宾夺主。他那时候还很嫌弃它，说它没有人家花花绿绿的名片吸引人，逗得金潇气鼓鼓的。没想到，过了这么多年，他还用着这张名片呢。他大概是出于提出分手的愧疚才一直用它吧，留着它，怀念一段不合适的感情。

"'大世界'，哟，鑫哥原来就在对面？"

"对，"大金是知道这件事的，说，"大家要修手机可以找鑫哥。"

一个男生忽然认真地举手："鑫哥，你修手机的技术好吗？"

程一鑫用自信满满的语气开着玩笑："哥要是第二，'大世界'里没人第一。"

眼睛一亮，男生语速飞快地诉苦："我们以旧换新条线，天天收到假零件。还有，我们按 256G 的内容收上来那种扩容机，发现它竟然是 64G 改的。"

"扩容机还是很不稳定的。"程一鑫点头，"它经常黑屏，不耐摔，玩游戏时闪退，无故地注销 ID，我建议你们压根就不要收它。"

提问的男生很无奈，说："没办法呀，线上的卖家截图了系统的界面，看了 256G 的扩容机，初步估值再验机以后，我们要是告诉他不收扩容机，就要被投诉，就是降点儿价也要捏着鼻子收了它。你能不能给我们培训一下？我们也需要给研发的人员提需求升级的事。"

程一鑫瞥了一眼刚才戗他、质疑他的学历的人，感受到了千银的学历鄙视。再也没有人会像金潇一样了吧——她明明有优渥的家境，却毫无盛气凌人之意。他说："我可以把我的师傅介绍过来。他虽然只是本科毕业，但是之前开过一家手机维修城，很有资历。"

他报了手机维修城的名字，本地人都对它有印象："它现在怎么不开了？你的师傅现在在哪儿啊？"

程一鑫垂眸："他修了一辈子的手机，现在视力不好，得了飞蚊症，不敢再修了，徒弟就都出去自己单干了。"程一鑫很有信心，说，"但他来做理论指导肯定没问题的。"

"好，谢谢鑫哥，我加你的微信细聊。"

"没问题。"

等他们问完许多问题，大金再次幽怨地看了程一鑫一眼："到底有没有人听我说升级的方案了？"

程一鑫主动地将扩音器交给他，走下讲台。

大金给他留了座位："鑫哥，那边坐。"

"不用。"程一鑫摇头，人群自动地给他让出一条窄窄的路，"我去找我的老客户。"

落地窗前坐了一排人，金潇也在其中，且刚才还是带头坐下来的那一个。因为她不坐下，其他男生都不好意思坐。程一鑫的双腿修长，他盘起腿，几乎挨着金潇坐下，柔软的地毯坐起来很舒服。金潇是抱膝坐的，却把腰挺得很直。台上的大金在切换幻灯片，短短的一周内，他们的效率颇高，成果斐然。

程一鑫在想，上次两人并肩坐在地上的情景好像还清晰地映在他的脑海里。那次他们在他的家里看电影，看电影之前一起去超市买东西。金潇在那儿看每包零食的热量表，他把零食抽走，把它们扔进购物车里："别看了，热量越高的东西往往越好吃。"金潇不爱吃零食，却逃不过被他喂了半包薯片的结局。她以前可真好哄。

现在，两人的聊天记录还停留在那句"厂花"上，她一条消息都没有回复他，两人夜聊甚欢仿佛是他的一场错觉，只存在于她深夜里意志力薄弱的时刻。只有那时，她才给他乘虚而入的机会。于她而言，他就像热量很高的零食,能短暂地给人快乐,但最终会是她拒绝的垃圾食品。他能近距离地看她已是奢望,以后再没有这样的机会了吧。

大家聚精会神地看着大屏幕,唯独他们听不进去台上的声音。两人距离对方咫尺之遥,坐在同一片地毯柔软的绒毛上,手微微地一晃就可以碰到对方。五年前不欢而散后,他们再也说不出来在微信上夜聊时说的玩笑话。

金潇低声说:"谢谢。"

程一鑫并不领情,讥诮地笑,同样低声道:"下一句话,我帮你说了吧。"

金潇疑惑地问:"什么?"

此刻程一鑫的气质真不一样,他又变回了入场时的他,眉目间的冷峻像化不开的雪山。他慢慢地吐出几个字:"后会无期,再也不见。"

金潇愣住了,后知后觉地发现,这是五年来他们第二次见面。他们第一次见面,是两周前在大世界商城里的偶遇。两人短兵相接,她被他的话弄得心虚,有落荒而逃之嫌。她把话说得那般决绝,说以后让同事来和他对接,等于再也不见他。所以,他今天是抱着这样的心态来的吗?怪不得他出言讥讽她。

金潇垂眸:"我不是这个意思。"

程一鑫转头看她,她却不与他对视。半晌,他轻启薄唇,问她:"你还想见我吗?"

她好像什么都不该说,说什么都是错。五年前的分手就证明了他们不合适,她并不能因为请他帮了忙,就给他自己不该给的承诺,无论程一鑫是否自作多情、态度又有多认真。她看得出来,程一鑫不排斥见她。

金潇说不下去,低头打字,给他一个痛快。

金潇 Tonight:"对不起。"

程一鑫倏地转回头去了,不再看她。后门"吱呀"一声开了,去食堂打包下午茶的同事进来了,给他们分了茶点。同事照顾女生,把热饮都给了她们。不透明的打包杯上套了高温防烫杯套,金潇随意地拿了一杯热饮,径直把它放在后面的窗台上。蓝色杯子的图案跟室外的一方蓝天般配,冲淡了她感受到的周身凝固低沉的气氛。

程一鑫同样拿了一杯热饮。分配下午茶的妹子很惊讶,说:"我还是第一次见男生主动地要求喝热饮。"

程一鑫卖惨，淡淡地一笑："我脾胃不好。"

"哦。"妹子看了一眼他，满眼怜悯地说，"怪不得你这么瘦！"

金潇："……"

他大冷天跑完步，喝冰冷的康师傅矿泉水的时候还少吗？强迫自己不去看程一鑫，金潇盯着屏幕，发觉又能听进去大金讲的内容了。她伸手去拿杯子，喝了一口热饮，发觉这是蜂蜜柚子茶。她没认真地看饮料，竟然能选到喜欢的口味。

等会儿，金潇愣住了。她分明记得自己选的饮料有着蓝色的杯身，现在杯子怎么变成了紫色的？

她有了一种不祥的预感，往旁边看去。程一鑫察觉到她的目光，旋转了一下自己手里的杯子，展示给她看——杯子是蓝色的，跟他远峰蓝的头发很配。他说："我突然想喝牛奶，就跟你换饮料了。放心，我没喝过你的饮料。"

金潇瞥了一眼，发觉原本她拿的那杯饮料确实是热牛奶。金潇自小就乳糖不耐受，如果空腹喝牛奶，过不了半个小时肠胃就得翻江倒海。她很是纠结，他到底是出于心血来潮跟她换饮料，还是记得她不能喝牛奶？

程一鑫舔了舔唇角上的白色奶渍，冲她一笑，仿佛刚才什么事都没有发生。

## 第六章
## 对方正在输入

　　说起金潇乳糖不耐受，他们之间还发生过一个小插曲。虽然那是很久以前的事情了，但金潇觉得程一鑫应该不至于忘记它。那时候风还很清，天还很蓝，他们还刚认识。

　　滨大附中一年一度的校运会在四月里如期而至。校运会一共要开三天，高三的学子只能参加一天的活动，第三天下午的教职工比赛和闭幕式上都没有高三学生的身影。至于校运狂欢之夜，他们自然想都不用想了，照常回到教室里上晚自习。

　　校运狂欢之夜曾是他们上高一、高二时最嗨的时刻，全校的三十个社团轮番在礼堂里表演节目，连动漫扮装都可以被搬上面向全校师生的舞台。短短的几分钟足以让学生们沸腾一晚上，停留在他们的话题里有数日之久。他们长大后回忆往昔，往往会唏嘘，觉得不可思议——如今随心所欲的事，竟是以前乏善可陈的高中生涯里的光束。年少时的奢望实现起来最令人快乐，但当时，确实无人拥有与"好好学习，天天向上"的潜规则抗衡的能力。狂欢之夜已是他们在高中的时代里坚持个性的最大叛逆之举，也是"大人阶级"向他们做出的最大妥协。

校运会的第一天基本是预赛，高三里只有报名参加项目的选手能去参加，大多数人都眼馋地看着高一和高二的学生搬着椅子去操场。第二天，高三的大军才浩浩荡荡地从教室里出发，每人搬着一把椅子，背着鼓鼓的书包，奏响了嬉笑声与椅子碰撞声的交响曲。

他们即使上了高三，在校运会上还是会相对放飞自我的。班主任睁一只眼闭一只眼，由着他们带零食吃。有人偷偷地带了手机，若在校运会期间把手机拿出来拍几张照片，班主任当然默许。至于他们能不能顺便把手机塞在校服的外套里，用外套挡着玩一会儿手机，就看个人的技术了。通常来说，班主任道高一尺，他们魔高一丈，这是必备的素养。

大部分同学是不参加比赛的，打打酱油，转身当啦啦队。比如方好好就在书包里装了一堆零食和饮料，还带了一个塑料袋，摇摇晃晃地搬着椅子走。方好好皱眉："太累了，还是高一、高二好，高三的教学楼离操场也太远了吧，我都快拎不动椅子了。"

方好好长得不高，上高三后体能更是直线下降。她此刻累得只想偷懒，把椅子在地上拖了几下。金潇主动地伸出手："我帮你拎一个包。"

方好好看了一眼金潇，摇头："算了吧，你的包看着很重。"

金潇作为校运会的主力，带了很多跑步的装备。她带了运动短袖和短裤，怕出汗后感冒又带了羽绒服，还带了一升容量的保温杯、两双钉鞋、毛巾以及疑似装了不少书的书包。

方好好问她："你带齐东西了吗？"

金潇晃了晃手里的白色运动包："东西都在这儿。"

方好好笑起来："好呀，等会儿它们都归我管。"

方好好在校运会上基本是跟着金潇跑的。她陪着金潇去检录，在金潇比赛的时候看好金潇的东西，等金潇一冲线就拿毛巾和水。众人走了一半多的路程，方好好再次拖了一下椅子，椅子在地上发出痛苦刺耳的尖叫声。人群吵闹，但她自己被吓了一跳，"嗡"了一声。

荀浩然回头，三两步蹿到她的身边："我帮你搬凳子。"

他昨天跑过预赛，跟金潇一样，今天都要参加决赛。他不像金潇——金潇总怕别人议论她换上运动短裤以后露出来的大长腿。担任体育委员的荀浩然对校运会的热情无人能及，在十几度的天气里早早地换上了白色的短袖和短裤，露出满是肌肉的一双毛腿，张扬又自信。他还在脖子上挂了一个晃晃荡荡的哨子，它是沉闷的校服中的一抹阳光。

方好好看了一眼荀浩然，就不好意思再看。荀浩然的手跟钢板似的，死死地扳着方好好的椅子背。已经有人在后面指指点点了，光天化日之下，整个年级的上千人都在这条长队里，男生主动地帮女生搬椅子，这是很暧昧的事情。金潇瞥他一眼："我会帮好好，你不用来了。"

两人同时握住椅背发力，荀浩然狠狠地瞪了金潇一眼："金潇，你别以为我怕你。"

金潇点头："那咱们在田径场上见。"

这句话让方好好"扑哧"笑了一声。

金潇无论参加哪个项目，都是女生里的佼佼者。荀浩然确实不想仗着性别的优势硬抢椅子，又不是真到比赛时会厌。

荀浩然松手，被她弄得没了面子，喘着粗气回到男生的队里。他身边的男生都挤眉弄眼地笑了，说："哟，狗哥，哥们儿跟你说，你八成是得罪潇哥了。"

"我哪里得罪她了？"

那男生翻了一个白眼："装，你继续装。"

荀浩然的声音低下去，他心虚地嘀嘀咕咕："我不就是让她为班级争光嘛。"

但如果金潇不想为班级争光呢？如今极少人会主动地提起她装阔的事或来找她的麻烦，但同学之间聊起手机时，总会笑嘻嘻地瞥她一眼。

金潇对班级荣誉感已经看淡了。这个她待了近三年的班级彻底成了学习的场所，没能让她有一丝留恋。她做的事够多了——年年在校运会上拿七八枚奖牌，在合唱比赛上拉小提琴伴奏，班里的每一期板报几乎都是她画的。高一的时候，金潇主动地报了三个项目——100米、200米和400米。理科班里的女生本来就不多，总共来自四个宿舍，加起来有十多个人，根本填不满报名表。校运会的报名向来是很困难的，荀浩然游说了许久，嗓子都喊哑了。他最后抓耳挠腮地问金潇能不能多报几项，连哄带骗、半强迫地给她把800米、4×100米接力、4×400米接力、跳高、跳远、三级跳远、仰卧起坐都报上了。方好好得知后目瞪口呆，说这简直是铁人十八项。

高二的时候，金潇没等荀浩然问，直接把这十项都报上了。高三再报名校运会时，金潇说高考临近，不愿意再报那么多项目了。荀浩然死活劝不动她，在这周补报名的时候，偷偷地给她把那些项目都报了上去。他本来做好了心理准备，觉得金潇在名单上看见自己的名字肯定会收拾他，但金潇什么都没说，转身回到座位上，埋头做题。荀浩然还以为这件事过去了呢，原来它没过去。

金潇跟方好好换了一下手里的东西。方好好拎袋子，金潇扛两把椅子。荀浩然吹了一声哨子："咱班的大本营在这儿，在这棵树下，挨着栏杆。"

有人插嘴："我原地给大家表演一个撑杆跳。"

班主任黑着脸说："谁要是敢偷偷地翻墙出去，我打断他的腿，你们信不信？"

滨大附中的操场一圈是标准的400米，各班围在跑道的外侧绕圈摆椅子坐，全校有三个年级，共六十个班，一个班也就占巴掌大的地方，椅子挨椅子，十分热闹。金潇去旁边的艺体楼里换上了运动服，裹上长及脚踝的、严严实实的羽绒服，不泄露一丝春光。男生都偷偷地看她的腿，又遗憾地收回目光，低头玩手机。趁还没开始检录，金潇开始做题。四周的人很吵，她要静下心来才行。广播里"嗡嗡"地放着音乐，校园播音员诵读着各班投稿的为运动员加油的稿件，对赛事的通知、枪声和口哨声传来，声声入耳。

后面的同学们很是躁动。高一、高二的时候他们在主席台下的那一侧，现在正好在操场的北侧。正如荀浩然所言，他们紧贴学校的外墙，距离外界仅有一排铁栏杆之隔。小商贩们大概闻到了生意的气息，卖棉花糖的、卖冰糖葫芦的还有卖零食饮料的人都贴着外墙摆了一排摊，从栏杆之间的缝里传递东西，一手交钱一手交货。金潇刚瞥了外面一眼，方好好就满眼期待地晃她的胳膊："潇潇，你帮我拿一下棉花糖。"

金潇："……"

粉色的棉花糖几乎有一颗足球那么大，人根本没法从狭窄的缝隙里传递，得踮起脚绕过两米多高的栏杆从上面传递它，方好好显然不够高。金潇小心翼翼地接过棉花糖，把它递给方好好。甜妹就是甜妹，方好好拿着棉花糖，整个人像童话里的糖果公主，苟浩然都看傻了。

几米开外的栏杆那里，两人似乎在搞什么地下交易。

"这是最新的 iPhone 6s, 租一天五十块钱, 我都把主流的游戏下载好了。"

"手机没电了咋办？我们的学校里没法给手机充电。"

"充电宝，租一次十块钱。"

"押金……"

正好有一根墙柱子挡着他们，听到熟悉的声音，金潇多走了两步绕过去。

四目相对，金潇疑惑地开口："程一鑫？"

程一鑫戴着鸭舌帽，帽子挡住了他的那头奶奶灰色的头发，几撮漏下来的刘海儿挡在额前，显得单眼皮又酷又冷。鼻梁高挺，他抿起薄唇，深邃的眸子里有着浓浓的笑意。眼神里没有多少惊讶，他笑嘻嘻地说："晚安妹妹，我们又见面了。"

从这漫长的三秒钟对视里，金潇得出结论："你早就看见我了。"

程一鑫把手里的充电宝抛高又接住，调侃道："我想看不见你都很难吧？"他冲她的身后扫视一圈，压低声音说，"我顺着你们班男生的目光瞅就知道了。"

金潇迅速回头，果然不少人都是惊弓之鸟，猛地低下头，装作无事发生。

金潇："……"

程一鑫笑了，问："你是班花？"

"不是，"金潇面不改色地说谎，"班花是那个人。"

她瞥了一眼俞薇安。俞薇安准备参加的跳绳项目下午才开始比赛呢，这会儿就把短裤换上了，一边压腿抻筋一边跟男生聊天。魏思琳难得没围着俞薇安，坐在附近的位子上，踩着前面的椅子埋头睡觉。她昨晚看漫画看到凌晨三点，困得神志不清，就等着在校运会上补觉。

程一鑫早就看见她们了，不屑一顾地说："你们班的男生瞎了吧？"

金潇面色微红，不知该怎么接他的这句话，垂眸问："你看见了我，怎么不打招呼？"

如果她没看见他，他打算装不认识她吗？

"我是校外的混混儿，你是乖宝宝，我跟你打招呼合适吗？"

金潇一脸认真，生怕他受歧视似的问："这有什么不合适的？"

程一鑫的眸子里尽是戏谑的笑意，这个妹妹太娇憨了，他挑眉："合适就好。"他换了话题，问她，"你比赛吗？"

"比。"金潇本来是恼火的，被他这么一问，倒是倒豆子一样把项目都说了。

"哟，你全能啊。"

"我参加跳高、跳远那些项目都拿不到金牌的，凑数。"

"啧啧，真好。"程一鑫羡慕地道，"哥也想比赛。"

这句话跟他的杀马特发色、摇晃的大金链子、冒牌的大牌卫衣和破了大洞的牛仔裤都格格不入，但金潇跟他在滨大里比赛过跑步，感受得到他的羡慕是真真切切的。

他勾勾手指："你们的校运会上有没有需要替跑的小帅哥？"

"没有。"

"是没有小帅哥，还是没有要替跑的人？"

即使知道程一鑫可能在逗她，金潇还是瞪大眼睛，义正词严地说："都没有。"

她生怕他真的嚣张到翻墙进来，这是高中的校园，跟开放式的大学校园可不一样，不是什么人都能进来的。之前有小混混儿翻进来偷东西，直接被教导处的主任扭送去派出所了。

程一鑫轻笑，说："放心，哥逗你呢。"

两人还欲说些什么，广播里播报了："请高三13班的金潇同学、高三1班的赵梦梦同学、高三……听到广播后，尽快到检录处检录。"

金潇指了指身后的操场："我……先去检录。"

"什么项目？"

"50米，后面还有几个项目。"

"加油。"程一鑫正色道，"哥毕业以后就再没见过奖牌了，你拿一个奖牌给哥看看。"

方好好三两下地把剩下的棉花糖吃完，转眼间看不见了被柱子挡住的金潇，扯着嗓子喊："潇潇，走了！"

金潇走了两步，回头："你待会儿还在这儿吗？"

她跑完步回来，还能见到他吗？

程一鑫眨眼："哥一直在，去吧。"

周围的人都在催她去检录，金潇扒着栏杆说完话，又怕耽误他做生意："你……"

话音未落，程一鑫又挥手："快去检录，哥等着看你跑。"

方好好从荀浩然那里领了一张工作人员的证，把它挂在脖子上，方便陪金潇进内场。身边的方好好抱着水壶，金潇拎着运动包，跨过操场和各班的大本营之间的彩带，穿过赤红色的跑道，走到中间绿油油的足球场上检录。整个学校这么大，有三千个同学，只有方好好一人是真心地陪伴她的。

金潇习惯了为集体荣誉跑，为自己跑，为方好好跑。此刻她想到栏杆外的那个人，如今又多了一个理由，想为他跑。仅仅和他认识了不到两个月，第四次见面时，她就好像很了解他了。同理心令她感同身受——他渴望跑进大学、跑向比赛却做不到，她就跑给他看，回报他带给了她那么多快乐。

程一鑫每次出现，都让原本不快乐的事情变得值得期待。她觉得父母给她的无形压力过于沉重，程一鑫告诉她，有父母就很好了。她不想学通信工程的专业，转眼间看见他在夜市上摆摊、在后备厢里蹦迪的光效下学手机系统的英文资料，就想到如果他有机会学这些知识，他会很珍惜吧。她不想参加校运会了，看见程一鑫羡慕的眼神，就又有力量了，暗自决定珍惜高中三年里的最后一次参加体育比赛的机会。

从别人的苦难中汲取走下去的勇气，金潇又感到了羞耻，惴惴不安。

程一鑫哪里知道她想了这么多？他只顾有一搭没一搭地出租手机和充电宝。校运会举行的这两天，仗着老师不管，大家都放飞自我了，平时一周里带的几个充电宝一天就能耗完电量。租手机一天五十块钱很贵了，但程一鑫一会儿工夫都租出去了十几部手机。几个男生租一部手机轮流打游戏，岂不快哉？既然答应了金潇，程一鑫就蹲守在高三13班的附近，懒洋洋地靠着墙。高中的班级是一个流动的小社会，很多人呼朋唤友，其他班的人就不远万里地蹿过来租手机了。

没学生来的时候，他就跟隔壁的摊主聊天，没想到还顺便揽了一个单子。隔壁的摊主想换手机的电池,一听他这里卖的电池如此便宜,说过两天就去"大世界"找他。程一鑫听见靠近栏杆的位置有两个男生在聊天。

"潇哥脱外套了。"

"这时候就别一口一个'潇哥'了。金潇的腿真的好看,又白又长又直,她站在那儿就比别人高了一截。"

"要是她能穿旁边那个人的那种运动背心就好了。据说她有马甲线。"

"一会儿她跑的时候咱们凑到前面看呗,她肯定得经过咱们这儿。"

程一鑫:"……"

他暗暗地记住了这两个人长什么样。

很快,一声枪响传来,运动员如离弦之箭一般射向终点。明眼人都能看出来,金潇是第一个冲线的。他们班沸腾了,全体同学都站起来欢呼,站在离栏杆最远、离操场的隔离线最近的地方替她呐喊助威。相比之下,程一鑫的四周是无人问津的角落。他发觉自己已经站了许久了,还能远远地看见金潇去主席台上领奖了。

他由衷地勾唇一笑,去车上拿了一个马扎坐下。她很忙,下了主席台又去了检录处,换了一双钉鞋。程一鑫猜她要跑长跑了。果然,下一个项目是 800 米。他都觉得她累,看她一双长腿像风火轮。她像雅典的女战神,又去跑 200 米。很快,两金一银三块奖牌就被她拿下了。

金潇没想到整个上午都没空回一趟大本营。她本来有时间回去的,破了一个校纪录后,被广播站的人拦住了。他们说要采访她几句,下午把视频播出来。中午她回去前瞥了一眼大本营,栏杆外空无一人了。

"潇潇,我给你打好饭了,咱们回宿舍吃饭?"

"哦,谢谢。"金潇回眸,"走吧。"

下午她们从宿舍出发去操场的时候,方好好疑惑地看了看金潇的书包,感觉书包比早上的时候重了很多,问:"你的书包里装的啥?"

"没什么。"金潇轻松地说,"书,我下午抽空看看。"

"是呀,下午的项目没那么多,我也看看书。他们有人中午回教室里自习了,太拼了。"

平时每天都有一半的人不睡午觉,留在教室里自习。他们难得能在校运会时放松一天,还如此学习,着实太卷了。

二人来得很早,阳光和煦,暖意融融,方好好打了一个哈欠:"我趴着睡一会儿,到检录的时候再起来。"

金潇放下了书包,走到柱子的后面,愣住了。程一鑫还在那儿,不知道什么时候弄来了一个小马扎,正靠着栏杆睡觉。斑驳的阳光从树叶的缝隙里落下来,他的肌肤几乎是透明的。金潇想了想,光明正大地把自己的椅子拖过来,在大本营最后面的角落里坐下。她坐得离栏杆很近,近到一伸手就可以碰到他。

或许是被她挪椅子的声音吵醒了,程一鑫把鸭舌帽拿开,眯着眼睛捋了捋被压乱的刘海儿,重新戴上帽子。金潇小声"嘿"了一声,问:"你一直在这儿吗?"

"没,哥去吃了午饭,就在你们学校对面的那家黑店里吃的。"程一鑫睡眼惺忪地伸了一个懒腰,卫衣的下摆处露出一截劲腰,"哟,金牌呢?给我看看。"

金潇从书包里拿出金牌来,程一鑫仰着脖子看。他的手指很漂亮,细白又有骨感,他把彩色的带子缠在指尖上,把金牌吊在眼前看金灿灿的颜色。他倒是很给面子,夸张地"哒"了一声,说:"新鲜出炉。"

随后,金潇还没反应过来,就看见他把金牌塞进嘴里,他作势就要咬下去。金潇瞪大眼睛,惊呼一声:"你……"

程一鑫调笑道:"怎么了?你咬过呀?"

"没……没有。"

"你们没那个习惯吗?上颁奖台时咬一口金牌。"

有的,只是金潇不习惯那样做。再说她读的又不是体校,三年来她的体育水平在滨大附一直是顶尖的,拿了太多金牌,早就手软了。

金潇犹犹豫豫地说:"没事,你要是想咬金牌,就咬一口吧。"

程一鑫瞬间笑喷了。

金潇都被他笑毛了,问:"怎么了?"

他笑起来,眼睛是熠熠生辉的,下颌瘦得连曲线都很锋利。他翘起唇角,像偷吃了食的猫。程一鑫笑得快岔气了,想到她那一副很硌硬又很同情他、忍痛割爱地允许他咬金牌的表情,说:"有没有人说过你很好逗?"

金潇瞪他一眼:"有哇,你呀。"

程一鑫到底没咬一口金牌，笑够了就把金牌还给她。金潇被他笑得耳朵都红了，迅速把金牌塞回书包里。

周围的同学陆陆续续地来了："潇哥，坐得那么靠后干啥？"

"看书。"

金潇把书包里的资料拿出来，资料有厚厚的一沓。她没想到会这么快就遇见程一鑫，上次把资料打印出来就带回学校了，平时把它们当成英语的阅读理解，翻译了三四份资料里面的关键词。她还有很多没翻译的资料，打算高考后有空把它们翻译完，再去夜市上把资料交给他。现在既然提前碰到他了，金潇觉得他可以早点儿开始学习。她从栏杆的缝隙里分了两次才把资料都塞过去。

程一鑫呆住了，问："晚安妹妹，这是啥？"

他在阳光下一看那些资料，密密麻麻的英文简直是小蝌蚪在群魔乱舞。他打了一个哈欠："你是不是想听哥当场跟你说'晚安'？"

金潇解释道："上次我看见你给我看的那些资料是别人从 Smart phone 论坛里下载的，就去论坛里的公开资料区下载了这些文献。我猜你是想学手机系统的知识，这些资料都是和系统相关的。"她又塞给他一本厚厚的英文词典，"这个送给你。"

程一鑫拿着词典，觉得它烫手："这都能当板砖拍死人了，你留着吧。"

"我不需要了，马上高考了。"

程一鑫被怼、被黑、被调侃都能面不改色心不跳地跟人家斗上一百八十个回合，直把别人说得哑口无言。此刻哑口无言的，竟是他自己。他揉了揉眉心，尽数接过来东西："谢谢。"

金潇笑起来，说："不用，希望对你有帮助。"

这都是什么对话？讨好型人格可真丧，山猪吃不了细糠。程一鑫烦躁地摘下帽子透气，一头漂亮的奶奶灰色头发很扎眼，路过的行人都多看他两眼。他扭头冲人家吹了一声口哨，以缓解心情："我把它们拿回车上，晚上回去慢慢地看。"

"好。"金潇低头看书，没想到一袋巧克力和一盒牛奶出现在她摊开的书本上。那只有骨感的手缩回去，程一鑫真的太瘦了，手腕上的骨头凸起，令金潇能清晰地看见每个关节和筋络的走向。

见金潇回头,程一鑫笑着说:"无以为报,零食贿赂。"

他知道金潇不能吃其他零食,给她的是标准的跑步套餐。

金潇仿佛拿着烫手的山芋,说:"谢谢。"

她一向乳糖不耐受,但是如果饮用少量的牛奶,问题应该不大吧。金潇不会拒绝别人,尤其是联想到程一鑫的励志故事后,更感觉手里的巧克力和牛奶沉甸甸的。她象征性地吃了一块巧克力,又喝了几口牛奶。

程一鑫转头又忙起来,下午来租充电宝的人更多了。他正好中午回去换了一些电力十足的充电宝,又把它们租出去。还有不少给现金的高中生,他背的腰包都快塞不下钱了,眼角的笑意流露出他的好心情。

金潇掐着时间拿出钉鞋,开始换钉子。

程一鑫送走一个学生,转头看她:"你不是带了好几双钉鞋吗?"

"我本来没报跳高和三级跳远的项目,只带了两双钉鞋,长跑和短跑的时候穿。"

程一鑫伸手:"我给你换钉子。"

金潇拒绝:"不用了。"

"这种活交给哥。"程一鑫挑眉,信誓旦旦地说,"拧螺丝,哥是专业的。"

他可真是自来熟,一探身,隔着栏杆径直从金潇的手里抢过钉鞋。她的鞋就那么杵在他的腿上,他勾勾手指:"给我钉子。"

金潇无奈,把工具都交到他的手上。程一鑫的动作确实很快,他给她换上塔钉,拧得很用力,他的下颌都绷得紧紧的,手上的青筋凸起来。在体校里要给别人做手脚,最简单的办法就是从钉鞋下手,多少人在这上面栽了跟头,程一鑫不敢疏忽,说:"跳高得穿那种钉鞋吧——前面有七颗钉,后面有四颗跳钉的钉鞋,你穿这双鞋怎么跳?"

和他聊起天来,金潇不尴尬了,叹气:"没办法,我不想让我的爸妈给我送钉鞋来了,他们肯定担心我耽误了学习。"

"其实也没事。"程一鑫扫了一眼,"我看你们有不少人参加比赛都没准备钉鞋。"

金潇是认真的,满眼光芒地说:"比都比了,我还是争取拿一个奖牌吧。"

程一鑫夸她:"有志向。"

跑道上,男子的 1500 米比赛正如火如荼地进行着,呐喊声一声比一声高。程一鑫笑了笑，说："你猜谁能拿金牌？"

金潇知道荀浩然一定会夺冠。他拿了两年金牌，每次跑最后一圈时才反超别人。但她今天看背后粘着3号号码牌的荀浩然不顺眼，故意说了目前跑得最快的7号选手。程一鑫的眼睛很毒，他说："我猜3号。"

金潇：你猜得真准。

"打个赌？"

"不了吧。"

"你怕输？"

金潇不说话，额前冒汗，渐渐地开始肚子疼了。她捂着肚子，过了一阵，肚子又好了。程一鑫兴致勃勃，很看好3号选手，问："彩头是啥？"

明知要输，金潇也没什么输不起的东西，说："随便。"

程一鑫眯着眼睛："你要是输了，高考完来给哥打一天工，咋样？"

"可以。"

两人轻碰拳头："一言为定。"

金潇一直看着他，忽然想到一个问题，早上被他一打岔，就把它忘了。她问："每年的校运会时，你都来我们学校出租手机吗？"

怎么往年她完全没听说过他？

程一鑫把手里的银色钉鞋扳手旋转着抛向高空，待扳手落下来，再一把抓住。他似笑非笑，说："你想问，我今年是不是为你来的？"

他一言不合就逗她，就不能好好地说话吗？

金潇扭头："我不是这个意思。"

程一鑫嗤笑，把钉鞋递回去："如果我说'是'呢？"

"我……"金潇把钉鞋往鞋盒里一扔，拔腿就跑。

程一鑫："……"

他只想跟她开开玩笑，怎么就把她吓得像受惊的兔子？他低低地"喂"了一声，试图把金潇喊回来，跟她解释。奈何金潇一溜烟跑了，迈开大长腿，越过地上的各种矿泉水的箱子、气球、给运动员加油用的气球棒槌之类的障碍物，跑远了。周围尽是她的同学，他不敢大声喊，低头给她发微信。

鑫哥二手手机专卖："哥的意思是，我以前不知道好学生玩手机，因为你才知道了，今年就来了。"

栏杆前徒留一把空椅子，没人陪他唠嗑了。程一鑫眯着眼睛，仰头转动脑袋，脖子一阵"嘎嘣"响，太阳太刺眼了。他不知道金潇能不能看见微信，似乎一天都没见她拿过任何通讯的设备，她一有空就看书。

没过几分钟，一个小姑娘匆匆地跑过来，脑门上还有睡出来的褶子和红印。她好像是一直跟着金潇的那个妹子。方好好听见了检录的通知，找了一圈都没找到金潇，都快急死了。好在她很快收到了金潇的短信，跑到栏杆边上的座位旁，帮金潇收拾钉鞋和运动包。方好好一转头，看见三五个人簇拥着俞薇安回来。俞薇安刚参加完一分钟跳绳的比赛，几人替她惋惜不已："薇安只差六下就拿奖牌了。"

方好好眼睛一亮，匆匆地跳起来，去摘魏思琳挂在胸前的内场工作牌。魏思琳被吓了一跳，问："怎么了？"

方好好一副"你行行好"的软萌模样，说："思琳，我急着去检录处，你快把牌子给我。"

学校为了维持赛场的秩序，除了参赛的运动员，只发给每个班级五张内场的工作牌，有牌的人可以在大本营、内场检录的候场区和赛场的终点处自由地出入。俞薇安属于团宠，参加跳绳比赛，招呼了一群人近距离地陪她，用了三张工作牌。

魏思琳摘下牌子给方好好："你快去，我听见广播里喊金潇的名字了，她去哪儿了？"

方好好叹气："别提了，她不知道抽什么风，刚刚喝了一瓶牛奶。"

"啊？"好歹和金潇当了三年的室友，魏思琳很惊讶，问，"潇哥不是乳糖不耐受吗？"

"就是呀，现在她肚子疼呢。我先去检录处等她，看能不能帮她改到最后一个跳高。"

方好好拽着金潇的运动包，风风火火地一路小跑。金潇是体育老师眼里的红人，方好好没怎么求情，就帮金潇改到最后一个出场了。金潇练跳高练得少，但凭着极好的弹跳力、弹弓一样的腰肢和强大的爆发力，还是带着一枚奖牌凯旋。

在集体荣誉的面前，一切小矛盾都是浮云，大本营里人人欢呼"潇哥万岁"。隔壁班的人到现在拿的奖牌都没超过三枚，看这边光金潇一人就包揽了四枚奖牌,都很羡慕,嚷嚷着让荀浩然或者金潇加入他们班。荀浩然正好比完男子跳高的项目,比金潇先一步回来,额头上还挂着汗珠。他抓着一大把学生卡,像洗扑克牌似的把卡拿在手里拨弄,让它们发出清脆的声响,冲隔壁班笑:"胡说。"

他身边的男生看金潇:"潇哥一会儿还有比赛吗?"

方好好抢答:"五点,仰卧起坐。"

"那还早,潇哥来不来玩一会儿?"

"玩什么?"

"小声点儿。"男生伸着脖子看了一眼班主任的背影,"来,狼人杀。"

"怎么杀?"

之前其他班里有一个宿舍的人周六晚上留宿,偷偷地拿了狼人杀的桌游玩,级长发现后没收了桌游,还在全年级里通报批评了他们。但学生们在校运会时自然可以小小地放松一下,只要不在老班的眼皮子底下挑衅。荀浩然展示了一下十几张学生证:"咱们安全,保持低调,不怕老班看见。"

金潇远远地看了一眼程一鑫。

他拿着一支铅笔,挠了挠头,正愁眉苦脸地看她打印的英文资料。

"来来来,入伙。"

金潇被方好好拽着,跟他们一起在老槐树下坐成一圈,老槐树刚好挡着班主任的视线。他们从兜里把学生卡掏出来,把它们交到荀浩然的手里。大家自以为在用很低的音量"窃窃私语",实则是班主任睁一只眼闭一只眼。

"抽到狗哥的人就是狼王。"

荀浩然笑骂一句。

"狗哥,你升级了。"

"来,吼一嗓子。"

"饿狼传说。"

很快他们就按人头分好了学生卡,提前约定好,抽到哪几个同学的学生卡,哪几个同学就属于狼人的阵营。神职阵营和平民阵营的划分方法也是这样。金潇抽到卡一看,手里攥着的正是荀浩然的学生证。魏思琳不愿意玩游戏,主动地当主持人:"天黑请闭眼,狼人请睁眼。"

其他狼人睁眼了。金潇总感觉有人看她,一睁眼,果然是栏杆之外的程一鑫在看她。他跟她隔了不到十米远。她闭眼之前，明明看见他还是低着头的。她冲他一眨眼，小幅度地把自己刚拿到的奖牌举到肩侧，状似不经意地晃了晃它。他们隔空对视，她知道他看见奖牌了。

程一鑫绽放出明晃晃的笑容，肆意地笑，由衷地被她取悦了。就像眼前的槐树在"沙沙"作响，他是自由的风，弄乱一地花瓣，搅乱一池春水，流露出饱满的少年气息。他这时的笑容和他讲段子逗别人时的笑容太不一样了——以前的他，更像在用双手奉上自己的快乐，博君一笑。两人刚才的对话戛然而止，金潇其实是因为肚子疼才跑了，怕程一鑫误会。那时候她疼得冒汗，没听见他说了一句什么逗她的话。现在回想起来，她也没当真，给他展示了刚赢得的奖牌，一切尽在不言中了。

他们玩了两三局狼人杀，气氛越来越热闹。一个男生发言的时候一下子站起来，手机从校服的裤兜里滑落，在老槐树下的地上摔出一声脆响。

"天哪。"他迅速捡起手机，在校服的外套上把泥土蹭掉。

"手机没事吧？"

"没事。"

玩完那局狼人杀，金潇回到座位上，准备把包里的钉鞋放下，待会儿去检录仰卧起坐的项目。她还没来得及跟栏杆外的程一鑫说上一句话，刚刚那个手机从口袋里滑出来的男生就凑过去："哥，我还机。"

程一鑫怂恿他："多租一会儿呗？你晚上回到宿舍后还能玩手机，明天再还给我。"

"不了，谢谢哥。"

"行。"程一鑫检查了一下手机，"哥们儿，你把这儿划了一下呀。"

男生想迅速解决这件事，趁刚走了几个人，最好能混过去，结果程一鑫还是发现了手机上的划痕。男生梗着脖子，不承认："没有哇，你的这部手机本来就不是新机，你把它拿给我的时候上面就有划痕吧？"

程一鑫笑了笑，说："哥们儿，这只是小划痕，你别紧张啊。"他估了一个价，"哥给你扣两百块钱的押金吧。你们学生不容易，哥做生意也不容易，咱们大事化小行不行？"

男生还想狡辩，一口咬定："我绝对没划手机。"

程一鑫给他留足面子，找了台阶下："没事，搞不好是你把手机放在兜里，它被钥匙蹭着了。来，哥给你退剩下的押金。"

男生心疼钱："凭什么扣我两百块钱？"

程一鑫挡了一下脸侧，压低声音说："兄弟，哥把手机租出去之前都拍照了，你理解一下。"

本来男生都差点儿厥了，荀浩然不分青红皂白地讲义气，忽然凑过来问："咋回事呀？"

有人撑腰，男生自然胆大起来，声音都变大了："他讹我两百块钱！"

程一鑫一脸疑惑。

滨大附中的学生还没体校的学生有素质。程一鑫没打算撕破脸，冲荀浩然打了一个招呼："你是3号？你跑了1500米？"

荀浩然下意识地点头。

"我看了，你赢得很漂亮。"

"有眼光。"荀浩然乐了，问，"你离操场这么远都能看见我？"

男生急了，说："狗哥，你可不能被策反了呀。他忽悠你呢，还讹我的钱，咋办？"

"哥们儿，"程一鑫无奈地道，"我这个人的口碑还是不错的，跟我处不好关系，你得自己找原因。"

"谁是你的哥们儿？"

程一鑫笑嘻嘻地说："我退给你五百块钱，就是哥们儿了？"

"那你赶紧退。"

程一鑫嗤笑，语气算不上多尖锐，却充满讽刺的意味："巧了，我也感觉你不是爷们儿，你敢做不敢当。"

"你……"男生使出撒手锏，说，"你信不信我叫教导主任过来？你这样偷偷地出租手机是不对的。"

"那你有本事别租我的手机呀。"

荀浩然也犹豫了，问男生："你到底有没有磕到手机？我看你玩狼人杀的时候……"

"那是另外一部手机，我有两部手机。"男生转头，"狗哥，你不信我，信这个小混混儿？"

荀浩然看了一眼程一鑫的打扮，在社会青年和同班的哥们儿之间，他

245

的天平自然倾斜了。他说:"你必须退给我们全部的押金。"

金潇轻笑一声,说:"荀浩然,你有没有脑子?他哪儿来的两部手机?他玩狼人杀的时候摔的那部手机就是租来的,你们就是闹到教务处,该赔的钱也要赔,我可以做证。"

他们谁都没想到金潇会介入纠纷。她虽然坐得很近,但一直在埋头看书,手里的笔杆都在不停地摇晃。金潇的此举引来了两人仇视的目光。

荀浩然质问:"金潇,你是不是我们班的呀?"

对于高中的同班同学而言,他们是一个集体。他们都忘了自己是怎么对待金潇的,默认她应该无条件地扛起集体荣誉感的大旗、帮亲不帮理、和他们同仇敌忾。更何况,作为省重点高中的天之骄子,他们自觉高人一等,看不上程一鑫这样不敢发狠的社会青年。

几人正在闹,程一鑫怕金潇会被班里的同学针对,冲她使眼色,让她别掺和这件事了:"要不……"

忽然,广播里的《义勇军进行曲》停了片刻,"嗡嗡"的声音传来:"下面是一则对高三 13 班金潇同学的采访,她在早上的女子 100 米比赛中打破了我校校运会的纪录,她的名字将被印在红榜上,鼓励大家向更快、更高、更强的运动高峰发起冲击。"

"金潇同学,请问你在高中的最后一年里打破了我校校运会的纪录后,心里有什么感想吗?"

"We cannot keep a good man down(是金子总会发光的)。"

"距离高考不到六十天,我听说你在省一模中还取得了年级前三十名的好成绩,请问你是如何兼顾学习和运动的?"

"每一颗星辰都是尘埃,要保持谦卑。"

"很有意思,你既有信心,又有耐心。祝你在本届的校运会中更创佳绩,高考时考上理想的大学。"

周围几个班的同学都转过头来,起哄:"潇哥牛哇。"

连班主任都走过来,说:"金潇,好样的,再接再厉。"

金潇谢过班主任,转头问荀浩然:"你们要去教务处吗?我陪你们去。"

广播里都播了对金潇的采访,如果她和他们一起去了教务处,老师究竟会相信谁是显而易见的事。

苟浩然骂了一句粗话："打破了纪录了不起呀？"

"你也可以试试。"金潇一笑，"明天上午还有比赛。"

苟浩然放狠话："你等着。"

"拭目以待。说起来，我还要感谢你。"金潇再次冲他一笑，"多亏你替我报名了这么多的项目。"

苟浩然可算是知道什么叫"搬起石头砸自己的脚"了，丢脸丢大发了。他拽着那个男生回到座位上："认栽吧。"

等他们走开，程一鑫靠着墙笑了："潇哥？"

金潇收敛了刚才浑身是刺的气质，不好意思地道："他们叫着玩的。"

"看不出来，你还挺刚的。"

金潇面色微红地说："没有。"

她向来不愿意跟人起冲突，此刻也很难以置信，自己刚才居然这么强硬，可能真是憋屈太久了。

程一鑫看见她面色红润，放下心来。他不打算提起那瓶牛奶惹的祸，这个年纪的女生脸皮最薄。就连程佳倩这么大大咧咧的女生，偶尔在家里闹肚子了，一天跑十几趟厕所，都觉得太尴尬了，勒令他关着卧室的门，不让他出来。

他俩没说几句话，金潇就去参加仰卧起坐的比赛了，比完赛不久后就回去上晚自习。

高三的学生晚上是要照常上自习的，今天不一样的是，他们比平时早了半个小时下晚自习。九点半就可以回宿舍休息了。老师鼓励他们在校运会上劳逸结合、养精蓄锐。

金潇回到宿舍里，想了想，说："好好，给我开一下热点吧。"

她登录了微信，果然，微信里有一条未读消息，程一鑫解释了开的玩笑。

金潇 Tonight："我知道。"

程一鑫秒回她。

鑫哥二手手机专卖："你下晚自习了？"

金潇 Tonight："嗯嗯。"

鑫哥二手手机专卖："你有空来一趟操场吗？哥占用你十分钟。"

金潇刚洗完头，擦了擦头发，一路快走，回到了他们的大本营。这里静悄悄的，只有风声和外面马路上的声音，校外是亮堂的，校内是黑暗的。

程一鑫站在路灯下，灯光把他的身影拉得更瘦更长。他像一支细长又孤零零的铅笔，随意地立在夜色温柔的纸上，被交到她的手上，由她写出浮想联翩的诗句。他笑了笑，说："我给你带了一双钉鞋，你参加三级跳远的比赛时就穿它。"

金潇很不好意思，问："鞋是你买的？我给你钱。"

她看了一眼鞋盒，码数是对的。帮她拧钉子的时候，他竟然记住了她穿多大码的鞋。

"没事，鞋是我租的。"程一鑫毫不在意地说，"你穿完把它丢在门卫室里就行了，哥有空来拿。"

他们那所体校的附近有一条专卖体育用品的街，他租一双钉鞋还不容易吗？程一鑫轻咳了一声，说："你要是嫌弃别人穿过它，可以还给我。"

只在跳远的时候穿几分钟这双鞋，金潇还没那么矫情，由衷地道谢："我很需要这双鞋，谢谢。"

程一鑫笑得厉害，说："对你有帮助就好。"

他说了她白天说过的话。

金潇简直想用脚趾抠地："我白天说这句话的时候，你是不是很尴尬呀？"

程一鑫憋着笑说："还行。"他换了一个话题，问，"你今天说的那句英文是什么意思？"

夜风"瑟瑟"，四周寂然无声，金潇总算可以直接对他说这句话了："是金子总会发光的。"

程一鑫："……"

好家伙，幸好他问了问她这句话的意思。

他说："我以为你的意思是'男人哭吧哭吧不是罪'。"

金潇一脸疑惑。

"咯，"金潇想了想，说，"这么理解好像也没问题。"

"你是对哥说的？"

"对呀，"金潇愉快地承认了，"祝你以后也能拿回属于你的金牌。"

程一鑫叹气："可惜，哥不是金子，是老铁呀。"

金潇："……"

两人都忍不住笑出声来。

金潇说:"其实那是一首英文歌里的歌词,你要听听吗?"

歌声总能让静谧的夜晚变得越发温软舒适。月色朦胧,马路上车灯晃、喇叭鸣,唯独将他们遗忘在这个角落里。他们背靠着背,一人在校内,一人在校外,隔着脏兮兮的铁栏杆,用线控耳机一起听歌。

一曲播放完毕,程一鑫将耳机还给她,站起来,拍了拍屁股上沾的灰:"这首歌真好听,咋没被收录到劲歌金曲五百首里?"

金潇:"……"

程一鑫显然又在逗她。眸子流光溢彩,他注视着她:"早点儿回去睡觉吧,晚安。"

他目送她在漆黑的操场上跑过,直到她的身影出现在校园内有路灯的道路上。她驻足片刻,似乎回眸一瞥。很快,她就轻盈地融入夜色里,跟校内三三两两地行走和背书的学子一样,奔赴满是星辰的美好前程。程一鑫转身走回停车的地方,刚发动了汽车,手机亮了。

金潇Tonight:"你明天早上来吗?"

"哥,咱商量一件事呗。"程佳倩连说两遍这句话,不得已摘下了他的耳机。

程一鑫停止了摇头晃脑,问:"咋了?"

晚上十一点多了,程佳倩出来找零食吃,看见程一鑫在房间里像触电一样蹦迪。最可怕的是,她不闻其声,光见其鬼畜的动作。她凑过去,他的耳机里竟然在播放一首温柔版的英文歌,这首歌很不符合他平时听歌的风格。

程一鑫的面前摆了一小沓钞票,这些钞票都是他刚从腰包里掏出来的。他正在那儿数钱呢,平展开一张张票子,在旁边放了本子记账。

程佳倩眼睛发亮地问:"哥,你干啥去了?"

程一鑫给她讲了讲生意经。

"怪不得呢,我就说你今天咋一天没上班。"程佳倩撇嘴,"人家白池莉来了还问你去哪儿了。"

程一鑫顿住,问:"她还去找你了?你说什么?"

"你急啥?"程佳倩嬉皮笑脸地说,"你怕我出卖你?你怕我说的话跟你在微信上回答她的话不一样？"

程一鑫展开一张百元大钞，在光线下看了看它迷人的色泽，把它弹出清脆的声音："你不说拉倒。"

程佳倩"喊"了一声，说："没意思，我就说'我不知道，你没跟我说'。"

程一鑫意味不明地"哼"了一声。

她把这理解为"算她聪明"的意思，说："哥，你是咋想的？我看她是真心地追你的，她隔三岔五地来一趟，给你送钱。"

白池莉是真的有钱，谁没钱还能每个月换一部新手机？她花一两千块钱买一部新手机，再把它当成二手的卖掉，便宜了程一鑫。程一鑫"哼"了一声，这回程佳倩能很清楚地判断出来他的嘲讽之意。

"哥给你讲一个故事。"他拍了拍床，"坐。

"狗子对主人说，你再给我讲一次你从一群小狗里选中我的故事。"

"狗哪里会讲话？"

"来来，配合一下。"程一鑫说，"你问我。"

程佳倩翻了一个白眼，复述了一遍问题："说吧，别卖关子。"

程一鑫自嘲地笑笑，眼底有一片凉意。他说："因为你最便宜。"

他们都沉默片刻。

程佳倩鼻子发酸地说："我哥一点儿都不便宜。"

程一鑫嗤笑："那她既然觉得我不便宜，为什么总想买下我？我自从加了她的QQ好友，每天都多一个被挡访客，她是不是觉得我花不起那十块钱开黄钻？"

程佳倩：这好像不是一回事吧？

眼皮跳了跳，她说："你把空间开放给她看呗。"

"不行。"程一鑫很害怕，说，"这个女人简直丧心病狂，把自己的昵称改成了'姐的心欢迎光临'，考古我的每一条动态，全都评论了。哥以后还咋找对象？"

程佳倩不想继续聊这个话题了，忽然看到桌角上的书："哥，你还看《牛津词典》？"

"别瞎动。"程一鑫拍掉她的手，"你去睡觉，给我带上门。"

"睡觉就睡觉，好像谁想偷窥你跳老年迪斯科似的。"

程一鑫重新放起耳机里的歌，翻开词典的第一页。金潇的书真讲究，里面有不少她的笔记。他把书合上一看，它还跟新的一样。扉页上写着一行字："每一颗星辰都是尘埃，每一颗尘埃亦是星辰。"

前半句正是她被采访时说的话，没想到后半句在这里等着他。程一鑫摸了摸纸张，上面还留着她写字的痕迹。金潇真是朝气蓬勃，她的字不像女生的字，铁画银钩，力透纸背，仿佛有金戈铁马之声。

程一鑫勾唇一笑，转身从柜子里翻了翻，一枚褪了色的奖牌赫然出现。他因为手欠每次忍不住把它摸了又摸，连绶带的边都起毛了。鸡汤很毒，也很甜。谁还不是哭给自己听，笑给别人看呢？好在他笑起来帅。真正夜深人静了，他总算盘算完这段时间的账了，在纸上写下结论："明年给奶奶做手术！"

次日早上，高三的学子普遍到得很早。他们都忽然意识到，高中三年的最后一次集体活动正式地进入五小时的倒计时了。下午的闭幕式和教职工比赛，高三的学生都无缘参加。

金潇满怀期待地朝大本营的栏杆外看了一眼，程一鑫站在自由的风里，与她对视。经过前一晚夜色下的茶话会，昼夜切换，她在这一侧坐得端正，只能侧过脸看他，很是被动。程一鑫所在的小角落很安全，他轻松惬意，还能歪歪斜斜地靠在柱子上。她小声打了一个招呼。

程一鑫戏谑地道："你紧张啥？"

金潇掏出课本摊开，试图平心静气，说："没……有哇。"

"别怕，"程一鑫打了一个响指，"哥又不是好人。"

金潇一脸疑惑，瞪了他一眼，随后放松了下来。

很快，程一鑫的生意又来了。一个学生凑了过来："牛哇。"

"来一个？"

"多少钱？"

"九块九，等哥耍完这一把。"

金潇没忍住侧过头瞥了一眼，眼角抽了抽，程一鑫可真是……手艺杂。他闲着没事，在那儿用左右手轮流抛小塑料球。她定睛数了数，确信没花眼，球竟然有三个。他在耍杂技吗？她和旁边不认识的同学一起目不转睛地看着他，看他究竟什么时候会失手落下一个球。

程一鑫轻轻松松地把球抛了上百个回合，主动地停了下来："你买几个球？"

"俩。"

等那个同学走了，他把手里剩下的一个东西扔给金潇："别看了，哥送你这个，你赶紧看书。"

金潇好奇地道："这是什么？"

"手机的支架，你把它往手机壳的后面一粘就行了。"

金潇遗憾地说："我现在没有手机。"

"高考以后用，你收着吧。"程一鑫忘了那件事，顺便提醒她，"你晚上回到宿舍后别给我转账啊。"

金潇"扑哧"一笑。那是上次她蹭他的车回去，给了他打表的钱和劲歌金曲五百首的钱。一共收了她五十块钱，他怎么一副受欺负的样子，还耿耿于怀？

"你刚刚表演的那个绝活是怎么练的呀？"

"就跟你每天做题一样，我每天都得练。哥靠手吃饭，两天没修手机，手闲不住。"程一鑫把两手一摊，依次展开又合拢十指，像能把手指耍出花来，说，"我的师傅以前说练这个或者转手帕都行，但转手帕太像二人转了。"

金潇感叹他的手指真的好看。他的手指修长笔直，白皙瘦削，他手掌干燥，被一层薄茧覆盖着，却不影响美感，掌纹很乱，像是被风吹乱的。她觉得他更适合去弹钢琴，在细碎的阳光之下，这句未出口的话随着被吹落的树叶和他乱糟糟的掌纹一起消散在风中了。

"潇哥，走了！"

"潇哥，狗哥！"

第三天上午的比赛几乎都是团体的接力赛，还有一个趣味的三人两足绑腿赛跑的项目。金潇和荀浩然分别是男生接力赛和女生接力赛的最后一棒。荀浩然很是不爽，说："反了。"

"一样，一样。"

"狗哥，潇哥！"

昨天丢了自己和同班男生的面子，荀浩然很是不爽，偏偏又治不了金潇。他哪里还有项目能破校纪录,跟金潇一争高下?他只能鼻孔朝天地瞪她。校园里的4×400米接力赛毕竟不是竞争激烈、高手如云的比赛,跑到最后一棒时运动员之间拉开的距离还挺大的。金潇她们暂时位列第二,观众喊金潇的名字都喊疯了,习惯性地等她创造奇迹。她在接力区的后端起跑,到中区顺利地接过接力棒,爆发力巨大。

广播里的《北京欢迎你》停了:"下面的一则加油稿送给高三13班的金潇同学,文案很别致——怎么会有像你这么优秀的CPU呢?高通四核不如你的速度,骁龙不如你的续航能力,海思麒麟不如你的兼容性,你不卡顿、不发热、不延迟,搭载的外壳颜值还高。"

冲线的那一刻,在一片欢呼声中,金潇听完了最后一句话:"太阳不能维修,月亮不可更换,只好祝你的口袋里装满星星,你永远不必借光而行。"

她的金牌熠熠生辉,比欢呼声更大的是全校学生一浪比一浪高的笑声。他们都被CPU逗得捧腹大笑、前仰后合。

"哈哈哈哈,不卡顿、不发热。"

"人才呀,续航能力好强,800米的冠军也是金潇吧?"

她的同班同学略慌,有几个人跑出来澄清。

"潇哥,那个……之前我说你用过假iPhone是在跟你开玩笑呢。刚才的加油稿绝对不是我写的。"

"这肯定是其他班的人忌妒我们才写的,要分裂我们班。"

"对,太损了。"

他们转过身去,又在背后交换着眼神嘲笑她。他们窃窃私语,那种互相团结起来排斥他人的气息弥漫在热闹的空气里。金潇笑了笑,知道加油稿当然不是他们写的。她的双眸环视四周,投稿的信箱在篮球场的边上,她不知道程一鑫是什么时候又是怎么投进去的加油稿。因着方好好也在为她喝彩,她不再为同学在背后恶意或无意的嘲笑而感到羞恼。

这最后的一上午,金潇拿了两枚团体接力赛的金牌、一枚三级跳远的银牌。在本届校运会上,他们班级的排名是第一,他们把所有的奖牌都挂在班主任的脖子上,举着巨大的金色奖杯,站在足球场的中间拍了无数张合影。金潇不说话,很不会活跃气氛,很不像站在C位的人。可她确确实

· 253 ·

实地站在这儿,没人敢挤开她。

"潇哥,看镜头。"

"好。"

他们拍完照后,金潇收回目光,正午的阳光太刺眼了。有几个多愁善感的女生哭了:"这是最后一届校运会了。"

"怕啥?我们还要相处六十天呢。"

合影时,他们提前喊了"青春不散场"的口号,班主任的眼眶也泛起一丝红。无论这帮臭小子和死丫头平时有多么折磨人,在背地里搞了多少幺蛾子,在这一刻,谁都很难不动容。队伍散了,他们陆陆续续地搬走椅子,精神饱满地来,有气无力地归。

金潇隔着人群冲程一鑫挥了挥手,和方好好并肩朝教室走去。

她们走到食堂的门口,见门口摆着一排椅子。方好好提议:"咱要不也把椅子放这儿,先吃饭?"

金潇放下椅子,若有所思,转过身:"我忘了拿东西,马上回来。"

方好好在风中凌乱,问:"什么东西?"

她没听见金潇的回答。

金潇用冲刺的速度跑回栏杆前。如果计了时,她应该可以再破一次校运会的纪录,生怕他走了,好在程一鑫还在原地收拾他的小马扎和一箩筐出租回收的手机。他听见声音,惊讶地抬头:"咋了?"

金潇的呼吸还很急促,她用手扶着栏杆,定定地看着他,平复了几秒呼吸。然后她甩下书包,拉开拉链,把她的八枚奖牌一股脑儿地扯出来:"你过来。"

"哟,"程一鑫笑了笑,问,"你要给哥颁奖啊?"

他比她高半个头,走近一步,两人对视几秒钟。他摘下棒球帽,低下头,奶奶灰色的头发被风拂动着。她把双手从不算宽阔的栏杆缝隙中伸出去,终于将八枚沉甸甸的奖牌挂在他的脖子上,"蓝精灵"的校服上蹭了一袖子的灰。他拨弄了一下奖牌,声音清脆得像铃声,问:"什么奖?"

金潇满意地看了看:"天上掉馅饼奖。"

俞薇安这人有一个毛病,就喜欢人多势众的时候。宿舍里若只有她们几个人在,她就对金潇客客气气的,基本不主动地招惹金潇。一旦有人来串寝，她就变得趾高气扬，享受着众星捧月的优越感。比如那天，对门宿舍洗澡间里的花洒坏了，对面的女生们把情况上报给宿管，次日会有师傅来修花洒。下了晚自习，对面的四个女生都挤到她们的宿舍里等着洗澡，各自拎着一个洗澡筐，围在俞薇安的床头前。有人坐着有人站着，"叽叽喳喳"地说话，十分热闹。

方好好下午就洗过澡了，躺在床上和家人打电话。她三模时考得不错，之前成绩一直在重本线上下浮动，现在班主任说她有希望冲好点儿的双一流院校，父母对她的态度没那么令人窒息了。

魏思琳从浴室里出来，金潇准备进去。俞薇安嘻嘻哈哈地拉住她的手腕："潇哥，记得快点儿出来，小谭她们能不能洗澡就指望你了呀。"

她们聊着天，一看时间都到十点三十五分了。

一人说："哦，是呀，潇哥洗澡的速度快不快？"

"妈呀，来不及了。"

仿佛她们今天若是洗不成澡，责任都在金潇似的。

"放心。"金潇勾唇，"我，高速CPU。"

几人面面相觑后，俞薇安三两步地追着金潇走到洗漱间里。

宿舍里的人都听见她扯着嗓子说："潇哥，别这么小气嘛，不就是那部手机的事？我跟你开玩笑呢！"

金潇回眸："我也跟你开玩笑呢。"

俞薇安本来都翘起唇角来了，一想象金潇郁闷冰冷的眼神，又无可奈何了。两人一对视，俞薇安傻眼了，金潇的眼底还真有一片笑意。俞薇安回到床边，大家都围着她问："潇哥没生气吧？"

她把话咽下去："没。"

金潇五分钟洗完澡，走出来。高考将至，每个人都憋出了一点儿怪癖来。那些男生喜欢在空中劈叉，就是横跨左右两边的床，把腿叉开站着，当空中飞人。前几天下了雨，雨水浸湿了校园，他们又都去抓蜗牛，过一天再把蜗牛放生，乐此不疲。高三的学生都参加过成人礼了，班主任对他们的这种行为感到迷惑不解。

金潇一路稳扎稳打，到了最后一个月也没什么特殊的癖好。她每天在睡前放松脑子，不强迫自己做题了，用iPad画二十分钟的画。那时候

Apple Pencil 刚上市不久，还算新鲜的玩意，对门宿舍的女生洗完澡都来围观：“等高考完我也买一个。”

俞薇安没过瘾，继续逗金潇："这台 iPad 是真的还是假的呀？"

金潇连眼皮都没抬，说："当然是假的。"

俞薇安纳闷儿，金潇难道已经被众人逗得破罐子破摔了吗，不要一点儿面子和尊严了？然而金潇的下一句话更令她跌破眼镜，金潇满不在乎地指了指身侧流光溢彩的跑马灯充电线说："不然我能配盗版的充电线吗？"

俞薇安语塞片刻，挤出一个笑容："挺好。"

金潇抿唇一笑。程一鑫在夜市上送给她的盗版充电线很不符合别人的审美吗？她现在看着它好像没那么头痛了，偶尔听见所谓的劲歌金曲，还会跟着哼两句。她又瞥了一眼床头的铁架子，一枚劣质的手机支架贴安安静静地躺在上面，还没被派上用场。

其实，她自从认识了程一鑫并因为他买了山寨机，也打开了一扇新世界的大门，不再把自己局限在校园里了。她最近时常翻他的朋友圈，看他今天又卖出了什么手机，已经能根据价格粗略地判断出这部二手手机的品质和真假了。她不支持盗版的手机，认为原创是设计师的灵魂，但也学着去理解这个世界。造成这一切现象的根源并不是一个人或一群人，很多人买盗版的手机是由于缺乏手机的知识，像她一样。很多人买盗版的手机是图便宜，更多人纯粹是被骗了。谢绝盗版的手机，需要整个手机行业有更好的风气、更好的防伪措施、更高的性价比和更广泛的科普度。

熄灯的铃声最后一次响起，金潇收起 iPad 躺下，仰头看了看。程一鑫估计不知道吧，他送的手机支架贴还是夜光的。微弱的荧光很暗淡又很顽强，就在她的头顶，能陪她安然地入梦。

高考前的一个月就像被按了快进键似的，转眼间就到最后几天了。高考前，高三的学生集体放假一周，调整心态，积极应考。滨市的本地人有一半都回家复习了，方好好和俞薇安都回去了。

金潇拿着金听菡教授的图书馆证，光明正大地去滨大的图书馆里自习。如果她在高考时稳定地发挥，周围的学生都会成为她的师兄、师姐。在这种环境中，她越发沉心静气，每天照例每科都做一套题，保持手感。她早就把真题和模拟题做了两遍了，这是在做第三遍。班主任劝他们考前不要再做新题了，让他们做旧题查漏补缺和巩固知识。

她没想到会在这里碰见程一鑫。他又戴着鸭舌帽挡奶奶灰色的头发，她起初没认出他来。她刚好做完一套题，抬眼看见借书处那边有些热闹。

借书处的老师说："同学，你只能借两本书。"

程一鑫穿着黑T恤和黑色的九分裤，怀里抱了一摞书。她目测他至少抱了十多本书。他用细瘦的胳膊搂着书，肋骨的轮廓在T恤下若隐若现，领口之上的锁骨则清晰可见，横亘在喉结与金链子之间。

程一鑫傻眼了，周围的同学仿佛听见了天大的笑话，捂着嘴无声地笑。他无奈地放下书："那我放回去。"

"不用，"老师指了指旁边的小铁车，"你选了你要借走的书，把其他的书放在那里就行。"

程一鑫很纠结，掏出来一张皱皱的清单看看。这些书都是他找了半天才找到的。他本来就没什么阅读的基础，翻了每本书的目录，根本不知道选哪两本书。他忽然听见身后响起一声轻柔的咳嗽声，一只纤细的手拿着一张写着"滨大借书证"的卡，把卡按在他正在翻的书页之上。

程一鑫目瞪口呆，说："你……？"

他一回眸，又看见了她。仿佛因为她的到来，他的眸子闪闪发亮。图书馆里很安静，不允许喧哗，他赶紧压低声音，用气声与她说话，惹得金潇的耳侧微痒："你怎么在这儿？"

金潇指了指图书馆的茶水间，两人一前一后地走过去。程一鑫不忘把他的一摞书扛过去放在窗台上，掌心都被书的边缘压红了。

他松了一口气，说："累死哥了。"

金潇再次递上她的卡："我的卡可以借十本书。"

程一鑫觉得惊喜，但不忘耍贫嘴："我就说呢，我的那个哥们儿太不地道，肯定是自己借了很多书，就给我留两本能借的书，怪不得这么大方。"

他说的是一个高中同学，那个同学作为体优生考进了滨大。

金潇想了想，没解释她是因为拿了金听菡的教授借书证才能借十本书。她弯下腰，用漂亮的指尖依次掠过每本书的书脊，看了每本书的书名，这些书竟然都是关于手机系统的。看她这么认真地打量他即将学习的书籍，空气无端地安静下来，程一鑫觉得尴尬。

平时"大世界"里的氛围是什么样的？那里是小混混儿的江湖、辍学者的天堂，努力的人反倒是一桩笑话。他够卷了，只敢吊儿郎当地学。在滨大的图书馆这种地方，说不定掉下来一本书都能砸到三五个在高考中考到省前十名的人。他一个高中都差点儿没毕业的人跑来班门弄斧，本来就很慌。虽然是金潇鼓励他学习的，但他被她撞破这种尴尬的事，仍深感螳臂当车、自不量力。他流露出差生的不自在，说："喀，哥这是典型的'差生文具多'。我最近睡不好，失眠，但一看书就想睡觉，心血来潮地来借几本书还借不成，丢脸丢大发了……"

金潇抬眸，打断了他心虚的解释，问："你想借哪些书？"

程一鑫把借书证塞回她的手里："算了吧，哥借两本书就行。"

"没关系。"金潇说，"我看好几本书都是英文文献里提到的中译版，这些书挺有用的。"

"行，"程一鑫拍了一下最上面的那本书，"哥不跟你客气，你的卡你说了算。你直接给哥挑十本书，哥都挑花眼了。"

金潇挑了十本书出来，程一鑫嬉皮笑脸地问："你真把卡借给哥呀？你不怕我把你的卡弄丢了？"

金潇不信，问："你会吗？"

他可是一个玩杂技都不会失手的人。

"万一呢？"程一鑫闲不住，又去抛他同学的借书卡。晃动的卡片折射出光线，被他精准地夹在两指之间。他说："没准我拿你的卡去垫桌脚呢。"

金潇轻松地笑了笑，豪气油然而生："我赔得起。"

"冲你的这句话，"程一鑫看了一眼时间，"走吧，哥请你吃午饭。咱们去滨大的食堂？"

"好。"

他们排队打了饭，在同龄人之中抢到了位置，相对而坐，就像校园里随处可见的滨大学子。只是他们的颜值出众了一点儿，来来往往的人都忍不住多看他们两眼。程一鑫再次问她："你马上就高考了吧，不上课吗？"

金潇说了放假的原因。程一鑫回想起他高三的时候——体育生二三月份就开考了，他去了一趟深圳，结果被他妈没收了所有财物，被困在了那里。半年后他好不容易攒了一些钱回来，早就错过了高考。好在学校仁慈，给他颁发了高中的毕业证。他人生中的一大遗憾正是缺失了高考的体验。

他问:"你最后想好考什么专业了吗?"

"还是通信工程吧。"金潇眨眼,"之前脑子短路了,我后来想了想,喜欢数字媒体艺术专业的话,可以修双学位呀。"

她还有没说的话。他们在本硕连读班上学有极大的压力,需要颇高的绩点,几乎无人能兼顾双学位。但无论如何,她想试试。

程一鑫用豆奶的瓶口轻碰金潇的瓶口,碰出一声干杯的脆响:"哥祝你金榜题名。"

"谢谢。"

"手机其实挺有意思的,你考完试有空来找哥玩,'大世界'里的人天天闹笑话。"

程一鑫大概早就忘记了那个赌约——校运会的时候他们赌 1500 米比赛的金牌得主是谁,他猜是苟浩然,金潇猜是 7 号选手,当时他们说好,她输了就去给他打一天工。不过金潇没提醒他,吃完饭又回到图书馆里,在浓郁的学习氛围之中埋头做题,日拱一卒,安安稳稳地按照计划把最后几套试卷做完。

她做题做到最后一晚,生出留恋的情绪。卷子越来越少,她认识的题目越来越多。所有的题目从陌生变为熟悉,深深地刻在她的脑海里、骨髓里、肌肉的记忆里,如影随形。她和它们成了老朋友的那一刻,便是告别的那一刻。

十八年的人生好像就是一场漫长而盛大的告别。课本和练习册堆满了整个房间,无论她有多爱惜它们,翻得多了,它们难免发黄发皱。金潇揉了揉太阳穴,看了一眼窗外的月亮,这叫什么?"俯仰之间,已为陈迹。"

高考如约而至,走出考场时,她很轻松。

或许是因为发挥稳定、不骄不躁,她没有疲惫感,也没有脱离苦海的放纵欲望。所以她不像同学一样——他们都早早地跟父母报备了,当晚要去狂欢,庆祝高考结束。据她所知,他们班的人分成了几群,有的去网吧里通宵,有的去唱歌。

她回家平静地收拾书本,早早地上床休息,次日起了一个大早。

将近上午十一点钟,程一鑫送奶奶去社区的医院,给奶奶例行量了血压、测了心率后,才回到大世界商城里坐班。他打着哈欠走到店门口,其实他这个破店没有什么门口,就是两侧的玻璃柜台围着中间的一个工作台,谁都能随意地进出。他平时下班前把手机都锁回开哥的店里,开哥的店里有卷闸门和保险柜。

他总感觉哪里不太对劲儿,正要走进去,打了一个激灵。程一鑫仰脖看了看,头顶歪歪斜斜的那块招牌怎么被扶正了?它本来是印着白字的红牌子,现在变成了印着金字的黑牌子,店里的地板似乎也焕然一新了。

程一鑫一脸疑惑。

他揉了揉眼睛,确定眼睛没有被眼屎糊住。旁边的洗手间里走出一个窈窕的人影,金潇拎着红色的水桶和抹布,身姿美好而轻盈。她巧笑倩兮,被他呆愣的模样逗得笑意更浓,说:"程老板,您对我早上的工作成果还满意吗?"

程一鑫向来反应敏捷,自诩接梗达人、人间段子手、小天才学习机,此刻却干咽了一下口水,当场语塞,不知道该说什么好。

"大小姐,"惊吓大过惊喜,程一鑫生怕水桶往下滴水会弄脏她雪白的球鞋,"别逗了,我哪里请你了呀?"

他伸手抢过水桶。

金潇举起抹布:"咱们说好的,我高考结束后给你打一天工。"

程一鑫与她对视半响,笑了笑,又拽走她手里的抹布:"来,你指挥。"容不得金潇拒绝,他"啧"了一声,说,"哥这么多年就学会一句话,今天搬砖不狠,明天地位不稳。"

## 第七章
## 隐　身

华灯初上，夜风徐徐。不直播测试无障碍化的水平时，金潇也照样喜欢沿江夜跑。滨江大道是政府仿照香港的星光大道打造的，夜景漂亮，她惬意地吹着江风，望着江心的疏影公园。夜游滨江的船只来来往往，在江面上洒下星星点点的光。

倘若她回望此岸，街景照样繁华漂亮。一条路上像是洒满了星光，许多从滨市走出去的明星和企业家在江边的栏杆上印上了手印，地面上同样印了沙质的手印，每个手印都被玻璃罩隔绝，旁边都有射灯，灯光照得人人都有了一双漂亮的大长腿。偶尔有人能认出来金潇，金潇礼貌地点头，继续跑，手机振动了一下。

鑫哥二手手机专卖："听说你想测试游戏手机？"

金潇停下脚步，打了几个字，还没把消息发出去，他又发来一条消息。

鑫哥二手手机专卖:"有一个手游电竞社团解散了,他们让我收一批机子。如果你需要的话,给一个地址,我把手机送到门卫室。"

呵,程一鑫辛辛苦苦地跑一趟还见不到人,只能把手机送到门卫室,真能卖惨。

金潇 Tonight:"〔位置〕滨江大道南·西段63号。"

鑫哥二手手机专卖:"这是哪个小区?"

他明知故问,这里哪里有小区?滨江南岸的西段全是市民娱乐健身的地方,临江剧院、大型商业综合体、体育场馆、儿童游乐园依次排列着。认为程一鑫真能装傻,金潇直接打了一个语音电话,原本想怼他两句,然而他那边安安静静的。他不是在车里,就是在家里。她犹豫了,问:"你现在晚上还去夜市上摆摊吗?"

他不会因为她,今晚没去摆摊吧?他们重逢后,他显得挺颓废,金潇一度以为他在苟且度日呢。直到最近,她对他的印象才有了变化。他好像变化不大,还是那个程一鑫,总是卖惨,背地里内卷,靠勤劳致富。

程一鑫苦笑,说:"你不能给我留点儿面子吗?"

金潇轻踢江边的铁栏杆:"你当我没问。"

"我还去摆摊。"程一鑫叹气,实话实说,"不过现在我们三个人轮着去。"

"嗯。"金潇应了一声。

两人沉默片刻,程一鑫知道她想问什么,说:"今天刚好不是我出摊。"

"你有空吗?"

程一鑫愣了几秒钟,说:"有。"

金潇说:"我没说过再也不见。"

程一鑫最会装若无其事了。他始终是不会感到难受的那个人,她还没说什么呢,他的脑子里就已经想好了再也不见。他刚迈出半步,就做足了心理建设,铺好了后路。他无所谓不见她,也无所谓再见她。因为他其实接受一切结果,大不了把被子一盖,把脑袋一蒙,痛哭一场,再做一个"人间小苦瓜"的梦。

如果金潇像几年前一样直爽,可能早就生气了,好在当年他们分手耗尽了她的感情。她对他的情况猜来猜去，犹如千帆过尽，早就麻木了。他试探她、揣摩她，很有成就感吗？

"我如果想道别，绝不会拖泥带水。"金潇嗤笑，说，"你不会有机会发来消息。"

程一鑫知道她说的是事实，闷声认怂："对不起。"

金潇命令道："你来定位这儿，我等你。"

即便江边的靓女很多，程一鑫还是一眼就认出了金潇。她穿着一身白色的运动套装，运动背心勾勒出良好的身材，背沟里可以养鱼，一层薄汗发出光泽，小蛮腰盈盈一握又充满力量。等他等得无聊，金潇不想玩手机，对着栏杆扶手上的名人手印按下去。她换了雾霾蓝色的指甲，指甲很显白。

程一鑫瞥了一眼，明白了她为何在此处等他——手印的旁边写着"金大山（1940-2012），千银电子（原千银手机）股份有限公司创始人"。

金潇转头瞥他。在夜色和江色之间，她目光柔和地说："伸手。"

程一鑫一脸疑惑。

他两手各拎着一个袋子，里面全是准备给她的游戏手机。他只好摊平双手，手上挂着塑料袋。金潇拽过其中一个袋子，又伸出另一只手，用柔软的虎口卡着他的手腕，肌肤相触，他们都一怔。她清了清嗓子，说："帮个忙。"

说完，她径直按下他的手腕，直至他的手掌和木质凹刻的手印重合得严丝合缝。金潇的眼中飞速地闪过一丝水光，水光又隐没了。

"不好意思，"金潇解释道，"我以前和你谈恋爱的时候，就很想这么做了。"

可惜他们没熬到那一天。他知道她的家境不久，他们就分手了。

金潇感慨道："没想到过了几年，我还能看见你。"

如果说以前有什么遗憾，她没能早点儿向他坦白她的家境是其中之一，所以没看见程一鑫的手和爷爷的手印同框。想了想，她向程一鑫补充了一句迟到几年的道歉："对不起。"

"算了，也怪我没问你。我知道你家境好，还想着努力努力，没准有希望。"程一鑫耸肩，苦笑一声，说，"以前我说了那些气话，你不要在意。"

金潇双手环肩，眸子清冷。她问："你以前想过吗？"

"我想过，不然为谁开三层楼的手机城？"程一鑫抽出手，重新拎起塑料袋，低头看他脏兮兮的板鞋，"说出来不怕你笑话，我跟你分手以后，恨你连努力的方向都不给我。你还鼓励我创业开手机店，就像在驴子的前面吊一个胡萝卜，让我傻乐。"

金潇笑了笑，结束了短暂的软弱，说："那可真是对不起。"

这算什么呢？时隔五年，她又和前男友有意无意地纠缠起来。他们还互相再听对方诉说一遍"原来当年我也爱你"的故事，自欺欺人，聊以自慰。

程一鑫"啧啧"地说："没事，哥要是没点儿自我安慰的本事，还真活不到现在。"

金潇："劳烦您把手放上去。"

"得嘞。"

"我的爷爷有一双巧手。"金潇回忆道，"他陪着小时候的我做了许多手工。就像你的车后面的氛围灯，我的童年玩具就是这种七彩的发光二极管。我在幼儿园里做过土豆电池。上小学时爷爷教我组装电路，我就拎着灯箱满屋子跑。我的叔叔们想进企业，是他拍板同意的。他说，串联电路，一荣俱荣，一损俱损。"

金潇不想继续说了，任眼眶里的泪意散去。程一鑫的嘴角抽了抽，他说："你别告诉我，你以前喜欢我只是因为我的这双手。"

他总在最适宜的时候开玩笑，缓解了金潇的情绪。她说："那倒不是。"

他们当然都知道事情不是这样的，但没人会再去揭开伤疤，细细地说我爱你。他们曾经有多爱对方，就有多遗憾。程一鑫拿过两个袋子："这个袋子里的是新机，这个袋子里的是二手的手机。"

金潇问："你不是说，是手游电竞社解散了吗？"

怎么还有新机？程一鑫尴尬一秒钟，说："我记错了，两袋都是二手的手机，你拿着吧。"

金潇"扑哧"一笑，问："你不收钱是不是？"

"收。"

金潇一脸疑惑，拿出手机转账，不忘调侃他："你长本事了？"

程一鑫制止她:"等会儿。"他发了一个二维码,"扫这个。"

金潇更疑惑了。

程一鑫解释:"微信刚被一个客户举报了,不能转账。"

金潇的手机扫了扫二维码,页面跳转到微信的链接里,她忽然有一种不祥的预感。这竟然是问卷星,屏幕上有一道题目和四个灰色的选项按钮——"请问金潇同学,我们复合的概率是多少? A. 0%; B. 50%; C. 80%; D. 100%。"

她倏地抬头,他的眸子漆黑如墨。他忐忑地凝望着她,雾霾蓝色的头发在夜色中没么显眼,几缕灰白色的头发很俏皮,像呆毛似的惹人怜爱。程一鑫太分裂了,卖笑抑或卖惨都很真实。不知何时,他的手离开了手印的凹槽,他向前伸出半截细瘦的胳膊,隔着一堵空气的墙,将她圈在怀里。

金潇笑了笑,说:"这题我不会。"

"我怎么记得你大学时概率论的成绩是全班第一?"程一鑫笑得吊儿郎当,但不自觉地咬了一下唇角,这暴露了他的紧张情绪,"你不愿意为我答疑解惑?"

金潇斩钉截铁地说:"0%。"

程一鑫的笑意凝固了。

"程一鑫,"金潇始终没学会转弯抹角,说,"我不想重蹈覆辙了。我承认是再次有那么一点儿喜欢你,那又怎么样?五年前,我不喜欢你吗?"

程一鑫松手:"OK。"

他们还欲说些什么,街角的红蓝灯一闪,交警的摩托车停在那里。交警说:"路边不能停车。"

路人在说:"八点刚过五分钟,能不能别抄我的牌?我今年的分快被扣完了。"

人们可以在滨江南岸的路边分时段停车,金潇停车时是在可停车的时段内的。然而她只顾着和程一鑫说话,完全没想起来现在已经过了可停车的时段。现在是八点零五分,金潇一拍脑袋:"我忘了时间,现在不能停车了。"

交警从路口走过来,金潇迈开大长腿,拔腿就跑:"快点儿,先上车。"

程一鑫反应过来，赶紧追上来："你的车是哪一辆？"

金潇白他一眼："废话。"

她的车当然是最贵的那辆，他们跑到她的车前。这辆敞篷的跑车几乎是贴地的，流线的造型很漂亮，他刚才确实问了一句废话。程一鑫先她两步摸到车门，第一次摸这么高级的车，简直无从下手。

程一鑫转头苦笑："怎么开门哪？你是不是高估我了？"

金潇白他一眼，把胳膊往车上一撑，向后仰身。她的蛮腰真像猎人的弯弓，是洪荒时代的杀器，她直接跃进了车里，瞬间把车发动了，引擎声像野马在咆哮。她一边系安全带，一边说："别废话，跳进来。"

程一鑫有样学样。金潇迅速把车驶离了该时段的禁停路段，将红蓝色的灯光甩在身后。程一鑫舒了一口气，看了一眼开车的金潇。她的短发被沿路的风吹着，显得很飒爽，在她等红绿灯的时候又显得过分温柔。

"怪不得……"程一鑫感慨，"你以前翻哥的柜台那么娴熟。"

金潇笑了，说："以前我可没翻过车门。"

"你练跨栏练出来的？"

"是跳高吧？"

"哦，对。"程一鑫状似不经意地说，"我还留着你的奖牌呢。"

金潇不接话，问："我送你回家？"

"好。"

"地址？"

程一鑫想了想，说："你先说，你搬家了吗？"

原来他今晚发第二条微信是想问她家的地址，金潇心下了然，还是答了："没。"

"我搬家了。"程一鑫勾唇一笑，语气调侃地说，"我以前住在你的心里。"

金潇横他一眼，说："你演上瘾了？"

程一鑫实话实说："我没搬家。"

他现在再说没搬家，像是还住在她的心里似的。金潇听着这句话，觉得怪怪的，但再问他一定会引起麻烦，还是放弃了。程一鑫坐公交车从滨江大道去他住的老小区，要用半个小时的时间。现在他们共乘一车，时间过得飞快。

程一鑫下车的时候总算搞明白金潇为什么非要跳进车里了，车门就像翅膀一样，她开启电动的车门后再关上它，自然不如直接蹦进车里快。他问："这是剪……刀门？"

金潇"嗯"了一声。程一鑫下车，弯腰把手臂撑在她的车门上。他的腿很长，她的车很矮，她整个人好像再次被他圈在怀里，他的气息环绕在她的发顶旁。他能闻见她的香水味，她能看见他凸起的喉结——他性感的喉结为她滚动不已。程一鑫开的玩笑倒也没错，她因为他的手喜欢他，还因为他的喉结、他的锁骨而喜欢他。他们曾经都深深地迷恋过对方，爱得可谓由表及里，像在看另外一个好看的自己。

程一鑫深吸一口气，今天试探她，以失败告终。

她不对他退避三舍就不错了。程一鑫不想再说什么了，客套地说了一句："行吧，你有事随时可以来找哥。"

金潇一笑，说："我找你？你想什么呢？"

神色揶揄，她大概是在笑他做梦。她另外还在笑什么，他有点儿读不懂。无形的线被他们拉扯着，在这场月色下的拔河比赛中，她泄了劲儿。

程一鑫又破罐子破摔了，说："我还能想什么？我想你呗。"

"我想听听，你是随便地想想我……"金潇侧身，下巴离他的手掌只有咫尺之遥，"还是每天都想我？"

程一鑫的瞳孔一缩，他听见安全带"啪嗒"响了一声。

金潇再次开口："你不请我上去坐坐？"

程一鑫的心里有一个声音，它反复地提醒他——

别上当。

别上当。

金潇刚刚很清楚地说了，他们复合的可能性为零。她不可能说改主意就改主意，然而他浑身的每个细胞都在叫嚣着想她。不知道怎么回事，他就掐着她的下巴吻下去了——或许是她的发丝拂到了他的手背，像一点即燃的引线，又或许是她的眸子里有一片潋滟的水光，引诱着他失控。

网上的人说，人要是太久没接吻，吃鸭舌都激动。如果接吻能产生电流，程一鑫觉得他被电得麻木了，已经不知晓何为激动。他心里的情绪像漫天的烟花肆意地在游乐场的上空绽放，表面上是声势浩大的高兴，实际上是被灼烧、被炸伤的痛感。他和金潇比起来太生涩了，触到了她的唇，颤抖地辗转，却不知该如何加深这个吻。

和她分开的五年里，他站在原地，她却熟透了。他觉得心里钝痛，止不住地去想这几年里是什么人陪伴在她的身旁。那个人拥有过他曾经拥有的一切，还能自由地呼吸金潇的身旁充斥着甜味的空气。

他们唇齿缠绵。从失去她的那一刻起，他就再也不敢奢望他们还会有今天。失而复得的滋味太好，恍然似梦。他没有多余的精力去思考，顺应本能，穿过她被汗水打湿的发丝抚上她温热的肩头，想抓紧这个稍纵即逝的梦。

跑车几乎贴地，身材高挑的金潇侧身坐在车里，脖颈似天鹅般仰起。她扯着他早就洗得松松垮垮的上衣领口，深深地承受着他的这个吻。程一鑫站在车门旁，同样用力地俯下身去，为她折腰。

等他再反应过来，他们已经站在他家的门口。金潇挂在他的身上，胡乱地在他的口袋里摸索钥匙。她现在太会做这些事了，上一秒能沿江狂奔十公里，下一秒却柔软得在他的掌心里化作一摊水。她那时一字肩像翅膀消失后留下的漂亮骨头，身体明明是充满力量感的，如今却软得不像话。

楼梯间里的声控灯亮了，金潇唇角的口红花了一片，她的眸子迷离而勾人，太漂亮了。她像天生就有资格享受爱的公主，宣告她有支配程一鑫的全部心跳的权利。

程一鑫艰难地扯回理智："宝贝，"他克制着情绪说，"你不是说……"

他说不出来"不复合"那几个字。金潇眯着眼睛，慵懒地靠着他，伸手揉他的唇角。他的唇上同样沾了她的口红，变成了铁锈般的红棕色，像他们已经生锈的初恋。那段感情年代久远，他们本来就不该碰它的。她揉了揉他的唇，指尖上留下一片红彤彤的颜色。

金潇回答他："不复合。"

她讲话的语气却是缠绵悱恻的，像情人在耳语、呢喃。

程一鑫的瞳孔一缩,他问:"什么意思?"

他站直了,紧绷着身体。无法再倚靠他,金潇只好松开他,撑着楼梯的扶手站着:"我说了,如果我要和你告别,应该是像现在这样告别,不留一点儿遗憾。"

"睡我?"程一鑫难以置信地问,"这是你的遗憾?"

她隔了五年告诉他只想与他春风一度,唯独他想她的一颦一笑、一切事情,想得快要发疯吗?

"不是。"金潇很冷静,说,"我第二次动心,不干些什么事好像说服不了自己。但我确实不想复合了,当初就验证过了我们有多不合适。我们重逢了这么久,你每次都好像很同意我说的话,装作和我保持距离,实际上却找各种机会撩我,又等着我先软弱、像以前一样蠢蠢地送上门。"

金潇勾唇一笑,说:"包括今天,你也以为是终于把我钓上钩了吧?"

程一鑫感到一丝一闪而过的难堪,被她气得再无力气,有气无力地道:"你是鱼吗?老子才是吧。"

她根本不懂,他实现不了的事情太多了,她偏偏是那个最遥不可及的梦。他只想离她近一点儿,再近一点儿。他得到了她,就像端着一碗倒映着月亮的水,听着自己急促的心跳,只恨自己不能走得再稳当一点儿。

程一鑫快恨死她了,恨恨地又吻下去,重重地吮她的唇,心里的满腔酸涩快要溢出来。他说:"复合,我才碰你。"

"晚了。"金潇含混不清地呜咽,"你已经碰我了。"

两人再次吻得意乱情迷,楼梯间里的灯亮了又熄灭。她轻咳一声,灯再次亮了。他们又在对方的眸子里看见彼此,彼此都是越发离不开对方的模样。她的颈侧有一道玫瑰红色的吻痕——我见青山多妩媚,料青山见我应如是。

金潇顺利掏出钥匙晃了晃:"我想清楚了。反正我们迟早会一刀两断,要我现在直接删了你,我好像做不到。无非是熬着,我下定决心就删你。"

她又要经历一次五年前的痛苦,夜夜辗转难眠,看他没心没肺、一身轻松。金潇吸了吸鼻子,眼里隐有泪光闪过,无奈至极。她的手狠狠地掐他劲瘦的腰身,他瘦得没有肉,她只能掐起一块皮,色厉内荏地说:"程一鑫，你真有本事呀。五年了，我每次见到你，都栽在你的手里。"

程一鑫闷闷地道："多谢夸奖。不过，你想就这样忘了我，没门。"

"为什么？"金潇平复了情绪，轻松地耸肩，"我问过你，你说过你是单身。"她看程一鑫的身体反应，他明明是乐意的。

程一鑫绝望地闭了眼。她曾经那么羞涩，他们第一次接吻的时候笨拙又紧张，牙齿磕碰。他是很厌的，看见她就生出了无穷的勇气，想逗她，看她脸红的样子。她怎么就变成了现在这样？

程一鑫苦笑，摇头："我还想问你为什么。"

她为什么不肯复合，为什么不能再给他一次机会？他低头，额前乱蓬蓬的头发低垂着，一缕刘海儿落到鼻尖上，在阴影中显得很可怜。他问："你为什么不能重新喜欢我？你不会吗？你不会，我可以教你呀。"

金潇没回话。

"算了。"他不再摇尾乞怜，用钥匙开了门，拦住了她的路，"我做不到这样，宁愿让你再恨我一回。"

丢了自己唯一的砝码，他指了指楼道，抿了下唇："慢走，不送。"

日子是过得很快的，一周匆匆地过去了。

两人不约而同地在微信里翻了无数次对方的头像，虽然没删对方的好友，但似乎不打算再讲话了。这算什么呢？程一鑫觉得还不如让金潇删了他，自己能顶着红色的感叹号说一些不敢说的话，想着哪天她肯再把他加回来，就会有盼头。现在他只能等她彻底放下他，再一次被宣判死刑。

下午，程一鑫录完了一个视频，旁边放着秒表。他在测试用不同的手机同时打开三十款手游的速度，说白了，这是在比较哪些手机的后台能以最快的速度切掉画面。他打算再测试一会儿它们，就是打开视频和游戏几个小时，看手机会不会发热或者死机。

程一鑫准备把视频当作科普的视频发到他们新开的视频号里，想起那天还没来得及跟金潇讲讲游戏手机，又后悔了。没有倒闭的电竞社，但他确实从游戏主播那里收了一些手机，游戏手机的厂商喜欢找主播带货，主播在直播间里做测试，比如连玩几个小时的游戏、一边充电一边玩游戏。主播带完货，厂商就把手机送给他们了。主播用了一段时间的手机后，就会把它们当二手的手机卖掉，因为手机更新迭代快，找他们做测试的游戏手机的厂商也不止一个。

程一鑫抬起头，发现黄顾在跟章鱼聊八卦，打了一个响指："你俩说啥呢？"

黄顾"嘿嘿"一笑，说："有钱人终成眷属，没钱人亲眼目睹。"

程一鑫一脸疑惑，伸了一个懒腰："说人话。"

人家章鱼就老实不少，翻着微博，如实地相告："刚才大家都在聊对面的千银呢，千银公主跟WOOD太子原来是一对……现在前任之间格外眼红，搞不好他们合作不了了，以后千银手机的系统会不会换成安卓系统？"

他没说完话，手机就被程一鑫抢过去。章鱼乐了，说："哥，你啥时候也这么八卦了？"

"@八卦早知道：'他们都是彼此的初恋。千银公主在法国留学的期间就对伍迪一见倾心，两人坠入爱河，为了不影响合作的关系一直低调地谈恋爱，想隐瞒恋情直到结婚。至于他们如何分手，千银公主的突然回国，似乎已经回答了这个问题。都说初恋最为刻骨铭心，被伤透了心的伍迪还会再爱吗？两家公司之间的合作关系将何去何从呢？以后还会有搭载WOOD系统的千银手机吗？'"

"啊啊伍迪，我一直以为他单身！我是他的女友粉，心态崩了！"

"股价应声暴跌，伍迪肯定会后悔的，他们分手也弥补不了对我的伤害。"

"这会不会是炒作呀？他俩的公司本来就是独家合作，怎么会因为他们分手了就不合作？"

"实锤了吧，心碎了，这还是他俩进出伍迪的公寓时被偷拍到了。据说是女的劈腿了，伍迪这样的复古绅士是社恐，又沉迷于做手工、玩机械，看着就不可能主动地提分手。"

"我其实感觉这一对有点儿好嗑，这几代配有WOOD系统的千银手机要绝版了吧，可以买来收藏。"

"伍迪真的高贵优雅。这个女人长得太妖媚了，配不上他。"

"这……不是直播跑十公里的小姐姐吗？"

"她原来是千银公主,比你富有的人一定比你努力,我哭了,好像歪楼了。"

"哥,咋了?"章鱼见程一鑫半天不说话,低头看见程一鑫捏着手机的手青筋暴起,以为他中午吃泡面吃得老毛病犯了,问,"你胃疼?你不舒服?"

程一鑫胡乱地应了一声:"嗯,我去买点儿药。"

他无药可救了吧。

连高中肄业的他如今都懂了,为什么金潇和他复合的概率是0%。

"你的嗓子哑了?"

"嗯,我紧急地开了一个视频的新闻发布会。"

现在法国的时间是清晨,股市刚开盘,WOOD股价直接跌停了。伍迪还穿着西装,一边跟金潇打视频通话,一边随意地扯松领结,把它拽下来扔到一边。伍迪笑了笑,说:"前女友,你还真是擅长令人分心。"

金潇这个下午同样不好过,丝毫不想接受调侃,说:"过奖。"

她倒是想起来了,程一鑫把她的声音设置成Silver的声音,就是把这句话作为了唤醒后的语音提示。

伍迪叹气:"如果不是知道你在国内,我都怀疑你有我的度假行程表。我昨晚刚回来,今天一上班,你就给我一个这么大的惊喜。"见金潇瞥了一眼领带,伍迪想起来了,说,"哦,这是你买的。我没别的意思,一向很喜欢它。"

她送别人礼物,自然要投其所好。金潇又不打算报复社会,送的正是伍迪最喜欢的那家巴黎百年手工裁缝铺制作的领带,图案是他喜欢的齿轮,领带上的齿轮凑起来是陀飞轮。

他想戴领带就戴着呗,金潇揉了揉眉心:"抱歉了,我觉得消息应该是我的叔叔卖出去的。"

伍迪很无奈,说:"我刚还跟我爸保证了,消息一定不是你曝光的。"

金潇垂眸:"你爸说什么?"

"他说他要再睡一会儿。"

"……"

金潇的那几个叔叔之前盼着金潇直接嫁给法国的伍迪，自己把千银尽收囊中，所以没少在她的父母和奶奶的面前说道此事。后来金潇和伍迪分手，回了国，分手的行为更像是一种陪伴到期了。伍迪作为设计师不止会建系统，还对设计手机的外形颇有心得。他还爱玩机械、做手工。别人拼乐高，他都会自己建模做出零件。更别提他还沉迷于赛车和赛马，心血来潮的时候在投资圈里插一脚，也玩得风生水起。

两人亦师亦友，同样乐于享受生活和取悦自己。接触的时间长了，他们惺惺相惜。金潇时常去他的院落里度过休息日。晨曦照在绿茵上，古堡下有美人，他养马、她打拳。有人能听懂自己的那份独特的快乐，这不失为一段缘分。除了金潇回国前伍迪试探性地问过她，其余的时候，他们各自保持着清晰的边界感，不去商讨以后的商业版图会因他们的关系如何变化。

金潇一回国，她的叔叔伯伯就开始慌了，生怕金潇把伍迪带回国内。伍迪年纪轻轻就已经有了管理WOOD公司的能力，两家公司一旦合二为一，哪里还轮得到他们说话？

金潇大概剖析了叔叔们的动机，轮到伍迪紧锁眉头了。金潇笑了，说："我就说，你不会喜欢国内的。"

伍迪揉了揉太阳穴："你那边怎么样？"

"出名得很彻底。"

她的叔叔伯伯这次做事够狠，直接让她上了热搜。金潇不记得接过多少通电话了，关了微博的评论和私信的功能。无数伍迪的女友粉顺着"千银公主"的身份找到了她的微博，对她冷嘲热讽。网络是键盘侠的温床，隔着一根网线，人人都可以当正义的使者，发泄自己的不满，高举言论自由的大旗，行造谣诽谤之事。她们甚至还考古了金潇的微博，扒了她从高中毕业后创建微博到现在的所有内容。除了伍迪的女粉丝在强烈地谴责金潇，其他吃瓜群众有的看笑话，有的看热闹。

他们对她发过的设计作品指手画脚，有人夸她有设计天赋，认为她能和伍迪比肩，也有人说她俗不可耐。他们挖出了金潇发的照片，有人看懂了，她参加过法国自1903年起年年举办的"环法自行车赛"，比赛在每年的七月初开始，在七月底结束，总赛程有三千两百公里。且不论名次如何，她一个娇滴滴的豪门千金去参加这种铁人运动的比赛，很有个性了。当然，也有人说她是作秀，还有知情者爆料说她在国外某个城市的马拉松比赛上拿过前十名。

这些事实在是太新鲜了，金潇一直低调，回国后才开始公开与千银的联系。之前她只有在别人采访她的父母时才被提及，身上的那些标签都是名媛喜欢的——她有高智商和高情商，优雅、漂亮、有品位，会几国的语言，会拉小提琴及会跳舞。

这回好了，新闻彻底颠覆了她在采访里的形象。不少人感叹千银公主原来是这样的，她不爱红装爱武装，拳击和极限运动样样精通。她在国外度假时发过冲浪和滑雪的视频，内行的网友客观地评价，都觉得金潇的水平在业余的玩家里算是很顶尖的了，又有一群人酸她有钱有闲有装备。

是是非非，真真假假。金潇都来不及挨个儿关闭社交账号的私信功能。毕竟千银和WOOD是两个名门，一家公司做手机，一家公司做系统，太子和公主谈恋爱，自带偶像光环。两大继承人反目成仇，要多狗血有多狗血。网友们纷纷地猜测他们谈恋爱究竟是出于真爱还是商业联姻，他们又为何分手，比如有人猜伍迪抛弃门当户对的公主是因为爱上了灰姑娘。更多人站在风度翩翩、口碑极佳的伍迪这边，认为是金潇匆匆地回国心怀鬼胎，她才是负心的一方。

经过几个小时的发酵，舆论越演越烈。还有人扒出来，千银的创始人生了两个女儿，一个一直待在象牙塔里没走出来过，另一个搞音乐，当年就是因为女婿入赘才保住了家业。所以金潇才能继承金老爷子的姓氏，以后大概率会走母亲的老路，招人入赘。这些事在滨市不是什么秘密，大街上的任何一个人都能讲一个分晓。于是，一个荡气回肠的爱情故事新鲜出炉。金潇心机深沉，去法国勾引伍迪，和伍迪相恋几年后才跟他说了要入赘。男神伍迪不愿意，被她抛弃。

金潇挺吃亏的，忽然被爆出来绯闻，基本没有路人帮她说话。伍迪却成名已久，他的天赋和才情几乎与其设计的系统齐名，就像苹果手机当年不需要任何人代言，乔布斯就是最好的代言人。周围的同事不断地窃窃私语，恨不得来问金潇到底为什么抛弃伍迪。

伍迪听了金潇的话，直摇头："你的叔叔是怎么想的，你看起来像吃回头草的人吗？"

好马不吃回头草，回头草代指前任。这是金潇看见伍迪在喂他的侏儒马时，顺便教他的梗。

金潇疑惑了，问："为什么我看起来不像那种人？"

比如她就想过吃程一鑫这根回头草，但他不乐意当回头草哇。

伍迪思考片刻，说："起码你对我不像。但我有点儿好奇，一直没问过你，你的初恋是一个什么样的人？"他眼睛一亮，说，"你还在刚才发的微博里专门提到了他。"

伍迪刚刚首次注册了国内的微博，就为了澄清这件事情，表示不会影响双方公司的合作关系。

金潇同步发了一条微博，千银官方转发了她的微博。

"@金潇Tonight：我们并非是双方的初恋，分手是因为一起看完了四十四次日落。而千银手机和WOOD系统，既是初恋，也会是彼此的最后一任伴侣。"

"他？"金潇想了想，"他是跟你完全相反的人。"

以至金潇后来一度怀疑，自己是为了摆脱和程一鑫的感情阴影，才喜欢待在伍迪的身边。她喜欢看他轻松地拥有一切，他自信又掌控全局，从来不怕受伤。

关于这件事的舆论闹得沸沸扬扬。尤其在滨市，千银是本土的第一企业，人们在茶余饭后都喜欢把千银拿出来说说。好在互联网上的网友最容易集体失忆，吵了两天，就渐渐地安静下去。或许金潇和伍迪下一次有什么动作时，他们会再次敲起键盘。

金香柏在莫斯科认识的一位朋友正好是滨市的人，回国后回滨市做投资人。金香柏牵线，和金潇一起去见这位朋友。三个女人一起在滨江大道的商业综合体里喝咖啡，浅谈投资的意向。金香柏的朋友很疑惑，说："我记得嘉柏丽尔一直说,姐姐舍不得把父亲的事业交给市场啊。"

金潇和金香柏对视一眼,再不把千银交给市场,千银就被叔叔们祸害了。父母都把金潇经历的舆论压力看在眼里,有心无力,只能让官方澄清事实,又不能封住所有网友的嘴。在奶奶的大力支持下,将资本引入千银好像并不是一件难以接受的事情。她们决定让千银逐渐市场化,让优秀的人来协助管理企业,有效地缓解企业的僵局。而且,千银的内部一直没有股权的激励,千银虽然把规模做大了,但还是带着家族企业的影子,员工自然不如其他手机大厂里的员工有积极性。她们如果引入了资本,三五年内可计划让千银上市。

她们非正式地谈协议,氛围相对轻松。三人相谈甚欢,享受着午后香浓的咖啡和惬意的时光。金潇忽然朝咖啡厅外看了一眼:"抱歉,失陪一下。"

她匆匆地追出去,方好好的身影已经消失在人群中了。如果金潇没看错的话,方好好刚刚是从旁边的宠物用品店里出来的,拎着的大塑料袋正是宠物店里的。这倒是奇怪,金潇上次问她怎么半年没见她撸猫和发照片,方好好说把猫送给别人了,现在怎么又进出宠物店了?按照以前的性格,她迎接新生命,欢迎新成员,早就发几十条朋友圈了。

金潇回来解释:"我刚刚看见一个朋友,可能是看错了。"

金香柏"扑哧"一笑,说:"你还会认错人?"

金潇这种乖乖女是社交绝缘体,值得她追出去的朋友一只手都数得过来。金香柏友情提示:"我当年高调地回国进公司,就有不少路人认出了我。宝贝,你还是随身戴一副墨镜吧。"

她们又聊了一会儿,约定下周双方拿正式的文件到公司里谈。

最近,"大世界"六层手机维修店的店主都发现自家的生意变好了。这似乎是因为最受欢迎的鑫哥二手手机专卖店的店主每天都顶着一双熊猫眼,他的精神不济,令生意从指缝里漏出去了。

黄顾和章鱼问程一鑫怎么了,他给的答案是胃疼和睡不着觉。很奇怪,程一鑫还变得沉默寡言起来,没什么兴趣逗客户,除了修手机就是上网冲浪,一看微博就能看上瘾。只不过他经常看微博看得咬牙切齿,下颌线像刀刃一样锋利。黄顾和章鱼觉得他更像是牙疼，主动地包揽了每天晚上在夜市上摆摊的工作，让程一鑫早点儿回家休息。

程一鑫懒得解释，回家后照样睡不着觉，走过楼道都能想起金满那天的模样。他闲着无聊，又把以前的手机找出来，把聊天记录翻了一遍。忽然枕边的手机响起铃声，程一鑫接起电话："马丁？"

马丁的声音显得很是幸灾乐祸，他问："我听倩倩说，你失恋了？"

程一鑫骂了一句粗话，爬起来，看了一眼程佳倩空荡荡的房间，没法骂她，只好嘀咕："程佳倩咋什么事都跟别人讲？"

马丁"啧啧"地说："哥，你这就不对了，我又不是别人。你来不来玩？消遣消遣。"

程一鑫犹豫了一秒钟，说："来。"

来个人把他带走吧，他真不想一个人待在家里了。

半个小时后，程一鑫和站在门口抽着电子烟等他的马丁会合。马丁把他带去了另外一个世界，那里光怪陆离，是假面的盛宴。

马丁拿起一个面具，把它按在程一鑫的脸上："戴上。"

程一鑫一脸疑惑。

马丁听着音乐都嗨起来了，急着走进去，懒得跟程一鑫解释，说："哥，难道你遮住了脸就泡不上妞了？"

程一鑫：："哥泡妞从来不靠脸。"

"那你靠什么？"

程一鑫没回答他。很快，马丁就知道了，鑫哥不愧是鑫哥，横行"大世界"光靠一张嘴。马丁的女朋友带了好几个辣妹，辣妹们除了来来往往地跟别人搭讪，也不忘逗一逗马丁带来的新面孔。她们窥见了程一鑫挺翘的鼻子，他的薄唇漂亮精致，从下巴、喉结到锁骨都性感得不像话，被灯光反复地追逐着，令人忍不住想摸一摸。他杀马特的远峰蓝发色在这里一点儿也不奇怪，简直跟在背后打碟的那个人的发色差不多。

辣妹直接上手了，轻碰程一鑫的胳膊："帅哥，你这么瘦，平时健身吗？"

程一鑫敷衍地道："偶尔。"

辣妹看了一眼他漂亮的手指，兴趣盎然地继续追问："你都去哪里健身啊？"

程一鑫勾唇一笑，说："哥去网上跟别人抬杠。"

"哈哈，加个微信吧？"

兴许是程一鑫的这张嘴折服了在座的姐妹们，马丁的女朋友主动地冲程一鑫伸出了手。她手腕很纤细，上面文着"Mary"的英文花体文身，手链和戒指都亮闪闪的。女生的美甲花纹很繁复，程佳倩就开美甲店，程一鑫听多了她的话，用她的话来说，这叫"一平方厘米上百块钱"的水平。

"我叫阮玛丽，帅哥，怎么称呼你？"

马丁吃醋，搂过女朋友的纤腰："社会我鑫哥。"他跟她咬耳朵，"我跟你提过他好多次了，怎么着？你看见人家帅就想移情别恋？"

阮玛丽懒洋洋又风情万种地白了马丁一眼，倒是窝在他的怀里，还挺享受马丁围着她转又为她争风吃醋的。大世界商场里的哪个店主不是每天阅人无数？他们每天必修的功课就是试探客户的心理价位。程一鑫除了那时候被爱蒙蔽瞎了眼，没看出金潇的经济条件，对其他人的经济条件就没看走过眼。他不难看出来，阮玛丽是在座的姐妹里条件最好的人，其他女生隐隐地以她为中心，吹捧她新买的包包、首饰以及她爸资助她新开的网红咖啡厅。

程一鑫算是不挑客户的人了——学生和有钱的人在他这儿修手机都付同样多的钱。马丁这算是攀上高枝了，而且人家还对他挺满意的。

程一鑫主动地向阮玛丽伸手，点到为止。她一触之下，发觉那只手的骨感令人吃惊，借着模糊的光晕仔细地盯了他的手十多秒钟："哟，看不出来，鑫哥的手长得这么好看。"

几个小姐妹都低头，"叽叽喳喳"地凑上去："鑫哥是干什么的呀，是手模吗？"

程一鑫自认为他是男的，手上都没二两肉，只有一层皮，就由着她们碰了几下手。刚刚加了程一鑫的微信的叫方桃，是一个短发美女。她嚼着泡泡糖，替程一鑫说了："鑫哥好像是做手机生意的。"

"做生意",显然她是抬举他了。

程一鑫坦坦荡荡地说:"没生意,我就是一个修手机的。"

有两个开淘宝店的小网红以专业的目光看他的手,越看越喜欢他的手,其中一个说:"你有这么好看的手,修手机好可惜呀。鑫哥有空帮我拍几张照片呗,我的店里卖护手霜。"

程一鑫再惆怅也不会跟钱过不去,跟这两个淘宝店的店主妹妹加了微信。

随后他拿起酒杯晃了晃,还是人间好。今晚他是真的在家里待不下去。他就不该借金潇的网易云会员,循环她的私人歌单,翻着他们以前的聊天记录,躺着就能感到罗曼蒂克的消亡。他沉浸在昏昏沉沉中,实际上自己又明明白白,恨得把 Silver 里金潇的声音都取消了。还是在人多的地方有安全感,他任由乱哄哄的"社会摇"充斥着他的眼球,男男女女在夜色里肆意地挥洒汗水,短暂地将她驱逐出他的脑海。

程一鑫一抬眸,发现姐妹们又目不转睛地盯着他的手。由于"无人知晓"的特色,人人都戴着半截面具,但手上又没戴手套。他的手白里透红,十分瘦弱,和手中摇晃的红酒杯形成了鲜明的对比,像一束破碎残缺的玫瑰。

程一鑫被看得发毛,轻敲酒杯:"难道我的这杯酒是假酒?"

阮玛丽带头笑出声来,说:"假酒就假酒。"

程一鑫笑了笑。红酒入喉,他说:"假酒最让人上头。"

其他姐妹同样笑成一团,说:"是够社会的。"

有一个不同的声音道:"鑫哥还挺不社会的呀。"

说这句话的是方桃。她最先加程一鑫的微信时就觉得他很瘦,现在夸道:"很有少年感。"

"哦,是。"有知情的姐妹爆料,"方桃的初恋就是这款男生,她一直好这口。"

方桃瞥了一眼程一鑫,嗔怪地拍了一下多嘴的姐妹:"讨厌哪。"

萝卜白菜各有所爱,肌肉发达的猛男不见得最吃香。程一鑫这款难得一见的清瘦男生惹人怜爱,像她们在青春期里暗恋过的男生。薄薄的肩头上吊着书包的带子,他一晃一晃地穿过了整条林荫小路,她们再没有上前搭话的机会。

男生的穿搭到底是简单。程一鑫穿着一件纯色的黑短袖,光靠远峰蓝的发色、银链子和非主流的气质就足够称霸了。别人完全看不出来,"无人知晓"里卡座的最低消费金额都是他打一周工的工钱了。

方桃见惯了牌子货,有点儿好奇地看了看:"鑫哥,你的项链是哪……呃,'xx'?"

程一鑫下意识地用手指盖住银项链的中间。项链果然反了,露出背面。

方桃还在追问:"这是什么牌子的呀?它还挺好看的,我想买一条同款的项链。"她眨眼,"当然,你可以把它送给我。"

程一鑫自嘲地一笑,勾了勾手指,等她凑过来才告诉她:"那是初恋的名字,这是五块钱的地摊货。"

两个懂王干了一杯酒,方桃坐在程一鑫的旁边,看他喝了多少杯酒,就跟着喝了多少杯酒。

她已微醺了,胡乱地猜:"'xx'是茜茜?欣欣?"

黄顾说程一鑫的酒量不好,他其实不容易醉,就是胃不好。喝酒的感觉像深海里的火焰在灼烧,痛而快乐,他反问:"别猜了,你呢?"

方桃笑嘻嘻地说:"忘了。"她"啧啧"道,"有过去的男生最令人着迷,你真的是我很喜欢的那种摩羯座的男生。你是不是摩羯座的?"

有过去就令人着迷吗?他恨过去不能成为过去。自己是金潇的过去了,金潇却占据了他五年的过往和现在。方桃等不到一个问题的答案,又问了一个问题:"你是怎么喜欢上初恋的呀?"

程一鑫沉默片刻,说:"误打误撞。"

他误打误撞地喜欢上了她,没想到爱意那么浓烈。

有几个姐妹聊够了天,准备下楼蹦一会儿,被阮玛丽拉住了:"等会儿,我有一个姐妹说要带她的表妹过来。"她挤眉弄眼,说,"别跑哇,我让你们见识见识什么才是名门。"

"谁呀?"

"我不能说。"阮玛丽感觉这几天的舆论挺多,说,"让她自己介绍自己吧。"

"你装神秘,那我真的要看看是谁了。"

"比玛丽还娇娇吗?"

话音未落,阮玛丽就站起来:"嫣然,这里。"

两个漂亮的女子顺着闪烁的楼梯走上二楼,向他们的卡座走来。她们果然是两个人间尤物,戴着面具也难掩绝佳的气质。尤其是后面的那位,穿着简简单单的吊带牛仔短裤,身材太好了。其他人近看才发现她穿的是挂脖的吊带,她露着背沟和一截蜂腰,那腰简直像沙漏的中间连接上下的两端,马甲线比雕刻出来的都漂亮。

程一鑫回头瞥了一眼。

天哪。

老子这辈子都没这么震惊过。

他的第一反应是低头,第二反应是哆哆嗦嗦地用手挡住面具遮不住的部分。他装作轻咳,偏偏还不敢发出声音。什么"无人知晓",什么破面具,这不就有人知晓了吗?他就不信金潇会认不出他。

但愿她还没看见他。无论是喝了真酒还是假酒,程一鑫都清醒得很彻底,在冷气充足的店里愣是瞬间出了一身冷汗。他简直比刚和她重逢的那天更僵硬,脊柱快不是自己的了。程一鑫用手遮住侧脸,力图挡住来自那一侧的目光,悄悄地起身,试图等金潇她俩上了楼梯就冲下楼,但瞬间被马丁拽回来:"你去哪儿?"

程一鑫压低声音说:"我先回家了。"

"装。"马丁"哼"了一声,说,"这才哪儿到哪儿呀?"

程一鑫哂笑:"我再不回去,家里的蚊子该饿死了。"

马丁:"……"

但程一鑫在社会上混了这么久,又不是十七八岁,马丁估计他平时总会出来玩的。程一鑫没下池子嗨就跑了,未免太矜持了。

眼看金潇离他越来越近,程一鑫急于脱身,说:"我去厕所。"

"你打一个招呼再走呗,"马丁为难地说,"你给玛丽一个面子,不然她的小姐妹要说她。"

程一鑫绝望地坐回去,觉得还不如窝在角落装死,这会儿感觉面具有用了。

他俩拉拉扯扯时,金潇的表姐张嫣然同众人打了招呼:"这是阮玛丽,放心,她爸是陶瓷电容器的供应商。"

阮玛丽热情地应道:"对呀,都是千银的自己人,嫣然早就说等你回国后一起出来玩,我们可算盼到你了。"

张嫣然笑着调侃金潇:"我还不如不叫她来呢。她在,就没我什么事了。"

"是呀,姐妹的身材太好了。"

"颜值更高。"张嫣然做噤声的手势,说,"下次咱们约下午茶,摘了面具。"

很快有人反应过来,倒吸一口冷气:"千银?最近的那个热搜?"

金潇一一地和她们打过招呼,大大方方地道:"金潇。"

阮玛丽见千银的大小姐没把自己当外人,冲着自己的唇部做了一个把拉链拉上的动作:"大家出去别瞎讲啊。潇潇,放心地玩,开心点儿,我们的嘴严着呢。"

程一鑫陷入了一个很尴尬的局面。金潇和她的表姐来得晚,坐在外侧。他要出卡座,必然经过金潇的身侧。他一直用手挡着侧脸,已经够奇怪的了。方桃问过几次他要不要紧,程一鑫死活不敢吭声,生怕金潇听出他的声音,只好装作喝醉了,撑着脑袋低头揉太阳穴。

程一鑫麻木了,不会思考了。他如果没有在微博上看见金潇的前男友是谁,在这里碰见她,应该会挺震惊的。在他的心里,她还是他们初见时十八岁的模样,穿着校服,一双眸子又清又亮。她就像从漫画里走出来的少女,降落在他的手机店里。

现在嘛,听听,她的表姐和她家供应商的女儿都是这里厮混的常客。金潇上周想随随便便地睡他,这周想来这里换一个口味,这就一点儿都不出奇了。虽然富家的千金有很多,她依然是最闪耀的那一朵人间富贵花。

她要是能认出来他，会越发看不上他吧。尤其是马丁还在那儿嚷嚷，谢谢亲爱的女友送他东西。

一想到这件事，程一鑫越发难堪。

金潇如果知道程一鑫是怎么想的，大概会给他鼓掌，他完全就是她的肚子里的蛔虫。她快气死了，程一鑫太可恶了，有本事出来玩，没本事认她，还在那儿掩耳盗铃地挡脸。就没第二个人有他的那双骨节分明的手和凸起的喉结，不然他怎么让她惦记了这么多年？

他一向是这样的吧。当年他的家被盗了，替别人收的手机也没了，他借了几万块的周转资金，还不上贷款。他不跟她说实情，反倒跟她提了分手。金潇转眼间就在他的兜里发现了一张名片。那时候她还没进入滨市的名人圈子里，但没少听说那些风言风语，名片的主人是名声极差。

她觉得好笑。她可真是程一鑫的上进路上最大的阻碍吧，碰巧耽误了他一夜暴富，还一不小心和他处成了真爱。既然他想装不认识，她成全他便是了，当一个合格的前女友，免得耽误前男友。

算了吧。

初恋果然是用来埋葬的。

金潇控制住自己，不再咬唇，勾唇一笑，拉了拉表姐张嫣然："下去玩吧？"

"走吧。"

一群姐妹都手挽着手下楼了，马丁自然是陪着阮玛丽的。程一鑫本来松了一口气，生怕金潇冲过来扇他一巴掌，这下心里空荡荡的，有一种难以置信的失落——她真的没认出来他？

马丁回头拽他："一起呗。"

程一鑫瞥见金潇下了楼梯，可算能开口说话了："你们玩呗。"

马丁嗤笑，说："你装啥？走吧。"

"不吹不黑，哥真的不会跳。"

马丁今天喊程一鑫出来，对他极负责，用目光追随着女朋友的背影，对他连拖带拽："人人都不会跳，下去就会了。"

程一鑫："……"

他瞅了一眼，想趁机跑路。人头攒动，马丁手舞足蹈，拽着他摇摆："哥，感觉咋样？"

程一鑫给他面子，懒散地"哼"了一声，说："特别嗨。"

他又不是真不会跳，哪个店主摆摊的时候不展示展示才艺？然而，他转过身就傻眼了，一张房卡被带着雾霾蓝色碎钻的漂亮手指夹着，她快准狠地把房卡按进他短袖上面的口袋里。

金潇笑得极致妩媚，露出来的半张脸庞高级又明艳，像露水玫瑰般媚而不俗。她撩人不偿命，令人挪不开眼睛。

音乐很抓人。

烟雾缭绕，光影闪耀，氛围灯和每个人手里的荧光棒交相辉映。

程一鑫咬着后槽牙，把黑色炫光的房卡拿出来——"知晓酒店"。人人皆知，一家酒店就开在楼上，夜店叫"无人知晓"，酒店叫"知晓"，关系发展的阶段不言而喻。

程一鑫的心凉得很透彻。就像金潇曾经说过的话，他是一个二流货色，她对他不抱希望，他对金潇享受生活这件事也没抱希望，但还是没想到她如今能随意到这种程度。如果他今晚没来，金潇会把提前开好的房卡塞进谁的口袋里？程一鑫捏着房卡说不出来话，真想开口骂她。跟金潇在一起的时候，他自认为没什么文化，不是什么文明人，但从来没跟她说过一句重话。

他舍不得骂她。他能骂什么，骂她拿他当鱼？他不是早就知道这一点吗？

再说，他又有什么资格骂她？

程一鑫气得胃部一阵阵疼痛，想起今晚没吃饭。金潇眼睁睁地看着程一鑫拿了房卡。光太晃眼了，在他的脸上倏亮倏暗、明明灭灭，面具下他露出小半张面庞，他的面色一阵变幻。

程一鑫触电似的把房卡塞回金潇的手里，转头就往人群里钻。不小心跟旁边甩着头发的靓妹撞到一起，他不敢回头，狼狈地弯腰，把人家的头发从他的银链子上解下来，消失在人群里。

行吧，没意思透了。

程一鑫冲到洗手间里，吐了个昏天黑地，简直都要把胆汁吐出来。他扶着墙出了洗手间，还能看见刚才在洗手间的附近拦住他释放信号的辣妹。她正跟闺密讲话："怎么会有酒量这么差的男人？这才几点？"

"是不是那个人？他出来了。"

那辣妹回眸与程一鑫对视一眼，说："我又上头了。"

程一鑫揉了揉太阳穴，太阳穴"突突"地跳动，带来刺痛感。他把口香糖扔进嘴里，咀嚼的动作令他的下颌线越发流畅漂亮，锁骨随之轻轻地跃动。他拒绝了贴过来的辣妹，说："妹妹，辣别人去吧。"

金潇跷着腿坐在吧台的边上，点了单，正在等调酒呢。在众人中，她的战袍平平无奇，令人看不出来它是什么牌子的，但她的身材把一块清凉的布料完全撑起来了。挂脖吊带三百六十度无死角地展示着她的优势，她有着美背，身材凹凸有致。就算她坐着，不用力，马甲线也很清晰。

有人凑过来，坐下："嘿。"

"不嘿。"

"喜欢你的人很多吧？"

金潇反问道："你算吗？"

"喝一杯就算，我请。"

金潇用余光瞥了一眼，愣了片刻，指了指程一鑫："不好意思，他请了。"

她完全没想到五分钟前转身就走的程一鑫会沿原路返回，他面色阴晴不定地站在她的旁边。她主动地问他："你请我喝一杯吗？"

程一鑫怕自己忍不住骂人，冷漠地点头。

金潇招呼调酒师："再来两杯'龙舌兰日出'。"

程一鑫付钱的时候一阵心疼，忽然感觉不太对劲儿。随后，金潇眼神迷离地钩了钩他的衣角："坐哇。"面具完美地掩饰了眼里的讥诮，她问，"帅哥，第一次出来玩？"

她明知故问。程一鑫觉得他说自己是第一次来玩，她也不会信。于是他干脆地摇了头。

金潇转头问他："玛丽是你的朋友？"

今天还是第一次见到阮玛丽呢，程一鑫不想回答这个问题。他还有一堆问题想问金潇呢，但不知从何开口。她单手撑着下巴，凑近他，吐气如兰，说："你不说话？"

程一鑫僵住，总算知道哪里不对劲儿了。自从金潇出现，他至今没当着她的面开口说过一句话，还一直遮着侧脸。是他以为金潇跟他一样，在人群中能一眼认出来戴着面具的对方。实际上，金潇说不定压根没认出来他，撩他时用的尽是对待陌生人的语气。否则，要是以前的金潇在此地碰见他，大概早就把"人渣"两个字写在脸上了，恨不得扇他一个响亮的耳光，总归不该是这般波澜不惊的。

程一鑫更是恨死了。这五年里，她究竟把他忘得有多一干二净？她把聊天记录删光了，从未关注过他的任何社交平台。他们重逢的那天，她还骂他眼神不好，到底是谁眼神不好？

金潇推了推酒杯，语气埋怨地说："你再不说话，我就自己去玩了。"

因为双腿修长，她基本是斜靠在这种高脚的吧台凳上，一挪翘臀就重新站起来了，把程一鑫抛到一边。下一秒她就被人拽住手腕，身子被力道一带，鼻尖没有面具保护，硬生生地撞在他瘦骨嶙峋的胸口上。她今天没穿高跟鞋，净身高是一米七，但程一鑫挺直腰杆还是能轻松地把她按进怀里。

然而此时此刻，他并不是想抱她。金潇感到头发被扯住了，眼前黑影一闪，面部忽然变得清凉起来。她没想到程一鑫的反应会是这样的。他的动作很快，她都没反应过来，一张俏脸带着绯红之色，完全暴露在空气中。程一鑫的眸色阴沉沉的，他咬牙切齿地喊她的名字："金潇！"

金潇愣住，说："你有病啊？"

"你才有病。"程一鑫都气得七窍生烟了，说，"你看看老子是谁？"

金潇气得踩他："那也应该是你摘面具哇！"

她只恨自己没穿一双恨天高踩他，面具被他粗暴地扯下来后掉到地上，头发也被弄得凌乱不堪。她弯腰想捡面具,被他箍住手腕。

程一鑫也蒙了,说:"我太激动了,摘错面具了。"

从未有人在这里公然地摘下面具过,周围的人开始起哄,拿着手机拍照。没过几秒钟,就有人精准地喊出了金潇的名字:

"哇,这不是前几天热搜的女主角吗?"

"千银公主?"

程一鑫后悔不迭——金潇的面具转眼间就被蹦迪的王者们踩得不见踪影了。他把金潇的脑袋按在自己的怀里,恨不得脱下衣服捂着她的脸,搂着她,带着她离开这片区域,一路用他细瘦的胳膊去挡手机的闪光灯:"认错了,不要拍照!"

人山人海,他们哪有那么容易突围?程一鑫冲金潇忏悔:"对不起对不起,我以为你没认出来我,以为你随便地给野男人塞房卡。"

金潇隔着衣服掐他,恨不得抬头瞪穿他:"我乐意,关你屁事呀?"

程一鑫生怕她再抬头,他们好不容易走出了有人认出摘下面具的金潇的那片地方,没有闪光灯追过来。他仍旧不敢让她见光,把她挡得严严实实。金潇跌跌撞撞地走着,几乎只能揪着他的衣服、扶着他的胳膊走路,时不时地踩着他的脚。程一鑫被踩得龇牙咧嘴,说:"你这舞步很有问题呀。"

金潇又踩他一脚,闷闷地说:"你很会呀?"

说真的,如果他们不是在这种场景中,程一鑫真想跟她跳抱抱摇。他勾唇一笑,说:"不会,但我建议你……"听见金潇冷冷地"哼"了一声,他顿了顿,说,"踩着拍子跳,而不是踩着我的心。"

金潇不肯走了,说:"你再胡说八道,我不走了。"

"不走就不走。"程一鑫叹气,"你松松手。"

"干吗?"

"我摘了我的面具,给你戴上。"

离出口还有十万八千里远,他们这样挪动太痛苦了,议论声还在追过来,掉面具、掉马甲这种新鲜事可不是每天都上演。金潇被吓坏了,说:"你千万别摘面具。我被拍了没什么,你要是被拍了,就麻烦了。"

程一鑫一想也是——如果他被拍了,明天他们就该看见"千银公主夜店泡上修手机社会青年"的话题了,还不如看见"千银公主分手后伤心猎艳"的话题呢。忽然响起尖叫声,无数的纸片像雪花一样在四面八方纷飞,程一鑫被吓了一跳,但周围的人似乎很淡定。他们天天都能见到这种场景,欢呼着去抢纸片。

金潇听见动静,身上不断地落了东西。她不安地道:"怎么了?"

程一鑫护住她的头顶:"你抬头吧。"

"真的?"

"我说一二三,咱们一起冲出去。"

程一鑫用一张纸巾捂住她的脸,趁乱拉着她突出重围。金潇听见有人说:"有人摘了面具?""是不是跑了?"她隔着一层纸巾看去,只能模糊地看见光影,被程一鑫拽着一直跑,停下来的时候不知道自己到了哪里。四周清净了不少,只剩下安静地流淌的歌声。

两人都气喘吁吁的,程一鑫的手掌依然捂着她脸上的纸巾。

金潇开口:"能摘下来了吗?"

他仍然把纸巾蒙在她的脸上,把她蒙了个彻底。他隔着纸巾捏着她挺翘的鼻梁,纸巾的下端翘起来,露出她饱满的唇,口红被纸巾和他的衣服蹭花了,乱成一片,像花瓣雨。程一鑫径直吻下去:"房卡呢?"

此刻,他俩的身上还沾满了一缕一缕的碎纸巾,像下了雪。碎纸巾再被酒店入口处的风一吹拂,画面太美。

程一鑫和金潇的颜值都挺高的,前台的小姐本以为他俩会缠缠绵绵地直奔电梯上楼,没想到他们会在前台补房卡。前台的小姐觉得说他是"男人"不太妥,说他是"大男孩"差不多。他个子高挑,肤色很冷,发色很潮流。

女人倒是很性感,被男生搂在怀里、挡着侧脸,没朝前台看,冷冷地抱着胳膊。大理石的地板上映出金潇的一双长腿,长腿的倒影有横跨几块瓷砖的既视感。

金潇刚朝前台瞥了一眼,就听见程一鑫压低了声音。略带恼怒地说:"别乱动。"

在前台的小姐看来,男生的声音属于有层次感的那种声音,不低哑却富有磁性。

金潇无辜地挪开指尖,指尖上钩着一缕头发。她正在把纸巾的碎屑扯下来,虽然目不斜视,却小声埋怨他:"谁刚才说'不要'的呀?"

程一鑫害得他们在这里接受注视。

她又不听话,撩完头发,继续隔着衣服戳戳他的脊梁骨。程一鑫太瘦了,骨节都很清晰,像竹节一样。如果风雨骤至,他的骨节该发出"铮铮钬钬"的声响,像金铁皆鸣。她用指尖拂过他的后背,他的身高摆在那里,脊椎骨比她的脊椎骨粗壮,有一股属于高大男子的力量感。其实程一鑫的腰力蛮好,她听他说过,他以前考体校的时候还犹豫过要练跳高还是跑步。

前台的小妹来回地打量金潇的身份证,显然已经把她与这几天的热搜联系起来,表情也变得精彩了。小妹递上来房卡的时候,目光都八卦地在金潇和程一鑫的脸上穿梭。

程一鑫挺烦躁的,恨自己没出息,到底是栽在金潇的手里了,把前台上的签字笔转了又转。他很会花式转笔,主要是因为手指细长又灵活。前台的小妹多看了他两眼,笑嘻嘻地把房卡递给他:"帅哥,给你。"

金潇一回眸,目光和别人八卦的目光撞了个正着。她想起了金香柏说过"出门都得戴墨镜",这几天被曝光以来简直不胜其烦,有再好的修养都是白搭。她本来就长得明眸皓齿,眼睛大,鼻梁高,烈焰红唇很有攻击性。这种外貌让她看上去就非善茬。现在气质和气场都摆在那儿,她随意地瞥人家一眼,前台的小妹都被她瞪得发怵,递过来的房卡直接掉在地上了。

三人都尴尬了。程一鑫低头捡起房卡,见金潇的眸子里跃动着不耐烦的焰火。又见前台的小妹低下头不敢看人,程一鑫笑着用指节敲了敲台面:"喂,这是你们不付费就能看的吗?"

前台的小妹"扑哧"笑了一声,可算敢弱弱地抬头,又忙不迭地低头道歉:"不好意思,女士,我们这边一定不会泄露客户的隐私的。"

金潇的一张俏脸冰冷得不近人情,她语气淡漠地道:"你们最好不会。"

两人走进房间里,金潇对程一鑫逗前台的小妹感到不爽,说:"哟,你心疼别人了？"

程一鑫嗤笑："哥还不如心疼自己。"

金潇还想怼他几句，忽然觉得天旋地转，惊呼一声，下意识地想反抗。程一鑫俯下身来，他的肩很宽，胸膛上没肉，尽是硬硬的骨头。他用怀抱将她抵在门上，把下巴放在她的颈窝里，呼出的灼热气息染红了她的耳尖。她松了力道，任由他牵起自己的两条细白的胳膊，她的胳膊被他用灼热的手掌轻柔地反剪在背后，像天鹅的翅膀一样被束在他的怀里。

程一鑫的胸膛一起一伏，他短暂地证明这不是一个梦。五年了，他想过很多次这样的场景，它们多数都在梦里。但上次他们在楼道里拥吻，在幽闭的空间里，她此时此刻真正属于他，白嫩的手心被他反复地摩挲，温软得像暖玉。

埋头在她的发间，程一鑫深吸一口气，顺着她雪白的后颈吮吻下去。语气里满是无奈："宝贝，你上周说对我二次动心，是骗我的吧？"

金潇被他下巴上的青楂刮得浑身软了半截，声音没刚才那么盛气凌人了："你爱信不信。"

程一鑫自嘲地一笑，说："你还不是转身就去猎艳。"

金潇没想到能遇到他，不知道该作何解释，说："我……"

"算了，我不听。"程一鑫打断她，"我想求你一件事。"

金潇"嗯"了一声。

"你再骗我一次好不好？"程一鑫苦笑，他的唇瓣很温热，将她后颈的发梢都吻得濡湿了，"刚刚，你是什么时候认出我的？"

金潇不需要说谎，说："我上楼梯的时候。"

程一鑫闭了闭眼睛，停止吻她："如果我不在，你今晚不会给别人房卡？"

"嗯。"她背对着他，看不见他的表情。他说自己是鱼，她仿佛有了水的灵魂，察觉到他此刻是一副难受得想哭的模样。房间里的氛围灯一闪一闪的，像正在夜航的飞机，令人意乱情迷。金潇往后仰头，主动地去贴他的唇。跟程一鑫分手太累了，她那时候太痛苦了，不想延续这份痛苦，只能让自己的心再硬一点儿,不去做多余的解释。

"谢谢。"程一鑫再次吻了吻她细白的后颈,"被骗还挺幸福的。"

他将她转过来,含混不清地说:"你不问我?"

说实话,金潇巴不得他再渣一点儿,前男友早就该是过去式的。他不渣,她怎么忘得掉他?

金潇别过眼,说:"不用问了吧?"

程一鑫看了她半晌,说:"好。"

他说完话,她被腾空抱起,又轻轻地着陆。程一鑫的吻再次绵密地落下来,冰凉的银链子轻触她的额头,他们的体温都太灼热了,他苦涩地道:"如你所愿。"

金潇很想问他什么事如她所愿了。

五年后,他们的熟悉感和陌生感一瞬间交融在一起;五年前,他们都还青涩。那时候程一鑫只是装得很淡定,实际上红得滴血的耳朵和颤抖的指尖都出卖了他。和金潇在一起以后,他基本不像社会人那样以"哥"自称了,只有在极度心虚的时候才说一声。那天他说了不下十句"哥",星光似乎落在床头上,是颈窝里的汗滴,是眼里迸溅的火花,是绽放在她的肩头上的痕迹。年少时刻骨铭心的爱恋到底是太疼痛了,他们都舍不得挪开目光。

第二天一早,金潇发现自己的手机被清理得很干净。

聊天记录被清空了。他的手机号码被设置了"阻止此来电号码"。他的微信号被丢到小黑屋里,她一看,他把她同样反向拉黑了。游戏里,她的好友列表再次变得空荡荡,市榜的第二十五名了无踪迹。

她似有所感,打开网易云的歌单,那里有一行新的描述——"哥搬家了。"

忽然,房门被敲响。穿着制服的酒店工作人员还没说完"客房服务",门就被拽开了,带起一阵风,屋里屋外的两人皆是一愣。工作人员瞥见金潇肩颈上的痕迹,立即移开了目光:"女士您好,张女士准备了几套新衣服,您需要吗?"

金潇低头系好了睡袍的带子,回头一看,程一鑫好像有病,把她的衣服都叠得整整齐齐的，并把它们放在床边。她拒绝道："不用了，谢谢。"

手机一振，她的表姐发来微信："昨晚玩得怎么样？"

金潇又叫住了工作人员："给我拿一套衣服吧，黑白灰随意。"

换上衣服，她揉了揉太阳穴，翻了翻微博。微博上静悄悄的，昨天夜里的人应该是没拍到她的正脸，没实锤爆料。想起来昨晚程一鑫说的"如你所愿"，她现在懂了——这是那天她在他家的楼下说过的话。他们痛痛快快地把对方从生活里删除干净，继续纠缠下去于谁来说都很痛苦。

当断不断，反受其乱。

如此这般，是最好的。

金潇循环播放着有《水星记》的歌单，睡回笼觉，一梦又梦到以前的事情。

## 第八章
## 在　线

高考结束的第二天,大世界商城第六层的许多店主都震惊了。程一鑫去哪儿找了一个漂亮的妹妹给他打工?这个妹妹一看就跟普通的妖艳女子不一样,气质里透着一股芬芳优雅的文艺气息。旁边满脸青春痘的店主按捺不住,反复地发问。早晨没什么生意,他就堵在程一鑫的店门口,八卦地看金潇。

程一鑫回身挡住他的目光,替金潇答了:"她是暑期工。"他顺便向金潇介绍:"你叫他'痘哥'就行了。他呀,万年长痘。"

痘哥被金潇看得不好意思,说:"鑫哥净揭我的短。妹妹,他一天给你多少钱哪?你还至于给他扫地拖地的?"

程一鑫恨不得踹他一脚。他啥眼神哪?明明是程一鑫自己拎着水桶,金潇在那儿指挥他擦这擦那的。他收拾了一番,地板好像都反着光,透过玻璃柜看手机也更清晰了,再加上金潇替他换了一个带着黑金色翅膀的招牌,整间屋里都亮堂了不少。他一边吐槽金潇讲究,一边还挺欣赏他俩的劳动成果。

程一鑫对痘哥"呸"了一口,说:"俗气,谈钱就伤感情了,是不是?"

他放下手里的抹布,把胳膊搭在金潇的肩头上。他的手垂下来,压着金潇的一缕头发,少女的肩头纤薄,少年的手腕瘦得见骨,画风很和谐。

程一鑫冲痘哥示意:"哥跟你说,你别挖我的墙脚哇。"

金潇笑了笑。正值酷暑,大世界商城里的空调实在不怎么样,她比程一鑫早来了半个小时,光是打水都出了一层薄汗。她顺势拨拨自己的刘海儿,刘海儿微微地被汗沾湿了。她虽然还有学生气,五官却早就长开了,瓜子脸标致,眸子晶亮,唇色鲜艳。她拨弄刘海儿时越发显得俏皮,惹人怜爱。如果没留高三的学生统一的短发,她应该是最招惹男人的目光的那种绝色美女。痘哥很是羡慕程一鑫的艳福,用充满酸意的语气说:"你小子的身边尽是一些美女,妹妹当时咋没进我的店里买手机呢?"

金潇笑而不语,继续指挥程一鑫,彻底把他巴掌大的店里打扫干净了。"大世界"里的店主很清楚这里是低端的商场,从不亲自动手改善店内的卫生环境。每天统一的保洁员都会过来,但只是象征性地晃两下拖把。茶水间里的那把公用的拖把基本也看不出原本的颜色了,干成一堆,随时都能被当成飞天扫帚用。他们平时只有在不慎打翻了泡面时,才会一边骂粗话一边去拿拖把,动用它一下,用完拖把也懒得洗,直接把它往水槽里一丢。

程一鑫发现越用这把拖把拖地,地就越脏。他干脆拿了抹布,蹲在地上擦地面,又狠狠地在水桶里涮了几遍抹布。他按照金潇的要求细致地擦瓷砖的缝隙,还顺便抠出了牢牢地粘在地上的口香糖,用螺丝批刮了一番。程一鑫几百年没干这种活了,又正是火力旺的时候,没干一会儿就满头大汗,说:"喂,晚安妹妹。"

金潇正在 iPad 上写写画画,听见程一鑫招呼她,回头问:"怎么了?"

"你过来一下。"奶奶灰色的刘海儿湿透了,程一鑫抬胳膊示意她,"你帮哥把袖子撸起来,我热死了。"

金潇"哦"了一声,凑过去,有点儿蒙——他本来穿的就是短袖呀。程一鑫的手上都是惨不忍睹的口香糖尸体,他自己无法操作,催她:"快点儿，要不是你在这儿，哥早就光膀子干活了。"

这好像是一个很大的罪名，金潇顿住，捏着短袖的袖口，规规整整地帮他把袖子往上挽了一圈又一圈。

"哥还没看出来，你有强迫症？"程一鑫看她挽了四五圈袖子，进度缓慢。她刚拿过抹布，指尖还是冰凉的，摸在他的肱二头肌上，他痒得胳膊都麻了，说："你直接把整只袖子撸上去不就完事了？"

金潇垂眸："我这样弄，它不容易掉下来。"

程一鑫"啧"了一声，说："你看不起谁呢？哥的肌肉又不是白长的。"

金潇把他两边的袖口往上一推，短袖硬生生地变成了粗犷版的跨栏背心。他的袖口原本是松松垮垮的，现在还真卡在了他的胳膊上，他用螺丝批刮地上的口香糖，一发力，肌肉就鼓胀起来。他到底是练体育的嘛，瘦归瘦，肌肉倒挺匀称的，胳膊又白，整个人十分清爽。

金潇想起来一件事，问："你今天没穿平时穿的那件衣服？"

平时他穿的是带着二维码的工作服。程一鑫咳了一声，有点儿尴尬，说："昨晚我晾衣服，它被吹到楼下去了。"

他收拾完卫生，去洗手间里洗了一把脸，再走回来，黑乎乎的指尖被洗得很干净，一双手像漂亮的笋结。水迹顺着锁骨淌到白色的短袖上，勾勒出他瘦削的轮廓，喉结上都沾着汗珠。他还是觉得热，拽起衣服的领口扇风，衣服抖起来，衣角下的腹肌隐约地露出来，整齐白净，令金潇不由得想起了初见他时的画面。程一鑫拧开了一瓶矿泉水，把它递给金潇："歇会儿吧，你考得怎么样？"

金潇客观地评价："还行。"

如果不出意外，她应该能稳上滨大了。她昨晚估了分，在某道题上有一点儿小失误，但这无伤大雅。

程一鑫挑眉："可以呀，你到时候考上了滨大，记得请哥吃饭。"

金潇轻笑，说："当然。"

程一鑫走到店的外面，仔细地欣赏招牌。金潇设计的黑金色翅膀是真的挺好看的，低调奢华有内涵，比原本的那个摇摇欲坠的招牌好多了。金潇还在店内，把iPad支在玻璃柜台上，端正地站着。她没留意店外的动静，直到听见"咔嚓"的声响，惊得抬起头，发现程一鑫正拿着手机拍照。

程一鑫笑着解释道:"我拍一张照片,招牌挺好看的。"

金潇点头,放下笔:"那我出去。"

她想让出店内完整的风光,好让他拍照发朋友圈宣传。

程一鑫却放下手机:"我就是拍两张照片看看,拍完了,你别动了。"

程一鑫把她留在店里,出去找开哥领了机子。他们在一段时间内一般都领固定的机子,直到把它们卖出去或者卖不出去为止。开哥有渠道收二手的手机,质量参差不齐。他收的手机里也不乏炸弹机,但还是有一群蜂拥而至的店主挑选手机,各自认领在这段时间里能卖出去的手机。开哥报底价,他们把挣来的钱拿走一部分后,把剩下的钱给开哥。谁的价格出得比开哥的底价高,谁就讨开哥的欢心,拿的机子也越来越好。当然,开哥喜欢程一鑫。程一鑫的技术好,位置那么偏,他出手的速度还不比大店的店主出手的速度慢。

开哥今天有点儿奇怪,程一鑫领了不少其他机子,正想问他呢,痘哥在旁边酸酸地说:"店里来了一个漂亮的妹妹,人家想显摆呗。"

程一鑫不接这话,反开玩笑说:"有本事你也领一个妹妹回来。"

开哥便没接话,说:"你领了手机尽量卖出去呀,不然耽误哥的生意。"

程一鑫笑嘻嘻地给他塞了一包烟:"我知道。"

金潇看见程一鑫拎了一个红色的塑料筐回来。

他把塑料筐往她面前一放:"这是你的活。"

金潇一脸疑惑。

"你来给哥打工,不如趁机认认手机的型号。你不是要在大学里读啥通信的专业吗?"

"通信工程。"

"对对。"

起初她坐在玻璃柜门外,坐在顾客坐的位置上。后来,程一鑫干脆让她坐在里面。里面只有一个凳子,他站着教她,把主流的手机品牌、型号和特点一一地讲了。有了手机的实物作为参考,金潇比查资料时学得快多了。半个小时不知不觉地过去了,旁边的痘哥一直在刷手机,一闲下来就溜达出去跟别人聊天。

金潇忽然抬头:"你……今天不忙吗?"

程一鑫眯着眼睛看她。

金潇被他看得垂下目光:"怎么了?"

程一鑫"啧"了一声,说:"你是来给哥打工的,还是来当老板的?你对哥偷懒看不顺眼?"

金潇忍不住笑了笑,说:"我是怕耽误你干活。"

"耽误个屁。"程一鑫跟她对视一眼,还是觉得躁热,又扯了扯衣领,"这种犄角旮旯儿里半天不来一个人。你看到没?"

他指了指中间开哥的店铺:"客户都跑到他那儿去了吧。"

"那你平时的客户是从哪里来的?"

"商业机密。"程一鑫卖关子,"下午哥让你整活,你就知道了。"

说话间他想起来什么事,问:"哥还没问你,你上次怎么跑到哥这里来了?你还问我什么来着,一个男的?"程一鑫的目光忽然变得锋利了,他问,"啥情况?"

金潇都不好意思说那次的事情。亏她自认为跑得飞快,追小偷都没追到。她说得有些愤愤,她还给警方画了那人的画像,也不知道警方什么时候能将他绳之以法。

程一鑫一听,乐了,说:"你别想了,追不上小偷那叫事吗?那些老鼠熟悉'大世界'就像熟悉自家的山洞,回头一转手就把偷来的手机卖到这里来了。"

"啊?"金潇大为震惊,问,"他们把手机转手卖到'大世界'里?"

"你小点儿声。"程一鑫看见痘哥溜达回来了,重新压着嗓门讲话,气息使得金潇的发丝微微地拂动,"不然呢,你以为他们拆了手机的零件卖钱吗?"

"把在楼下偷的手机卖到楼上,他们太嚣张了吧?"金潇还是不能理解这种事,想了想,问,"你……也会收这样的手机吗?"

程一鑫毫不客气,在她光洁的额头上弹了一个响:"你想什么呢?"

金潇揉了揉额头,笑了。

"怎么着?你担心哥进去呀?"程一鑫痞痞地笑。

要说是混混儿,他未免太清俊,说是翩翩少年,他又流露出俗世里不羁的气质。

"放心，哥不收这种手机，收赃机一般得绕 ID。哥教你一个方法。我虽然不会刷机，但如果要收手机，一定先把它恢复出厂设置，这样没刷干净的 ID 就会自动地弹出来。你千万别看别人把手机恢复了出厂设置，自己就不动手。"

说完，他又看了一眼专心地听讲的金潇。好学生就是好学生，她听了"大世界"里的每个手机店主都知道的黑幕，还以为他讲了什么金科玉律，还在 iPad 上一丝不苟地做笔记。

中午时分，程一鑫就去大世界商城二楼的美食长廊那里打来了饭菜。两人围着干净无尘的玻璃柜台吃饭，心情比平时更飞扬几分。程一鑫反倒觉得不好意思，说："伙食差点儿意思。"

金潇的动作是优雅的，但她吃得真不拖泥带水，饭菜非常干脆地落入腹中。她说："饭挺好吃的。"

"你不减肥？程佳倩一天到晚说要减肥。"程一鑫一拍脑袋，"哦，就是我妹。我在家里吃一顿夜宵，她都不准我馋她。"

金潇笑得眉眼弯弯，说："我记得佳倩，她挺瘦的。但我平时还运动呀。"

"对。"程一鑫"啧啧"地说，"你的体育水平确实挺不一般，除了校运会上的那些项目，你还练啥呀？"

金潇想了想在本市内练的项目，犹豫半天，说："散……散打？"

程一鑫呛了一口可乐，咳得惊天动地。他本来就是冷白皮，面色泛红，现在眼眶也红了。他泪汪汪地说："吓死哥了。"

程一鑫难以置信地捏了捏金潇纤细的手腕，觉得她的手腕简直一折即断："敢情你是来店里当保镖的？"

金潇难为情地缩回手腕："没有，我就是玩玩。"

"防身？"

"差不多。"

"也是。"程一鑫猛地灌下去剩下的半罐冰可乐，总算压了压惊，平复了心情，说，"哥要是有一个这么漂亮的女儿，她三岁时我就得送她去学防身的技术。"

金潇咳了几声，同样憋红了一张俏丽的面庞。程一鑫还在那儿自说自话："算了，哥也得学一学散打。下回你去玩，带哥一起？"

金潇犹豫几秒，说："好呀。"

夏日的午后令人格外困倦，程一鑫连打几个哈欠，连在耳侧挂着的烟都摇摇欲坠。见他的眼底总泛着一层隐隐的青色，金潇压低声音问他："你今早又去替跑了吗？"

"嗯，学生们都有拖延症，现在快期末了，正好是替跑的高峰期。"

他晚上还得去夜市上摆摊。金潇想象一下，他早上六点出门跑步，晚上十点回家，一天忙碌十六个小时，是真的为生活拼了命。同龄人，就说金潇班里的同学，高考完就在群里秀去国外旅游的照片的大有人在，更别提那些唱歌、打游戏、玩嗨了的人了。包括她自己在内，他们都可以理直气壮地花父母的钱。相比之下，程一鑫的这种日复一日的辛苦生活，着实令人同情。

金潇不忍心地道："你要不休息一会儿？我帮你看店。"

"不用。"程一鑫再次打哈欠，掏出一沓英文资料，懒洋洋地歪靠着后面的墙，干脆把耳边的烟摘下来丢在柜台上，拿起铅笔开始画圈，"趁你今天在，我学会儿资料，还能问你不会的地方。"

金潇无法拒绝，说："好。我能帮你做些什么？"她忽然俏皮地一笑，提醒他，"程老板，我是来打工的。"

程一鑫把自己的手机丢给她："你不是问生意是从哪里来的吗？哥想办法混进了本地所有高校的各种兼职群、替课群、信息交流群，还有论坛和贴吧，在里面发广告就是了。你帮哥发吧，模板在这儿。"

金潇愉快地接过手机，有条不紊地接替程一鑫做这份工作。她还别出心裁地做了一份电子表格，罗列了所有高校的可以发布二手手机收售修广告的平台渠道，方便他以后每天打卡——他要是忘了没在哪个群里发广告，又在哪个群里把广告发重复了，容易被踢出群聊。程一鑫探身看她的工作成果，肩膀挨在她顺滑的发梢旁，勾唇一笑，说："高才生就是不一样。"

手机一振，金潇看着他，却抿唇不说话。

程一鑫见她的眼神不对劲儿，问她："怎么了？"

金潇把手机还给他："你有微信。"

白池莉："鑫鑫，人家想你了。"

程一鑫面不改色地接过手机。在大屏智能机的时代，保留单手操作的设计早已变成一纸空谈,看剧时还有人能这样做,打字时还坚持单手持机的人寥寥无几。程一鑫偏偏是一个另类,似乎很喜欢单手拿手机。这丝毫不影响他打字的速度,手指灵活地翻飞。他迅速回复了消息,随后面色轻松地把手机递给金潇:"你继续发广告吧。"

他瞥了一眼金潇,她亦目光淡淡,不打算问他看见的消息。在这么热的天气里,她安安静静地做事,连一滴汗都没流。他凑近她,自然能感到一种清风徐来的清凉,在她的旁边多待几秒,又会陷入另一种无端的躁热里。

他们本该毫无交集的。如今他们相处的时间不长不短,程一鑫却自认为比她的同学们都了解她。她和程佳倩太不一样了,和他认识的所有女生也都不一样。她有一种家境优渥的骄矜气质,有良好的教养,还拥有这个年纪的女生很难有的分寸感。她从不越界地过问别人的事情,从不流露出不合时宜的情绪。校运会时程一鑫把她的人缘看在眼里,同学们爱三五成群地聚在一起,"叽叽喳喳"地谈天说地,金潇的涵养却让她给了别人难以亲近的错觉。

金潇拿着程一鑫的手机继续发广告,思索片刻,说:"要不我用我的手机发吧?我登你的账号。"

程一鑫大大咧咧的,无所谓地道:"我懒得折腾了,你就用我的手机吧。"

他又似笑非笑地问:"你为什么不问我?"

轮到金潇语塞了。她到底刚从高中的校园里走出来,恋爱还是禁忌的话题。她面色微红地说:"问……问什么?"

程一鑫用铅笔轻敲玻璃,制造出清脆的声响,说:"你说呢?"

金潇不自觉地握紧他的手机:"我能问吗?"

两人简直像在打哑谜。

程一鑫给她一个肯定的眼神:"你试试?"

金潇看他几秒,忽然一笑,说:"我觉得不用问了。"

"哟。"程一鑫笑得很张扬,喉结滑动。他被她的无心之举逗得乐不可支,说:"阅读理解这么牛,高考的语文你能拿一百五十分吧?"

金潇没想到几个小时后,她说的那句"不用问"一语成谶。因为快到下班的时间了,白池莉真的过来了。这一天,程一鑫的店里总共来了八对顾客,有的路过他的店,随便地看了看就走了,有的因为他打的广告找上门来。

金潇见过程一鑫有多辛苦,现在对他的辛苦有了更清晰的认知。"大世界"里面的每一个铺位都是一个小世界,要跟人打交道,卖出产品就要好好地说话。说话是一门艺术,更是一门学问。有一个大学的男生经朋友的介绍,来程一鑫这里买手机。程一鑫早给他留好了手机,让他来了就拿走它。那个大男生学了技术相关的专业,反复地问程一鑫这是不是真机,不断用术语询问他。程一鑫说得嗓子都哑了,一挥手:"最简单的办法是回去暴力地验机,你同时打开视频和游戏玩几个小时,如果感觉性能不对劲儿就回来找哥。"

"万一性能还行,但手机是假的呢?"

程一鑫捶他一拳:"如果假手机跟真手机的性能是一样的,你还有啥挑的?"

男生驻足想了想,好像道理是对的,可算利索地付钱走人。

后来来的都是女顾客,全是来找程一鑫维修手机的。他给人换了电池,修了基带,还解决了手机因尾插坏了而充不进去电的问题。程一鑫修得很娴熟,动作有一种流畅的美感。金潇小时候就沉迷于看爷爷做工,程一鑫见她目不转睛地盯着看,以为她是想学,尽可能地抽空给她讲维修的原理。

金潇发现旁边的痘哥说的话没错,程一鑫的女顾客缘是极好的。他很会开男女之间的玩笑,有一个女大学生夸他:"鑫哥,你说话太有趣了。"

程一鑫得意地一笑,说:"是吗?其他十八个女生也这么觉得。"

等顾客走了,程一鑫的嗓音又变得低哑了,他灌了一瓶矿泉水。

金潇问他:"你今晚还去夜市吗?"

修了半天手机,程一鑫掰了掰僵硬的手指,掰出一阵脆响,说:"去呀,等你举办庆功宴的时候我再翘班。"

"好哇,程一鑫,我叫你吃饭这么久了,你都不答应。"白池莉气急败坏地说。

金潇未见其人,先闻其声。

一双长腿迈进来,白池莉穿着破洞的牛仔短裤,短而窄的上衣在腰前打了一个结,一张成熟精致的面庞很有点儿人间小茉莉的意思。白池莉气鼓鼓地指了指金潇:"她是谁?"

金潇主动地站起来："暑期工。"

白池莉发现她一向引以为傲的身高在金潇的面前并没有优势，转向程一鑫，极其怀疑地道："你还需要暑期工？"

程一鑫指了指崭新的招牌："这是人家设计的。"

白池莉放下了一点儿戒备的姿态，说："艺术生？"

她眯着眼睛打量金潇。金潇漂亮得不像话，倒是学生气太足了。程一鑫都进入社会这么久了，每天跟各色的女人嘻嘻哈哈，应该不喜欢她这一款女生。

金潇瞥了一眼程一鑫："算是吧。"

白池莉撅嘴："你需要暑期工，那我也来给你当暑期工。"

程一鑫笑了笑，说："哥哪儿请得起你？"

说实话，这里的环境每天都乌烟瘴气的，苍蝇乱飞，白池莉待一天也感觉待不下去。她转头发起攻势，语气娇蛮地说："我今天就堵着你，看你去不去吃饭。"

白池莉跟程一鑫一样，都是从体校毕业的。她比他大两届，跟齐天是同一届的。因为自己长得好看，她在校时对于被传得沸沸扬扬的帅气学弟无感。直到毕业后读大学，她买了新手机，用旧后想卖掉它，有人推荐了程一鑫，说同校的学弟应该不会坑人。白池莉简直和程一鑫相见恨晚，在体校里见多了肌肉猛男，特别喜欢程一鑫的颜值。他清俊得正好，脸比他好看的男生更娘，比他清瘦的男生体育没他好，比他有钱的男生没他跩跩的气质。

见程一鑫犹豫，白池莉拿出来崭新的手机："走嘛，你再帮我卖了这部手机，我准备换一部新手机。"

她的声音越发娇嗲，隔壁的痘哥又眼巴巴地看过来，来回地扫视她的腿。程一鑫应下来："一会儿哥下班后找你。"

白池莉属于家里人用钱砸出来的体育生，是被捧惯了的大小姐，追人没什么伎俩，就喜欢砸钱和撒娇。撒娇的办法在程一鑫这里不管用，但她砸钱，程一鑫从来没拒绝过。她总觉得程一鑫就是因为忙于事业心思没在恋爱上，他迟早会答应她的。她想到程一鑫的一把劲腰，真是面红心跳。

等白池莉走了，程一鑫头痛，半开玩笑地跟金潇解释一句："有钱的大小姐是不是都有公主病？她非要逼癞蛤蟆变成王子。"

金潇还是问不出来想问的问题，垂眸道："不会吧？"

旁边的店里，痘哥又在隔空说风凉话："你跟美女吃饭怎么和上刑似的呢？要不我替你去？"

程一鑫满不在乎地说："你去呗。"

次日，金潇晚了一会儿来到大世界商城的门口。对于"大世界"来说，现在依然很早，许多小商贩都没上班，中午时分这里会彻底热闹起来。一阵清脆的铃声响起，金潇往旁边让了让，由着后面的那辆三轮车晃晃荡荡地从她身侧过去。车上摆满了卷纸、牛奶、毛巾、脸盆之类的杂货，三轮车在凹凸不平的路上显得颤颤巍巍。

骑车的是一个很瘦的人，穿着夹脚拖鞋，这一点儿也不耽误他的双脚踩踏板踩得起劲儿。这是一条微陡的长斜坡路，车主蹬得很用力，后背都湿了半截，另外的半截衣服被撩起来反卷到腰上。三轮车忽然一个急转弯，绕着金潇兜了一圈，车主把车横在路中间停下，将夹脚拖鞋杵在滚烫的地上，牢牢地撑着车，又拨了一下铃。

金潇察觉到自己始终被注视着，抬头与车主对视——那竟然是程一鑫。

程一鑫的这个造型未免太令人震惊了。在大世界商城里，他好歹像一个技术宅或者网吧里的大神之流，现在穿着夹脚拖鞋，踩着老旧的三轮车，把短袖撩起来卷在腹肌上，耳朵上的烟与这个造型毫无违和感。烈日炎炎之下，汗珠从脸侧滚落，他眯着眼睛肆意地打量她，目光中的熟稔和温柔实在有限，反而显得整个人像街头上的流氓一样吊儿郎当。

程一鑫打了一个响舌，说："你怎么又来了？"

金潇愣愣地注视他几秒，反倒抿唇一笑，说："你确定我是来找你的？"

程一鑫吃瘪，掉转车头："得了，哥自作多情，卸货去了。"

"喂，"金潇走过去，把伞遮挡在他的头顶，"我开玩笑呢。"

程一鑫点头，饶有兴致地看她："你出师了呀。"

金潇轻笑一声，说："我想再多学几天，师傅，可以吗？"

程一鑫用手擦了一把汗："你想学一个假期都行。"

金潇问他："你这是……？"

"帮老黄进货。"程一鑫指了指离大世界商城的门口不远的那家老黄仓买，"你先上楼等哥吧。"

他去卸货，来回地搬运箱子，越发汗流浃背。反正这里的人都是附近的大老爷们儿，都是干下九流的工作的，谁有那么讲究？程一鑫忙完了就跟老黄打了一声招呼，拽走老黄仓买里十块钱一件的纯色短袖，撕开劣质的包装，随手把短袖抖开。以为金潇上楼去了，他把两手交叉，把湿透了的衣服从头顶脱下来，同时走出仓买，想用门口的大风扇吹干满身的大汗，等会儿换上干净的短袖。

他一出门，就看见金潇撑着一把公主伞娉婷地站在仓买的门外。

程一鑫："……"

他犹豫了一秒，干脆走上前去，把手里的雪糕递给她。余光还能瞥见形状漂亮的腹肌，金潇不敢看他，低头接过雪糕："谢谢。"

下一秒她听见他命令："闭眼。"

程一鑫迅速套上短袖。

金潇的睫毛轻颤，她还举着他递过来的雪糕，一动也不敢动。

"那个……"程一鑫咳了一声，说，"可以了。"

金潇松了一口气，将伞举高并遮住他的头顶。程一鑫说了一声"等会儿"，转身一撩帘子，钻回老黄仓买的里面，过了片刻，拎着一个新拖把和两块新抹布走出来，吐槽金潇："我一个大老爷们儿打什么伞？"说是这么说，他还是顺手接过了金潇手里的伞柄，"我拿着伞，你吃雪糕吧。"

两人同用一把伞，程一鑫比金潇高了大半个头，拿伞更轻松，让阴影大多遮挡在金潇的那一侧，和她一起回到大世界六层的店里。

"这么热的天，你是怎么来的？"

"打车。"

"费那个钱，你家不是住在滨大的后门附近吗？哥开车捎你。"

金潇连连摇头："不用不用。"

"客气啥？反正那破车不开白不开。"

金潇支支吾吾地说："我最近住在小姨的家里。"

程一鑫最擅长察言观色，听出来她话里的不方便之意，不再勉强她。他不知道的是，金潇从昨晚起正式地搬进公寓里独居了。

这是父母给她的成年礼物。他们允许她提前拥有一片私人的天地，早就布置好了那间公寓。有人定期打扫房间，金潇能拎包入住。

父母都奇怪了，金潇在这个假期里反倒转性了。她一直就只有方好好一个朋友，方好好很宅，爱窝在家里看小说，在假期里都不怎么出来玩。以往金潇一放假就出国了，冲浪、潜水、滑雪，做各种运动，恨不得把自己晒黑一层才肯回来。父母生怕她是读高三憋坏了，以为她如今能放松了却不知道如何放松。金潇说想考驾照，他们便放心了。她一向独立自主，他们给足了钱就不插手了。金潇自己报了私人的驾校，晚上再去练车。

程一鑫问她平时都做什么，一听她要考驾照，乐了。他的手上正在搬板修芯片，别人干这活都生怕弄错了，他仗着技术熟练，聊天修机两不误，跟金潇瞎贫嘴："哟，考驾照？哥当年考科二的时候，考了三次。"

金潇惊讶地道："啊？"

程一鑫没说他当年为了摆摊学车，报的是最廉价的驾校。人家看不上他给的两根烟，他连车都没摸两下就去考试了。

"然后教练问我：'你是不是故意考不过？'听我问为啥啊，他说：'你怕考过了买不起车吧。'"

金潇以手轻掩唇，笑得停不下来。她待在程一鑫的旁边，永远不知道下一个段子在哪儿等着她，完全无法做到所谓的"笑不露齿"。偏偏他刚开口时还是正儿八经的，最后把包袱甩得深入人心，逗得人一愣一愣的。

金潇还真在他的店里驻扎下来。现在她轻车熟路了，每天到了就擦玻璃柜门，再帮他摆好从开哥那儿领的手机。她的要求不高，程一鑫管一顿午饭就行。其实金潇也不想让他管午饭的，主动地提出跑腿打饭，但程一鑫甩给她美食长廊的储值卡："拿着，不然哥给你打工算了。"

过了几天，金潇向他请一天假，要去参加毕业典礼和谢师宴。那以后，金潇觉得高中的时光结束了，不留恋也不遗憾。

次日下午有一个顾客过来。他之前在其他店里换了原装的电池，但是打开设置选项看电池健康，上面显示的还是"未知部件"。其他店的店主说了，这不影响使用，该充电就正常充电，但顾客看着不爽，听见别人介绍程一鑫就过来维修手机。程一鑫看了看，很快判断出来手机是换了电池却没有移植原装的电芯，让顾客把手机留在店里先走。程一鑫一边拧螺丝一边跟金潇讲解电池是最难拆的，表演了最漂亮的一手"拉胶"。金潇看了几次，程一鑫让她上手试试。

电池的底下有固定的易撕拉胶，拉胶是用于固定电池、避免电池松动的。上下共有四个胶带头，拉胶时他要先用镊子头一圈一圈地绕起胶带头，把胶带头缠得足够结实了，能发力了，再拽着镊子慢慢地拉起来，最后足足能拉到一米长，这才算把这段胶完全拉出来。如果拉胶失败，胶断在电池的底板上，他就需要拿撬棒把胶顶开，这样做极容易损坏电池。程一鑫压低声音解释道："痘哥的技术就不行，他非要等到电池的电量被用光再换电池。因为如果拉胶没拉好，他撬电池撬破了，电池有电就容易着火，没电只是冒烟。"

但程一鑫是要保证今天的这块电池完好无损，还要换电芯的呀。发现金潇有点儿紧张，程一鑫怂恿她："试试呗，手这么稳，你不试就永远不知道行不行。"

金潇拿起镊子，全神贯注。四条胶像口香糖一样，完美的白丝被拉到尽头，卷成一团挂在镊子上。程一鑫把手机翻过去，一块电池轻松地落在玻璃上。他吹了一声口哨，说："漂亮。"

大世界商城里往日都热热闹闹的，年轻的男女来来往往，两人没在意周边的人，直到有人惊讶地喊出金潇的名字："那不是金潇吗？"

待金潇回眸，其他几人彻底惊讶了，说："潇哥。"

那是他们班和隔壁班的几个男生，曾经追求过金潇的冼子豪也在其中，今天他的身边没有上次跟他牵手的女生。少年们纷纷走进一鑫的店里，觉得程一鑫眼熟，多看了他两眼。但校运会的时候他站在墙外，戴着鸭舌帽，现在露出一头杀马特的奶奶灰色头发，手里转着螺丝批，跟"大世界"里无数的打工仔一样，他们倒想不起他来了，注意力回到班花"下凡"这件令他们的下巴惊掉的事上。

"潇哥，你怎么在这儿？"

"打工吗？"

金潇站起来，大大方方地承认："对，打工。"

他们倒是听说有同学高考完打工的，大多数人是想体验生活。

有人又新奇地问她："在这里打工多少钱一天？我听小胖说去奶茶店里打工，一天八十块钱，奶茶管够，我都想去了。"

唯有冼子豪在夜市上亲眼目睹过金潇窝在摆摊车的后备厢里学习，觉得她如今假期里还在攒上大学的学费，依旧气质如兰。冼子豪不忍心她再被围攻，主动地替她解围："我好像听说潇哥是来帮亲戚的忙，潇哥正好提前学关于手机的知识。"

"哦，对，潇哥打算报滨大的通信工程专业？"

金潇笑吟吟地说："还没出成绩呢，我不知道能不能考上。"

程一鑫瞥了她一眼，她在同学的面前倒是谦虚。他还是习惯她自信的模样，喜欢看她胜券在握地说"稳了"。滨大附中的学子过五关斩六将，三句话不离成绩。金潇在一群人中是平时成绩最好的，既然说起志愿，隔壁班的同学都趁机问她估分的结果。他们高考完无论估了多少次分数，仍旧心有忐忑，再次激烈地讨论起自己做的大题会扣多少分。金潇不排斥与他们讨论分数，反正不给准话，不肯明说自己的估分究竟如何，模棱两可地揭过话题。但她认真地听其他人的答案，对步骤分进行客观的评价。

冼子豪问她："潇潇，跟我们一起玩密室逃脱吧？就在楼上。"他生怕金潇难以负担费用，补充道，"我们付过包场费了，正好遇上你，人多热闹。"

旁人帮腔："来吧，还有女生呢。她们在楼下买奶茶，一会儿就上来。"

金潇听他们的意思，觉得今天还真是巧了。高中的同学相约在大世界商城的七楼玩密室逃脱，难得自由，男生们讨论自己组装电脑、买键盘之类的话题，讨论得火热。趁着时间还早，他们从卖电脑零配件的五楼一路逛出来，又顺便上六楼逛了一圈，刚好碰见金潇。

金潇婉言谢绝："你们去玩吧，我还要打工。"

程一鑫插话："去呗，哥给你放假。"

金潇在旁人看不见的角度恼怒地瞪了瞪程一鑫。

冼子豪跟着叫"哥"："谢谢哥。"到底是少年郎，他翘首以盼地替金潇拉开柜台的挡板："请。"

四五个男生簇拥着金潇，众星捧月似的，浩浩荡荡地离开程一鑫的店。

痘哥咽了咽口水。他刚才边玩手机边竖着耳朵听他们的对话，等人一走，惊讶地道："这妹妹上重点大学？"

在滨市，滨大基本就是清北落榜生的去处了，人称"当地小清华"。痘哥没想到天天见的金潇学习这么好，顿时发怵。

程一鑫接替金潇，拿起她刚刚"拉胶"的镊子，把胶带剥下来，又检查底下的胶是否有残留。他闻言，连头都没抬，光"嗯"了一声。在大世界商场里混的人能上专科的都不多见，像程一鑫这样高中肄业的人刚刚好。他们对高学历的人有天然的畏惧感，总以没文化自居。

痘哥挠头："你还敢教她？"他一缩脖子，"感觉她都能当我的老师了，我一见学习好的人就害怕，恨不得绕道走。"

程一鑫笑他："没出息。"

程一鑫一向侃天侃地，接下来没多说两句话，还真是稀奇。

到下班的时候，金潇都没回来。痘哥跟程一鑫嘀咕："走吧，别等了。她估计玩嗨了，密室那边还有电梯能直接下去。"

程一鑫收拾东西："走吧。"

晚上他照例去夜市上摆摊，摆完摊后回家，给自己煮了一碗方便面当夜宵。吃了几口面，程一鑫起身去敲程佳倩的门："那部手机呢？"

程佳倩敷着面膜出来，含混不清地说："我的手机？"

"不是。"程一鑫提醒她，"你之前不是捡了一部手机吗？有人领了吗？"

程佳倩几乎忘了这件事。上半年她在美甲店里捡到过一部手机，挺奇怪的，手机里没有插电话卡，但有密码锁。她试遍了"000000"和"123456"这种傻瓜密码，还是解不开密码锁。程一鑫当时似乎说过他学会刷机后要试试解锁手机，查失主的信息。她摇头："没有，我发了好几周失物招领的朋友圈呢，后来就忘了这件事了。"

程佳倩拿着手机来到他的房间里，吸了吸鼻子，闻到一股扑鼻的泡面香味。可惜她又不像程一鑫那样干吃不胖，咽着口水问他："哥，你现在会刷机了？"

程一鑫深藏功与名，淡淡地说："我试试。"

他用数据线连上手机与电脑，按照论坛里的指引，根据一个个步骤开始刷机和破解密码。程佳倩第一次见识这种事，起初还觉得有几分新鲜，没过两分钟就倒在床上刷视频去了，直到程一鑫抑制着激动喊了一声："好了！"

"真的？"

兄妹俩头挨着头，围着这部刚被解锁的手机看。程一鑫向右滑动屏幕，一声清脆的屏幕解锁音响起。程佳倩首先想到的还是程一鑫学刷机颇有成效，说："哥，你可以呀。"

程一鑫打开手机，两人皆是一愣："空的？"

手机里除了电话、短信等自带的程序，没有其他应用程序，电话和短信的记录里空空如也，甚至连手机的 ID 都没有登录过。最后程一鑫点开相册，里面竟然有一个视频。

程一鑫点开视频，画面里是一片灯红酒绿。

这家国外的酒吧看起来藏污纳垢，里面乱糟糟的。然而没过几秒钟，有一个漂亮的女人出场了，气场全开。她狠狠地扇了酒吧里的驻唱一巴掌，整个乐队开始吵起来，撸起袖子就要打起来。视频里的所有人都说着程一鑫听不懂的语言，那种语言听起来也不像英语，反正他们的语气都含有很强的怒气。他们推推搡搡之中，漂亮的女人抄起酒瓶子朝男主唱抢下去，血当场就淌下来了，从额角流到脸侧，狰狞可怖。

这可是真血，画面又不是电影的画面，程一鑫骂了一句粗话，瞬间把程佳倩的眼睛捂上："暴力血腥，小孩子家家别看。"

"等会儿。"程佳倩拿开他的手，聚精会神地看了三十秒，"里面的这个男的有点儿眼熟，我好像在哪儿见过他。"

视频里，漂亮女人的身旁出现了一位华裔的男子。他护着女人，同时踹着乐队的吉他和架子鼓。镜头一转，警察将所有闹事的人带走了。

兄妹两人面面相觑。

程一鑫皱眉："你别瞎说，这个视频一看就是在国外拍的。"

他的心里隐隐地有一种很不好的感觉，这部手机绝非被人随意地遗失在店里，而是涉及什么阴谋。一部诡异的白板手机，一场看似寻常的国外打架。寻衅滋事？感情纠纷？手机为什么又偏偏被遗落在程佳倩的店里？

程佳倩觉得扯淡，吐了吐舌头："那现在怎么办？"

她逐渐觉察出程一鑫的脸色很凝重，意识到事情非同一般，喃喃道："你说，这两个人会不会是演员？会不会有人想整他们，让捡到手机的人曝光他们？"

程一鑫摩挲着指尖："不会，手机有密码，我们打不开它。"

"视频里的这两个人会不会已经……"程佳倩做了一个抹脖子的动作，把自己都吓得起了鸡皮疙瘩。尤其是她过了半年才发现手机里藏着一个这样的视频，更是后怕不已。

程一鑫揉揉她的脑袋，安慰道："不可能。"

看见了头破血流的真实场景，程佳倩回想起视频里的画面，打了一个冷战，还想继续发挥丰富的想象力。程一鑫怕她一会儿吓得睡不着觉，果断地做了决定："别怕，时间都过去半年了，他们要出事早就出事了。我把手机恢复原厂设置吧。"他叮嘱道，"你删掉之前发的失物招领的朋友圈。"

程佳倩点头："知道了。"

他们不知道的是，视频早就没用了。

视频里的女主角金香柏已经亲自发了微博，公开地叙述了打架进警局的事件。当时金香柏先是被张家的兄弟明里暗里地恫吓——他们让她放弃打击盗版的音乐。后来她又被勒索过一次，那人让她一手交钱一手交视频。

金香柏怎么会怕他们的威胁？交易的地点正是她在烦不胜烦之下随手指的。那是她去过的一家美甲店，位于公司的对面。她压根不同意做什么交易，小喽啰扑了一个空。两伙人同床异梦，勒索她是小喽啰的擅自主张，搞臭她才是幕后主使张家几兄弟的目的。她发了微博后，此事不了了之，没人再去折腾一个没用处的视频了。

兄妹两人更不知道，所有的事情在冥冥之中早已注定。被齐天派去交易的小弟标枪一时手痒偷了手机，使金潇一路狂追小偷时意外地邂逅了程一鑫，而被他们用来交易的手机最终也落在了程一鑫的手里。

后来，齐天一伙人眼中的线索渐渐地浮出了水面，两件事的线索均隐隐地指向程一鑫。怨恨有了宣泄口，他们一伙人出手报复，导致程一鑫差点儿倾家荡产。

程一鑫睡前给金潇发了微信。

鑫哥二手手机专卖："你生气了？"

金潇回复得很快。

金潇Tonight："我'生什么气'？"

鑫哥二手手机专卖："我看你下午没回店里。"

金潇Tonight："后来他们又叫我去打网球。"

鑫哥二手手机专卖："你还会打网球？"

金潇Tonight："会一点儿。"

程一鑫摇了摇头，失笑，金潇可真是什么运动都会。她说"会一点儿"，应该是水平还不错了。他还想确认一件事。

鑫哥二手手机专卖：你明天还来吗？"

金潇Tonight："嗯嗯。"

他打了一个哈欠，关了灯，躺进被窝里，给她发了一条语音："晚安妹妹，晚安"。他等了几分钟，没等到金潇说晚安。程一鑫正打算把手机放到床头柜上，准备睡觉，屏幕又亮起来。

金潇Tonight："你为什么推我去跟他们玩？"

程一鑫想笑，隔着网线都能想象出金潇带着委屈的神情打字的模样。"跟同龄人玩""你们有共同的话题"，他打了几句话，最后把它们都删了，发出一句"怎么了"。

金潇想了想，这倒没怎么。冼子豪说了，上次和他一起逛夜市的女生是他在雅思班里认识的同学，希望金潇别误会。后来，密室里全程都是黑漆漆的，所有人只有两个手电筒。手电筒正好不在冼子豪和金潇的手中，冼子豪就趁着黑暗试图拉她的手。冼子豪虽然没参加高考，但受大环境的影响，像一夜之间被高考打破了封印，对这种事跃跃欲试。等金潇说完这件事，程一鑫回复她"再也不会了"。他不会再推她去他认为她应该待着的地方。

程一鑫说过的庆功宴来得很快，六月底，高考出分了。金潇是附中理科的第十二名、省前一百名。除了清北，所有其他的大学基本任她挑选了。她的分数比她预期的更理想，高于本硕连读班的录取分数，够她上本硕博连读班。不久之后，滨大的本硕博连读班录取提前批的志愿，金潇和一个飞行员是他们班里最早收到录取通知书的两个人。

全家人的心都安定了一些，父母问她有什么想要的奖励。金潇没什么要求，金听菡就做了主，听了金香柏的建议，提前送给她一辆跑车，说她把驾照拿到手就能开跑车。金潇跟父母一起回了张家的故乡。他们按老家的传统摆流水席、扫墓，她在碑前念了一遍录取通知书。

几天后，师大夜市上以风雨无休出名的"程劳模"请假了一天，没去摆摊。隔壁的摊主都奇怪了，问他怎么不来，紧张得以为程一鑫看上了什么新的生意档口，生怕自己错过了生意。

程一鑫美滋滋地回复了一句"有好事"，却不透露实情——他是去参加金潇的庆功宴了。

两人去滨大侧门附近的烧烤店里撸串。程一鑫看见金潇一副拘束的模样——她在塑料凳上坐得笔直端庄，还用纸巾擦拭油腻腻的折叠小桌板。他笑了："你没吃过烧烤？"

"吃过。"金潇跟他描述了一番。

程一鑫算是听出来了，她说的是户外郊游时吃的烧烤，这应当是她平生第一次来撸串。

他从旁边拿了一包抽纸，抽纸是金潇没听说过的品牌。他接替金潇的工作，把桌板擦得"嘎吱"响。风情万种的老板娘给其他桌端上烤串，看见他眼睛一亮，说："哟，鑫哥，跟我家的桌子有仇呢？"

程一鑫伸长胳膊一捞，从她的围裙兜里拿了一支笔："你要不给我打个折，哥今天跟你也有仇。"

老板娘妩媚地白他一眼，冲金潇笑："妹子，你听听，他讲得人家好害怕呀。"

两人没坐在店里，在仲夏的夜晚，店里还不如店外凉爽。大风扇吹着大风，树叶和沙尘齐舞，旁边烤串的炉子冒出浓浓的烟。

程一鑫在这样具有烟火气息的夜色里最如鱼得水。一切都像他的背景板似的，与他毫无违和感。他不像金潇那样板正僵直，叉开双腿，懒洋洋地佝偻着腰，完全适应四十厘米高的小桌板，还一副舒舒服服的模样。程一鑫从后面的桌子上拽来一张菜单，把它递给金潇："你点菜，别客气，我跟这个老板很熟。"

金潇点头："看出来了。"

程一鑫挑眉："你怎么知道？"

金潇指了指，旁边的劣质音响上插着一个优盘，正播放着劲歌金曲五百首里的其中一首歌。她很笃定地问："这是你送的吧？"

程一鑫笑了笑，不回答，要了两瓶啤酒："你成年了，能喝酒了吧？"

金潇"嗯"了一声，问："你不是说佳倩也来吗？"

她是一并邀请了程佳倩的。

程一鑫说得轻松："她？我想了想，她的成绩比我的还差，你别把她刺激到了。"

两人还没开吃，后方拥进来一群人。有人穿着跨栏背心，有人穿短袖，共同点是他们都人高马大，鼓胀的肌肉撑得衣服快爆开了。

为首的男人拍了拍程一鑫："鑫哥？"

"大圣？"

那竟然是齐天，他的身边簇拥着一群从体校毕业的兄弟。他们虽然比程一鑫大两届，但都属于不学无术的气氛组成员，多多少少都互相认识。他们听说程一鑫是齐天叔叔的徒弟——他当年跟着齐叔学修手机的技术，以为程一鑫是和齐天关系紧密的兄弟。几个猛男搬桌板像搬玩具，凑了三桌，瞬间占据了程一鑫和金潇的四周。

金潇垂眸，不愿与他们对视，没注意到寸头男死死地盯着她。寸头男随后朝齐天耳语几句，起身离去。众人中有人不知所措地问："标枪咋了？"

齐天大笑，意味深长地多看了两眼金潇。标枪刚才说就是这个女的在"大世界"里对他穷追不舍，她还把他画给警方看，害得他进去蹲了三个月。好在偷来的那部 iPhone 6s 是二手的，金额不大，警方暂时又没找到他们作案的其他证据，否则他不知何时才能重见天日。

齐天大哥范儿十足地开口："我刚想起来一个活，让标枪去跑腿。他跑得快，咱们吃饭。"

有人傻不愣登地问："咱们不是要给标枪接风吗？"

话音未落，他被齐天踩了一脚，直龇牙咧嘴。他们要接哪门子风？标枪刚出来又碰见金潇，真是邪门。

齐天意味深长地道："给老子跑腿还不够威风吗？"

他们陆续地落座，程一鑫很无奈，冲金潇抛来一个抱歉的眼神。

齐天大大咧咧地拍拍程一鑫："我上次说一起发财，你考虑得咋样？"

程一鑫保持着不卑不亢的态度，却捧了齐天的面子，回答得模棱两可："啧啧，好事能轮上我享受？这么多弟弟等着喝汤，你是不是跟我画饼呢？"他转身叫来美艳的老板娘加菜，笑嘻嘻地岔开话题，"那可得多上俩串解解馋。"

一个滑头，一个愣头，这对男女是怎么凑到一起的？齐天坐下后觉得有点儿意思，目光反复地在金潇的身上流连。他琢磨着，金潇美是美，但青涩了一点儿，不够性感火辣，太不符合体校男生的审美。他问："这是你的对象？"

程一鑫解释："她是我的一个妹妹。"

"怎么称呼？"

金潇主动地开口："金潇。"

"你又认一个妹妹？"齐天跟程一鑫没有多熟，但从叔叔那里听说过程一鑫认了一个妹妹，并且他把妹妹当成亲生的一样。齐天又问："你还和之前的那个妹妹住在一起呢？"

信息量过大，程佳倩并不是程一鑫的亲妹妹。金潇惊讶得说不出话，瞪大眼睛看着程一鑫。

程一鑫却回避着她的目光，给齐天和他的几个兄弟们派烟，浑不吝地回答道："住个屁，那叫她收留我。"

"是，你听听，妹妹真多。"齐天点上烟，"你不抽烟？"

程一鑫咳了几嗓子，说："肺炎刚好。"

"哥儿几个听见没？人家的妹子缘真好，上学的时候一群女的跑到操场上看他比赛，你们还记不记得？"

"大圣这么一说我有印象了，原来那人是你呀。"

程一鑫冲几人笑，说："夸张了呀。"

说起桃花运，齐天是真的不得不服程一鑫，说："我最近才听说白池莉追你追了一年了，你还没从了她呢？"

"白池莉？"有人认识白池莉，"嗞"了一声，说，"她够辣，我的一个哥们儿还追过她。你不喜欢她？"

程一鑫从涮锅里拎出两串毛肚儿放在金潇的碗里，回答他们："大小姐拿我开涮了，你们别当真。"

"倒也是，白池莉的家里人是暴发户。"

"你挑花眼了吧，喜欢哪款妹子呀？"

程一鑫轻松地道："妹子长得好看就行，男人不就只有这个追求吗？"

"光说不练。"齐天同他干杯，"你这么帅还是单身狗，别钓鱼了，一占占七八个妹子，给哥儿几个留点儿。"

程一鑫用漂亮的指尖晃着杯子，液体随之上升、冒泡，眉眼之间流动着浅浅的风流不羁。他说："谁说哥是单身狗哇？"

金潇握紧筷子，感觉能被毛肚儿噎死，低头喝完一杯啤酒，胸口越来越闷。

"说了半天，你竟然不是单身。"

不怪他们起哄，一男一女在街头上撸串，程一鑫和金潇这么亲密还说没处对象，谁不以为他单身哪？

程一鑫笑了笑，没直接回答，说："哥是食堂里的干饭狼。"

"你到底有没有对象？"

"下回下回。"

齐天理解了他的意思，说："行，你下回把她带出来。"

"鑫哥现在在哪儿混呢？还在到处跑？"

"在'大世界'里捣鼓手机。"

齐天圈住他的脖子，用周围的人都能听见的音量低声说话，以示亲密："不跟你开玩笑，哥有渠道拿机，听说你们'大世界'里全是代卖手机的，你帮哥代卖呗。"

"靠谱吗？"

"你信不过哥？"

"哥照顾我，我知道。"程一鑫早就有些心动，但做生意一贯不能开场就让别人觉得他占下风。他此刻借着酒劲儿，不再保持暧昧的态度，说："回头你拿来看看。"

"行，爽快。"

销黑机是齐天今年才动的歪脑筋。齐天自己不出手，养了两个家境贫困的小弟给他卖命。小弟不在这帮兄弟里——卖命其实谈不上，因为他们是练体育的，本来就手疾眼快、反应敏捷，练了一个月在开水里夹肥皂就能扒遍火车站了。他们就算被发现，也能靠极强的身体素质甩脱追兵，只有标枪那个倒霉蛋碰上了会画像的金潇。

他们的胃口越来越大。他们在本地没有销赃的渠道，把货寄到深圳去就毫无讨价还价的余地了，还经常被压价，发展一个本地的下线迫在眉睫。"大世界"里的手机市场早就被垄断了，程一鑫是很好的突破口，更是最佳的人选——因为有齐叔在，他多少得顾着情面。

金潇再次拿起一瓶啤酒时，已经喝空了一瓶。见她的面色微红，程一鑫捂着她的杯口："适可而止。"

金潇眨眼看他："你不是说我成年了吗？"

程一鑫语塞。体校的兄弟们喜欢胸大屁股翘的尤物，对金潇这款有文艺气质的女生吃不消。但她本来不说话，忽然对他说了几句话，声音柔软又俏皮。她微醺的小模样还挺勾人的，兄弟们纷纷地开始打听金潇了，齐天这样的人见惯了世面，目光都没离开过金潇的脸蛋。

程一鑫一阵头痛，有意无意地把胳膊搭在金潇的凳子后面，护着她。他们最后吃吃喝喝一通，留下一地狼藉。

程一鑫可算平安地扯着金潇出来了，问她："你的小姨家在哪儿？我送你回去。"

两人一路无话，一直走到小区的门口。程一鑫看了一眼，她的小姨家够高端的，门口的保安瞪他跟瞪流氓似的。他只好松开金潇的胳膊，让她自己站着。

金潇目不转睛地看他："你没什么想说的？"

喉结滚动，程一鑫清了清嗓子，说："祝贺你考上大学。"

金潇朝他走近一步："你有女朋友了？"

小区内外的绿化都很好。在程一鑫沉默的时候，夏日的蝉鸣骤然铺天盖地地充斥了他们的听觉，被无限地放大，冲击着他们的耳膜，好像是呼之欲出的答案。他低头看她："有。"

金潇的眸子一瞬间黯淡了，这在她意料之中。他早就不是不能早恋的高中生了，进入社会许久，身边有太多太多的女人。他从来不羞赧，轻车熟路地玩着缩进距离的把戏，谁都被逗得忍俊不禁。

问出这句话耗光了体内所有的勇气，睫毛颤抖不已，她说："她一定很好看吧。"

程一鑫忽然轻笑，揉了揉她的刘海儿："你还挺自恋的。"

金潇蒙了，仍低头看脚尖，没转过来弯，讷讷地问："什么意思？"

如果夏日里的萤火有去处，大抵是尽数地落在他的眸光里，不然他的眸子怎么会亮闪闪的？程一鑫灼灼地注视着她，用令人浮想联翩的嗓音反问道："你说呢？"

金潇猛地抬头。他凑得太近，她又鹌鹑一样低下头，再次和他撞了一个正着。

"这是你第二次撞我了，"程一鑫无奈地揉了揉下巴，叹了一口气，"好像撞进我的心里了。"